黄永玉

作品

无愁河的浪荡汉子

朱雀城 ｜ 中

黄永玉————

————著

作家出版社

狗狗要上学了，家里为他起名字很伤了几盘脑筋。

幼麟翻了几夜的辞典，手指头一个字一个字地找，几寸厚的字，居然没一个中意的。大部册子罗列面前，正所谓束手无策之际，冷漠地顺手翻开第一页——

"序"字赫然入目，就叫作"序子"吧！

正好，爷爷从芷江发来信函，提到狗狗名号，"杏梧"。最后决定学名为"张序子"，号"杏梧"。

"序"就是要懂得讲道理，懂得年齿大小座次先后，懂得条理规范，人生开始，要讲究步法轻重。幼麟把这点意思向芷江的爷爷汇报了，爷爷回信中提到取"序子"这个名字的时候说："还可以，雅，就这样吧！"

婆到准提庵拜菩萨的时候，也为狗狗求得一个"观保"的赐号，即观世音菩萨保佑的意思。幼麟对婆说："妈，嘿！嘿！好！"

张狗狗，学名张序子要上学读书了。

狗狗低头折纸龙，头都不抬，正正经经地对爸妈说："我不会去的！"

幼麟和柳惠相视一笑，"狗狗长大了，不读书怎么行？"

"不去的！"狗狗说。

"学堂好多同学，一起读书，一起走玩。"柳惠说。

"我走了，王伯怎么办？没人管王伯了！"

"王伯是大人，她有好多事忙，不用你管的。"柳惠说。

"你两个不清楚。我走了王伯会不好过；我也不好过。我有好多事，我在等岩弄，等隆庆，等'达格乌'，他们老远来了见不到我了，岩弄会哭！……"

说到上学，上学好大一件事，原来去的就在自家后门口隔一家周家染匠铺"考棚"里头。也就是两年多以前妈妈和爸爸走丢了的地方。

既然这么近，就没有哪样好说的了！

先生就是幼麟在凉水洞吃饭接爷爷的那一帮人。（其中少了个黎雪卿。他死了，留下小小个子的妻子在岩脑坡一间矮木房子里住着，先前还看到，后来不晓得上哪里去了。）

考棚一进围墙是个小操场，上坎子大门立着对石鼓，进门左右带回廊的两行房子在前清就是考试的考场，现在分段成几年级、几年级的教室。往里走是考官办公所在，中间一道两边带木靠背的走廊，走廊左右，各有一个小天井，一边是桑，一边是紫荆。然后是客厅，左右是办公室。沿右边办公室窗子外边左拐弯进去有道小门，一出来，就在狗狗家大门隔壁。

一年级在左边头一间屋。长课桌，长板凳，底下有不分格的敞开屉子放书包。同学有生有熟，还有乡里有钱人家子弟，讲话"杠杠"的脑后音。熟同学有田时谷、戴老毛戴国强、顾凤生、顾远达、朱家干大哥朱象生、文星街的陈开远、白羊岭坡底下的陈文章……

熟，是因为各人爹妈出门做客吃酒打麻将时带去认识的。

发书了。《国语》《常识》《算术》这些东西好奇怪，上面的图画怎么画出来的？这么小。大家拿出来互相比了一下，本本一个样？有人说不是画出来，是"印"出来的。什么叫作"印"？

"哪，好像盖图章！"

铃铛一摇就上课。先生讲，学生听。学生不许讲，学生一讲就变先生了。学生要耐烦让先生讲。先生也是学生变的。先生跟狗崽、跟猪崽不一样；狗崽爹妈生狗崽，先生的爹妈不是先生；有的卖黄丝烟，有的开油坊，有的喂很多鸭子卖。有个先生的爹不是真爹，爹死了，跟他妈一齐嫁给一个杀猪的新爹，小时候时常挨新爹的打，长大做了先生才不打的……

这都是同学们下课时在操场上摆的消息。

第一堂课是国语，先生点名的时候叫道："张序子。"

没有人答应"到"。

"张序子！"还是没有人答应。

先生马欣安，早晓得这是狗狗的学名，"狗狗！叫你的名字，为什么不应？"

"你叫我狗狗，我会应的！"

"你读书的名字叫'张序子'了，以后就要应！你不应，就以为你逃学，懂吗？"

国语第一课是："人，一人，一人唱。"

先生一个人在讲台上说："人咧，我们大家都是人。'人'这个字很好写，这边一下，那边一下。'一'咧！更好写了，这么一横就行了。'唱'呢？这个'唱'咧！这个'唱'字呀！比较难写，笔画很多，笔画是很多的，左边是个口字，这个四方框框像不像一个嘴巴呀！"

有的回答说"像"，有的回答说不像："口是圆的，不是方的。"

先生接着说："字就是字，不是画画，画画就要画什么像什么，写字呢，大概像了，记住就行。长大了写信，用写字就快，用画画就慢——这个唱字咧！比起'一'呀！'人'呀！要有意思了。唱歌用什么唱呀？"

"用嘴巴唱。"大家回答。

"对！嘴巴做什么用的呀？"

"吃饭用的。"

"还有什么用呀？"

"喝汤！"

"还有什么用呀？再好好想想！"

"骂娘用的！""吵场合用的！""吐口水用的！"

"好！不要乱扯远了，嘴巴除了喝汤、吃饭，还用来讲话唱歌是不是？所以'唱'字又多了两个口字，口字里还加一个舌头……"

"哈……"大家开心了。

"好！你们在本子上照着黑板上我写的字，一笔一笔地写。先写哪一笔，后写哪一笔是有规矩的，长大也一直用下去。写完了吗？现在跟我一起读，'人，一人，一人唱。''人，一人，一人唱。''人，一人，一人唱'……"

爸爸是校长，又上音乐课。点名点到狗狗时："张序子！"

序子就想笑，"明知道是我，装样子不认得。"就高高兴兴大喊一声："到！"

他上哪班的课，工人就把风琴抬到哪班。

风琴好听，很多声音合在一起奏出歌来。他教别人作的歌，也教自己作的歌。有一首听人说是他作的：

1 3 2 1 7 6 5 1 2 3 咯、咯、咯、咯、咯、咯、咯，咯、咯、咯。
3 4 3 2 3 1 2 7 1 月下蛙声仿佛穷人哭；5 5 5 5 5 5 6 5 3 2 谁家吃鱼肉，心里还不足，3 4 3 2 3 1 2 7 1 大马高车日夜去巡游

——唱了这个歌，孩子们都懂得凄凉。

体育先生万仲强，教序子这一班的时候，只让他们在地上翻筋斗，不像三四年级"捉迷藏""抢羊"大动作的游戏。虽然小孩子个个高兴，却弄得一身泥巴粉粉，上学的体面衣服都搞脏了。家长们有意见，学校注意到这件事，开个会吧！幼麟说："大孩子玩'抢羊''捉迷藏'，小孩子翻筋斗，这样安排好像有点意思，仲强是费了心的，小孩子经不起强烈冲撞而又能得到全身活动，不单错不到哪里去，而且还对得很嘛！……不过小孩子上学衣服就那么几件，也算是个问题……各位看看怎么办吧？"

这些"各位"大多书读得多而涉事不广，哼哼哈哈说不出个所以然。幼麟转身问万仲强，万说："是不是可以多加点音乐美术课？一年级孩子的体育就免了……"

"你，你这个说是？……小孩子正是长身体的时候……我看还是照翻吧！一点都不要改！我去搞一块厚帆布来，让他们在上头打滚吧！"

幼麟为人的开通，有派头就在这上头。他的决定常出人意料之

外，不能不让老朋友心服口服。

于是高年级的沙坑跳高、跳远、单双杠都搞起来了。

序子还没有什么个人社交活动。

同学各住各的地方，说是说朱雀小，城内城外上学的人走三四里路虽算不得一回事，其实也算得一回事。一二年级的学生若是住得远了，都有个家里人早晚接送。

上课读书，下课在操场玩玩，然后回家。

街上是不让去的；有脱缰的奔马，有卖水走得太快的"水客"，说不定还有"拐子"……

一二年级的学生都穿开裆裤。跟三年级以上同学最大的分野就是这条界线上。他们认为不穿开裆裤的人是"大人"。相互言志或吹牛的时候就会说："明年我妈就给我缝'封裆'裤了！"

若果他们早晓得苏格兰当兵的至今只穿花裙而光着屁股根本没穿底裤时，就用不着这么着急了。

表姐表哥也来得少了。这个"某人某人以前来得多，现在来得少"的问题，一直是个历史性、世界性、社会性大问题。

只顾自己怨尤，不考虑别人也有人生。

以前提携过的部下、学生……现在都来得少了。你没想到人人各有各的衣禄前程，各有各的悲欢。有的人的确把你忘了；可能是得意的混蛋，也可能惭愧于自己的沦落无脸见人。大部分人却是肩负着沉重担子顾不上细致的感情。

你要想得开；你要原谅世人万般无奈和委屈……

表哥表姐们也长大了……

序子星期天在家中石板院子里玩。院子靠墙有口大水缸，中间放了高高的"上水石"，石头上栽着"虎耳草"跟"三七"；也曾经养过金鱼，是幼麟一时高兴哪儿弄来的，因为没人理加上饿肚子，很快就死了。

有时另外一批不太熟的跟他们妈前来陪婆打泡泡福纸牌的男孩女孩，大多比序子小，也不懂事，就由得序子领着前后屋跑，或是搬几张小板凳坐在水缸边宣讲"司马光打破水缸"的故事。

"那个小孩爬进水缸做什么？"

"我哪里晓得？那是古人的事。"序子说。

"爬得进去，为什么爬不出来？打破水缸多可惜！"

"不打破水缸，小孩子就淹死了！"序子说。

"我不信！"

"不信你试试！"

"试就试！"

这勇敢的男孩一掉进水缸就站住了，抓住缸沿放声大哭。怕是呛了水吓哭的。

打牌的大人都冲出来，缸里提起小孩，借序子的衣服换了。

"你死鬼崽崽！爬水缸做什么？"他妈骂他。

"哇，哇！哇！序子他讲他是'司马光'！"那小孩说。

"我没讲我是'司马光'，我讲了没有？我讲了没有？我讲不打烂水缸，小孩就淹死了！他说他不信！就进去了！"序子说。

"你没有救我！做什么你不救我？"那孩子大喊大叫。

"你好端端站在水缸里，我救你哪样？——"

大人们有的笑，有的不笑，回屋继续打牌，小孩子继续在院子玩。

这勇敢的男孩一掉进水缸就站住了，抓住缸沿放声大哭。怕是呛了水吓哭的。

他谁他～司马光，又不来救我！

008

幼麟外头回来，柳惠讲这件事，笑得幼麟弯了腰问序子："要是那小孩真淹了，你怎么办？"

"站在水缸里一直哭，一直哭，真好笑。"序子说。

"那你不打破水缸了？"

"不是水缸的事。"序子说。

来屋里打麻将的女人则大部分是亲戚，有沙湾的柳嬢，西门坡倪家表姊娘，南门坨朱家干妈，西门上张家嬢嬢，岩脑坡高素儒家的高伯娘，大桥头的徐姑婆，西门坡的倪姑婆，朱家弄的孙姑婆，萧县长二妹崽萧二嬢……

这种打麻将活动，类似英国美国的周末"派对"，讲究点子身份；有些不合式的女人想参加进来还要拜托有关系的人带着，自己还战战兢兢地赔着小心。女学堂的先生来得也少，辈分不够或是手边困难，这类性质的快乐她们体会不到。

说老实话，真正受益的莫过于序子。突然带来了这么一大批年龄相仿的男女孩子跟他亲近。孩子和孩子在一起都会想出些好主意来玩。"办家家娘"。"办家家娘"就是学大人们过日子。煮饭，炒菜，喝茶吃点心。扩大一点就演"讨嫁娘"办喜事。挑蠢一点的胖娃做新郎，爱娇的女孩子做新娘，一个媒婆一个伴娘。厨子做席。几个女伴陪着新娘哭嫁，弄得俨俨然然。新郎一般都傻；新娘很投入，演完了还抽泣……

这玩意儿没人教，像民歌童谣是一种历史的沿袭。朱雀还有种代代相传的活动。十一二至十三四岁的女孩子，带着一沓小方块白纸，一个人坐在北门河跳岩中间折着小船，一只只放到脚底流动的河水里去，折一只，放一只。做婆的做过，做妈的也做过，接下来又轮到她了。

她晓不晓得，河的尽头，很远很远的地方有个洞庭湖？她折了这么多的船，可能有一只两只会到达洞庭湖的……几百年来有没有到达过洞庭湖的小白船啊？

柳孃的女儿巧巧妹有两根大黑辫子，两颗酒窝，不太白，爱笑，嗓子好听，样子好看。田姨娘的两个女儿金云、金霓都是小小的翘鼻子，翘嘴巴，长长的眼睫毛，一低头，仿佛在睡觉。张家孃孃也有两个女儿香萍、香云，样子像清朝人，衣服云肩、袖口都绣一圈花，戴着银项圈，张大眼睛，讲什么话她们都信。

倪姑婆的孙子长禄，最合适演新郎，叫他做什么就做什么。演打仗叫他当炮，喊一声"响！"他就大吼一声！十几下过去，嗓子都哑了。朱干妈的儿子是序子同班，喜欢打架，回回都输，他连哭都不会，该哭的时候，像蚊子"嗡嗡"哼着。背后叫他作"肉人"。隔壁姓刘的孩子，趁着人多也搭着进来玩，就是曾在水缸里站着的那个；他妈样子上下尖、中间大，人背后叫她作"线子波螺"[1]。

有个单身老太太向伯娘的，个子高、大、宽、扁，面色暗绿，好抽口鸦片烟，没钱，穷得四处向人讨鸦片烟"泡子"吞，烟泡子哪有随便送人的，所以就让人背后说她贱。平时抽水烟袋，烟到哪里烟屎喷哪里。她租隔壁大爷爷子中段那间老破房住。嗓门"呷、呷"像鸭子叫，人打牌就怕她来。指指点点教牌，教了这个教那个；东南西北绕了一圈又一圈，把牌局全搅瘫了。见牌桌上杯子有茶拿

---

1 两头尖的陀螺。

十二至十三四岁的女孩子，带着一叠

小方块白纸，一个人坐在北门河跳岩中间折着

小船，一只只放到脚底流动的河水里去……

地陰石晃的，河水發亮，很远很远
如此方有个烟庭潮了

起就喝，喝完这个喝那个；还漱口，咕咚咕咚之后吞下肚去。看看这杯子谁还敢喝？接着又是吐痰又是擤鼻泥，顺手就抹在桌子边上、墙上。一个下午大家的兴致就让她弄肮脏了……

这说的还是二号人物，活动的范围也只在北门和文星街短短的地段上。没人晓得她是天上哪颗扫帚星上掉下来的渣滓。没人有胆子破坏她的兴致，想赶她走。你惹她，你没有时间她有时间，天天从早到晚坐在你家大门的门槛上。你没继续惹她，消了气，她也会自己走。不偷不抢，奈何不得。

头号人物还数那位前头讲过的谢氏。有人好奇发问：向伯娘若是遇见谢氏怎么办？那当然不敢怎么样！级别不同嘛！就好像拳赛中"羽量级"遭遇到"重量级"。这回巧了！谢氏来了。

"哈！打牌呀！"回头看到向伯娘，"咦？你来做哪样？你看你一身茅室味，满脸绿，也不到北门上洗洗！……"

"我早就讲有事要走的！"向伯娘说，"那就别送了，我走了！"

这倒弄得牌桌子上的人像遇到救星，欢腾起来。

"蛮孃！你要不来，今天的牌局就算完了！"

"不要紧！她下次再来，叫人报我一声！啊！口干死了！"顺手拿起茶杯就喝，"咦？都干了！妹崽！把杯子给我续满！"

屋子闷，人多，向伯娘带来的那股异味还在荡漾，又进来谢氏另一股热汗蒸腾的"狐臊"暖流，两样神物混在一起，闻起来，开刀都不用麻药了。

大家正在无可奈何、危困不堪之际，忽然门外头"沙嗓子"米豆腐担子敲竹梆子的声音，赶忙派丫头出去叫担子挑进院坝里来。

谢氏头一个冲出房去!

"来来! 沙大! 你帮我先来两碗, 一碗米豆腐, 一碗面, 我有要紧事吃完就走! ——多加油辣子多加姜……"

谢氏吃起米豆腐和面的阵势, 就像蛟龙戏水, 云飞浪卷一般, 刹那间, 嘴都不拭, 一溜烟走了。

后到跟上的人想开开眼界都来不及。

"走啦?"

"真走啦?"

定下心来, 各人吃了一碗米豆腐或面。

"沙嗓子"一天的生意半天就做满了, 柳惠和"沙嗓子"算了账, "沙嗓子"笑眯眯地说: "那谢蛮婆连一声多谢都没有! 柳校长, 你还真是……"

"唉!"柳惠说, "沙大, 你是晓得的, 多年熟人, 她们的命好苦啊!"

这段时间, 柳惠生了个妹崽, 叫爱媚, 一对细长的眼睛, 喜欢笑, 到半岁的时候害病死了。三更半夜报人去边街做"匣子"。学校的几个女同事在堂屋围柳惠坐着陪她等天亮。王伯靠墙坐在矮板凳上, 序子伏在她膝上迷神, 王伯哭得厉害, 序子站起来她都不知道。

爱媚停息在房里方桌子上。序子悄悄进房走到妹妹旁边, 看她安静的好看的脸庞, 看她好看的头发, 看她睡着的眼睛和长睫毛, 看她荷叶边的衣领和袖口, 看她粉色的连衣裙。他觉得有个这样的妹妹真好……

王伯醒过神来不见了序子, 大家也发现序子不见了。

"序子！你在哪里？"

"我在爱媚这里！"

王伯冲进房里抱出序子。

"爱媚上天了，你不要去看她，看不得的。"大家围着序子说。

"看得！我看她；她还对我笑哩……"

三月间，朱雀地域漫山油菜花嫩黄颜色，外人都以为是上天打扮的自然野景。连天的微雨，梨、李、桃、杏、桐和路边棘花……都相继开了。半夜山腰里传的杜鹃声，本地人认为从来如此；外方人却容易勾起美丽的凄凉。第二天大清早，太阳暖照脸上，昨夜软弱的情致又不见了。

所以，外人对朱雀城有一个难解印象：既出诗人式的强盗，又出强盗式的诗人？

幼麟偕胡藉春、马欣安、高素儒……几个老朋友到岩脑坡文昌阁走了一趟。在兰泉崖边泡一壶好茶喝了，一起坐在石莲阁半山亭子两边。

"……论理讲，考棚那地方也着实太窄小了，文昌阁又闲置着，当局早就应该想到这一层……"高素儒说。

"眼前能这样想，也就算贤明可贵的了。"胡藉春说。

"也可能看到幼麟回任，趁热加一把火……"

幼麟叹一口气，"老实说，这几年我都"皮"了。选青先生的好意我心领了，学堂搬完家，我看我还是离开的好。在家里搞我的音乐和图画去！"

"你真絮毛[1]！你走了，把我们钉在文昌阁！你一个人去当艺术家？我讲呀，你这一手还真艺术得很咧！"方若说。

幼麟无可奈何地说："各位贤兄！讲实在话，帮我想想，我是当校长这块料吗？我的的确确是身心俱疲，残缺不堪，做不了正经事的……"

方若说："我也明白，爱媚妹崀死了的确挖了你一块肉，你看你，男儿大丈夫如此气短！"

"你也不好这么说，"马欣安对方若说，"痛苦是不可拿快乐补偿的。挖这块土补那个眼可以；伤心难过只有时间这东西能够修理。这就需要时间……"他站起来拍拍幼麟，"大家走吧！明天考棚会上见。"

下了石莲阁坎子，两个崭新崭新的军人迎面而来。大家见是孙得豫、刘文蛟，都忍不住一阵欢呼。

"嘿！嘿！好气派！看我们今天的革命军人！"
两个人向大家敬了军礼。

幼麟问得豫和文蛟，怎么这时回来？

"部队在衡阳准备北上，有半个月整休，我们几个请假回来看看！"

方若问："听说，北伐军势如破竹，日本的田中在山东还有些动作……"

"那是张宗昌搞的事，他那种局面难以长久。政府已经通过北伐军调整全军序列，各集团军战斗部队按计划沿正太、京汉、津浦

1　开玩笑。

铁路北上。日本人在山东搞济南惨案，杀蔡公时专员……都挡不住北伐军狂飙之势，这下我们中国可是有希望了！"孙得豫、刘文蛟跟大伙边走边谈直下岩脑坡过永丰桥进南门。大伙散了，得豫跟幼麟回文星街古椿书屋。

"妈！你看是哪个来了？"幼麟向厨房伸着颈根喊。

婆走出来，面对这个魁梧英俊的军装男子。

"大舅娘，是得豫呢！"

听到得豫嗓音，知道是多年没见的外甥，自己坐在太师椅上，哭了："你长得这么大了，一身光闪闪子，舅娘都认你不出了……你先坐下，我马上就哭完了，我去给你泡茶……"

话没讲完，柳惠已经让王伯把茶端上来了。

这一家好高兴。

"那年你出门是到哪里去了？"婆问。

"先是到了汉口，后来到广东进了'黄埔'。"

"啊？黄哪样？"

幼麟说："'黄埔'是军官学堂，进到里头学带兵打仗。他毕业了，当军官了！"

"舅娘，这一盘我是从部队请假回来，过些天就赶回去归队。我们的部队在衡阳。"

躲在王伯身后边的序子让三表叔看见了。

"那不是狗狗吗？"过去一把将他举起来，"你认得我吗？你认得我吗？"话没说完就亲他的脸。

"我认得你，孙三满，你好雄！你打仗！你不要叫我'狗狗'了，我有学名了，我叫'张序子'，以后就叫我'张序子'。"狗狗说。

"'戏子'！怎么叫'戏子'？这名字没有'狗狗'好！"三表叔说，放序子下了地。

"不是'戏子'，是'序子'，同学也叫我作'戏子'，我就骂他娘！"

大家嚷起来："吓！吓！不准骂娘，要好好和同学讲明白嘛！"

婆问："你二哥茂林看到吗？"

"没看到；他在北平写文章，投稿谋生……"得豫觉得讲得还不够通俗易懂，"他在北平卖文章。"

"都有人买吗？饭吃得饱吗？"婆问。

幼麟忙着补充："茂林的文章值钱，好多人买，好多人喜欢看。"

"所以我讲，外头有钱人就蠢，好买不买，买文章做哪样？文章有哪样看头？又不是金，不是银，不是唱戏！"婆讲。

幼麟说："要不是说，外头人蠢嘛！我们朱雀人个个出门都有出息，都赚了钱回来！"

"那是！"婆说，"我信！"

吃饭的时候婆也问得豫，外头，饭都让吃饱吗？冷天衣服都够吗？累吗？打仗的时候要晓得躲着点，该跑的就跑……

得豫唯唯听着，不合适的话也要解释两句。比如带兵打仗，躲着点，小心点是说得过去的；跑，不行！兵不能跑，官也不能跑。跑，就是"逃兵"，就要抓来枪毙。这话面对老舅娘原本无须说的，就由她讲好了；不行，军人就不爱提"逃兵""临阵脱逃"这类事，这是当兵的"软肉"之处；有如别对船老板讲翻船故事，他们连单讲一个"翻"字也不爱听。酒席上鱼吃了半边，轮到要吃另一边的时候，要看看在座有没做水上生意的，或者是干脆顺口就说："喂！

把这只鱼'搞转来一下'。"或是："我们大家吃另一边吧！"

沅水辰河一带多码头，吊脚楼上常住着过路船老板的女朋友。有一晚，因为床板太窄，女朋友被挤得要掉下床去，半夜三更那女朋友才叫了一句："你'翻'一下身，留点地方给我。"给狠狠捶了一顿……

忌讳成规，助长威严。

得豫在朱雀家里没住上半个月，这期间拜访了家乡前辈和朋友，便跟三四个黄埔同学归队去了。

北伐阵势威震寰宇。后门隔壁周家染匠铺老老板烟床木板墙上新贴了一张戴大盖帽、全副武装、手指着观众、上嘴唇留着胡子的张大着嘴巴叫人冲锋的蒋总司令的彩色招贴画。那可真是神气到家。

街上挂满彩旗。常听到东南西北城墙上洋鼓洋号的奏鸣。城里城外马匹来回穿插。河上运马草的船，挑马草进城门洞的人，弄得到处闻得到新鲜马草的香味。扛枪抬炮的队伍在街上经过。

推翻满清、建立民国那些日子，也没有这种闹热阵势。

朱雀城就像满满一大箱爆竹，一下子让人点响了。

点炮仗的人，就是住在西门坡高头的"老王"玉公。

原来保存的所有的实力都打着埋伏。虽然打的是陆军新编三十四师的旗号，吃的是中央的军饷，可他却是从未听从过谁的命令。

这下北伐了。眼看统一的大局面就要形成，他自己也有必要在新形势下调整一些表情，冀得适应迟疑的局面。主题是："我是你们中央的，我从不属于北洋军阀！"当然不是北洋军阀，也不是南

「西门坡的」
「老王」老师长」

朱雀城就像满满一大箱爆竹，

一下子让人点响了。

点炮仗的人，就是住在西门坡

高头的『老王』玉公。

洋军阀，更不是西洋东洋军阀……

"放马南山"这句话对他可说是再合适也没有。他就是"放马南山"。他的骑兵"旅"或"团"就都藏在各个苗乡山里，满溢出来的方散落在朱雀四围。

他要热闹起来，表示是我们的国民革命军在"北伐"。我们跟他们是一路的。

时不时三王庙的军乐队要在热闹大街走那么一圈，奏出好听音乐让大家共享。

街上小孩唱着学堂教出来的歌："黄花岗上草青青，碧血染尽中华魂，民族民权与民生，三民主义革命军。"

小学已经搬到文昌阁。箭道子、小校场、玉皇阁、楠木坪的王殿、王家弄的公园都住满了兵。他们也唱歌："亚人应享亚洲权，亚人应种亚洲田。青年、青年！且莫同种自相残，以防寇虏执先鞭！不怕死、不爱钱，丈夫绝不受人怜……"

王殿的驻军好像音乐修养差一点，唱起歌来拍子和嗓子总显得哪些地方不太得法，是不是调教有点不对头？什么："三国战将勇，首推赵子龙，长坂坡前逞英雄……还有那张翼德，当阳桥前……"

墙外老百姓也指指画画地笑，这哪里像军歌？后来晓得是召来的新兵，又关心起新兵的待遇来，想着那些歌，都说有点像他们吃的粗粮。

笑谈传到幼麟耳朵里，"不对不对！歌词是冯玉祥将军作的。这歌作得好，冯是个好统帅，衣、食、住、行，都跟士兵一样，演讲也不打官腔，土词土调，人人听得懂，句句讲在士兵心上。纪律严明，攻战勇敢……他还作过好多类似的好歌词，可惜我都没有收全……"

小校场尽头远看营房白墙上的四个大字"我武惟扬"真是壮人心扉！

最好看的是骑兵和炮兵操练。大清早天麻麻亮的时候，老百姓黑压压一片已等在校场边上，雾气直往鼻子里钻，只听见叫口令的拉长着嗓子："向——转——走！……"最后的这个"走"字变成花旦的嗓子那么尖，刺耳地直插云霄。这个"走"字一出，地底下发出一阵阵有节拍的"轰轰"之声。

骑在马上的人，拉着带轮子的大炮的人，他不像步兵操练说走就走。不单是自己拉着大炮转弯，还要自己拉着大炮跟其他几十门大炮一齐配合着转弯，所以司令员的嗓子拉得特别长，这叫作"预令"和"动令"。"向"字一开口，马队炮队就开始按口令方向慢慢移动……

透过雾气看那阵朦胧的行动，听那有节拍的抽象声音，两三代老百姓肃立观看这种阵势之后，再听到外方人骂朱雀城的人牛皮无边的时候，也就不以为意了。

清早晨天没亮，城垛子上号兵在"校号"，人在睡梦中默认这是一次温抚的骚扰，未生出反感。

若是哪天早上没听见号音，要不是下雨就是部队调动，反而会流露出浅浅的惆怅心事了。

军队既然热闹起来，老百姓也莫名其妙地传染上这种兴奋。序子夜间梦里头尽是马背随着马背浪潮似的汹涌，车呀炮呀地混在北伐军歌里跳舞。

王伯带序子到文昌阁上学。她选了条最省脚的路。出后门沿北门城墙走到东门，出东门绕边街到南门，左首转弯过永丰桥上岩脑坡，左首拐文昌阁进学堂。

一路上他们俩说话。

"你妈给你生了个弟弟，这下子你是哥哥了。"

"我不喜欢她总总给我吃'鸡霸腿'，我一点也不想吃'鸡霸腿'。"

"那你在木里不也喜欢吃嘛！"

"木里是木里，这里是这里，我一点也不想吃！我怕吃！"

"那以后不吃就是！原本你妈生弟弟喝鸡汤，霸腿留送你吃是为你好……"

"嗯！为我好我也不吃。大人总是为这个好，为那个好，不管人家喜不喜欢！"

考棚过了是田留守门口，有一只大长毛白狗蹲在大门口坎子上。

"序子，你莫惹它。"

"我不惹人，也不惹狗；我都不喜欢惹人，也不喜欢惹狗。我跟自己在一起。"

"那好！"

"我在考棚门口看到调皮伢崽惹它，拿石头打它，它气了，它就追，要咬那些伢崽……我最最讨厌那些人去惹狗，狗又不惹他们……"

"所以吵，爷爷都讲你自重。"

"自重是什么？"

"自重就是不惹人，不做痞子流氓！"

左首边是北门城门洞，挑水的，挑马草的，挑白菜萝卜的，挑粪的，出出进进好闹热。城门洞左首边谭伯娘和她儿子谭勋杰在炸油炸糕、灯盏窝，把半边城门洞都熏得又油又黑。调皮浪童们给他们编了个歌："天不怕，地不怕，就怕挑粪的脚板滑。"他们的摊子矮，一旦打翻了粪担子，那些东西是直朝油锅里灌的。

有过吗？没有。万一有呢？所以谭伯娘精神紧张。

再走一段到绅士唐力臣大门口了。唐力臣对辛亥革命还是武昌起义有过功劳，当过说不清楚的"司令"，大门悬了块匾，上书"国家柱石"，这种称呼铁板钉钉，硬个硬。红底金字，颜色鲜得很，路过的人来来往往好多年，回回都还要抬头看一看。国家的顶梁柱，有胆子、肩膀硬才挂得出来。你家敢不敢半夜三更偷回去在大门上挂三天？你几时对国家起过柱石作用？他公然地挂，亮在大家面前。唐力臣不识字。当然，带兵打仗，识不识字一点关系都没有。子弹、炮弹这东西从来不管识不识字的，翰林状元照样打。见人就打，不管你读书多少的。战场上见分晓的是你不打别人，别人就打你。唐力臣不靠读书而靠拼命活过来了。不单活过来而且还是司令。时光蹉跎，故人星散，没什么人和他热热闹闹地交往。他低调，瘦瘦小小的个子，两撇八字胡，常常一个人到城门洞来看各种告示。摇摇头，有时又点点头。乡里进城的人都认得唐司令而不认得唐司令看的告示，便上前请教："唐司令，你看这些告示里头讲了些什么？"

"危险！危险！"说完掉头就走。他哪里认得这些字？你不是为难他吗？

以后的朱雀人听闻或预感到可怕的事情来临时，便会用一句谚语概括："唐力臣看告示——危险！"

再过去是陈家，婆娘姓印，是柳惠的同事，生得个女儿很肥，两节手像藕，她妈抱她来文星街，序子觉得好玩，给她取了诨名："水桶"。

再过去是序子的好朋友又是同班同学唐运隆家，唐运隆脑壳长癞，总医不好。柳惠再三叮嘱序子，不要把帽子让他戴；也不要戴他的帽子。跟同学好不好没关系，这叫作预防传染病。唐运隆颈上戴了个银项圈，人是很可爱的。

过了"善堂"，有些生疏的房子。"善堂"是干什么的呢？也不见它散米散钱做好事。总是好多人闲坐在门口，高凳子、短椅子，轻言细语永远说不完的闲话。到夏天某些夜晚，黑黝黝门口重叠起两张方桌，左首一张骨牌凳上站着一个预备宣讲"圣语"的人。香纸蜡烛一点，那人敲起檀板放开嗓子嚷起来。声音既不像唱歌，也不像念经；周围的二三十个听众非常地专注。路人从人缝里挤过去他们也让，也不在意。气氛肃穆，像是在做一件认真赌咒发誓典礼。

再走过几家不熟门口就是"箭道子"了。两三级坎子一片广场，左右分列十来棵半死半活老柳树，东西钟鼓楼。东边鼓楼旁边一道通向正街的弄子，楼底一家姓余兼卖霉香豆腐乳的刻字匠，他儿子诨名余卡卡[1]是序子同班。

西边钟楼底下住着脑壳很小、留一撮鲇鱼钩钩胡子、见人笑眯眯的康师爷，他儿子康宗保也是序子同班。

广场很大，容得下一营兵操练，没兵驻扎的时候让人"打鸡"[2]，

[1] 鱼刺。
[2] 斗鸡。

五六圈场子，大清早上千人在嚷。

广场尽头有矮花围墙，里头才是正正经经的营房和讲究的操场。里头的操场有几个小门，一个门居然通考棚，一个门通登瀛街。

再往前走，就到苏儒臣染匠铺了。染匠的经营不错，人也出名。为什么出名？胖。

朱雀城有三胖，二男一女。一、北门苏儒臣；二、楠木坪方麻子方吉；三、四方游走的道门口谢蛮婆。

既然到了苏儒臣门口，就要讲苏儒臣。

苏儒臣小学都没念完。染坊是他爹留给他的。他自小就胖，他爹妈不胖，他爹还特别之瘦，并且死在痨病上。为什么到他就胖？也有人怀疑过他生爹是另一个人，不可能；他妈长得七零八碎地丑，加上周围的环境没有一个胖子。甚至全城的胖子都十分稀罕，这是大家都清楚的。也有人说或者偶然吃到一种致胖的仙药，这就难说了……

他不恶，也少亲近人。染坊发展了，是因为地点适宜。门对门就是一道城墙，晾彩色染布的木柱架子一溜排在城墙上，大晴天阳光下彩旗招展，迎风飘扬，无疑成为耀眼广告。请的技工和管事都是苗族人，苗和苗很容易"苗"在一起，四岭八乡的苗族人就容易招引到这里来；也因之积累了一点经验，逢五逢十的赶场还调动了几个"外勤"在场上做兜揽工作。生意果然发达得很。

有了钱就想插身到朱雀城名流活动里去。费了好多时光和钱财冲刺都进不了圈子，再努力、再使劲还是进不去。

也意识到可能是文化上斤两不足，于是便买了几本《写信不求人》《楹联大全》之类有益身心的书籍进行自修发奋。忽然一天来了灵感，乘兴到正街上买了支大抓笔，一张六尺宣纸，题了八个大字，用石灰跟黄豆粉和成糨糊手工精染了，竹挑子撑起高高地挂在店门口："春暖一锅，精染五色"。

果然引来了些读过点书的闲人，看了都哈哈大笑散了。不久又引来另批闲人看了也都哈哈大笑散了。

苏儒臣不太晓得是怎么回事：

"唔！这下子怕是看出我一点文化素养了吧！"

染匠铺里的技工们也发现门口来往的人们比往日汹涌，都像是为那块布招子而来，来了就笑，并且还探头探脑地想看看苏儒臣元神在不在店里头。都心中纳闷……

直到有一天苏儒臣气呼呼子转来，叫人把那八字大布招子扯下扔在染缸炉子底下烧了，才明白毛病真出在招子上。后来鬼精点的年轻伙计悄悄告诉大家，"春暖一锅，精染五色"，过路人读成"蠢卵一个，精染五色"。满城都当笑话讲。

苏大坨又添了个外号叫作"苏蠢卵"。

半个月苏大坨瘦了好几斤，路上遇到那些卵读书人，便铁青着脸，招呼都不打，也断了跟文人拉关系的念头，准备从政。

其实，苏家染匠铺的布确实染得好，透蓝，匀称，犯不上去计较别的什么的。他想不开，就是想不开！

本来就不爱笑的苏儒臣走在街上，这番就更不笑了。

好！过了苏儒臣染匠铺隔壁有一条深深的弄子，住着位曾经在外做官的程斗南先生，回到家乡不扰民、不惹事，只在家里种花读书过日。建了一幢让人挂在口上啧啧称好的房子，生有一女一男，女名程少缘，是柳惠女学堂的学生；男名程少矶，是序子同班。他们家有两样著名的东西。一样是湘西著名的民间雕塑家张秋潭先生为程先生夫妇俩做的不足一尺的塑像，是件流芳百世、神品级的艺术品；另一样是架德国钢琴。运钢琴到朱雀城来干什么？谁弹？谁听？就让它万里迢迢、漂洋过海到朱雀来挨寂寞冷落日子，来着灰尘？直到哪年哪月变成朽木……没人有兴趣去打听。何况兴趣也各有水平。来头不小的钢琴，一定有个来头不小的故事。

门面不大的杨家祠堂门口再走二十来步，左首边便是东门城楼。莫急！面对面，城门洞之左、正街尽头之右有一家京果铺名叫"稻香村"不可不提。

这是朱雀城正正式式的两家京果铺其中之一。全县年节典庆所需之糖果点心都靠这两家供应。另一家在正街上，箭道子弄子出口处，匾上横刻三个大字，"丰庆轩"，是画家胡藉春的产业。

"丰庆轩"和"稻香村"的产品大同小异，而那点小异却决定二者缺一不可。

譬如婚嫁礼数，正经八百地坐花轿、拜天地、进洞房的买家，多光顾"丰庆轩"。他们点心斤两十足，包装规矩，细红线在包上捆个十字再贴上红纸印成的"丰庆轩"三个大字，一圈小字"朱雀城正街一百零二号精制适口点心"，有京城气派，也讨老辈人喜欢。

如果文明结婚，当然是上东门口"稻香村"。两家铺子用料和点心品目基本一样，只在一些小地方耍了点乖巧。一、和面的时候滴了两滴从汉口弄回来的"玫瑰香精"；二、包封上贴一张从上海四马路订购的"八美图"彩色画片。光景颇令新派人一展眼目视为同志的。

"稻香村"的老板赵广森诨名"灶蛐蛐"，人不错，谐谑，通达，长沙兑泽中学毕业后回乡继承这份祖业已经十有三年了。老婆从不露脸，躲在后头屋子怄气，为的是四十的人对不起老赵没为他生个一男半女。赵广森就对她说，你犯不上惭愧！生不生是两个人的事，说不定还是我的问题咧！你要想得开，到沙湾、蛮寨走走，呼吸呼吸新鲜空气，见见太阳。你又没有病，成天躲在屋里像个病人，要快快活活，流水不腐嘛！你懂吗？你是好人，你是我这辈子见过少有的好人！生不生孩子我不在乎！我也不会找别的婆娘，我一辈子就死跟你到底……你做错了哪样嘛？哪里来那么多惭愧？……

街上过路的都听到赵广森跟婆娘说话。有的人讲赵广森婆娘是个肥婆娘，有的说是个麻子婆娘，有的说是矮婆娘，有的说是跟筷子一样的瘦婆娘。点心师傅听了都摇头微笑……

"稻香村"的门面小、进深大，后头有很宽的作坊。铺面一大拐弯长柜台上罗列十几口高身玻璃罐，点心一览无余。柜台里六口大陶釉缸也是直字排开，晚上关店门后所有点心都收入缸里，缸口压上红布纱袋再搁上块长铺板，广森有时就拿缸子当床睡在上头。尤其是过节过年前后人口往来杂芜的时候。

于是，外头就流传一个笑话，讲店里三更半夜老鼠墙底打洞，广森顺手在缸子里头取了一个"雪枣"堵在洞口，老鼠再怎么弄也进不来了。

一个"雪枣"为什么众人就那么好笑呢？要晓得"雪枣"这点心最是疏松得不得。原料是小手指头大的糯米条混上别的什么特别材料，油炸以后居然胀成胖娃娃手杆那么粗一段，再趁热滚上糖粉，那是吹弹得破、到口消融的妙物。怎么一堵硬得连老鼠都进不来呢？明明有人在糟蹋"稻香村"的牌子了。

广森听了也跟着大笑，"哈，哈！哪里有这种事？我屋里两只猫儿比特务连的兵还凶火，哪容得下老鼠？不过这笑话做得好，告诉我是哪个，我称两斤雪枣送他。"

人问会不会是同行相嫉？

广森说："你是不是提醒我'丰庆轩'在搞动作？快不要这么讲！人家胡藉春胡先生是道德文章中人，让他听见了，会把我看小。"

后来胡藉春先生也晓得有人在讲"稻香村"的笑话，连忙叫人去"稻香村"订了二十斤"雪枣"分赠熟人朋友，也在为化解这个笑话努力。他说："讲笑话归讲笑话，不能伤自己和别人的阴德。"

朱雀城有两家铺子用了北京城的著名招牌。南门内序子的姑父的"同仁堂"，东门内赵广森的"稻香村"。朱雀城的"同仁堂"怎么能跟北京的"同仁堂"平起平坐呢？北京"同仁堂"的神药"金老鼠屎""万应锭"只能向北京买得来；朱雀城的"同仁堂"家里人有病用"金老鼠屎"还要向序子的婆婆要；至于北京城的"稻香村"，他们卖的什么点心，朱雀城的"稻香村"怕是连听也没听过。

那么，北京的"同仁堂"和"稻香村"会不会找朱雀城那两家铺子打官司呢？不会的。因为天底下某个角落有个名叫朱雀城的地方，北京"同仁堂"和"稻香村"的老板也未必知道。

到了东门，王伯就带序子出城门洞走边街了。原来城墙在左边，现在城墙变在右边。

边街一路过去都是做木头功夫的。棺材咯，家具咯，脸盆、澡盆、马桶咯！要紧的是雕菩萨的。湘西十几个县新老庙宇要增添大小菩萨，都到这里定做。边街不到半里路，起码有五六间菩萨作坊。

序子还小，喜欢看雕菩萨还不到时候。

到了南门，左边是卖米的米场。不进城门洞往左拐，上永丰桥。永丰桥其实是个暗桥，水从路底下通过是看不到桥的。拱起来的路面左右两边有刨条丝烟的，做生牛皮钉鞋的，卖硫黄、绿矾、生铁的，打镰刀斧头的，卖茶籽油、桐油的，和一家剃头店。闭着眼睛你闻得到哪家是哪家，条丝烟、生牛皮、硫黄、桐油茶籽油，连剃头店那股子热水泡过的头发味、皂荚味、洋碱味道都很足。

上坎子进岩脑坡地段，有撸起袖子用大浅盘子淘朱砂的，有车洗桃源石玉器的，还有店面空荡荡、几个老家伙坐在矮板凳上抽水烟袋、抽"吹吹棒"聊闲天的，其实动不动就千块万块光洋进账的做水银生意的。这些人走出大门都像个穷人。听他们讲话，看他们举止，一点显山露水的"谱"都没有。年轻人就欠这点火候；这气度，三两年是练不出的。

上了二十多级石坎子左首拐弯就是有名的"洞庭坎上"，那里有一口好井，再傍小路上去是大诗人田星庐老先生家，再往上拐几个弯，就到了风景幽胜的石莲阁的后门，这里搁下不表。

一路上坡，其余都是住家了。有著名的滕文晴先生家、高素儒先生家、韩山先生家。

岩脑坡之"坡"，其实是青石板铺就的缓坡街，安有下水道，冬夏宜于居住的地方。

坡尽头左转弯上四五十步路就是文昌阁小学。

右转弯有条弯里弯打的石板小路下去，就到兴隆街。

直走要过一道栅子门，是个臭气熏天、让你一辈子忘不了的硝牛皮作坊区。

臭，是一种非常特别的、主客观相互切磋恰到好处，或视如仇雠、势不两立的微妙东西。

自己亲生幼儿、一把屎一把尿，做妈的从来没听说厌恶。

黄昏后，吃过晚饭的男人懒坐在自己卧房靠椅里，一盏落地灯温馨地顺着肩膀照在左手捏着的《管锥编》六卷八，讲着猫和狗的地方："……吾人尝有俗谚云：'猫认家不认人，狗认人不认家'。一文家嘲主翁好客，戚友贲来，譬如猫之习其屋非好其人……"正好猫躺在身侧，狗卧在脚跟，想到猫狗的习性的确是这么一回事，觉得古人也都和自己的想法一样，不免小有得意，于是，右手在左脚大脚趾二脚趾缝间上下求索，并优雅地把成果缓缓地送到鼻子跟前……这种诗情画意境界，谁有过厌恶情绪？

或是在荒无人烟的漠野，或是独行于森穆庄严的古行宫之中，你肚内忽然洪波涌起，来了一下《尤利西斯》三六页引用但丁《神曲·地狱》诗中的行动："……他以自己的屁股代替了号筒。"

怎么样？你痛恨这种声音吗？你愤怒这种气味吗？

当然不！你会觉得温暖而亲切之至。

同一种性质、内容，换了一个场合，有时候会产生完全不同的效果，甚至误了国家大事终生悔恨、永世不得翻身。

《维多利亚女王传》中，女王和宰相梅尔波斯（是梅尔波斯还是别人？已经记不准了。那是我一九四五年在江西上犹县读过的灰色封面商务版的书，以后想看也没有机会）接见西班牙（？）德国（？）法国（？）特使的当口，"从梅尔波斯（？）身后忽然发出一个惊人的声音……"当晚这个羞愧要死的宰相大人逃到法国巴黎去了，直到维多利亚死后才有脸回转伦敦。

犯得上这么认真吗？外国人就是外国人，一个屁等于一个政治错误，这话从哪里说起？

我们中国伟大就伟大在这里，一个屁算得什么？还有伟人作在诗里嘛！达赖、班禅的大便，有人还抢着当药咧！大人物早上出恭，一群人围坐在藤椅上陪他聊天的事也有人听说过。这是潇洒，这是"如烹小鲜"的气度，才区区几百年历史的番邦怎么能懂？

好，回到硝牛皮作坊那边去吧！

常听到人劝人："你忍着点，惯了就好了！"

牛皮作坊的臭气，人是在"熬"不是"惯"。过路的人在"熬"，里头的工人也在"熬"。试想想，那种臭味，连全世界最肮脏的苍蝇都逃得远远的，谁"忍"得住？

牛皮作坊那边，有的善男信女还非去不可！

那里有阎王殿，有玉皇阁，有牛王庙，有平苗立大功的傅鼐的傅公祠，有口好茶井。

一张张牛皮绷在太阳底下晾晒。

正忙得要死的工人于作坊"硝池"边使劲地在剔刮残留在皮下的脂肪。

牛皮工人上街，人用鼻子就认得谁是谁。也有人说：凡是进过"硝场"的人经此一硝，进棺材入土，起码有三百年不烂之身。他们身体强壮吗？身板硬朗吗？没听说过以后的事。

奇也奇怪，这臭气只聚在一块，不扩散外溢，不蔓延流动。即使炎热到家的七月间，那股臭气几几乎浓得能托得起人。

这只是一股上升的巨大的叫不出名堂的气流。大约百步远斜坡上的石莲阁和文昌阁，却是一点影响都没有。或者，这种气流对石莲阁和文昌阁郁葱的树木有一种专注的养分益处也说不定。

王伯告诉序子，把鼻子闭住就行。

序子说，闭气没有这么长。

王伯也觉得是。又说，你可不要闭了鼻子用口吸，进了口的臭气混着刚吃过的早饭会呕。你走快点就是。

快不得，序子说，快了扯气急，吃的臭更多。

两个人一边好笑一边加快着脚步。

臭气这种东西好奇怪。

自己的被窝让别人睡过就臭，哪怕是一点点不一定叫作臭的味道也臭。自己打湿的钉鞋放在火炉膛边上烤干，闻起来一点也不臭；别人的钉鞋也放在火炉膛边上烤，一闻就臭得受不了。

所以，臭这个奇怪的东西可以分成很多种类。自己的，别人的，公众的，天然的；自己亲爱的人的，自己害怕的人的，臭豆腐的……有的臭大家认了，有的大家不认。

推而广之，连初见面的脸孔、声音，都和气味一样能马上闻得到香臭而产生爱憎。一点都不原谅，一点都不马虎。

"你看你的学堂这么好，操场这么多树罩着，像盏点亮的高高悬着的绿灯罩子。"进了校门，王伯对序子说。

"嗯！"

"你看你学堂的石坎子也做得这么细。那么多的树，好多竹子、桃花、杏花！"王伯说。

"嗯！"

"你怎么又'嗯'起来了？"

"我快碰见同学了，我不想和你说话了。"

学堂的声音远远听起来像赶场。

一进校门，左右有两间屋。两个校工住在里头，三十挂零的叫郭子昂，五十多的叫李国川。郭子昂好笑容，尖鼻子、尖嘴巴，瘦条瘦条的，看见什么都喜欢开言。李国川比郭子昂稍微矮一点点，脸也宽长一点，有络腮胡子，剃得勤快，像是在假装没长过络腮胡子。他不爱笑。郭子昂管上下课摇铃，李国川管内外接应，有事通报。打扫大礼堂、办公室、井水边、烧开水，两个人都做，没计较过彼此。

晚上两个人说不上谁值班，有响动就起来，李国川拿标枪，郭子昂打锣。这都不是随便开得玩笑的。学堂就在南华山脚底下，老虎、豹子、豺狗爱什么时候来就什么时候来。

半夜三更山腰里吼叫几声，全城人听到都不当一回事。

李国川抽"吹吹棒"，郭子昂也抽"吹吹棒"之外还多一项喝两口的爱好。

郭子昂喝酒不挑良辰佳日，酒瓶就在床头帐子边上，顺手就来那么两口。有一回可能多喝了三口或四口，刚摇完上课铃不到五分钟又摇了一次铃。弄得全校学生好像闹学潮罢课那么开心。郭子昂被校长幼麟叫到办公室，要他再摇一次算是重新上课。

同事们都不高兴，有议论。

幼麟解释道："一年摇错一两次是难免的；一个月摇错一两次就不太好了。我想不至于吧？这么多年的人了，要他到哪里去呢？"

序子上课，王伯在李国川屋里跟他们两个讲白话。

下课之后，序子找到了王伯，王伯问他：

郭子昂喝酒不挑良辰佳日，酒瓶就在床头帐子边上，顺手就来那么两口。

郭子昂方醉铃

"郭醉摇"

大家叫他

"序子，你上哪样课？"

"上算术课，上国语课。"

"什么叫'算术'？"

"算术你都不懂？算术就是算术嘛！你不学算术，长大了一加一等于几你都不懂，让人'肉孽赚'[1]。"

"我怎么不懂？一加一不就是二嘛！"王伯说。

"二加二呢？"序子问。

"四！"王伯说。

"一百加一百呢？"

"两百！"

"咦？"序子奇怪，"你没有学算术，两百加两百你都懂呀！"序子佩服得了不得！

王伯说："两千加两千，两万加两万我都懂！"

"两千加两千，两万加两万，嗯！先生还没有教。"序子说，"伯，你要是去当先生我就好了！"

郭子昂问序子："有什么好？"

"你不晓得，她是我王伯嘛！"序子说。

"你妈当校长还不好？要王伯做哪样？你认王伯做妈算了！"郭子昂说。

"嗯！"序子应着，"我总总跟王伯，我长大跟王伯转木里去了。不回来了！我跟隆庆、跟岩弄种地养王伯……"

郭子昂开心了："好！好！我报送你爹你妈去，你不做他们的

---

1 上当受骗。

儿子了，我马上报去！"

"你一天到夜喝酒，摇铃都摇错了，你是个蠢卵！"序子急了。

王伯叫住序子："吓！吓！一个文明小学生了，骂野话？骂野话？让我找张黄草纸来擦嘴巴！……"

"郭满满不会摇铃，叫他'郭醉摇'。同学、先生都笑死了！"序子说。

郭子昂装着生气的样子说："那好！那好！大家看啦！序子抢我饭碗了！从此老子光喝酒不摇铃了！让序子摇铃算了！不摇了，就是不摇了！"

"我会摇铃的！我会的！我会得很！只要你教送我怎么看钟！"

郭子昂眼看墙上挂钟到了上课时间，马上抓起铃铛一路摇着出门。序子见郭子昂真的摇铃上课，拔脚就跑！郭子昂对着序子背后喊着："序子！序子！你来摇铃啦！到你了！到你了！怎么跑了？……"

这一堂课是音乐。

文昌阁小学美术、音乐课两个老师，一是幼麟校长兼任，一是教国语又教美术、音乐的滕嗣荣担任。滕原来是幼麟考棚时的学生，到沅陵读完了师范回来，长大了，就变成先生了。

李国川、郭子昂把风琴搬到一年级课室。

文昌阁小学有三架风琴。两小一大。大风琴不好搬，放在礼堂；小的哪班上音乐课搬哪班。

幼麟教一、二、三年级；滕嗣荣教四、五、六年级。

幼麟一进一年级教室，孩子们对序子嚷起来："你爹！你爹！"

序子不好意思说话，心里想："晓得！晓得！还要你们讲？"

幼麟说："今天教你们唱歌。唱什么歌呢？我讲一句，你们跟一句——

"一去二三里。"

"一去二三里。"学生一齐跟着。

幼麟念第二句："烟村四五家。"

"烟村四五家。"学生一齐跟着。

"亭台六七座。"幼麟念。

"亭台六七座。"学生跟。

"八九十枝花。"幼麟念。

"八九十枝花。"学生跟。

幼麟说："大家现在听我一口气念完这四句：'一去二三里，烟村四五家，亭台六七座，八九十枝花。'你们懂不懂什么意思？"

大家说不懂。

"好！现在大家听我讲。这四句话读在一起就叫作诗。'一去二三里'这一句，像是我们送朋友出门到长沙到汉口去，陪着他走过回龙阁到凉水洞那头去的意思。第二句呢，'烟村四五家'是什么意思呢？到了凉水洞远远看过去，河这边、河那边是不是有四五家人家呢？是不是那些人家屋顶烟囱冒一点烟，正在煮饭，正在烧开水泡茶呢？'亭台六七座'，一路走过去，有'杜母园'，再走远点是'接官亭'，再往前走是'三里桥'和那座更远的大牌坊。再走、再走，出门的人走远了，看不见了。送行的人看到出门的人慢慢走远了，一个人慢慢走回来。一边走，一边东看看，西看看，这边人家花钵子里开着花，那家人家花钵子里也开着几枝花。几枝呢？出门的人走了，心里想起来有点不好过，虽然一边走一边有花看，心里还是不自在，顾不上数一数看过多少花，大概是八枝吧？九枝吧？十枝吧？……你们想，这支歌像不像我们朱雀城呀？

"今天我们要唱的就是这一点意思，我唱一句，你们就跟着唱一句，好不好？"

学生大声说好！幼麟就开始按着风琴教起来：

1234565312 一去二三里，烟村四五家，2345365321 亭台六七座，八九十枝花。

幼麟踏着风箱，闭着眼睛，双手来回按着黑白键盘，听着自己的声音，也听着几十个孩子的声音……朱雀城那么小，人们在街上，有时侧着耳朵，听那南华山脚下传来一阵阵好听的微风……

文昌阁的小学先生分两种。年轻的和年老的。年轻的以前做过年老的学生。

年轻的先生到外头升学回来做先生，见到以前的先生，还是恭恭敬敬地鞠躬问好。小学生看见自己的先生向老先生行礼，就打算将来长大做了先生，一定也要向老了的先生行礼。

回家的路上，序子把看到的事告诉王伯，王伯讲："这就叫作孝顺。像老鸦一样。老鸦小时候住在窝里，老鸦爹妈就到外头打食回来喂它们；小老鸦长大了，大老鸦老了，飞不动了，蹲在窝里，长大的年轻老鸦就打食回来喂飞不动的爹妈。冬天夜间，就拿翅膀盖着爹妈，免得它们冷。生蛋孵小乌鸦，窝太挤，旁边另外盖个新窝，两边喂，一边喂老，一边喂小。学堂的先生教学生，也就像大乌鸦打食回来喂小乌鸦。喂哪样呢？喂学问，喂书。学生长大向先

幼麟踏着风箱，闭着眼睛，双手来回按着黑白键盘，听着自己的声音，也听着几十个孩子的声音……

生行礼，就是多谢先生喂食的恩情。有的学生长大做官，先生老了穷了，学生还送钱送米养先生咧！"

"我想，这样好！"序子说，"女学堂的学生长大做先生的少，做妈的多。不喜欢到外头去读书，喜欢嫁人……"

王伯想了一想，也说是，不过："哪里是不喜欢读书？做妹崽家命苦，由不得自己；她们不像你妈想嫁你爹就嫁你爹，不准由着自己选男人。都是由爹妈看哪家儿子好就嫁哪家。嫁一个不喜欢的、不熟的生人，脾气不好打人的……这事你长大自己去懂吧！眼前跟你讲不明白……"

"我明白，我明白得很！你总讲我不明白！我长大不会讨嫁娘的！长大了我会跑！跑得远远的，跑到木里去，看哪个敢让我讨嫁娘？"序子说。

"你不讨嫁娘，以后怎么做爹？你就没有伢崽了！"王伯说。

"我要伢崽做哪样？"讲到这里，序子笑起来，笑弯了腰，"伯！我让我伢崽帮我背书包上学！我让我伢崽陪我打王本立……"序子笑得蹲在墙根不走了，"没有人肯做我的伢崽的！……"

"快起来，快起来，有人在看你了！"王伯拉起序子就走。

回到家，刚好婆、妈、婶娘、爸爸在堂屋说隔壁大爷爷的女儿、序子叫作"二孃"的出嫁的事。

听到嫁娘的事，序子吓坏了，躲在房里头听。

"敬轩是当过县长的人。"婆说，"填房的曹氏算是贤惠人了，妹崽终究不是自己的妹崽，做不了哪样主。"

"周家那伢崽，莫讲苗不苗，人是聪明之极，脑壳和手艺是没有讲场，他爹六十多的人，里里外外担子全挑在自己一个人身上，哪里找去？家底子那么厚，现在是文明世界，五族共和，还分什么苗不苗？……"四婶娘讲。

"就是听起来不好听，一个县长妹崽，人长得那么标致，跟那么一家联姻，怕说出来都是图人家钱财，外头人会传的……"婆讲。

幼麟叹了口长气，"传三两天就不传了。开风气之先嘛！要紧的是妹崽日子以后一定过得好。周家人忠厚老实，染匠铺生意是连绵长久，天灾人祸没有影响。"

"那你叹长气做哪样？"柳惠问幼麟。

"我一是嫌你们为这种事没有必要费这么大的神；二是可怜社会上守旧的脑子也的确存在。"幼麟轻松地排解。

"才隔了我们一家后门——这嫁妆、抬盒一长列礼仪怎么进出？"四婶娘说。

王伯插了一句嘴："他们苗家也实在不会张罗。抬起抬盒、嫁妆，吹唢呐，放炮，打锣打鼓走北门拐正街，过道门口，转登瀛街闹闹热热绕一圈把新娘接进花轿不就成了吗？"

四婶娘连忙称赞："王妹就是大气周全，快去报送两家人，说是我们大家出的主意。"

王伯兴奋起来，"那我狗狗要替孃孃'打底马'了。这正好叫作'伯望送孃'那出戏的意思。"

狗狗听得没前没后，只晓得讨嫁娘是件可怕的事，还亲耳听到王伯提到自己的名字，从房里跳了出来："我不做！我不做！"

幼麟莫名其妙，问狗狗："张序子！张序子！你讲你不做哪样？"

"我不做王伯讲的那个！"

王伯讲的那个"打底马"，是陪送新郎骑马的队伍，光是一匹马不行，起码要四匹马。于是就要拜托央求有点身份的人家的男孩子一齐参加。这要下红帖子，要封喜钱。马呢，找承办喜事的"老教"铺子张罗雄强、听话的马来参加，就连押马的人他都会安排得妥妥当当。

承办喜事的铺子在朱雀城有的是。花轿是这一单喜事的主角，轿顶周围插满一尺高矮的五彩戏剧人物，通红绫罗绸缎绣满大双喜字，轿帘子绣的是《百子图》。轿夫一般是前后四人，穿着讲究的鲜红的喜字号衣，头戴尖角宽檐毡帽，还要满脸笑容一路喊着吉庆号子。

一对大柜，四扇玻璃上彩绘着"凤穿牡丹""喜鹊噪梅""莲生贵子""五子登科"吉祥图画。一具六足雕花高架面盆架，一只描金马桶，一座梳妆台，四张梅、兰、竹、菊雕花靠椅，一架穿衣镜，四张骨牌凳，一张骨牌桌，都安排了肩挑手抬的人。两个装满时新京果的三层提盒，四口广东阳江漆皮大箱，四床铺盖被褥带套枕，二堂景德镇瓷金边餐具，德国"美最时"自鸣钟一座，瓷帽筒一对，二十四抬在本城说该做的算是都做到了，都陈列在一溜排定的"抬盒"上。（抬盒是什么样子，一下说不清楚，画出来就清楚了。）嫁妆从文星街头土地堂起一直亮到北门城门洞那头。

这阵势让人看起来闲话很多，说是世道不一样了。哪样人嫁哪样人，有钱都行了。

总指挥当然非倪家外甥倪柏茂不可。除了他，懂礼数层次而精气十足的人不多。他忘乎所以地称心这暂时的绝对权威：喊谁谁应，没有反抗的余地。他满意之极，不为名不为利，只是快乐得以抒发。

传统婚姻有一个特点：新郎到时候都傻。

不像文明结婚，新郎新娘早就长期来往接触，众人面前搂搂抱抱，亲爱得既有基础且坦荡无畏。

传统婚姻也有新郎傻过几天之后忽然变得聪明起来的，搞了个大嚷嚷，叫作受到"吃人的封建礼教"的迫害，于是公然地出走不认账了。把一个老实无辜、缠了脚连进出房门都十分困难的孤苦女子丢在家里十年、二十年、三十年守着空房盼呀盼，到死为止。新郎呢？"反抗吃人的封建礼教"的迫害取得辉煌喜人的成就，在外头另外搞了场文明结婚，喜气洋洋，战果累累，生产了不少可爱的"祖国的花朵"。

也有些仗义者关心这方面的事，打过抱不平，谁晓得锣鼓响起来，却缺席唱戏的角儿。说是上头交代："要顾全大局"。这句话不免引得众人哈哈一笑；世上把这句话认真对待的，怕只有那些独守空房的局中弱女子们了。

我们的这位北门内染匠铺周家姑爷，那几天却是一点也没有感觉到封建礼教有吃人的意思。他只是忙昏了头，六神无主，手脚不晓得放哪里好，全身心地任人摆弄、勾引着走步。

"打底马"这玩意，序子开始不干，拿了几个绣花荷包之后也不干！上马之后又觉得在城里走半圈很是好玩。其他三个小孩是家里受了红包强迫抱上马的。他们梦也没梦过序子几年来马上的经验，连哭带喊，吓得"屁屁"也拉在马鞍子上。

队伍启动，锣鼓唢呐齐鸣，鞭炮响声吓得鸽子满天飞，守门狗都夹起尾巴躲进屋里不敢出来。

新郎周家姑爷的马在四匹"打底马"的孩子之后，然后是缓缓行进的一晃一晃的花轿和"抬盒"。队伍跟着满堂齐整崭新羡人的家具。拐登瀛街，进道门口，过县衙门，上西门，右拐经陈家祠堂门口，下陡陡坡过朝阳巷，过王家弄，文星街，眼看土地堂一拐弯马上就到新娘家，整个队伍轰鸣抖动起来。

大门两边和门楣上都贴着大红喜联，挂着红灯笼，门居然紧紧关着。

爆竹、唢呐、锣鼓响器大大发作，从容快乐地饱尝闭门羹。苏东坡《临江仙》词说："……敲门都不应，倚杖听江声……"

十四五米城墙外就是一条喧闹的河，这时候已不存在了。一群人热热闹闹敲门喊叫跟苏东坡一个人饮酒归来的诗情画意当然大不一样。

敲门的性质不一样。这边要的是"喜钱"，一枚枚铜圆往门缝里塞，里头嫌少，再塞，还是少；塞几张纸币，还是不开。炮仗锣鼓不停地响，隔着门里门外在相对责骂。骂，敲诈，勒索，讨价还价，这时候都属于合法。打趣的人大着嗓子喊："不开算了！轿子抬转去算了！……"

门里头新娘子跟陪着哭嫁的姐妹已经哭了一个通宵。该出门起身的时候拜别老爸，老爸说："你是个懂事的妹崽，时局不顺你也是晓得的，爹也老了，那份人家是个可靠老实人，我看是最好最实际的了，住得这么近，让人放心。这一去，好好孝敬公婆，夫妻要和睦尊重。祖上几百年都是读书清流人家，把自己读的书帮助男人料理好事务就过得去了，好！安心去吧！"于是大门开了。

少竹舅大爷背着哭哭啼啼的二妹上了花轿。

没走几步就到了周家张灯结彩的大门，喜婆把新娘搀进堂屋，司仪倪柏茂使尽浑身解数，音声爽脆之极：

拜天地，拜完祖宗拜高堂；夫妻对拜！多谢各位长辈亲朋戚友；新娘请入洞房。

嫁娶两家隔得这么近的世上也都少见。有的甚至三里十里之外，不免引出一些笑话——

花轿里的新娘不停地哭，路程那么遥远，抬轿的人一路听到哭声受了感动，边抬边商量，"哎呀！新娘哭得这么可怜，想必是舍不得父母，真造孽，我看，还是抬回去算了！"轿子里马上没了哭声。

另一个故事是：

花轿进了院子，热闹之极的时候，抬轿的轿杠被恶作剧的人藏起来了。大家里里外外寻找都不知下落，慌乱不堪。没有轿杠如何抬得走轿子？只有正在啼哭的新娘一个人看见藏轿杠的地方，所以一边哭一边说："轿、轿杠、在、在、在门、门、门背后……"

晚上有个正式大宴会，专门邀请精选的五六岁以上、十岁以下亲戚熟人家十二名伶俐儿童参加。旁边各随侍着成人照拂。新郎坐正中上席。酒筵级品很高，这决定性的隆重，据说与兴旺子孙有关。

吃菜，喝汤，吃点心；有甜有咸，见到好东西按规矩都可以用随身带来的油纸、黄草纸包起来往家里拿。所以旁边跟着的人忙得不像样子。这是惯例，没人说闲话的。

接下来一个个轮流向新郎敬酒，敬酒的时候先要讲四句四言或五言或七言的吉庆话。比如："筷子尖尖，杯儿圆圆，五男二女，七子团圆。"

这些诗是家里大人教了半天背熟的，不晓得挨了多少"波子脑壳"，流了多少眼泪水。

轮到序子了。有王伯和柏茂老表哥殿后有恃无恐，加之平常记性不错，一教就会，站起来举杯就喊："华灯明烛亮堂堂，姑爷喜庆有文章。美酒千杯喝不醉——"

底下那句应该是"明年生个胖儿郎"；序子念到这里忽然萌生出另一个看法，为什么要等"明年"呢？"今年"快一点不更好吗？所以他自作主张，即席改为："今年生个胖儿郎。"

吟哦刚落，全堂哗然！

柏茂老表哥是原作者，当面亲耳听到序子改动他的祝词，脑门上像挨了一声炸雷，觉得后果严重得难以收拾，抢起序子就训："哪个教你乱改？你看你！你看你！等下回去，我怎么对你爹妈交代？"

序子完全不晓得一字之差，一番好意，世界怎么会变成这个样子？

接下来的"新房"也不"闹"了，酒筵一散，柏茂牵着序子往回就跑。见到三舅幼麟和三舅娘柳惠便一五一十顿着脚板讲给他们听。

幼麟和柳惠听了更是哈哈大笑；笑得柏茂和序子不知道世界怎么又发生另外新鲜大事了？……

弟弟子厚已经一岁了。

八月二十七日是孔夫子诞辰。

古椿书屋和文庙就在弄子两边。

幼麟参加了祭祀典礼回来，分得了一块"牺牲"的新鲜肉块，高声叫着："快抱子厚来舔舔！快！快！"

抱过来子厚，他还真的伸出小舌头，笑眯眯地舔了。

"舔了孔夫子祭品，长大读书一定有出息。"幼麟说。

古椿书屋大门这边白粉照壁很高，大清早满是太阳。古椿树的绿叶连隔壁的刘家也伞盖了。院子不算大，铺的岩板方正讲究，是家人早晚憩息活动的地方。

序子也长大了。游玩的版图除了这块天井之外，已经扩大到大门口外，后门周家染匠铺外左首高出路面的一排青石板和顺路过去的考棚里的那块空寂的小广场。王伯有时也放手让序子各处走走，甚至还带着序子上城墙远眺，抱着他从城垛子空隙检阅河边婆娘家们洗衣吵闹场合，看过跳岩的人，看喜鹊坡上石头砌起来的打仗的堡子。

序子除同学外还结交了新朋友。有一个六岁大白扁脸的跛孩子叫刘庆生的，和序子来往得最多。他没有妈，爹在正街上城隍庙里给人家写信、写状子。

笑眯眯地舐了。

抱过来子厚，他还真的伸出小舌头，

舐了孔夫祭品，长大读书一定有出息。

刘庆生时常坐在后门口周家染匠铺那排青石板上等序子，序子不在他也等，等到他爹晚上来接他回家。遇到序子他就会说："你到哪里去了？我等了你两天都不见你！"

"你不用费神等我，你看你！我上学堂读书，都没有空。"

"没有空不要紧，我有空，我看他们晾布，看染匠踩，看人走来走去……"

"那你饭呢？"

"我有饭，看，我的饭笋。"

"你妈给你大清早做好的吧？"

"我爸做的。我没有妈。我妈生我生死了，我就没有妈了！"

……

序子跟庆生坐在一起，序子说：

"我放学在岩脑坡底下见到河南佬耍猴戏，那猴子自己会开箱子换面具壳壳，骑绵羊舞关刀……"

庆生听了高兴，抬起脑壳想，"要是河南佬来文星街就好了！我一辈子没去过岩脑坡……"

序子问庆生："你看过岩鹰抓鸡崽吗？"

"看过。它飞到院坝，大人就拿'响篙'[1]吓它走！"

"看过岩鹰叼河边人洗猪肠子鸡肚子吗？"

"我出不了城，没看过。"

"那你认的字怎么比我多？"

"我没认得比你多。我爹一天才教我十个字。"

---

1 齐肩高、手杆粗的干竹筒，一端用柴刀破成粗刷子样，拿在手里敲，发出怪响。

"一天十个字，十天就是十乘十，十十等于一百个字，一百天乘十，一百天乘十……我还没学过……"

"一千。"

"一年有几个一千？"

"三个多一千。"

"好多个一千你都算得出！那你能读大书了。嘿！你还会算术！"

"我家没有大书。也没有算术。我爹教我打算盘会的。"

"那你可以当侠客！"

"侠客要认得好多朋友，我只认得你一个人。"

"你隔壁，你对门，那些伢崽妹崽，都是朋友嘛！"

"不是朋友。他们嫌我跛，不跟我玩。总总是我一个人。有时他们还打我。"

"以后有人打你，我帮你！"

"嗯！我爹讲你爹你妈是读书人，是好人。"

"我还有个王伯，哪个都不怕。厉辣得很，她会帮你。最会打架，最雄最雄了！"

"喔！"庆生答应。

"哪个把你这只脚打跛的？"

"不是人家打的，是妈生下我来就跛的。"

"喔！"序子也答应，"那你一个人夜间做什么？"

"我看天上的星星。"

"你就像星星，一个在天上，一个在地上。动也不动。"

"星星不是一个，星星越看越多；也不是不动，是一起动。"

"是月亮带着他们动的吧？"

"月亮不在的时候他们也动。"

"我有个同学是麻子，还有个是驼子，大家都不嫌他。人家是天生的。又不是土匪、强盗，是不是？"

王伯来找序子，"我晓得你在这里。"见到庆生，"咦？你是哪家的？"

序子赶忙说："他叫刘庆生，他一只脚跛了，他妈生他生死的，他天生跛的。"

刘庆生害怕，提起饭箩想走。

"你不要走，"王伯说，"我喜欢没有娘的孩子。序子是个老实人，不会欺侮你，你们可以'打老庚'[1]，你家在哪里？"

"标营。"

"那你怎么来的？"

"我跟我爹来的，有时他也背我。我爹在城隍庙帮人写信！等下他就会转来带我回去。"

王伯说："那我们陪你等你爹接你吧！"

"不要陪，我一个人惯了！"

"还是陪吧！留你一个人在这里我不好过！……你们等着，我到城门洞买'喜沙粑粑'给你们吃。"

买回来，一人一个，庆生硬是不要。不是假装不要，是真的不要。王伯就自己吃了。王伯问："是你爹教你的吧？"

"是。"庆生说。

---

1 做干兄弟。

"怎么教你？"王伯说。

庆生说："我们家穷，不好要人家东西。"

庆生有事不来周家染坊门口时，序子就跟文星街几个男孩女孩在自己门口玩。

玩什么呢？

门口横着八块方岩板，大家就"跳房子"，下"蜈蚣棋"，"打三棋"；有时候女孩子们聚在一起"办家家娘"时，男孩子一插进来就混了，搅得玩不起来，序子就会叫男孩子"滚开"。

也踢足球。球是橡皮的，非常之热烈好玩。可惜皮球不经踢，一两场就破了；也费鞋，费袜子，尤其是刚落过雨，那一身滚的泥巴，回家是经不起骂的。

跟女孩子们玩比较文雅，可惜单调，很难融入她们那种特殊细腻的群体情绪之中；跟男孩子们可以玩得激昂飞动，却是缺少余韵和想象力。

周家染坊门口那几块青石板，明显地已经不够用了，于是都集合到考棚那块较大的场子去。

进考棚上三级石坎有座宽大的序廊。场子左右两边各有一小块洼地，一边长着石蒜、艾蒿、蕙草那类《诗经》里的杂种植物；一边堆放盖房子用剩的红砂岩条。女孩子们在长草的那边；男孩子们在堆石头的那边。女孩子们麇集在那边静静地讲闲话，带着小针线绣着小金鱼、牡丹花之类的手工。

男孩子在石块尖上指手画脚吹牛皮。有的说他爹在汉口当参谋，一个月三千块钱，"骑"着汽车蒋介石都不敢挡。有的讲他爹当土匪司令的时候，打仗开枪，想打眼睛打到鼻子都要难过后悔，哭好几天；在长沙嫖"堂板婆娘"，"堂板"老板钱都不敢收，还要摆酒请客，"我妈就是堂板婆娘"……话讲到这里，让过路的他爹听见了，走进来铲了两耳巴子提着耳朵，儿子一路哭喊着走了。王屠夫的孙子讲他爷爷一个人杀两百斤重的猪，口咬着刀，右手提猪耳朵，左手抓猪尾巴，按在长板凳上，膝盖顶着猪肚子，就那么一刀，眼看着猪血流了一血盆，走了；其余的事让下手做。这倒是有点可信。孩子讲话不太在乎真假，就像当官的演讲，讲归讲，听归听，彼此也不当真。不过小孩子吹牛快乐性强；当官的演讲，有人打瞌睡。

有一个叫作萧丹的孩子也来了，他跟庆生都住在标营。像个读书学生，又说是不在学堂读书。年纪都差不多，说话轻言细语。最特别的是他留一个"分头"。头发留得长，用油在两边分着。这一群孩子没有留"分头"的，都是剃光脑壳。有时梳个"冲天炮"，有的留个"螃蟹头"。"梳分头"都是大地方回来的人。有过，却是少。

标营萧丹家门口有好多石坎子，里头有个石板院坝，他爹在外头做事一年半年回来一次；萧丹带人进来，他妈从来不管，也不骂人，只要不碰倒花钵子、金鱼缸……这规矩是大家都晓得的。

萧丹家在红岩井的尽头，有的孩子嫌远，来得少了。序子不嫌远，其实也不算远；他觉得萧丹家和自己家有很多相像的地方。堂屋两边都挂字画，摆了茶案椅子，尤其吓了序子一跳的是，萧丹告诉他两边挂着裱好的八条书法是他写的。

这原是大人们做的事！听了萧丹的话，序子一下子觉得变矮了。他多么希望萧丹接下来会笑着告诉他是在跟他开玩笑，其实是他爸爸写的。

没有。序子自己看到第八张条幅末尾写的是"朱雀六岁萧丹书于民国十九年夏"。

"你写的这些字是什么意思？"序子问。

"朱柏庐的《朱子家训》。"

"你懂得那个姓朱的讲什么吗？"

"有的懂，有的不懂。"

"你不懂怎么会写？"

"我爸爸教我写的。他教我背熟这篇文章，长大了管家有用。"

"他说，你就信了？"序子问。

"还有好多文章都要我背，说长大有用……"

"我不晓得我爸几时会像你爸那样……你爸要你背书凶不凶？"

"不算凶，就是烦。"萧丹说。

"写字烦不烦？我看，怕是烦死你了……"序子说。

"我喜欢写字的。我爸自己也喜欢写字，他还讲我写字长进得快！长大会变个书法家！"

"那可是你自己讲的，长大你莫后悔！"序子为他担心。

序子说："我看你怪，写字哪有画画好玩？写字要一笔一笔学人家的；画画爱怎么画就怎么画，不用人管。我就不喜欢写字；顶多，比做算术好过一点。我同班谢茂醒喜欢算术，先生在黑板上出个题，总是他第一个抢上去用粉笔算出来的，回来时还笑。不晓得有什么好笑——你屋里有《儿童世界》和《小朋友》吗？"

"没有。"

"那我下次带给你看，我有。"序子说。

"我屋里有《小小游戏》《小博物》《小智囊》。我现在就拿给你看。"萧丹进屋一下子就出来了,捧了一怀抱书,摊在地上让序子看。比他原来讲的要多得多。有的是他爸爸看的大人的书——

"这不叫'书',叫'画报'。"

"大人的画报是不是有点不要脸?有好多笑婆娘。"

"大人有时候没想到不要脸!"萧丹说。

"你妈也看呀?"

"没见她看过,见她拿来剪鞋样。"

"剪鞋样?那你爸还不发火?"

"真的书我爸放在玻璃柜里,锁到。几个柜子都锁到,都是书,那哪个都不能动,没人动,也不见发火。"

"我们家老屋楼上好多线缝的书,盖好多灰,一口一口大箱子装到。哪个上楼,下来都是一身灰,就给大人认出来,会挨骂的,有时还挨铲耳巴子。"

可看的又可随便翻动的这些大小厚薄书本让序子觉得很有意思。尤其是萧丹忽然又捧一堆出来,忽然又捧一堆出来,敞开让序子看。

序子开始猛然一翻,的确是让衣服穿得很少的笑婆娘吓了一跳,书和画报看多了,就觉得也算不得多;多的是好高的房子,山,绿柳红花白花,还有海,会自己走的车子,好多男男女女不晓得让哪个弄到海水里不让上岸,张开大嘴巴笑。

萧丹进进出出一点都不嫌累。到时候又整整齐齐地叠起来,一堆一堆抱回去。好耐烦。

序子想,他爸爸不在家,他就是爸爸,他就是《朱子家训》。萧丹满头是汗,头往后一歪,头发把汗水甩得很远,回头向序子笑笑。序子没想过留长头发有这么好的派头，觉得萧丹那股劲像汉戏里《翠屏山》的石秀。

王伯找来了。

"咦？怎么你一个人在院坝？"

"还有萧丹。"

"那他呢？"

"搬书进屋，马上就出来。他搬好多书让我看，他好雄，像个侠客！"序子说。

王伯笑了，"你喜欢哪个，哪个就是侠客。快走吧，明天是星期一，你还没写大字呢！看你用哪样交？还有，那个庆生坐在周家染坊门口等了你快一天。快走吧！"

萧丹从堂屋出来见到王伯，笑眯眯地也跟着叫"王伯"，还送王伯和序子到大门口。

"你在萧家走玩，魂留在那里，该不该转屋里都忘了！"王伯说，"唔！那个萧家伢崽好有分寸，懂礼，送我们到大门口。看起来和你一样，都是个读书人家子弟。"

序子说："是的，是的！他们家有好多书，还有一种大书叫作'画报'，好看得很！我们有好多话讲，他晓得好多好多事，他去过长沙、沅陵……我跟别的伢崽只讲伢崽话，跟他，我们讲书话……我讨厌天天讲伢崽话，有时还讲痞话！"

"哪里找你们两家的福气？"王伯说。

"只要我有空，我就会去找萧丹。"序子说，"你要是多听他讲几句，你就会喜欢他到了不得！堂屋两边挂的字，不是他参写的，是他写的，你看好雄！"

"那也是有个好爹！"王伯说。"在考棚有好多小痞子讲'丑话'，有人讲你也在。"王伯问。

"是，是，是，我在，我在，有个伢崽吹他爹好，吹他妈好，他爹路过听见了，铲他两耳巴子，提起他的耳朵走了。看样子他爹很恼火！"序子说。

"讲他爹妈好怎么又挨耳巴？"

"那我就不清楚了！"序子一片茫然。

过了土地堂，王伯告诉序子："看，那庆生，他还在等你！看到吗？"

庆生见到序子正要高兴，序子对庆生说："以后你不要在这里等我了，我不做做你的老庚了，我认萧丹做老庚了。"

原来拉着序子手的王伯，听到序子忽然说出这样的话，甩开了序子的手，一把抱住庆生。

"别信他！庆生，你是乖伢崽，你是铁打的老庚！"再转身像只老虎对着序子大声吼起来，"你，你怎么说这种话？我，我我一把火烧了你！你他麻个皮有什么了不起？你你你一百个张序子也抵不上一个刘庆生，你是个'黄眼白鶃'[1]的人，你吐一把口水就丢掉一个老庚？你好阔气！庆生、庆生，我没把狗狗带好！我对不住你。狗狗他不配做你的老庚！"王伯哭了。庆生瞪大眼睛趴在王伯肩上看着序子。

看热闹的人多起来。王伯放下庆生，"你坐好，等你爹来接你。"拉起序子进后门弄子去了。

—

1　骂负义人的毒咒。

原来拉着序子手的王伯，听到序子忽然说出这样的话，甩开了序子的手，一把抱住庆生。

『别信他！庆生，你是乖伢崽，你是铁打的老庚！』

别信他：庆生，你乞邪
伢仔
你乞铁打的老庚：

来到厨房，把序子按在一张小板凳上，自己在水缸舀了一瓢水喝了，坐在另一张小板凳上喘气，指着序子说："你坐好！等我想一想怎么骂你——嗯！你是个混蛋，你是个孽种！他一辈子都会恨你！他活好久就恨你好久，你一句话杀人不见血！——你幸好不是我的儿，我讲'幸好'你懂不懂？——他的命不好！偏偏碰上你？——你还讲哪个坏伢崽欺侮他，你就帮他报仇；最欺侮他的就是你。你把他的心都打碎了。碎了一地，补不起来了——别看他小，我没脸见他。他把你白天当太阳，晚上当月亮。信服你，靠你，耐烦坐在岩头上等你一天，两天，三天，能看你一眼就好！——他图你哪样？连一个油炸粑粑都不图——你欠他这笔账，留给你整整一辈子去还吧！——你慢慢会长大的，这段长日子，你还会做好多别的恶事，讲好多恶话；会的！到老，到死，你脑壳里都刮不掉这头一段做过的恶事，它在你肚子里咬住不放。现在你不懂，你越大越会明白。没有比让人伤心更恶……"

王伯狠狠诅咒序子；她绝望之处是因为她明白大局无可挽回。她明白庆生和他爹这种人，在某些地方跟她一样。当弱者情感被逼到绝顶，那令人生畏的庄严面目在凡间是难见的。

吃晚饭时一切正常。幼麟说了些外头的时局。李立三路线垮台，给叫到莫斯科挨训去了；毛润之、朱德的部队打了汀州，拿下龙岩，成立江西、闽西苏维埃政府……这些边吃饭边讲的闲话，根本和周围的人毫无关系。紫和、四婶娘、王伯、序子、婆、保大、毛大，有关系吗？没有；连柳惠听了也觉得这时候对这些人讲这些话只是幼麟自我抒发，一种惯性历史情感的袅袅余烟。

王伯看今晚桌上没有汤，还到大方桌上倒了杯糊米茶给序子，好像刚才厨房的一场暴风雨从未发生过。

在序子心里，王伯有时候会生大气。那一年骂生杨梅疮的刘痒痒老婆；在木里路上警告开饭铺的"狗屎"，要烧他的房子；在木里河边踩掉骑马的"四城"的枪；这一回骂到他头上……事情会过去的，一过去就没有事了。她没有读过书，又不信菩萨，她讲她自己的道理……

饭吃完，王伯帮婆和四婶娘收拾碗盏进厨房，洗了。摆回桌椅板凳，大家都散了，各回各的房间。王伯给序子洗手并擦了一把脸，抠干净鼻子眼里的鼻屎，给序子一个暗号，拉了往后门就走。

"找庆生去！"

已放过定更炮。天暗了。

两个人往标营那边走。

标营是沿城墙一条宽宽的石板路，右首边是城墙，左首边走不几步一条弄子，又走不几步一条弄子。弄子里深一百两百米，各是面对面的住家人。好多这样整齐的弄子。这是多年前什么人计划好的建筑群落，像个驻军队的又可带家眷的营盘。既然叫作标营，那就是了。可以认它为"标骑兵的营盘"；你看，对门河叫作"老营哨"，也应该说是更早的驻军放哨的地方。这种历史讲究的称名，再过一些年月，年轻人怕就懂得少了。

有个弄子叫吴家弄。庆生跟他爹住在弄子尽头的一间小屋里。

王伯拍门。

"哪个？"里头有人问。

"我带张家狗狗来看庆生老庚，向庆生老庚赔礼。"

"不要了，请回去吧！"里头讲。

"你开门再讲！"

"不要了！"

"你开不开？"王伯大声喊起来。

门里头再也没有回应。

王伯用劲捶几下门——

前后弄子的门里都有人伸脑壳出来看个究竟。

王伯挺起胸脯拉起序子往回就走。嘴巴里"嘀嘀"响着，不是难过也不是笑……回去的路真黑。

《圣经》"罗马书"第八章三十八、三十九：

"……因为我深信无论是死,是生,是天使,是掌权的,是有能的,是现在的事,是将来的事,是高处的,是低处的,是别的受造之物,都不能叫我们与上帝的爱隔绝；这爱是在我们的主基督耶稣里的。"

这场风暴，序子除了对庆生讲过不该讲的那句话之外，再没讲过第二句话。他不清楚罪恶的发端和后果。在人类历史中，罪恶之令人受到伤害，不是自以为是便是幼稚的放纵；甚至一个追求真理的试验要动用上亿人的生命和百年时光……

"在听者与讲者看不见的思维上方，有什么看得见的东西正在移动？"（《尤利西斯》——九四页）

狗狗变成序子的过程，也就是开裆裤变成封裆裤的过程。两年前跟伙伴许下有朝一日穿封裆裤的抱负已成现实，境界提高好大一步，只有不识时务的人才会对堂堂小学生张序子重提那点至今看来自惭的辉煌。

历史上，有不少皇帝和各界大名人都不喜欢儿时的游伴重提类似开裆裤抱负的交情往事。深情的怀旧得到寡情的报应，往往令其后悔爹娘少生两条腿，认罪求饶也来不及。

序子已能够一个人背着书包走登瀛街，穿道门口，出南门上岩脑坡进文昌阁小学了。王伯在家里忙，也可能要兼顾子厚弟弟。

说到那个书包，真是令人烦愁和困惑的。

因为是序子的第一个书包，妈妈不知投注了多少心思，雪白的粗线十字布，上头用红丝线绣了英文：GOOD·MORNING。口袋有半个枕头大，的确是太大了，加上斜挂在肩膀的带子过长，序子要斜着肩膀走路才不拖在地上。这还仅仅是外观的麻烦。

大麻烦在里头。朱雀城所有的孩子，不，连大人在内对钢笔都很陌生。铅笔在孩子们读书生活中还只是一种奢侈品，一种向往；以 1B、2B 直至 6B 的甜蜜知识为谈助，因为使用铅笔还必须有一种叫作"磅纸"或"白报纸"的配合才能在上头运行自如。尤其神妙无比可以在纸上拭擦改正错误不留痕迹名叫"橡皮"的东西，成了邋遢孩子们的救命星。

一个威风的孩子是因为他有位在外头读书的哥哥。他哥哥放假给他带回 6B 铅笔和画画的"磅纸"，甚至水彩画颜料。这些神物若让先生晓得了，都要借来看看。

所有的孩子要画画只能用"毛边纸"。阔气一点的用"夹帘纸"。颜料是画风筝的"品红""品绿"。工具只能是毛笔和砚台。

写大字，抄作文，做算术，都在毛边纸上进行。放学了，课本、习字本、毛笔（每一支毛笔幸好都有个铜笔套）、砚台和墨，一股脑都往书包里塞。于是，留在砚台里的墨汁便上下四处泛滥。受凌辱最重的，无过于上头刺绣着 GOOD·MORNING 红字的书包了，并且殃及穿着的整齐衣裤。简直是天昏地暗，一塌糊涂。

穷人家的孩子没有时兴的布书包，他们用的是祖传的竹书篮。一个坚固的提把，篮分三层，底层放笔砚，二层放纸张和练习本，上层搁书籍课本，爽朗稳妥。油过生漆加上几代人的爱护，显得沉着油亮，跟它们眼下穿着整齐干净带补疤衣服的主人一道出入校门，仿佛代表着一种朱雀城自古相传的文化精神。

稍微富裕人家的孩子，说提书篮上学的孩子是乡巴佬。那些提书篮的孩子心里清楚，他们嘲笑的只是书篮主人的穷、身上穿的补疤衣和食盒里油水不够的饭食；这不要紧。老远进城来上学并非为了比阔。这些城里娃娃也只是嚷嚷，论读书，论打架，都不是对手，所以不放在心上。何况先生们都向着肯用功读书的穷孩子。

序子没想过穷不穷的问题。他的启蒙老师是只母豹子王伯，原始人生基础打得牢靠。读正经书的热情一般，没有太突出的天分，记性也马马虎虎，背起古文来勉强过关，平仄四声学得模模糊糊。算术天生存有仇恨，练操尚称准确，喜欢爬坡、上树、跳崖之类的野外活动。看高班同学拿真枪打靶，"打野外"[1]，十分羡慕神往。热衷自然动植物常识课，这门课算是最为用功了。不习惯油皮涎脸街上小痞子的呼啸结帮活动。

对先生的态度也因人而异。

滕嗣荣先生，梳了一个好看的分头，穿灰长袍，是幼麟的老学生，两只眯眯笑的眼睛，一对浓黑的眉毛。在讲堂他看着所有学生，学生也喜欢看他，明白他对班上每人都相信。他上常识、国语课，也

---

1 在坡地山野里冲锋杀仗。

上音乐、美术课，还自己填词作曲，自产自销，教学生唱。有时学生看见他一个人站在楼上看好远好远的地方。他才二十岁刚出头咧！他有一天会远远地走了吗？或是永远地不走，留在这老地方呢？

张顺祖先生是个红鼻子，红得比国旗青天白日满地红那块红的部分还红，比春天乡里人进城卖的樱桃还透亮。这红而透亮的东西无论放在哪里都会是一种骄傲，就不应该放在张先生的鼻子上。这不单天理不公，而且还干扰了学生对他原来的百分之百的亲热和尊敬。

其实也不；张先生如果没有那个红鼻子，那简直就不是张先生了，岂不跟凡人一样？

张先生皮肤还有点粗糙。他从来不笑，也不发怒。他嗓子温和："底下同学莫窃窃私语，听我讲啊！母羊为什么也长胡子呢？那是因为……同学们，那个刘体义，你莫再讲话啰！"

下课以后，大家就骂刘体义不讲良心，张先生这么好，还不听话？

胃敬乡先生比哪个先生都老，学生们私议他起码有五百岁。他教"读经"，"读经"就是读"四书五经"。

"没有用！'四书五经'对小孩子一点用也没有！都是大人的事情，读它做哪样？"这是胃先生第一堂上课讲的第一句话。

他还用右手掌放在嘴巴边，笑眯眯地对大家讲悄悄话。没有一个学生听清楚他讲的是什么！

这么老的人居然不长胡子。嘭！嘭！进了教室，嗓子清亮得像戏台上的周瑜，样子像个老太监陈琳。

"我教你们学古文，学文言文，不学'四书五经'，大人有用的，小孩子未必有用。几千年来有学问的古人都用文言文，好多学问都在文言文里头。好多有趣味的东西也在文言文里头。这学问很难,要认真学,学了,就有本事把那点味道挖出来。要不要试一试?"

"要!"学生大声回答。

胃先生转身在黑板上写一些字。

周武帝聘房女为后,西域诸国来媵,于是龟兹、疏勒、安国、康国之乐,大聚长安。胡儿令羯人白智通教习,颇杂以新声。(《旧唐书·音乐志》)

"懂吗?"胃先生问。

"不懂!"学生们答。

"当然不懂!懂,还要我来做哪样?好!听我讲。三千多年前,有个国王叫周武王,打赢了仗,把俘房里头的一个漂亮婆娘拿来做老婆,做王后。西边好多国家的国王都来贺喜,还派来乐队,后来龟兹、疏勒、安国、康国的音乐就在周武王的首都长安流行起来。还让一个匈奴人白智通当教官,他还作了许多流行新歌。"

"你们看。"他在数这段文章的字数,"短短的三十、三十——三十一、三十二、三十三、三十四、三十五、三十六、三十七、三十八、三十九……四十六。"

学生们大声叫嚷:"不是四十六,是四十五!"

"对!短短四十五个字,说出了好多意思。一、周武王时代打仗可以抓俘房当老婆。二、那时候好多'外国'现在都是中国的地方。龟兹,就是我们新疆的库车;山西有些地方以前还算匈奴国的。三、还讲到中国的音乐不少都是外国传来的,久而久之就融合在一起了。"指指黑板，"把这四十五个字抄下来，明天背给我听！"

胃先生后来还教了学生"古诗源"、"平仄，四声"、《古文观止》，就是坚决不按学校规定教"四书五经"。

这一班的学生从此流行查字典、查《辞源》的风气。

要知道，他们才三年级。

胃先生讲课摇头摆尾，非常迷神，像个喝醉酒的样子，其实他不喝酒。上课带了把茶壶，偶尔抿这么一口。有回学生赵子雄偷偷喝了一口，苦得在讲台上打滚。

算术先生高素儒进课堂之前，有个学生李好生对大家讲高先生样子长得像阎王殿的判官，青铜寡脸，嗓子"哞，哞，哞"，阴风惨惨，像水牛叫；没料到高先生已经在他背后。李好生发现大家样子不对，回头一看，连忙改口："我们高先生像个送子观音，面善心慈……"话言未了，让高先生提着耳朵按在讲台边上跪到下课。

世界上也真有喜欢算术的学生。陈良真就是一个，当然高先生就喜欢他。如何之喜欢法呢？让他擦黑板。要是别人是高先生，就会让不喜欢算术的学生擦黑板。高先生把擦黑板当作奖品，陈良真还真喜欢这个奖赏，擦完黑板一脸一胸脯粉笔灰走下讲台，像他妈已经嫁给师长那么神气。

陈良真住在大桥头那边大街上，他妈当寡妇当得很不认真，时常换男朋友，所以同街坊的小孩才有这个想法。

高先生家里卖酒，卖红糖，要真有心奖赏陈良真，可以称两斤红糖送他！这就好像几十年后对待"劳模"的办法一样，要不是"口头表扬"，就是给一朵大红花挂在胸脯上，带队下乡开荒，总是让他们吃苦在前，少见的昂扬慷慨。

胃教御先生
他哪个先生都
老，学生私议
他起码有立百
岁。

胃先生讲课摇头摆尾，非常迷神，像个喝醉酒的样子，其实他不喝酒。上课带了把茶壶，偶尔抿这么一口。有回学生赵子雄偷偷喝了一口，苦得在讲台上打滚。

高素儒高先生不是个等闲之辈，年轻时候在日本早稻田大学留过学，因为眷恋家乡，感觉人生百年易过，便不到外头去了。他教算术是一个字一个字镶嵌在学生脑壳里，学生怕他，却不生恶意，都乖乖地、勉强学进去了。九九诀另外还补习了算盘诀。学生长大一摸起算盘都会想起他的。

"一上一，二上二，三下五去二，四下五去一，五去五进一，六上一去五进一……"朱雀城那时满街做生意都在打算盘，是另一种很特别的热闹的声音。

龙执夫先生恐怕算是辛亥革命前朱雀城曾经办过一间"美术学校"唯一的活恐龙了。他就是那时候的毕业生。这间学校几时办起？几时完台？都不见哪本书上提起过。他画的是花鸟。上课的时候拿一张自己的画贴在黑板上要学生临摹，这活动原算正常，也不困难，问题是学生哪里来的宣纸、国画颜料和干净的毛笔？所以只能用小楷笔细细地在毛边纸上描画。龙先生在课桌行间走来走去，不说一句话。画完了交到讲台上去塔成一沓，下一堂美术课发还给打过分的本人。龙先生当作一堂认真的课在上，学生也当作一堂认真的课来对付，都认了命，也都不顺心快乐。

滕嗣荣先生也教美术，他和龙先生的教法不同，他在黑板上用粉笔画画让学生临摹，或者讲一件事情让学生自己想着画，画完了由他来评判，看哪个画得有意思。大家来讨论，七嘴八舌。

学生喜欢滕先生来上课，可是这学期的美术先生是龙先生，龙先生以前又是滕先生的先生，所以滕先生不敢说龙先生教得不得法。原来美术课是很让人高兴的。龙先生又不是坏人，不好怪他。一个好画家不一定是好的先生。

龙先生住在靠北门拐弯的登瀛街头，每天关着腰门和大门。听说他是苗族难得的画家，这的确是难得的。序子也听他爸爸说过，龙先生的花鸟画画得很细，有味道，可惜很少示人。画画不让人看，画画做哪样呢？有人又说他清高，像什么什么古人咯！有人又说，要有几亩田清高才能耍得开；也有人说，小地方个个人穷得都差不多，耍清高没人看……

　　卫生课是刘和轩先生教的。课不打紧，没想到这本卫生课本竟然如此之有意思，翻开第二页，一张彩色叮啷心、肺、肠、肚，分别粘在一起的画片点亮了孩子们的眼睛。没想到每一个人的肚子里有这么多东西。只要轻轻拨开两块肺，就可以见到心和胃，小肠子，大肠子，一直通到屁股眼，再一层还有尿泡和鸡公。肾是干什么的？胰是干什么的？以后弄清楚再说。

　　同学跟同学也曾经起过疑心，未必大家肚子里都是一个样子？个个人样子长得都不一样，肚子里当然也有不一样的地方……

　　卫生课的刘先生五十多了，长袍子后摆地方有一块大补疤。每一天上课都罩这件布袍子，里头穿什么也都可以想得到。他不太和气，也没有有意让学生怕他。他不显得爱谁，到他上课，学生都比较安静。

　　"好！今天我们大家来做一件事情，班长费和林过来。大家把嘴巴张开来让我看看。费和林帮我记到，三十四个同学，哪一个牙齿最干净。"

　　费和林记完了说："三个。"

　　"好！费和林坐回位子上去——大家最近牙齿痛的有几个？痛的举手！"

六个学生举了手。

"讲卫生，先从嘴巴讲起。论嘴巴呢，要先从牙齿讲起。牙齿像一架磨豆子做豆腐的石磨盘。磨细了东西才吞得进肚子。你们见过磨吗？"

"见过！"

"磨上下有几扇呀？"

"两扇！"

"磨扇上下有哪样呀？"

"有磨齿！"

"磨齿有哪样用呀？"

"像牙齿一样！"

"你看！你看！大家都这么清楚懂道理。你们大家不晓得，磨盘用久了会溶，会平，要请岩匠师傅帮忙重新凿新齿才能用；牙齿坏了怎么办？伢崽家牙齿坏了还能够长一回，长大了牙齿坏了就变成缺牙齿土地佬佬了，是不是？"

"是！"

"怎么办？"

"不晓得怎么办。"

"牙齿做哪样会坏呢？"

"有虫牙！"

"这样讲是错的。牙齿里头有虫是骗人的鬼话。是你们不讲卫生，不漱口，不刷牙，牙齿留有脏东西，自己烂了。你们看，我的牙坏了没有？为哪样我的牙齿至今用了五十多岁没有坏呢？我天天刷牙漱口。是小时候听我的先生讲的。我们家里一直穷，怎么漱口刷牙呢？用的是古法，拿中药铺的甘草头头，捶成一个小刷把头，蘸了盐在牙齿上刷。这是一。第二，不要让牙齿咬硬东西。我就常常看到伢崽家咬甘蔗的'椎打'[1]，吃硬蚕豆，咬来咬去，好看的牙齿就挤得歪七八扭不整齐了，有的还变成龅牙齿……

"其实刷牙漱口的事情一点都不麻烦。甘草很便宜，手指头长的一段甘草不到十文钱，两个月都用不完。

"你们晓得宋朝吗？"

"晓得！不晓得！晓得！不晓得！"大家嚷起来。

"就是李逵、武松那个时代，离现在八九百年了。那时候的人就懂得用甘草和盐刷牙齿了。"

刘和轩从牙齿讲到长癞脑壳，讲到长疥疮的原因，讲到时常要洗手洗澡、勤换衣服的道理。

还讲到喝水，讲到苍蝇、老鼠和屙肚子。

于是学生们慢慢想到刘先生穷虽穷，他里头的衣服一定是非常干净的。

让人佩服的是刚从外头不知哪个学校毕业回来的滕风北体育先生。因为他长得漂亮，腰杆笔直，面目威武。

他从来不笑。不笑并不等于干狗屎一坨。

学生背后都喜欢他，有时摸摸这个学生的头，有时摸摸那个学生的肩膀。

操场上体育课，他可像个韦驮菩萨。双手叉腰，双脚并拢，脚

1　节头。

尖前后一踮一踮地宣布今天课目内容。（这小动作很难学。）他穿着一条又肥又薄的灰色灯笼裤，宽领长袖红色运动衣。让所有学生开了眼。

他监督每一个学生做动作，自己又详细地分解动作。道理很让人信服，"我不是要你们个个长大做体育家，一个人有一点运动习惯，血啦！肉啦！骨头啦！筋啦！都能灵活一点，尤其是有了体育锻炼的人，行动举止都比较漂亮潇洒。站有个站相，坐有个坐相，走起路来也显得比别人精神……"学生们听他讲这些话，再看看他本人的风度，都听得进去。

"体育不是走玩是锻炼，所以每个动作都要做得准确。准确不是为了我，是为你自己；准确才能动作漂亮！"

于是学生们学会了跳高，跳远，赛跑；高班的还学会打篮球、排球……一板一眼，很有个样子。

滕先生在北门外河里泅水，这常常是他的学生们的牛皮。

滕先生游自由式，上半身全在水面上，像是在水上操正步走，不见一点水花，笔直一条线直奔对门河金家园，比水鸭子还快，不，比赛跑还快。

他的倜傥风神很影响几代学生。学生长大到常德、长沙读书，那边的人见到他们的举止，一点也没有边远荒乡委琐的样子，都会想到或许是朱雀那边出来的。

往往办学的人，只指望每年出几位好学的高手，没想过魏晋六朝每提到文化人时都连带称赞他们高雅的容止。许多教育家把这么重要的事都忽略了。学堂里从未安排过"风度欣赏"课影响孩子。

滕先生迷京戏，拉得一手绝妙的京胡。朋友小聚会上出现个不知天高地厚、荒腔走板的嗓子时，他会慢慢放下京胡，认真对那个人说："哪！那儿是梁，这边有根绳子，是你上还是我上？"

他家境好，毕业后走过南北东西，书因此也知道得不少；只是怪，他放言一不考黄埔，二不看鲁迅，飘飘然就回归乡里了。人说他交朋友太挑，他自己倒不寂寞。大清早，有人会遇见他一个人从南华山上下来；有时见他一个人坐在石莲阁山亭栏杆边想事。大诗人田星庐先生和他爷爷熟，欣赏这个人，说："可惜生得太晚，是个稀奇秧子。"

幼麟修补风琴的风箱已经三天了。

平时他很喜欢拨弄一些小机器玩意。比方，从北门城门洞外坎子底下左首边贺老广大旧货摊上买回来的抱残订书器，打眼器，装在门上的弹簧锁，他都能整旧如新地恢复它们原有的用场。

贺老广也是个人物。他那个摊子很大，什么金木水火土、令人想象不到的零件都有。比如说，两千多年历史的朱雀城，带圆形能滚动的用具只见过水车、石磨盘和碾坊的碾子。朱雀城建立在云贵高原的末端、山径回环、丛草蔓生之地，没想过带轮子的文明哪年哪月会滚到这里来。嗳！贺老广所辖的摊子左手靠城墙根的地方却罗列着五六个簸箕大小几千斤重的钢铁轮子。很多铁匠铺的里手都来参观过，看看有没有可能弄回去把它们打成锄头、钉耙、镰刀、斧头，东敲敲，西碰碰，摇摇头都走了。说那是外国钢水，好是好，小炉膛弄不动它。

右首边也搁着一座两人半高的钢铁巨物，市秤怕是有一两万斤，据贺老广告诉人家说是南岳山底下出土的古物，夏禹治水时钓

朋友小聚会上出现个不知天高地厚、荒腔走板的嗓子时，他会慢慢放下京胡，认真对那个人说：

『哪！那儿是梁，这边有根绳子，是你上还是我上？』

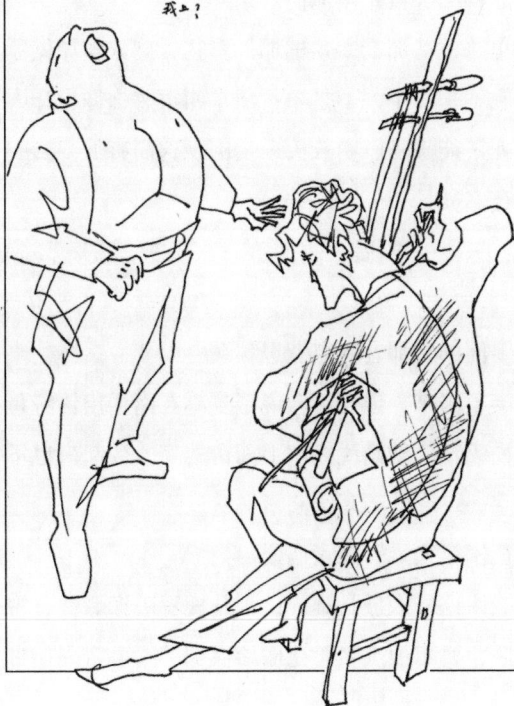

哪！那儿是梁，这边有根绳子，是你上还是我上？

鲸鱼的钓钩。幼麟走去一看，上面铸着凸出的外国字"Uiricn Von Hutten"，拼来拼去，费了些力。霍登？霍登是谁？不管他，反正是个人名，铁锚上的外国字当然就是船的名字。该有多大的船配这只锚？多大的水浮那只船？这是特大号水陆码头的事情，怎么就给弄到朱雀来了呢？

有人说，可能是三更半夜用手脚偷来的。

你偷得了吗？大码头人山人海，就好比张大少爷嘴巴里那两颗金牙齿、道门口那一对石狮子。脸面上的事，偷要好大动静，何况还是外国大轮船？

幼麟觉得这状况很有点意思，便在学校办公室告诉同事好友方若、马欣安、高素儒、韩山、段一罕他们。

"问题是，几千里路，费那么大劲把那件蠢物弄到朱雀城做哪样？"高素儒说，"它不是犀牛，不是象；活东西再怎么怪也让人想得通，也好摆弄，死了能卖皮、卖骨头、卖肉。这简直像一窝蚂蚁子搬钉锤进洞似的莫名其妙……"

"你问过贺老广？"段一罕说。

"没有。"

"其实是可以问一问的，那会有点意思！"

"我当时想笑都笑不出来。他告诉人说是夏禹在南岳山钓鲸鱼的钓钩，我还问得下去吗？"幼麟说，"上面铸的字，读起来也不像英国、美国人的名字……"幼麟写给高素儒看。

"唔，或许是个德国名人。"高素儒说。

段一罕说："贺老广这号人最是难弄，大凡搜罗破铜烂铁、古董玩器的人都深不见底，要套他点名堂比偷参谋部的军事密码还难。

你看到他们老婆这类人今天破衣烂衫，明天忽然子绫罗绸缎、凤冠霞帔，一点都不要奇怪！万丈高楼平地起，大城市里这类豪杰之士有的是。这类人交游广阔而没有一个知心朋友；他们拿仇人当朋友。半夜三更盗坟挖墓，得了好处，讲良心义气的三一三十一分了；不讲良心的，当夜把对方几棍子敲倒一齐塞进坟洞填平完事。这帮人最是阴毒，买买卖卖，顺连到大城里的大家伙，大家伙跟大家伙还是一样的黑吃黑，哪家厉辣哪家赢，一层叠一层，有文有武，让你搅不清东西南北。"

韩山说："贺老广这人怕没有这种深度？"

方若对幼麟说："前天听你一讲我就到北门去了一趟，没看到那个铁锚！"

"不可能！"幼麟说。

"是没有！不信你去看，要有，那么大的东西我看不见？"方若说，"还真有人买走了？……"

马欣安问："贺老广长得什么样子？"

"矮胖。"方若说。

"精瘦。"韩山说。

"读过书吗？"高素儒问。

"听说几十年前杀过一个打他老婆主意的读书人，坐过班房。"幼麟说。

贺老广的大摊子处在路人必经之道。下乡赶场，下河洗衣，下河挑水，船上挑瓜菜进城，军队挑马草进城，乡里收大粪出城，放马洗澡，军队调动……

贺老广让不让过路小孩子欣赏摊子上摆着的琳琅满目的东西呢？让的。贺老广坐在棚子暗角里，瞪大眼睛像只等苍蝇蝴蝶上网的蜘蛛王："不要动手！背着手看！"

吓了一跳！小孩以为里头没有人。

他也不耐寂寞，也希望世上人晓得他活得还不错。万一有调皮小孩拿起摊子上一两样小东西撒腿就跑怎么办？不怕的，跑不掉的。贺老广身边顺手抛出来的东西惩罚过他们几代人，这种教训他们的爹妈绝不会忘记传宗接代。

所以，在他身上有好多传说，说他整天蹲在里头是在"酿蛊"，也有说他是山上土匪的坐探；也有人简直就直接说他是"漆漆芭茅飞槌四柱槐山王"，这是个什么东西？谁也没有讲清楚过。

贺老广的摊子有点像一座扳骰求签的小神庙，让人好奇。

幼麟还在修补风琴的风箱。

幼麟找过贺老广："贺伯，我那架风琴漏气，牛皮胶、生漆都试过了，经不起揉，几下子又脱了……"

贺老广在里头发话出来："你拿熟枣子加糯米饭加柿饼捶融了试试看……世界上讲是讲鱼膘不错，其实跟牛皮胶差不到哪里去，都脆。当然，你讲你用的是漆布，带油性，看起来怕都不行……你先拿马尾巴毛做底粘在麻布上试试。麻布经得起绵……"

"那就多谢贺伯了！弄成了我再来告诉。"幼麟说。

"嗯！"蜘蛛王在里头回答。

幼麟常常补风琴，帮手两个。一个是外甥柏茂，一个是侄儿喜喜。

柏茂心细话少，每做一样都记在心里当作学问。喜喜莽，总挨批评。

"你看你，事情冇做哪样，满身满脑壳汗，都像流到我身上来了。"幼麟笑。

喜喜在院坝捶糯米、枣泥和柿饼，把手指娘又砸了一下。

柏茂拿一根根的马尾毛，细细一排粘在"小白"纸上，横一层，顺一层，经纬都理顺了，绷在麻布上候干。

胶捶妥当，按照贺老广的配方，那两块带马尾毛的麻布居然紧紧地粘在风箱上纹风不动。过了几天，踩起风箱居然开合十分得宜。幼麟到北门找贺老广报喜。

"想想也该是这个样子，软对软嘛！"贺老广说。

"就是面子上总不干，黏黏的。"

"又不是常摸的地方，黏就黏吧！要不然剪一块薄绫子让它黏着，再扑点爽身粉……"

幼麟扔进一包"三炮台"，"熟人送的，贺伯你抽吧！"

"啊！啊！"蜘蛛王响了两声。

今晚上的月亮真好。

堂屋里灯光明亮。小院坝点着熏蚊子的"烟包"（干艾蒿捆，不停地冒出浓烟，蚊子受不了，人有时也受不了。大家觉得有益，也就一代一代忍受下来。不像掺硫黄的"蚊烟香"，人对它半爱半怕）。铺上篾席子，摆了几些茶果点心。

月光照着白墙，又影着椿木树和玉簪花，显得淡淡的清亮。婆在房里之外，王伯带着子厚，柳惠和序子、柏茂、喜喜都在席子上坐着，听幼麟在堂屋按他刚修好的风琴。吃完晚饭一直按到现在。

"……皇皇皇、伊伊伊哇哇皇皇、嗳喔嗳喔、嗳喔嗳喔皇皇皇、哇唏喔凡凡依依凡凡，皇，皇，皇……"

好不容易停下来了。听到他在钩踏板的钩子，关上风琴盖，也来到院坝。

"好听吗？"微微地笑着，放下卷起的白衣袖里子。

好听？问哪一个？当然他不是问柳惠；他指的那几个茫荡寥落的群众。

"太吵！"喜喜的话一半在喉咙里。

"唔！那我问你，唱戏打闹台，哪个吵？"幼麟问。

"好像……各有各的吵法，各有各的味道……"

"你讲，不是吵，是味道了？"幼麟问。

"嗯！"看起来喜喜不是没有想法，他是怕，"真吵，哪个还出钱听？"

"要光讲听，我喜欢有吵的那种，听起来清楚。"王伯讲，"自然咯！比方讲光是唢呐，不打锣鼓，不放爆竹，办喜事就热闹不起来。也不是吵不吵、好不好听的事情。响器还有另外一层的意思。我也讲不清楚。"

"你呢？"幼麟问序子。

"唱歌好听的时候，肉都会麻！"喜喜又抢着讲了一句。

"我夜间睡觉闭眼睛的时候，像按风琴一样有好多声音；文庙、公园旋旋楼，花开的时候，到棉寨，到河边，风在耳朵背后吹……还有好看的，有一个金颜色画的菩萨脸横着横着慢慢过去。眼一开又没有了……"序子说。

"对，对，序子讲得好，这是天籁感应，音乐家最要紧这头脑。"幼麟说。

不晓得哪家楼上远远地有人吹箫。

"听！听！"幼麟竖起指头提醒大家。

……

柳惠说："城墙上，还要好听……"

"这里听也好！"幼麟说，"惠呀！在学堂你听先生弹过贝多芬的《月光》吗？"

"记得。"柳惠说。

"我以前买过谱，不在家，让妈拿去剪了鞋样；后来又听过留声机，零零落落，几个段落我还能用风琴按出来。和弦跟几个延长符号真美，这月亮硬是手指头敲出来的。真美！月光初升，枣黑的山峦，镶银边的灌木丛……我三班的级任是萧先生，他讲过两堂课的《月光》，拿古诗映照，一边是德国旋律，一边是汉时明月……他说流传的贝多芬月光曲故事把人感动得不真实。月光曲不应该拿故事去感动人。有时候艺术并没有感动人的义务；只是技巧，技巧本身……"

大户人家有一两架装门面的钢琴，谈不上弹，即使弹，也没有听者，除非你弹"毛毛雨"。

全县不到十部留声机，高亭、百代公司出版的大多是京剧唱片。不知什么因缘偶尔夹带着几张外国歌剧或交响乐，只要一开动，马上就会有人大声叫停。只有一张"洋人大笑"能给人带来满堂欢喜。

于是有留声机的大户人家麻烦的是常有人敲门来借。

幼麟不买留声机的理由很实际，添新片子费神，听老片子无趣。

幼麟跟柳惠，一个婉约，一个激进，性格差距是很大的。唯一合作最见成效的是不停地怀孕和生孩子。因之在温暖忙碌的生活中浪费了非常有希望的价值。他们心里未尝不明白。有一晚同样的月亮天，只剩柳惠和序子两人时，柳惠讲了七仙女和牛郎的故事。序子问："七仙女为什么不回天上去呢？"柳惠说了一句序子听不懂的话："回天上的衣服让人偷了，回不去了……"

幼麟忙完学堂的事，在家里有几样事情好做。修复他从贺老广摊子上找来的好玩的日用小机器零件；用通草纸画一些蝴蝶小虫、虎耳草、忘忧草的写生再用自己锻造的小刻刀刻出来粘在图画纸上，让自己和朋友都很快乐；在那架不停修补、摇摇晃晃的风琴边上闭着眼睛腾云驾雾，像一位很打了几仗的老将军在天空搜寻曾经领导过的那帮散音游韵，在冥想中吹集合号，遣将调兵。

他从师范学堂带回来的残篇碎页五线琴谱：J. S. 巴赫、贝多芬、李斯特、肖邦……十分之零落不成章篇。这些东西全城只有他一个人懂得珍惜它们。有时蹑手蹑脚像守财奴打开钱柜，从抽屉里取出来，手指尖轻轻拈起一张又一张，放在风箱架上。他紧紧地注视，像找回多年离散了的老狗；他抚摩它们，在黑白琴键上按出一些声音，J. S. 巴赫十二平均律的某一小节、肖邦夜曲片段、李斯特的零碎的所谓单乐章……对，对，J. S. 巴赫的管风琴小曲最能让风琴模仿，手边的残页不晓得是一百五十首中的哪一首，信手按来却一口气奔腾澎湃无法收手，几乎卷入一阵突发的洪溪之中，他挺胸亮脖，前仰后合，两脚风箱踏板像奔跑一样摇摆着激情……

他非常体贴身边这架风琴，明白无误地了解风琴跟钢琴之间的差距，小心手指头跟脚板的配合，让风琴紧紧模仿着钢琴的袅袅余音。他天生一双弹钢琴的细长手真是受尽委屈。

他带着这双可贵的手回朱雀干吗呢？

进屋做客的老太婆们看到幼麟摇头摆尾按着风琴也生出怜爱的好奇心，看你踩出那么让人涨脑壳的声音，还要照着那张纸来呀？

当年学校先生为他们细叙 J. S. 巴赫生平的时候也放过留声机，那是很难透彻的。唱片的残破，跳格，加上先生浓重的江浙口音，更加深了对总谱必要性的认识，锻炼出用眼睛听音乐的本事。

幼麟最感兴趣的是 J. S. 巴赫。可惜见不到十二平均律的总谱全貌；它几乎跟中国语法结构、诗词格律、古典修辞一样，表面理解，它是"作品"，摸熟摸透之后，它是"规律"。读熟它，背融它，你可以一通百通，直达堂奥。

幼麟有时也发奇想，总谱上音律起伏很像绘画里头的笔法和色彩流动，说透一点，它更像唐朝壁画、汉朝石刻那些贯串全局线条的飞扬腾达。那么，有没有人打算过，先在五线谱上作画再标以音符的呢？在五线谱上倒流着盘算，多漂亮的运动画面。它像一盘紧密布局的围棋，更像一个大战前摆阵的沙盘。

巴洛克时期的五线总谱，辉煌、精致、流畅、激越并且古怪，真让人怀疑是先画画后填音符如此这般做出来的。那是一个破旧立新的时代，培根、狄德罗的时代，没有什么不敢做或做不出来的事。

好寂寞呀！像冈察洛夫所说的，"这是野兽栖歇的荒乡"，一个人，在那么迢遥的山坳坳里跟几张残破的 J. S. 巴赫相依为命。为了音乐，幼麟有时幽默自己的孤立；为了自己，有时又怀疑这舍割不掉的音乐道路。没见过西洋音乐概论，没参观过一次音乐演奏会，好久好久以后才明白修芒就是舒曼，修盆就是肖邦，贝蒂火粉就是贝多芬。这个时代学音乐，先生教什么知道什么，没有选择的余地，有如乡村路边的小饭铺不时兴点菜一样。

养成嗜好却断绝了嗜好的物质来源。

因为镜民先生的原因，幼麟有机会走南闯北，上至奉天下至广州，四处生活游学，浸润的又是另一种音乐文化。二人转、二人台，甘陕蒙古民歌，各路梆子、大鼓、三弦，正统京剧，汉剧，扬州、绍兴、无锡各类腔调歌曲，苏州评弹、广东粤剧、南曲……他无一不迷，无一不记，并在脑子里形成一个高格调的口味。

同样的夏夜月亮底下，他闭起眼睛、打着手势为身边的序子哼出其中的某段妙处时，其实是在自我抒情，梳理往日不再的缠绵游丝。一触动音乐，就像微醒的酒人难以控制自我。

序子认识他的爸爸的确与众不同，有点可怜他。他多么需要有一些懂事、爱他的人去哄他。"等我长大，我会买一架比房子大的风琴送他，免得他把高音往低音去按。把他的床放在风琴旁边，饭桌在床旁边，买好多好多五线谱，还有贵的钢笔、墨水……"

幼麟原先打算培养序子读五线谱以弥补终生遗憾，后来自觉困难而放弃了。他已经发现序子不喜欢算术；而音乐的基本精神是数学原理。

音乐是个十足的怪物，它满身都是庄严的逻辑，但其使命却是根绝逻辑……

中国的《乐经》没有了，消灭得无影无踪，这似乎是有悖常理。许多老人都感到迷惘。

《礼记》里还能看到一点艺术为政治服务的苗头：

夫乐者，先王之所以饰喜也；军旅铁钺者，先王之所以饰怒也。故先王之喜怒皆得其侪焉。喜则天下和之，怒则暴乱者畏之。先王之道，礼乐可谓盛矣……

"饰喜"这两个字最能表达称之为"乐"的作用了。这只是从《礼记》的夹缝中透露出来一点"乐"的隐秘。

"饰喜"的对象是少数的统治者；不"饰喜"的"乐"却在远古广大粉丝群中流传。

接下来看：

……故歌之为言也，长言之也。说之，故言之；言之不足，故长言之；长言之不足，故嗟叹之；嗟叹之不足，故不知手之舞之足之蹈之也。

行动了。

世界上有一样东西，就会有另一样东西陪衬它。

毛润之把这事情叫作"扔石头，掺沙子"。

其实，耶和华早就这样做过了。《圣经·创世记》第二章：

耶和华上帝说：那人独居不好，我要为他造一个配偶帮助他。

办法是从亚当身上抽出一根肋骨造成一个女人。

谁要是还不明白，我可以举一些浅显无误的例子让他开窍：一个厂长旁边一定要个党委书记；一个司令员旁边必须有个政委；一个会计一定配个出纳。

老实说，"礼""乐"根本不能共存。"礼"绝对是一元化的，而"乐"绝对是多元化的。所以，"乐经"之湮没是个文化历史的谋杀案。

《乐经》乱性的实质，可能比《诗经》、比《雅歌》好玩。它是个很有前途的另类，最容易蛊惑人心，防不胜防。

序子从来没有告诉过爸爸对音乐有厌恶心。小小年纪懂得什么好恶呢？

他之不喜欢五线谱不过是对五线谱过敏。因为它太像算术。

他喜欢一个人搬张小板凳坐在院坝里想事情，或是弯起腰杆低下头来欣赏脚边水洼里那么深那么深的蓝天白云，害怕不小心往下掉到天上去。

幼麟对序子的音乐设想只感动了自己。他已经觉悟了，决定让序子学武。

最近，"老王"玉公从上海请来一位全国有名的大力士朱国福，预备在南华山的经武学堂当总教官。报上登过，朱国福在上海打败过俄国大力士裴依哈伯尔。

不晓得幼麟用什么办法把事情办通的。

这天晚上，幼麟提了只金华火腿、两瓶玉冰烧、两包稻香村点心，带着序子到玉皇阁去见朱国福师父。一路上关照清楚了，见到师父，叫磕头就磕头，问什么答什么，不问不讲。学武是为了锻炼身体，增长侠义精神；有了武艺，不是为了要雄欺人，恶霸一方，凌辱乡里，而是要评理论事，主持公道，帮贫苦穷人的忙，为地方父老排危解困……

"你自己跟朱师父学多好！"序子觉得前景有点可怕。

走完岩脑坡石板路，过栅子门、牛皮厂，左首上玉皇阁坎子，进山门。

一路黑不溜秋，庙门亮堂堂，连两边的石狮子都清楚。迎面弥勒佛，两边四大金刚，绕过影壁，下七级坎子，左首边东厢房是朱师父的住所。里外人影幢幢。

"来了，来了！"有人这么叫。

幼麟带序子进屋，好像跟朱师父原来就熟，放下东西，"哪！这就是我给你讲的朱师父！跟朱师父磕头！"

序子磕了三下站起来，幼麟给他拍拍膝盖上的灰。

朱师父长得的确威武，白皮肤，眼睛不大，平头，脖子很粗，嗓子洪亮低沉。

"好！好！你叫序子是不是？以后每天清早来这里练功，练完功再上学，听清楚了！"

"听清楚了！"序子说。

原来朱师父还有三个人。一个他儿子，高高个子，挺客气。一个胖子，他徒弟。还有朱师父老婆，是个麻子，若是有什么法子把麻子刮掉，人是漂亮的。

幼麟跟朱师父说了好久的话，序子一句也没听懂，后来就客气地告辞了。

出了玉皇阁山门，幼麟告诉序子，顺便去看看高素儒伯伯。

也像是事先约好的。嗯！是事先约好的。

金秀大姐看见序子，"呀哈！序子去拜师了，以后没有人敢碰序子了。只要一甩手，就是一个筋斗！是吧？"

序子跟金秀大姐进房去见了高伯娘，还见了自己四婶娘的妹田姨娘。田姨娘是高素儒伯伯的弟弟敬如的嫁娘，生有两个妹崽，大的和序子差不多大，叫金云，小的叫金霓，金霓还小，大家叫惯她作妹。今夜她们都在这里。

金秀拿了三个小酒杯，坛子里舀了一点稀红糖，让他们三个小孩子用竹签子挑着慢慢吃。

高伯娘对序子说："我序子雄咧！学打拳了咧！"

"嗯！"序子低着头吃糖。

"序子呀！你怎么光晓得'嗯'呀？"田姨娘笑起来，"你屋里现在有两个弟弟了吧！"

"嗯！"序子一开口，满屋都笑起来，金云、妹笑得尤其厉害。金秀见序子要恼火，赶紧说："我序子话本来就少，没什么好笑！是吗？"

"嗯！"

大家还想笑，却不笑了。高伯娘问："弟弟叫什么名字？"

"一个叫子厚，一个叫子光。一个白，一个肥。我妈又大肚子了！"序子说。

大家笑，序子这下没有生气。

"你做大哥了，我看你真有个大哥派头！"金秀说，"你会带你弟弟吗？"

"软糯糯，不好带。王伯带一个，秀芹带一个。王伯忙，把子厚放摇篮里头，秀芹一起带。"序子说。

高伯娘问田姨娘："王伯？王伯是哪个？你熟吗？"

"哪！就是大家讲到的那个带序子在木里待了两年那婆娘嘛！听人讲，恶得很，像只豹子娘，比序子妈还恶！要没有她，不晓得那时候序子往哪里放！"

"长得蛮吗？"

"一点都不蛮，秀气得很。"

"这天下也真怪！"

"王伯和你们不一样，嗯！王伯，"序子说，"嗯！还有隆庆，嗯！还有岩弄，和你们都不一样！还有'达格乌'！……你们，你们有缠脚……缠脚才恶。"

大家笑，序子也笑。

序子讲话，不讲就不讲，一讲起来，别个不一定听得懂。

幼麟走进后屋书棚，原来韩山、方若也在。

素儒和韩山正面对面躺在烟床上"靠灯"。方若给幼麟从暖匣里倒了一大杯茶："听说你打算让儿子长大做侠客？"

"是这样，"幼麟说，"我那个儿子拘谨、木讷，让他打打拳，敞开点心胸——那么小，谈不到以后的事！"

方若又问："你去看过贺老广了吗？那些铁家伙下落如何了？"

"原来就是枪工厂搁在他那里的。搬走了！"幼麟回答。

"嘻！那他还那么吹、这么吹？他跟枪工厂有什么关系？"

"有人问，自然他就吹了；他就是枪工厂的派遣嘛！你想想，一年三百六十五天，风吹雨打，坐在角落里头冷板凳上，算是个吃公差的。换了别个，怕是难得了。"幼麟说。

"喔！喔！想不到贺老广还带着任务哪！"方若感叹地说。

韩山叫幼麟："你过来靠靠，我喝杯茶。"

幼麟连忙推辞，"我来不惯那个！我来不惯那个，我还是坐着跟你们摆吧！"

那边床已经空了，韩山起身倒了一杯茶喝进嘴巴，咕咚咕咚漱了一番口，再吞进肚里。幼麟见了不自在，便在素儒对面靠下了。

素儒把已经装好了泡子的烟枪递给幼麟。幼麟侧着灯，蕴藉地用烟签子拨弄着活跃的斗口，认真地抽起来。

"看起来，你还真是能弄嘛！"素儒说。

"能！能！以前在北京，家父兴致好的时候弄两口，我还是在旁边侍候的。我家后门周家染匠铺的周老先生夜间邀去摆龙门阵，也陪他弄两下子。说直话，这东西也的确香馥不堪，只是我没有时间打发这东西……"幼麟说完坐起来，让韩山再回来，韩山摇摇手，"就那么坐着谈，精神！"

"瘾足了才精神！"跟着素儒也坐了起来，"遗憾是我这烟扞子钢火不足，烧十天八天就短一两分……"

幼麟说："北方俗话讲，'沧州扞子道口灯'，沧州在河北，道口在河南滑县；那扞子和灯在北京我是见过的。灯是水晶碾成；扞子六寸多长，筷子四分之一粗细，简直像玲珑透剔的广寒宫龙柱，有的还搞了金银错花纹，精巧到极点，讲究到那种程度，人简直是真可称为人了！"

韩山说："这些讲究我也听说过，扞子和灯好像洪江那边在仿造，不晓得成不成气候。"

"仿造的东西总要弱几成，功夫差在直接的用心上；之所谓旁门左道嘛！比方讲，'云土'这东西，云土、云土，不外乎云南所产；要是真用神品试，到底不如暹罗、缅甸，甚至南昭的浓郁。一上口就觉得郁沉万分，那是不能比的。那边气候、土质，让果子长得和拳头般大，划下来的膏汁不是白色而是金黄色，你哪里比？不过这东西来路艰难，龙云那帮人最能体会。他们都自己用了……"素儒说，"比如讲这'枪'吧！也有很多以讹传讹的白话。紫檀啦！阴沉啦！黄杨啦！甚至象牙啦！用起来沉手，容易炸裂，都不如竹子好！竹子算好了，又不如甘蔗好。用起来简直像浮在手上。

"这我是晓得的。竹子不用南竹，选钓鱼的金竹。金竹椎打多，不易开裂。选老本，嫩本一挂就皱缩不堪。切割后蜡封口，通风处挂吊两个秋天候用。

"甘蔗呢要隔年老本。一尺七寸，切割适中，掏空，中间塞根比甘蔗稍长的圆棍子。不去青，抹烟膏，再缠上丝线。经常转动木棍，晾在阴凉处一年左右。取下撤去丝线，擦净烟膏，上三遍生漆，漆干后找精明工人装斗。

"'斗'这个东西归根到底还是陶斗好。什么玉石、桃源石、雨花石、贺兰石都是浮浅的讲究，靠不住，到时候炸起来后悔都来不及。瓷斗都不行。

"石，一般讲来既不粘泡子又不打滑就行……"

幼麟说："我有块蠕虫化石，过几天打扮好送你试试。"

"那样一讲，做砚台的歙石就好用了，它受墨又不打滑。"方若说。

"怕是！"韩山搭了一句转身问幼麟，"你见过老兵号子抽烟吗？"

幼麟摇头。

"那年打龙山的时候，我在城墙上垛子边见过，放两枪，蹲下来抽两口，又起来放两枪。"韩山说。

"那是什么行头？"幼麟问。

"鸭蛋壳做烟灯，里头点一截小蜡烛，枪是小竹子吹吹棒泥巴封口留了个小眼。还真是迷神得很。"韩山还学着那副缩头缩脑的神气。

"听说有人用步枪直接抽鸦片的。"方若说。

"我也听人讲过，既然是有人讲，应该是做得到的……"幼麟正讲到这里，忽然南华山那边一响炸雷似的叫吼，整座山崖都映起隆隆回声。街上的狗也叫起来。

"什么？"方若问。

"至少是老虎！"韩山说。

金秀也嚷着把序子带了过来……

素儒对序子说："崽呀崽！过路老虎，没哪样好怕的。它们不敢上街。我们岩脑坡人听惯了，一年总有一两回吧……"

幼麟说："我看天夜得很了，伢崽也该困了，我带他回去吧！"

"关城门了？"方若问。

幼麟说叫得开的，守东门是印溥泉老先生，叫得开的。借了盏红灯笼，父子亮着走了。

到了东门，真关了。叫了几声。

城楼子上伸出个脑壳，"哪个？"

"我啦！文星阁小学的张幼麟哪！"

"啊嘀！幼麟是你呀！怎么这时候在城外呀？我马上下来，马上下来！你等着，我马上就来……"

幼麟和序子听到门杠响，听到老头子哈气，"昂昂昂"！城门开了道缝。

"行了，行了！莫大开，进来就行；真对不起，那么重的门杠……"幼麟帮着印老头杠上城门，"耽误你困觉休息，真对不住。"

老头看着序子，"刚才你听到'阿呜'了吧？"转身又对幼麟讲："那老虎听嗓子起码一千八百斤，怕是麻阳那边来的那只。前天有人在高村新墙坳砍柴遇到过……哈！"

第二天全城传开了，有人在石莲阁、永丰桥、边街找到老虎脚印子，东门井有只狗让它吃掉了。

序子第一天学打拳，还没有料理清楚程序。

天没亮，道台衙门的醒炮还没响，王伯就陪他到南门城门洞口等开门。

城门洞一开，进出的人没想到那么多。赶早远行的挑夫和轿子，送公文的差遣，鸡鸭鱼虾、萝卜青菜上市场的担子，嚷得比戏园子还热闹。狗叫完了鸡叫，天一亮，大家都不叫了。

天亮了，走到玉皇阁坎子上，王伯告诉序子她在石狮子旁边等他。

朱国福的儿子对序子说："以后你叫我作朱先生。"

"那你爹呢？"

"叫朱师父。"

就在大殿前院坝，初练"矮马桩"，费了七八个早晨。后来又学了"十二路谭腿"和"初级腿法"。

头天回家的时候王伯就觉得不大对头，"你看，那么早起来，才练了个把钟，又要赶回北门上吃早饭，吃完早饭又要赶转学堂读书，都在岩脑坡，天天那么来回十几里冤枉路。"

"是，是，是。"序子说。

王伯有了个主意，"这样吧！带着我两个的早饭，在金秀家热一热。你练完拳，吃了早饭，就到隔壁文昌阁上学。我一个人回去，省好多事。"

"嗯！"

这办法搞了两个多月，序子倒想出另外一个好主意，自己提饭盒放到学堂门房李国川伯伯那里，上完打拳课到李伯伯那里把饭热一热不就行了？

"那我呢？"王伯问。

"伯呀！你不要天天跟我了。我会了！"序子说。

王伯听了序子这番话，看着他的眼睛，真是觉得序子长大了。

"这主意好，明天起就这么办。不过你要小心人家门口的狗和路上的癫马。"

第二天清早序子提着饭盒出门的时候，王伯偷偷跟在序子后头，一路上了文昌阁，看序子从李国川屋里出来转到玉皇阁，才放心回文星街。

朱先生又添了一个课目，叫作"转陀螺"，坐地屈腿，双手紧抱脚尖，顺势作团转。先在草地，后在泥地，继而在鹅卵石地。一转二十圈。两个月不到，朱先生要序子自己摸摸背胛，像是长得一颗颗核桃似的肌肉。

"你可以让同学拿拳头打你背胛试试！"朱先生说。

接下来每天练铁哑铃。一手一个，每个五磅，双手前举，弯腰反手后举，双手高举，分手左右平举，跨前一步换步变化分举，跳跃变化分举。开始了几天，双膀酸痛之极，吃饭拿筷子拿碗都不方便，半个月才复原，然后就自然起来。

朱先生说："练功不能笑。双手拉开的时候要大大吸气，松手的时候要慢慢吐气。一个月，两个月，三个月，手膀子就会练成一

开始了几天，双膀酸痛之极，吃饭拿筷子拿碗都不方便，半个月才复原，然后就自然起来。

一个月、两个月、三个月，手膀子就会练成一个鸭蛋大的球。

个鸭蛋大的球，胸脯就越练越宽，越练越挺，膀子就变得十分之有劲了。不过这还早……"

接下来的两个月，又加了"卧地虎撑"、倒立、横撑扯旗和跳绳。

"总之，你记住，练功绝对要和呼吸配合。忘了呼吸，功夫就白练了。好多人都不懂这个又简单又高深的道理——以后你上玉皇阁这道十七级坎子，上下来回三次，可以锻炼脚力。你怕累吗？"

"先前怕，累得要死，现在越来越不怕了。一点都不怕了。有时候觉得累好！"序子说。

"这就叫作'进步'！我喜欢你认真听话。"朱先生说。

下午没课序子就回家。

文星街，南头是土地堂。土地堂规模不小，神龛前可以铺一张床那么大，算罗师爷的公馆，也是逃学孩子放书包的传统储存处所。罗师爷念过书，懂得历代读书人的甘苦，凡有书包，他总是细心照料，按顺序码好，前后排列妥当。下午放学时候，监督孩子各拿各的书包回家，不错乱法度。

土地堂往西整条文星街，有纸扎权威刘凤舞，做生牛皮鞋和补鞋的熊皮匠，买卖马匹撮合马匹配种的唐马客，当过内阁总理的熊家小窄屋，还有个歇了业的向马客的大院大屋，再过去就是文庙巷序子的家跟刘家和无比好玩的文庙。文庙巷的巷口是田家，他们家的小女孩到十冬腊月天会在门口摆个小簸箕摊卖散朵的朱砂腊梅花。再过去是染匠铺刘家，银匠铺洪家。其余左边两三条小弄子，最后一条大弄子往里走是公园；不往里走就直上陡陡坡到西门去的范围了。陡陡坡半路是祖传田道士的家，再往上走是朝阳巷，不说了。

文星街上没有提到的许多人家，大部分是成年关着大门的有钱人家，熊家啦！陈家啦！王家啦……

土地堂左边北门沿城墙一排四五家矮房子，瓦顶稍微比城墙上的步路高一点点，低声下气的门口挂一盏小红灯笼，四方各写一字，合起来念就是"顶上云烟"，是穷烟鬼厮混靠灯的烟馆。也常见一两个小丫头缩着脖子拿了手指娘大小的酒杯到那里去"打烟"。

鸦片这东西总爱跟朱雀城的人开玩笑。忽然一下子捆了三几个穷鸦片鬼到赤塘坪砍了脑壳，说是严禁鸦片；不到十天半月，烟馆的灯笼又重新亮了起来。紧紧松松，跟当局的经济收入怕是有点关系。

文星街在全城看来是条宽街。好砂岩铺成的路面，两边阔人家的高砖墙，爽爽朗朗，很合适孩子们的玩乐。大桥头那边有条叫作"大街"的也宽，宽得没有文星街齐整，像条没料理清楚的猪大肠，忽粗忽细。住的人也杂，小门小户，不太有样子。

所以外头跑江湖耍把戏的河南佬，听到有条文星街，都上这里摊场子。

光耍把戏不练武艺的北方叫"彩立子"。大队人马混到南方来就要多面手，既有猴戏又带把戏更夹上武艺，才能得人来。

锣鼓一响，果然男女老少都被引出门来。

照例围成圆圈看猴子跳加冠，骑绵羊，耍带响声的飞叉，把一个八九岁的孩子全身团成一个圆球放在地上向大家要钱，看给不给？不给就一辈子让他一个球似的活下去；那孩子哭哭啼啼向大家求救。老太婆、喂奶的婆娘们最是心软，首先丢下铜板，跟着大家都发出善心，纷纷同情。打铜锣的领班一顿脚，那"球"一下子弹

把一个八九岁的孩子全身团成一个圆球放在地上向大家要钱，看给不给？不给就一辈子让他一个球似的活下去，那孩子哭哭啼啼向大家求救。

全身团成一个圆球

起来，笑嘻嘻站在地上，好像刚才求救的是另一个人。

这不太好玩，明明白白糟蹋大家的善心；有点不高兴了。领班的不了解朱雀人不喜欢上当的习惯……

底下是变把戏。开始的小把戏，三个杯子，当众放一颗珠子在一个杯子里头，移来移去，问大家，珠子在哪个杯子里？一揭开，每个杯子里都有五颗珠子。

一张大报纸铺在地面，捋上袖子，压住四只角慢慢提起，底下蹲着只大癞蛤蟆。

捋上袖子，正反亮开双手，右手朝空一抓，手指捏住个小花布包，朝观众中一个小孩方向一甩，手中小花布包不见了；走近小孩，手指头从小孩嘴里一挖，公然抠出那个小包亮在大家面前。那个小孩没想到自己嘴巴里会生出个小花布包，吓得哇哇大哭。笑得周围的人要死……

然后，宣告大把戏马上就要上场。领班的和四五个伙计一齐出动拿小簸箕向大家要钱！钱要得差不多时：

"列位看官，列位乡亲，俺姓刘，小名金魁，河南开封府八柳村人氏。咱们开封府是个大地方，贵处朱雀城也是个大地方。咱的开封府离贵处朱雀城八千八百里，朱雀城离开封府也是八千八百里，您看奇不奇怪？一寸不多，一寸不少。怎么会一寸不多，一寸不少呢？那就是因为咱们两地风水都长在同一条凤穴上。凡是凤穴有缘的，都是有情有义、慷慨大方的人。所以咱们就不论千里万里，不管三年俩月，径直投奔朱雀城来。来干啥？来会友，来投亲。各位乡亲，亲眼看到我这一家老小，都不是天上下凡神仙，跟各位乡亲一样食的都是人间烟火。幸好咱们家有个六代秘传方子'五岳铁骨大力丸'，别看这小小乌亮一粒，却能够解救五痨七伤，无名肿毒，疑难杂症；有病医病，无病强身。咱们靠的这祖传良药走南闯北行善流芳，以药会友，维持云行生活——来，来，来！哪位乡亲先来个头彩？每粒五百文，好！好！头次见面，就当是见面礼，减收一百文每粒四百文，好好好！看在朱雀城宝地面上，咱们再减一百每粒三百文。一锣敲定，铁价三百。三百文！三百文！要买趁早！"

三百文买一粒神药，那是值得的；有人带着半点怀疑买了一两粒的，觉得纵使不灵大不了也只那么点钱。还有代表朱雀城豪爽大方的年轻人一口气买了十粒的，过后又向领班刘金魁悄悄打听："这家伙吃下去会不会拉肚子？"

大把戏果然动人，领班刘金魁短衣短袄，一筋斗翻出个大金鱼缸，满缸子水游着两条大红金鱼。

接着"吞刀吐火"。口里头插进一尺多长的七星宝剑。这举动让观众喘不过气来。刘金魁领班的嘴巴不算大，两手捏着剑把子直往下插。他忘记喉咙底下还有心、肺、肚、肝、肠子和好多零件……眼看快插到屁股眼距离时停了下来；停下来不算，还"呵、呵、呵"地唱着"河南坠子"。然后猛然一抽，右手横空执剑，口中吐出蓝火向四方喷薄。

这就不能不令文星街的观众肃然起敬了。

刘金魁转身到箱子边上擦一把汗，喝了口茶，对大家宣布，底下的一场把戏更是精彩，叫作"断头接水"，砍断人头放在盘子上，能喝水言语，然后接回到人脖颈上。

"……这玩意带有很大危险，做一次、十次、百次，或者一万次，说不定有一次头接不回去，要接不回去，咱们这个班子就死定了，就留在朱雀了。

"不变这个把戏行吗？不行。为什么不行？朱雀城热心的老乡认准我们的玩意儿不放我们走。第二，各位不要见笑，跟我们一道忍饥挨饿西天取经的绵羊和孙猴子还没有饭吃。各位说一声，看，还是不看？"

围着的人都嚷着要看。

"愿不愿意最后一次给咱们一点赏钱？"

大家没说话，铜圆纷纷丢进场子。

"好！我就代表咱们同甘共苦的绵羊和孙悟空兄弟向大家道谢了。"这种没完没了要钱的手段，北方叫作"逼杆儿"，用得太多，自以为得意的时候站起身来回头一看——

猴子不见了。

猴子怎么不见了？

全班人马立定张望起来。

围着的观众开始还不晓得发生什么事，原来猴子不见了！他们也跟着张望，倒是没有散场的意思。

猴子不见了！

刘金魁叫全班人马就地不动，一个人走出圈子，西北上下文星街四处奔跑，口里不停叫着："喔呜！喔呜！"

刘金魁一个人傻在街中片刻又走回人群里头蹲下号啕大哭起来，这一哭，人才真的散了。有的热心青年们还帮着往各个弄子搜索，都没有下落。

要知道，一个跑江湖的河南班子打落了猴子还能成其为什么班子吗？他们如何接着走步？广东就有句这样的话："打死马骝，冇得返乡。"马骝就是猴子，返乡的那个"乡"大概就是遥远的河南吧？

猴子不见了，好比一个国家跑掉总统，一个婚礼跑掉了新娘。

没想到抬着箱子笼屉的这伙老小会一路哭回客栈，引起了一些人士觉得可怜心痛。

"得罪了谁？惹了谁了吧？"

"不该的！跑江湖的人可怜，谁不晓得？"

"会不会让爱吃野物的那帮狗日的，炖了那只猴子？"

"要这样，可真是天理不容！"

打落小小一只猴子，居然让文星街好些人一夜没睡好。

天亮以后，回龙阁小客栈门口站着微微笑着抽烟的刘金魁，人没问他就先说："猴子回来了，多谢多谢朱雀城乡亲，猴子回来了！叩头，叩头！我多谢朱雀城爷儿们的教训。我们不检点！我们明白！"

当天，这个班子就走了。

文星街有两个青年猎户，把熟透的"洋桃子"劈开放进些高粱烧酒再合起来，偷偷让猴子吃了。这玩意醉得快，趁热闹就提走了。等到半夜叫开了刘金魁的门，把猴子递给他，"你钱要得猛了一点，明白吗？"

热闹就算过去了。话原先如果这么说——

"这把戏是假的，手艺是真的，凭这点小小本事遮挡各位眼睛闹着玩，看得开心，赏几个钱让咱们买窝头填肚子；看得不开心，咱们的玩意露了馅，看出了筋拐骨垛，请各位多多包涵，给一点脸面，让咱们明儿大清早悄悄赶路……"

——说不定还交上了朋友。

千万不要恶，朱雀人最喜欢人卖恶；千万不要聪明，朱雀人最喜欢人卖聪明。

有一天来了耍布袋戏的。北方叫它作"耍姑姑丢"。"耍姑姑丢"这名字很好听又可爱，可惜在南方不好懂。比如北方叫蝼蛄作"拉拉蛄"，朱雀城叫"土扑狗崽"，看那个淘气憨厚的样子，"土扑狗崽"比"拉拉蛄"又动听多了，在北方却没人懂。

耍布袋戏一来大家特别开心。

开心之处是看他一个人如何兜揽的全规模演出。

筹备一个话剧团、歌舞团、歌剧团、芭蕾舞团、交响乐团……动不动就是一两百人。担当一个主持人，一个团长，你非得十全十美不可。本身要学识渊博，性情和顺，作风廉洁，仪容优雅。见到基金赞助人你千万不要马上想到道德；为了苦心经营的艺术事业，你要牺牲色相使尽浑身解数讨他的好，大部分这类人都不学无术，喜欢戴高帽子。你要态度诚恳地，不落俗套地，曲里拐弯地给他戴上世间难找的高帽子，让他开心，让他糊里糊涂"认贼作父"把钱柜子钥匙交给你。

你无须自责；你是个为了养活家中母亲和嗷嗷待哺的弟妹而偷取面包的圣洁的《悲惨世界》中的年轻冉阿让。

有了钱，你还要去讨好架子很大的导演，牌子很硬的乐队指挥，脾气古怪、模样奇特的女高音歌手……

你要细心挑选一位任劳任怨同生共死的艺术总监，还有舞台设计、音响、灯光等高明的技师。

演出之前之后，你简直是"人不寐，将军白发征夫泪"。

布袋戏从来没碰过这类麻烦，也从未想过从这方面去动脑筋。

他自己就是个快活的产婆，像只健康的大母猪，一胎生一二十只小胖娃。所有的艺术未来都是一人担当。

山上挖来奇形怪状的小树根头，左看右看，像猪八戒的雕猪八戒；像潘金莲的雕潘金莲；像吕布的雕吕布；像李逵的雕李逵。形随神移，人跟戏转，收拾出来的演员角色，勉强能对付三五十出戏文。

演员不愁了。

剧本呢？剧本也不愁。村里说书的提供大半部，自己润色了小半部，滚瓜烂熟成流淌在自己嘴巴里随口唱念的口水。大凡渔鼓道情，唱词说部，不都是这个说了那个说，再加油加酱地弄出来的吗？

布袋戏超时空的表演给人很多快乐启发。比如武松打虎前前后后的场面，三碗不过冈他偏要过冈，舞台上登时喷出三口酒雾来，让看客都沾染了酒店里武松豪饮的酒气氛。接着是武松乱着步子上得景阳冈，斜倚哨棒打了个小瞌睡。忽然一阵大风，那个风是个什么风啊：冉冉升起一把破葵扇扇着摇着中间蹿出一只白额大虫。武松奋身跃起，举起哨棒便打，没想半空挂着树枝折了哨棒，甩掉哨棒，闪开老虎的一扑、一掀、一剪，顺手揪住老虎的顶花皮按在前台栏杆上，接连给了几下重拳。那拳风的声音像打更的竹梆子，"壳！壳！壳！"木头对木头，当然是这种响声。大家觉得比打真老虎的脑袋发出的响声还醒神！

比如关老爷过五关斩六将，杀得难解难分、人仰马翻之际，躲在布袋里头的老头会抛出十来颗核桃，表示人头落地的非凡热烈。

又比如白娘娘、许仙断桥相会的拥抱，也算得是表达爱情的极峰。拥抱再拥抱，猛然分开一尺又猛然会合，发出"嘭！嘭！"类似海轮相撞之声。情感的高潮是接吻，左一下，右一下，又左一下，

主演老夫子
躲主布袋一丝不挂

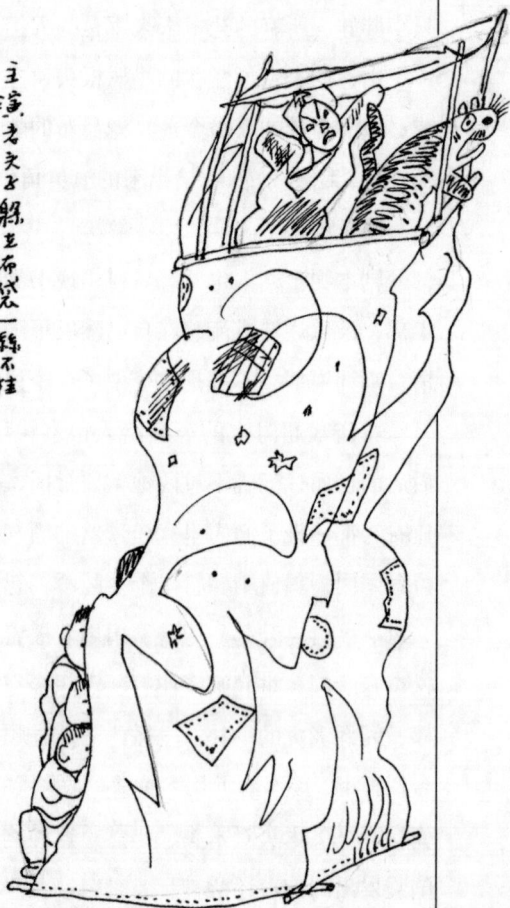

比如关老爷过五关斩六将，杀得难解难分、人仰马翻之际，躲在布袋里头的老头会抛出十来颗核桃，表示人头落地的非凡热烈。

一共三下，后台老头儿用嘴巴发出"啵！啵！"的音响，继之锣鼓齐鸣，并且一次一次地顿脚。成年男女看了笑得弯了腰，因为他们取得了跟经验反差的开心。

凡是布袋戏的台词都是一种滑稽的鸟语方式，里头既是人话又像鸟叫。有一个洋铁皮做的变声东西含在嘴里，要讲话，气先经过那小东西缝里透过来。显得十分之奇妙特别。

别的剧种哪够得上这番境界？

主演的老头子躲在布袋里一丝不挂，是因为热，是因为双脚、双膝、双肘都串连锣、鼓、铙钹挂钩，以免衣物绊绕的缘故。

隔着一层布，人人明白里头有个光屁股老头，倒是从来没招惹名教忌讳或当众"裸露下体"的违禁处罚。

这玩意温暖过众人童年的幻想，带给众人价廉物美的快乐。他们流浪性质的卑谦，也给普通人以尊贵虚荣心的满足。

四个带挂钩的藤圈，缝补千百次的布袋和顶棚，脚底和膝头的锣鼓绑带，下雨用的油布，由老头背着。睡卧用的铺盖，烧锅壶盏水碗，套鞋雨伞，由老太婆背着。两口子走在路上。

选定了文星街熊家和陈家相连的那块大墙脚，展开行头，搁第一个藤圈在地面搭架子，压砖，第二圈，第三圈，第四圈，然后撑顶棚布，前台木栏杆，蒙布，脱光衣裤，毛巾擦净汗水，挂锣鼓诸般响器于两肘、两膝及脚背。全堂锣鼓齐鸣。

老太婆垫了块小破毯子坐在墙根处照看随身家私细软，并警戒布袋四周残破的洞眼以免顽劣儿童窥视取闹。这是时常发生的事。

老头儿在里头又锣又鼓地连唱带打，手脚飞舞，不入忘我境界是不可能的。那动态非常难得一见。小顽童若没有有经验的大孩子教导指点，也不会料到破洞里头竟会是一个光屁股的伶仃消瘦的老头子在发疯地唱着跳着。

人越来越多，观众的兴奋难以抑制，一座小小戏台围得水泄不通。

那个老太婆差点给人挤扁，连戏台顶棚都看不见了。

破布洞有这么四五口，小孩子七八个，热烈混乱如麻辣汤锅子。

其实，台前还有几个破洞，他们不敢过去。爹妈、爷爷婆婆都正面坐在那里。

老头儿的背部表情已是人间奇观，正面部分肯定更是天上幻境。这是一种偷窥机密的快乐。人天生就喜欢搜索隐私，探幽览胜。从小也懂得这种快乐的不可逾越性和犯禁的界限，其实眼前这种眼福已经快乐得了不得了。

这说的是小孩子的精神状态，不用你告诉，他们长大自然明白：对隐私发生兴趣是违法的，甚至会丢掉宝贵的脑袋。记得法国十六世纪那个聪明人蒙田好像在哪本著作、哪篇文章里说过，他居然异想天开要上层人士公开自己的隐私摊剖给众家老百姓看，以取得管理国家政治权力的信任，并且由下层老百姓打分评比。我不太相信上层人士能容忍蒙田这种四百年前的反动观点！

对这些不懂事的别开生面的淘气孩子，只能用莎士比亚的《捕风捉影》中杜勃雷不成章法的叫骂来警诫他们："哎呀！这该死的东西，你干的好事，一辈子也别想下地狱啦！"

历年看江湖杂耍把戏，到收钱的时候，朱雀城不会有人开溜的。也看过了，也笑过了，人家辛辛苦苦远地而来，就得给钱。多少毋论，意思厚重得体。

演出结束，老太婆取出个比面盆小一点的竹篮盖子，向周围的人伸手。都给了。老太婆回到原地坐下，数着铜圆，没有凄凉感觉……

布袋在动，也有锣鼓碰撞的杂音，老头钻出来了，已经全须全尾地端正了衣冠，佝偻着腰，不看人，可能原想要收拾东西的吧！他汗凉了，慢慢又撑回原处，坐在地上。

老太婆把行头带到他身旁，开始收拾东西。

热心人围拢来，不全是好奇吧？想听听他们真人的嗓子，想和这两老搭点温暖的话。他两个太老了，已经到不该出远门的年龄了。他们有儿孙吗？那块北方有多远？

有人提来口瓦罐和两个碗，"哪！茶，喝吧！"

老头子太瘦，低了一下头像是多谢，没见他笑。他胡子有是有，白了，就那么几根。若要出相，应该多长几十根就好了——他太累了。没见老太婆来抚慰他。老头子好不容易撑起身来，倒茶，摇摇晃晃，端到老太婆那边，"喝一口吧！"

转身自己也倒一碗，耷拉眼皮，慢慢地抿着酌着。他晓得众人看他没有坏心，同情加一点好奇。惯了。抹一抹嘴，长长舒一口气，把茶碗挨瓦罐轻轻放下，转身帮着收拾行头。

放过定更炮，开始夜了。人们从自己的角度为他俩设想"明天"和"以后"。他俩的"过去"是一个谜，从哪里来？到哪里去？

干脆留在朱雀吧！你俩都那么老了，还剩多少气力闯荡四方？

也设想他在回答：咱这小名堂，各位天天看着会腻的；咱迟早还得走……

人渐渐散去，也有舍不得走的多情分子，目送远去仿佛两捆行头自己会走路的小黑影子。这两个影子好苦！他们晓不晓得自己苦？

或是不觉得，或是不懂，自己不懂别人懂的那种苦？

时常有人干这种事，替别人叫苦；要别人按照他的主意叫苦，泪流满面，搞人工降雨。

你晓不晓得，人生天地间，自己喜欢、自己追求的东西往往是自己的冤家？胶漆淋头，蚂蟥缠身，如影随形，一辈子摆脱不掉。

像家庭里不断骚扰的烦愁；像家中出了不争气的败家子弟；像不断恶言相向，却是生死场中拼杀出来的老战友——简直包含着将要满溢的"恨"。你明白，他们的根系已深深伸进你的五脏六腑，你剪不断，理还乱；你明白这里头还有很多积极意义，很多光亮，很多甘愿为其终生奉献的杂交而成、说不出名堂的、可能也叫作"爱"或叫作"理想"的东西……你觉得你绝望了，你完蛋了，你肩膀上紧紧夹住的那个老妖婆喊着"快点过河"！你累得要死，你累得像那些杰出狗日的孙子——足球名将或长跑冠军，诅咒世界，辱骂别人的父母却逐渐接近胜利终点……胜利了不一定笑。真的胜利者没空闲笑。

这就是人和艺术的命运。无论贫富，无论老嫩，无论文化高低，无论时空；两点之间，曲线最长……

那对玩布袋戏老夫妇，值得你开心和不开心的时候为他俩微微笑一笑吧！

文星街跟外头的世界一样，有时寂寥有时热闹；有时干净，有时满地猪狗屎尿；有时诗人独自街头吟哦，有时群狗争相"扯把"。

春、夏、秋、冬，文星街家家户户都有大内容和小内容的文化活动发生。

天气好的时候，大门外会有江淮的流浪父女唱"霸王鞭"[1]，你轻轻开门他们才敢进来，延到院子，父亲拉琴，女孩握住"霸王鞭"，在左右肩上、膝腿上按节拍轻轻敲击出复杂响声，一边唱着："一打蚵蚂[2]来跳井啊！哩，哩啰哩；二打鲤鱼跳龙门啰！张面锣，李面锣；三打……"

八九岁的女孩，梳两条乌黑辫子，明眸皓齿，声音跟着琴弦唱，眼睛微笑地绕着听她唱歌的人转，嗓子亮得像小银铃。

序子爸爸抄着双手，低头专注地听着，院子七八个人也都肃穆起来。歌唱完，序子爸爸爱抚着女孩的头发问："你们哪里来的啊？"

老头子回答："淮上哩！"

"啊！好远啊！我晓得，那地方苦得很，我年轻时候去过。"

"是咧！就是那里一路来的咧！"

爸爸给了父女俩整整一吊钱。

十三世纪的波斯大诗人莫拉维的《玛斯纳维》第二七四八段说过："因为乞丐是慷慨者的镜面，须小心，哈气使它变暗。"二七四九段接着说："一种慷慨是等着乞丐上门来，另一种慷慨是主动博赏乞丐。"二七五〇段又说："那么乞丐或是真主慷慨的镜台，或与主同在，这才是绝对的慷慨。"

客人走了，幼麟一个人回到堂屋，撑着下巴坐在小椅子上——

脑壳里头回旋"霸王鞭"的余音，起身走到风琴旁坐下，打开

---

1 两尺多长的紫竹上挖空四条小长沟，中间用铜丝串着许多铜钱，朱雀人称中间有方洞的古钱叫"通眼钱"。

2 青蛙。

琴盖，随手按出一组和弦，再一组加强和弦，昂扬起来，激动地踩着踏板。于是，整条狂流奔腾而出（教堂管风琴的辉煌），不可收拾。淮上大堤外汪洋一片，女孩的歌声变成漫江哀鸿。幼麟盈着热泪，登高临虚，眼空无物。他卷进自己创造的悲怆世界里……

王伯带着序子悄悄走进堂屋，见到幼麟那副前仰后合的神情："校长，有事吗？"

幼麟听到人声吓了一跳，见到是王伯和序子，转身起来顺手擦掉眼泪，望了望楼板。

"屋内不太透气啊！"幼麟又问序子，"这么早放学？"

"学堂先生讲有事！早放学，我在老菜场遇见他。"王伯说。

"啊！啊！是咯！是咯！"幼麟拉住序子的手坐回风琴椅子上，捏捏膀子，"嗯！是练出点东西来了。"

"还有这里，"序子转过身说，"还有这里，你看！背胛有肉颗颗，有筋了。还有这里！"又转回来曲起手臂，"有一个鸡蛋，是不是？捏到了吧！"

幼麟对儿子说："我看，这背脊上练得不错，硬邦邦，像个乌龟壳。"

序子笑了，"我不要乌龟壳！我一点也不喜欢你讲我背脊像乌龟壳！"

"哪，像穿盔甲，好不好？"

序子想到关公、张飞、赵子龙穿的盔甲那东西，说："好！朱先生还要我拿背胛让同学试拳头。"

"哪，痛不痛？"

"有点痛，运了气就不痛。"

"嗬！序子还懂得内功了！"

"嗯，朱先生还教我十二路谭腿，学熟了不怕坏人欺侮。"

"眼前有坏人欺侮吗？"

"那不叫欺侮，叫'絮毛'，有一回朱先生要我拿背胛让盛兆祥试拳，他不打背胛，他打我后脑壳，我反身一拳，打在他胸脯上，哭了。讲我欺侮他。哼！你看多好笑。后脑壳，朱先生是不准打的。哼！他是故意打我，不是絮毛，是吧？盛兆祥不是坏人，是吧，爸？"

"不过，你出手快了点！"

"朱先生教的，他讲出手要快！"

"我看，你是喜欢朱先生的……"

序子转身低头想了一想，说："我一半喜欢，一半不喜欢。"

"不喜欢的那一半是什么？"

"他练飞镖，天天练，天天练，把好看的亭柱子打烂了，我心里不好过。"

"那你要劝他不要打呀！"

"我劝了，他没有听见，我不敢大嗓子劝。有个守卫的来劝，朱先生不怕兵，还是练；后来有个名字叫作营副的人来叫他不要再练，朱先生还是不理。营副那个人抽出左轮，叫来两个兵要押他。他一边骂一边走，也不管我了——幸好那个营副来，不来，过几天亭子就垮了。"序子说。

"你讲的是玉皇阁脚底下，傅公祠背后有好多灯笼树和一口潭的地方？"

序子点头，心里还有气，"过几天我还见到朱国福老师父骂朱先生，朱先生不敢回口。"

"骂的什么话？"

"很恶，很恶！我听不懂。"

没好久日子，幼麟买了两根两人高的粗桐木叫人埋在离亭子远些的地方，又换了三根被打烂的亭柱。从那天起，不见朱先生再来练镖了。两根新柱子也没见响动。

听说朱先生被他爹撵走了。

序子的武功由朱国福老师父的太太来教。

朱太太年轻，起码比朱老师父小五百岁，可惜是个很麻的麻子。脸上抹着几层白粉，左右两团红胭脂。她是打算拿白粉填平脸上的坑坑洼洼。

序子真替她着急。怎么不事先想好就动笔呢？又不是唱戏，脸上浓重地打扮，大家包涵。打汽灯照着，近视眼都看得出手功不好的存心。

朱太太讲话序子听不懂。拳法又是另一路，也停了。朱老师父亲自教了几回，朱老师父后来也不见了，听说上南华山当经武学堂总教习去了。

王伯就说，可惜每个月送去的点心和酒。保大接着补充："还有云南火腿！"

毛大也补充："狗狗，就你学的这两下子，这把式我也教得下。早晓得让你爸把云南火腿呀，点心呀，酒呀，送到我南门府上去……"

没想到幼麟就站在后头，"你出来一下！"

毛大心里一跳，"三舅除了那年劈我爹一军刀之外，从不骂人打人，这盘我是'唐力臣看告示——危险'了！"

"赶紧到女小把你哥找来！"

"哪个哥？"

"女小还有哪个哥？"

毛大边跑边盘算："看样子不像是'弄拿'[1]我的。"

"三舅要你去！"毛大跑得汗水长流，"快点！"两个人接着往回跑。

到了文星街见到幼麟。

"你出去！"幼麟对毛大说，留柏茂在堂屋，"你沙湾柳孃要在万寿宫做道场。看一下，做几天？好大场面？有多少拉杂事？上下找哪些人帮忙？你先去问一问陡陡坡田道士田景光，再找找纸扎刘凤舞，办席的蓝师傅，回南门的时候报你爹一声，问还有哪些要讲究的？你们兄弟、表兄弟，东南西北的喽啰们一齐上阵——

"跑完这些地方，关起门来一个人想一想，想清楚了，开一张单子来。我看了，再带你一起去沙湾找柳孃！"

柏茂说："'打醮'这种事，我问我爹，他懂的名堂多……"

"你先照我的交代办，不要先报送你爹。你爹这人懂是懂一点，就是欢喜作势，凡事到他嘴巴，小事变大，一出口就来个炸雷。不行！只能最后听他提点疏漏不足之处，做不了什么正经事的。——好，你办去吧！"

"三舅娘要我下乡弄课桌的木料……"

"找人替一替！报送三舅娘，讲是我讲的！"

柏茂走了，毛大又怕起来，"他们两个在堂屋商量这么久，是不是在打算我？"

1　找麻烦。

幼麟出来见到他，"你还不走？等我宴席是不是？"

毛大赶紧走了。幼麟去院坝踱着——

"——'道场'两个字原是有的；'醮'这个字也是有的。'醮'放在'道场'的场面上不太通。'道场'是个聚众行为，而'醮'是酒不酬酢的少数人行为，什么时候混在一起了，有点怪……"

柳孃是幼麟的表妹，原先是许给幼麟的，没想幼麟在外头搞自由结婚带回来柳惠，这姻缘就断了。柳孃后来讲送给沙湾吕家。这吕家是个正经大户人家，有田有山，每年收入全县数得上。吕家少爷在部队当了营长，做人正派规矩，正在升腾的时候忽然阵亡死了，只生一个女，就是脸上有两个酒窝的巧巧妹。

柳孃容止端正，有点像多少年后人们印象中的宋庆龄。熟人亲戚对她都心存着很不一般的尊敬。

柳孃住在沙湾礼仁巷，八角楼山底下一个安静的院子。养着重叠幽深的花木。每天早晨太阳从左边上来映在照壁上，满屋子亮。双层讲究的木楼，楼下前后地板都上过漆。两娘女住右厢房。房里有讲究的玻璃衣柜、妆台。玻璃柜框子里四幅通草花鸟是幼麟的手笔。堂屋陈设的桌、椅、神柜，也都是原色好木料做的，称得上讲究。

幼麟有时候会想到柳孃，"唉！一首寂寞的诗。"

柳孃凡是遇到要紧事情，就会找幼麟这位表哥去办。幼麟也不是善于办事的人，他只会想，想得细，找这个，调度那个。柳孃委托，就会全心全意去做。

柳孃要找幼麟，也有她的找法。便约朱家弄的、老西门上的、大桥头的姑婆们到文星街打"泡泡福"纸牌，当然会见到幼麟，话也就顺便交代了。

她对序子好，好法也跟别人不一样。她不是兴奋的人，像萧二孃、印伯母那样抱起狗狗就亲就嚷。她只是说："狗狗，你过来，好久冇看到你了，你高了好多了，几时你让王伯带你到沙湾来，我带你和巧巧妹三个人去看吊脚楼，看桥，看观景山，我们在屋里吃社饭——我让乡里带'纺织娘'给你了。一到就报信给你，你就来拿。"

狗狗也觉得柳孃平和的声音，放在他肩膀上的手，她家里栽花的院坝同是一种东西。

"孃，你家花盆有一棵罗汉松，尖尖上都长着小罗汉。"

"唔！是的。"

"紫红、紫红的灯笼花。"

"唔！是的。"

"一只四喜雀，清早晨飞到鱼缸边上唱歌。"

"唔！是的。"

"我喜欢你院坝里没有人吵！像木里，你晓得木里？"

"唔！是的。"

……

柳孃有一回对王伯说："……热天伢崽皮上自己有油，少给他擦润肤油，堵毛洞，出不了汗。洗完澡扑爽身粉最好。他爹兄弟里三房人不喝酒，所以皮肤好。喝酒最害皮肤。皮是肝管的，肝最怕酒。"

王伯服她。天晓得！

柳孃办水陆道场的打算落实了，大约要好多块光洋。各个小头目都落了订。日子是十一到十五，共五天，前后打点两天，真正法事实际是三昼夜。

订来长短蜡烛、百尺炮仗、纸钱，各种香货陆续运齐，验收摆妥于准确位置上。夜间放哨值班的人马各在各的位置上。（那时没有"微烟环保"的提法，既要场面闹热，香纸蜡烛当然越浓越好。）

张家亲戚周围有的是各类口径的男人，而这种水陆道场阵仗，非男人不可。于是当年把守老西门桃杏花下的那一帮旧部男人们，正是磨刀霍霍、蓄势待发的精神状态。

柏茂在众喽啰心目中的地位当然毋庸置疑，从文星街出发之前有过一番精神讲话，在仪容方面做了特别严格的检查，"喜喜！我先要讲你，你那个头发赶紧到正街上找'亲爱'去搞一搞，喏！这里是二十文，我讲完就走！你那个癞脑壳是不是找顶帽子挡一挡，尤其不要动不动去抠。还有，行步要庄重，匆匆忙忙，满身汗水，哪像个正经办事的！好！赶紧走！

"你！（指保大）你几时弄了这件短打？简直是奇装异服，凹字眼[1]都露出来了，裤带也不找一根，法事做到要紧的时候半路垮了裤子怎么办？赶紧转南门向爹拿一件袍子罩上，快！

"毛毛！我讲你！脑壳转过来！你看你，你看你，这么大人还流鼻泥！嗳，嗳，还用袖子抹，两条袖子抹得亮炸了，嗳，我一讲你就搌鼻泥，你看你搌到我裤子上了，我试问，你还讲不讲仪容？你，你，你还有衣服换吗？赶紧去换！呀？道袍？道袍不行！翻？反过来穿也不行！这样吧，请王伯借把刷子到厨房天井把两只袖子用水

1　肚脐眼。

118

刷一刷，快！"

"长荣！我叫你，长荣！你没有听见？"

"我怎么没有听见？什么事？你嚷什么？"

"你晓得你来做哪样的吗？"

"你不要在我面前耍卵样子，我是三满叫我来帮柳嬢忙的，你那个卵相我见多了！讲吧，你想要哪样？"

柏茂生气了，"咦？你以为我喜欢你，你麻个皮拿十块光洋老子也不喜欢你；是三舅给我的差事，你不服管就滚，你跟三舅交代去！滚！——来！下一个，长盛，你嘴巴的卵香烟赶紧给老子屙掉！哪里偷来的烟？鄙里鄙搭油皮油脸，流里流气……"

"喂！"长荣问，"要我怎么样？"

"啊！你老人家回心转意啦！给我听到，等下一起扛东西到万寿宫去。你，你这身衣服哪里来的？铜扣子啊！长是长了点，还可以。把袖子卷上去，不好做事！"

"我爹时务学堂的。"

"……叫你弟弟自己整顿整顿，等下进万寿宫不好看相，他那根纸烟哪里弄来的？"

"还不是偷我爹的！"反身对长盛说，"看老子转去不敲你，把你袖子卷上一点！等下不好做事！"

柏茂开始对大家训话："听到！我们要出发了，大家精神振作一点，免得路上不好看相。长荣顶这口做蜡烛的锅子，垫块草纸在脑壳顶，看不到路，长盛在前头带路，自己背背箩的牛油。保大也背牛油和石蜡。毛毛拿灯草和竹子棍棍，捆好，免得散了——哎？保大你怎么罩了件棉袍？你麻个皮，七月天穿棉袍！脱了！"

『听到！我们要出发了，大家精神振作一点，免得路上不好看相。』

蒋总司令参观军校毕业典礼

120

"脱了？还不是先前的现样子？"

"走！走！田道士、蓝师傅都走了，碰不上我，要没有领导的！好！开步走！"

王伯带着序子，看着这一帮人习动，要笑也不好笑。

"好！"柏茂下口令，"开步走！"

队伍出文庙巷，穿文星街，沿北门内城墙出东门，上虹桥，下沙湾，过滕家湾小桥，来到万寿宫门口石坎子正边上。后头跟着一帮看热闹的。

字纸炉码头边阙家少爷"香猴子"正在钓鱼，听到背后有闹热，回头伸脖子一看，倪柏茂正领导一帮神气非凡的队伍，连忙起身走到宫门口前嚷起来："哟嗬！蒋总司令的黄埔军校举行毕业典礼吧！"

队伍排成纵队直进了万寿宫。王伯和序子也跟着走了进去。

放下东西，这帮人暂时解散。柏茂分配长荣和保大各拿一块厚南竹板子在门口守卫。其余的闲荡起来，有的居然爬上霞畅阁三楼浏览风景去了，也有参观蓝师傅吩咐伙计们大厨房安排笼屉碗盏，田道士带领的徒弟布置道场玄坛，安排菩萨及各类图像及香炉、烛台、锣鼓架子。跟着是刘凤舞那一大队人马浩浩荡荡抬着纸扎来到万寿宫门口。这批纸扎了得，五颜六色，亮闪得人眼都睁不开。几百人围着观看欣赏，称赞凤舞的手艺真是鬼斧神工。

进宫门口头顶上就是座戏台，往前走的十来级石坎子，万寿宫好宽它就好长。两边满满竖着让和风扬起来的五彩旗幡。序子很开心这世界自古留到今天的东西。树呀！庙呀！面呀！包子呀！天呀！云呀！星星呀！雨呀！雪呀！桃子呀！李子呀！荸梨呀！爷爷呀！婆呀！他认为婆是天生的，不晓得婆也是小女孩变的，也不晓得自己长大长老之后会变成倒霉老头子。他离衰变的感觉还早之又早，不懂为这事难过。

万寿宫里头深不见底，序子抓紧王伯的手，王伯说莫怕，里头有好看的菩萨，有八仙，八仙里头有吕洞宾。她还告诉序子："从明天起，里头就像仙宫一样热闹了。蜡烛点得满堂亮，到处亮。菩萨亮，挂的画也亮。好多年轻道士由田景光道士领头像唱歌一样做法事。高嗓子，低嗓子，粗嗓子，细嗓子，合在一起，唱成一种让人弄不明白又齐又不齐的好听的声音，哪！就好像天亮之前你在睡梦里头听到全城鸡叫的那幅景致；还有鼓、锣、钹、木鱼、磬、钟、烫烫锣、笛子配在一起，加上烧檀香、沉香、云香、伽蓝香、紫绛香、大盘香、小盘香、大炷香、小炷香——好闻的，好听的，好看的都融在脑壳里，弄得人站也不是，坐也不是，哭也不是，笑也不是，只好规规矩矩跪在菩萨跟前，弯起腰，低起脑壳，闭起眼睛，凡尘的事哪样都不想了，让菩萨把魂领走算了。

"前几年，只要听到朱雀哪家做道场，不管十里百里我都会赶转来。你做几天道场，我住几天。我就是不走。我敢讲，除了万寿宫的道场，哪样都值不得我赶！"

刘凤舞的纸扎从石坎子上左右两边一口气排到万寿宫外头坪坝，值日功曹，七八对漂亮的供养人手里都端着"奉献"，如意咯，灵芝咯，尤其被众人称赞的是双手捧着兰花，叶子和花茎像喷出来的那个供养人。懂事的人就说："光这盆兰花的功力，光那个供养人的眉毛眼睛，就够资格上北京上海走一趟。"另一群人也在称赞这几对供养人"实在美丽，美丽，美丽，简直跟真人一样"时，话没说完就挨了一顿臭骂，"真人个卵，真人！你满天下找去，找到了我送你二十两黄金！高手做出来的美女，真人你找得到？就是要满天下找也找不到，才叫刘凤舞的手艺！"

还有亭台楼阁，雕梁画栋，钩搭穿凿，真让细心人看了舍不得走。好了，底下是一对吊死鬼，白衣、黑衣，伸长舌头，舌头上涂满往下流淌的鸦片烟膏，舌头迎风招展，眼睛流着血还在左右顾盼；戴着又长又尖的尖尖帽，一顶帽上写"抬头见喜"，一顶帽上写"一见生财"，手里的破葵扇摇来摇去。为什么做醮要出现吊死鬼破坏好兴趣呢？不懂。

最后的高潮是两丈高的鬼王。

鬼王是分开来做的，也分开运。到万寿宫门口决定地方再连结起来。万一半夜落雨，拆下来也快。鬼王可以说是纸扎艺术之最，全身青蓝，线条飞舞流动，头形如狮，脑顶分裂如桃瓣，红髯红发，血盆大口，舌头伸出上卷，獠牙，怒目，全身肌肉暴鼓，跨开两腿坐于石头之上。双臂高举，左握金刚杵，《千手千眼观世音菩萨广大圆满无碍大悲心陀罗尼经》手相云："若为摧伏一切怨敌者，当于金刚杵手。"右握宝铎，《千手千眼观世音菩萨广大圆满无碍大悲心陀罗尼经》手相云："若为成就一切上妙梵音声者，当于宝铎手。"

序子告诉王伯："这鬼王好恶！做哪样要敬他？"

王伯说："你前天才过生日，不要乱讲菩萨长相，他老人家面恶心善，专帮好人，专罚恶人。好人心里有他，你想谁敢欺侮？"

"唔！我爷爷有点像他，恶厉辣了，从来没笑过，人都讲他专做好事，帮人忙！"

"你长大学你爷爷！"

序子打了个冷战，"我，我不学他！我只做好事算了！"

听人讲，这些纸扎，三天后做完道场就一把火烧了。为什么烧了？好不容易用心做出来这么好的东西一把火烧了？找个廊场摆起来让人看不好吗？我要是刘凤舞我就不答应，拿一把枪守着，哪个要烧就给他一枪。

有人讲，不要紧，烧了明年刘凤舞再做。

"那刘凤舞有一天害病发烧打摆子，有一天疯瘫了，有一天刘凤舞死了怎么办？你们做大人的就是蠢！刘凤舞朱雀城只有一个，没有第二个；你以为个个都是刘凤舞？我对你们这些卵大人很失望！（序子刚从课堂学会'失望'这两个字。）等我长大了，就不准他们烧这个烧那个。"

听老人家讲好久以前，摆道场分前坛后坛，现在要紧法事都放在后坛。前坛改为请戏班子唱戏。

第二天早上八点不到，果然热闹非凡，纸钱烧在河岸字纸炉那头，热气都传到宫门口来，蒸得闲人们脸上绯红。宫外头是一堂带着大号的大锣鼓，映着水，映着水湾，音响非常之堂皇。接着一场打雷般的爆竹卷地而来，像是存心要连人带庙翻个筋斗。接着是门口接待送仗仪的忙起来，登记，签收，一个个请进厢房喝茶点烟。这都是由柏茂派可靠专人负责料理的，一点疏漏不得。那几个卵人跑得影子都不见了。

柳嬢是这个道场的主人，一大早就由倪家嬢嬢陪到后坛东厢房帘栊里的垫子上坐着，念净心神咒，净口神咒，祭祀孤魂，为亡灵超度。茶水起坐自由，不须约束；听着外头音乐唱念，不须应答。柏茂有事交代，也是隔着门扇说话。柳嬢早出晚归，也不显累，更不寂寞，只是禁人出入。

幼麟和十几个老朋友早在霞畅阁三楼上坐定了，正巧是暑假，对着周围山水景致，就没有什么后顾之忧。柳孃这里是三天的"醮"，他们于是也弄出了个三天的计划，除了下午看戏，还做点别的什么不扰人的事情。

环境好，地方宽，可惜楼梯陡窄上不得酒筵。

幸好酒筵上不来，保留了百年清雅。

桌台是原先设置的，椅子一张张搬上来不难，于是笔墨纸砚茶壶茶杯也就跟着上来了。

有山水顾不上酒，有酒顾不上山水，这是实际情形，多数人都不愿深想。酒是乱性之物，连自我都颠倒了。

好山水可以兴酒兴，谈不上与共……

山水跟醉酒相融大可开怀，分不得彼此。

我不欣赏饮酒醉给人看，松懈了自我操持。

书上太多酒人的自我可爱。

酒是一种哲学上的归纳，包括聚合、化解、融洽的作用。

酒是可怜的成年人唯一的玩物，你们还要糟蹋它！

吓！酒这东西地位很高嗳：荀卿三为祭酒，是因为他年高德劭受到尊敬；从汉到清，一直是功大、官大、年纪大受到朝廷尊重的人才升为祭酒。酒怎么啦？喝酒怎么啦？有罪吗？

酒是五谷的升华，人是食五谷长大的。

你没有讲人是喝酒长大的，我很欣赏。幼麟你没讲话。令弟紫和是位酒仙。

我不懂酒，乱说会闹笑话。紫和看样子是个实践家，论讲说，是没有名堂的。紫和旁边听了呵呵笑着默认。

人死有水葬、火葬、土葬、天葬、崖葬、树葬、穴葬，就是没有酒葬，若有，我第一个报名。

那是要准备很大一口坛子的。

不！最好是宽口大玻璃缸，我端坐其中，然后倒酒漫过头顶，方便后世瞻仰。

你看什么酒对你合适？

酒这东西很是讲究，论我眼前的经济条件，高粱烧、苞谷烧可以了；若是众朋友大家顾念乐捐，那最好当然是茅台。不过千万别弄五加皮，浸泡之后全身紫红，那是会惊动观众的。

请问，是冠带齐全还是全身赤裸？

唔！这要费点脑筋。遮盖过分见不到真身；赤身露体则有辱斯文。听说上海最近时兴游泳衣，可能有恰到好处的遮盖，我得托那边的朋友注意打听一下。

有个要害问题你没有考虑。要是看守偷酒怎么办？

那得认真选个道德高尚的人。

道德高尚有的是高阳酒徒！

开席了！开席了！

阁底下有人高声喊叫。

楼底下摆着三桌席，众人下楼，发现刘三老也来了。

哪个也没想到刘三老驾到。三老这人素来飘忽，却是个大分量的人，也没人请得动他。来了，就应该清楚里头有一定道理。他说："西门坡上的大爷万年不找我，找我必有事，让我去了一下，他晓得我屋跟慧芝和吕锐臣家都有点亲戚关系，锐臣在溆浦为他阵亡，

最好是宽口大玻璃缸，我端坐其中，然后倒酒漫过头顶，方便后世瞻仰。

我收回，我收回原来的报名申请，
讲好的用茅台，用高粱烧，怎么一下子变成药水了？

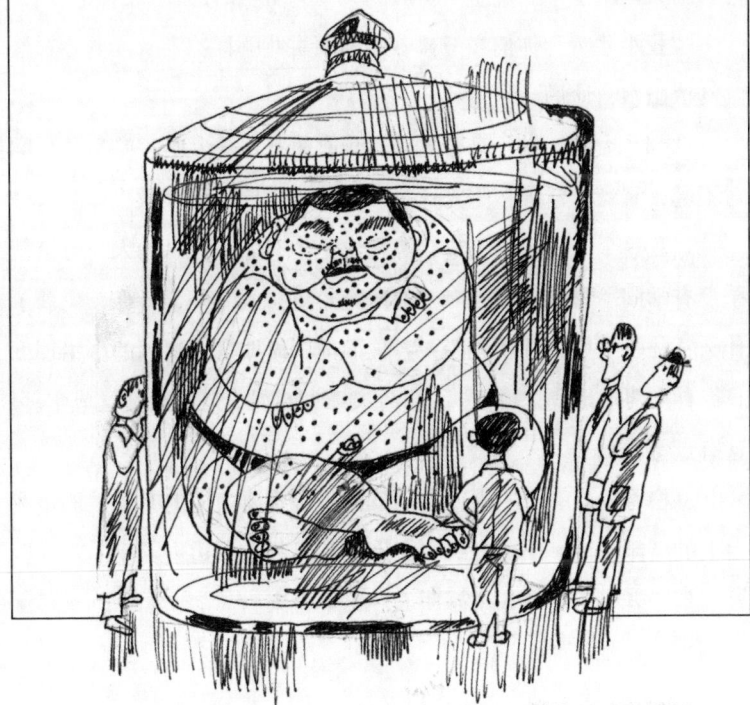

多少年慧芝名誉这么好，要为她竖个石牌坊，我说不好！"

"后来呢？"有人问。

"不好就不好！还后来什么？这法子旧！我们朱雀子弟先前、目下、以后，打仗还要走很多人，认真起来，满城都是牌坊，慧芝这人不讲也晓得，她是个好丫头……所以我就来了。哪个以后顺便报送她一声就是，用不着特别跟她打招呼——喔！炖全羊。"三老顺眼三桌席一扫，"全羊是对的。道家不吃牛、鱼、鸿雁和狗，酒是喝得的。那我们喝酒吧！请！"

"全羊"有两种，一种是白水煮，蘸辣子、大蒜、盐水吃；一种红烧，说红烧也不对，不怎么红。只是趁热切碎再下大锅整顿一番。手段、过程、下料、火功都很复杂，当下是在打醮做道场，不宜长篇大论烧全羊。烧全羊费时间，写它更费时间。

"我刚才听到你们在三楼吵吵闹闹讲些哪样？"

谈山水，谈酒，谈生死。

"都是大题小做！乌合之众，焉有生死可论？哈！哈！哈！啊！对不起，掌嘴！掌嘴！喝完这盘酒，我跟你们上楼领教！

"我这个人哪里都去过，算得上是个'无不之'的人，可惜就是没有学问。学问也者，专一的研究是也；我专一了什么，论著了什么？徒手空拳，挥霍光阴，各位面前，做些打情骂俏的小生理度日，有人两句诗我记得住：'世外文章归自媚，灯前啼笑已成尘。'这有点像我。"

一根香没点完，三老已有点醉意，等到要上楼的时候，那边戏台上的《琵琶记》已经开锣，大家的心思都在那边去了。

刘三老上不得楼，说好明天一大早再来。

"昨，昨天你们是哪几位在楼上？各位请看，这四围的烟霞雾霭，这山水景致，怪不得满城的公鸡都变成了阉鸡，只要稍微有一点点底子的，哪个还再想往外头跑？像我，我就是只老阉鸡……唔！这茶叶是哪家的，真难得的清绿……"

"三老，一列您的晚辈、熟人，"幼麟说，"哪！那边素儒、欣安，再那边是蘼春、一罕，这边是韩山、云若、玺堂、方麻大、执夫、舍弟紫和，门口站着的舍表弟云路，啊，那位蹲在门槛照相的舍表弟倪端。大概就是这么些人，都是认得您老人家的。"

"啊！是哟！是哟！一荷包熟人。熟人就可无所不谈——这场面难得。记得文木先生《儒林外史》的压卷词？

"'记得当时，我爱秦淮，偶离故乡'……吧？活脱写的朱雀情怀。李玉的《千钟禄》第十出：'收拾起大地山河一担装，四大皆空相。历尽了渺渺程途，漠漠平林，垒垒高山，滚滚长江。但见那寒云惨雾和愁织，受不尽苦雨凄风带怨长。雄城壮，看江山无恙，谁识我一瓢一笠到襄阳。'听说袁家二太子寒云一口气唱完过'八阳'；气势苍凉，沁人肺腑，这大概联系到自己的政治逃亡消极身世的悲愤情怀吧？智慧天成，世情深然。我虽无份莅临观赏，想一想也都得到荡气回肠结果。作者李玉是晚明的一个落魄才子，作过三十多则戏曲，比《千钟禄》更出名流传至今的《一捧雪》，便是他的大作。这又让我生发出朱雀子弟百年来的万端慷慨了。

"难得各位少壮有这种亲近山水的福气，在我，是越来越逍遥了。"

"这说的哪里话？我们这帮家乡子弟正托您老人家的福，熏染您老镂风刻月的华国文章，您当然是个中班头，责任是逃不掉的，刚才朗吟的《千钟禄》，不正是射中晚辈们的山水情怀了吗？"云若说。

"抒发慷慨还办得到，力行起来又是另一码子事了。我这人弄到底只不过是个玩笑闲人耳耳……嗯！昨天下午这楼上大着嗓子吵着生生死死的，是个什么大问题？"

"哪！他，"马欣安指着方麻子，"麻大，麻大，你自家讲！"

方吉咧开大嘴笑着说："我讲世上有天葬、水葬、土葬、岩葬……就没有'酒葬'，若有，我第一个报名参加……"

"有，有，酒葬是有的。"刘三老说，"有回我到天主堂访友，这是个意大利国人，他是学医的，房子里一排柜子上放的都是玻璃罐，每一罐各泡一个伢崽，由蚕豆大小的伢崽芽一个比一个大，泡到完完整整的快出娘胎的婴儿，大约是十二三个。见虽亲眼见，倒是有些没知识的人晓得了乱宣传，讲洋人吃小孩子，吃胎儿，像腌萝卜一样泡在泡菜坛里。这种见识就很不雅观了，传出去，让人把朱雀人看扁了。那是外国医学界做研究的标本。很正经的科学事。"

"这就好了，有先例可循了。嗯，不晓得用的哪样酒？"韩山问，"能够明鉴照人，不混浊，不沉淀——"

"好像不叫酒，一种特别的药水。"三老说。

"哪！不用酒，用药水更好！那就省下好多开支！麻大爷盘腿坐于巨瓶之内，着上海露体之游泳新装，听任中外男女游人随意参观……"韩山说得兴高采烈。

"我收回，我收回原来的报名申请，讲好的用茅台，用高粱烧，怎么一下子变卦成药水了？我岂能与科学研究用的婴儿为伍？呀？

呀？……"

方麻大体重老秤二百余斤，要真放在玻璃瓶里泡着，可真够得世界奇观称呼。

麻大这个人人缘好，遇事随缘。笑话揽到自己头上也能排解，不着急，满心好意，跟大家一齐调笑。想不到在部队还是个军法官，鼎鼎大名的严厉，朱笔一勾顺手往地上一扔，人就押出去了，眼都不眨一下。在朱雀，快活得像个凡人，一点痕迹都不露。

朱雀城不知哪个作孽人造了副对联："满面圆圈，为何叫作方麻子？身材短小，怎么称为高大哥？"高大哥在大桥上摆草药摊子，身长一米二三，是个侏儒。方麻子听人唱这副对联哈哈大笑，"这狗日的真有才情，要在前清起码是个编修……"

三老说："听没听人讲过？外国有些地方，死人的时候，两边送殡的人大家鼓掌欢送。"

高素儒说："我在日本的时候，书上也看过，像是拉丁美洲、意大利那边都是这种风俗。这举动有自己的讲法。人一辈子从小到老，都各有自己的奋斗经历，壮烈，漂亮，值得为之鼓掌。三老不讲我都忘记了，有这么一回事。在中国怕是不行，丧事人家不撵你家伙才怪！其实我欣赏这种方式，只是积习难改……"

"其实要转移风气，从新式的追悼开始也是可以的，讲清楚，问这个死人一辈子光明不光明，坦荡不坦荡，勇敢不勇敢？好！鼓掌！"黄玺堂说。

"追悼大会上总是讲好，好得不得了，好成那种好法，人活着的时候你又不对他好点！死人跟前讲好是不花本钱的。一盆一盆地往下倒。倒归倒，死人又听不见，徒劳虚假之极！我就不参加追悼会……"高素儒说。

"嗳！嗳！我脑壳真是浮游出一个设想来了……眼前我刚晋八十，虽然讲是讲，脚骨、精神跟饭量都还过得去，这牛皮却是吹不得，忽然忽然走到街上哪家门口跟哪位熟人问个好，忽然忽然正跟各位的其中几位喝下第三口酒，忽然忽然睡到清早晨家里人一摸断了气……然后在座诸位为我送葬，开追悼会，摆我从小到老整盘整碗的英烈事迹，你摆你的，我已经直挺挺躺在门板上听不见；你讲得有没有意思？退一万步说纵然有意思吧，我又没办法领情当场多谢。喂！本老朽真想了个主意，人生在世何不在活生生当口开个追悼会呢？讲的那些好处我都能亲耳领情多谢，哪一天真扒扒一跤起不来的时候也能面带微笑走进南天门。"

大家听了哈哈大笑，觉得有趣得很。

"不要笑！"三老正色地说，"我是认真的。哪天等这里道场一完，我们就搞这个活追悼会，诸位年龄不够资格，我先来，不要张扬出去，就在座的这批人，仍然让幼麟委托柏茂处理杂务，一天，不多不少就一天，欢迎各位畅所欲言，我困在门板上听。我算是开头炮，搞得好，一个一个接着来。一到八十就搞，不到八十免谈。再麻烦蓝师傅一天，大厨房队伍不要拉走，我全包了。"

"三老，你是当真？这玩笑开大啦！"方麻子大爷就怕三老松手。

"本老物数十年在诸子眼皮底下，在朱雀城弄一些正经事，几时不认真过？几时失信过？"

"那是！那是！"大家不能不点头称是了。

今午上是斋饭，虽不上酒，三张桌子却是响动很大，几十个人都顾不上说话……

下午看《鼎盛春秋》，连台《战樊城》《长亭会》《文昭关》《浣纱记》《鱼肠剑》。

饭后上楼继续喝茶，幼麟说："等下子的《鼎盛春秋》唱功戏为主，尤其《浣纱记》二场伍子胥那段西皮二六，一口气二十句，最后那两句'娘行若肯周济我，没齿不忘大恩德'，千万不能漏气。张聋子的伍子胥，嗓子功夫是再好没有，怕就怕他烟瘾没有过足，到时候应接不上。"

韩山同意幼麟的意思，"《文昭关》容易讨好；《战樊城》《鱼肠剑》闹热，好办；就是《浣纱记》一个是那段长唱腔，一个怕浣纱女跟不上。王迎福嗓子本来就欠了点什么，还躬着腰，要是胡子刮不干净还透着青，那可算是没有救药了。……"

不太接近戏剧的人好像天生不喜欢算术的人一样，怎么开导也没有用。

霞畅阁楼上就有几位这样的人。他们勉强还凑得上几句诗、画画、弄书法，所以也在桌台那边忙碌起来。

幼麟书法、诗词都不在行；他原本大有条件在这方面精进，可惜功夫都放在新学上头了。柳惠就常批评他书法不长进，旧学记性不好。眼前他左右奔忙，一下看执夫、藉春画山水花鸟，一下听几分钟张聋子。看这两位好朋友画画，心里也不是没有想法。面对着眼前的好山好水毫不动情只顾画自己心中的那点残余，也真是苦守得很不容易……要是眼前星庐先生、个石兄在座，作起诗来那就是真诗场面了。

序子跟着王伯坐在石坎子板凳上看戏。王伯的心思不在戏上；序子不喜欢总是唱个没完，没有杀仗的戏；看到王迎福的浣纱女明明是个男人，高手高脚，硬挤着喉咙扭来摆去，替他难为情，觉得幸好不是他的儿子，上学的时候让同学笑，"你爹是唱婆娘家的王迎福，呵！呵！呵！"序子不想看，王伯又为的是他，两个人互相误会在那里。王伯一个妇人家上不得霞畅阁，要序子一个人上去又怕不小心绊下来。

周围的人看得蜜朵蜜朵了，有的老太婆还不停地用手巾擦眼泪水，甚至哭得扯不来气，咯、咯、咯个没完。

串来串去头顶着簸箕卖椒盐葵花子的（他小杯子里垫了好厚的一沓纸，说是一杯，其实半杯差不多，手脚快，人来不及看），椒盐糖山、炒花生的，端扁盒子卖老刀牌、美丽牌、哈德门香烟的尽朝着人多的地方挤，高喊着卖这卖那。看戏的人顾不上讨嫌他们，原觉得唱戏廊场该就是那样。

柏茂带来的那几位肩负重任的"黄埔"精英眼下云深不知处，天晓得哪里找得到他们。白费了当初那一番严格审查。

柏茂只扣住一个喜喜在赶制蜡烛。喜喜很勉强，柏茂又看得紧，"我告诉不要哼，哼，哼，外头落金子你也免跑！"

做蜡烛是个精细手艺。文火招呼着满满一锅子加石蜡的牛油。一根根整齐的、半根筷子粗细的圆竹签子摆在左首边，右首边是一蓬灯草。底下垫了块小木板，右手食指、中指夹着两根灯草在左手捏着的竹签子上前后反复滚动搓绕两层，绕到顶头蘸点熔蜡固定，这是打下手的功夫。柏茂垂直地捏着绕了灯草的竹签子慢慢浸到牛油蜡里头去，一次，二次，三次，四次。几百根按次序浸好的蜡烛后头都切了个倒钩，一排排挂在铁丝上，凉后切口，留一点灯芯在外头，挂回候用。做道场打醮用白蜡烛，办喜事就还要加一道染红蜡的手续。小孩子学起来一点不难，只要小心按规矩做，又不累，会欣喜自己居然做得出机器一样整齐的东西来。一个道场，少讲也要千把根蜡烛，三两个人不到三天做出来了，你看高兴不高兴？做蜡烛可以讲古，可以哼戏。远看难，真动手轻松好玩，来来回回有不少人插进来做一两炷香的工夫。

蜡烛做得差不多的时候，柏茂把那一帮人叫过来做荷花灯。荷花瓣是一沓沓白纸早裁好的，尖尖在红颜色水上浸一浸，晾在一边候干。干了的花瓣一张张揭开，每人发一根大毛笔套大小的竹管，将荷花瓣从茎到尖松松卷在竹管上，竖直竹管，把卷着的纸往下捋压成一种皱纹，打开来只见一道道花脉，且每片花瓣都形成一个汤匙状的窝窝。按传统老规矩分三层把花瓣粘在一起，共十三瓣。每朵花底在熬浓的桐油锅里一淼，又在一个装锯木粉的桶上一压，让等在花底下的桐油狠狠地把锯木粉咬住。另一个人专职在每朵荷花蕊里加一绺浸过蜡油的棉芯，一朵荷花就算完成了。这一晚共做了三百朵，成为明晚上热闹的又一本钱。

戏唱完了，人也散了，吃过晚饭，后边厨房空出来，忽然换了一帮想不到的张家、柳家周围男女亲戚。说忽然也不见得；大家心里早就准备好夜间要来，来也不是为了光贪图那一点便宜；实际上的确需要多一些人手。说怪也怪，那七八个哭也哭不拢来的家伙像惊蛰打雷之后出洞的爬虫，也都一声不出地进了灶房。这个劳务要一直做到天亮。一担大米粉、三担糯米粉合在一起，八九个人一圈圈端坐矮板凳上围着七八尺直径的大簸箕，一共是三圈，等着灶上蒸笼里蒸熟的米粉倒在抹了蜂蜡的大簸箕上，揉成大圆球，再把大圆球一个个捏成小圆球……

柏茂厉声呵斥他那几个亲密战友："洗手！快！拿洋碱把手洗干净再来。你看你们！有没有屙屎不用草纸的？撧鼻涕、流口水、抠鼻泥的？茅室板的手，也敢来做'鬼脑壳粑粑'？"

回来的人一个个伸手让柏茂闻闻，特别认真用精神闻了一下的毛毛，也算通过了。

这一帮人别看他们平时油皮涎脸，却都是天分很高、做"鬼脑壳粑粑"的造型能手。顺手捏起一个粉团子（比网球小一半体积），想都不想，一两分钟就是一个鬼脑壳。做一个大家笑一个，闹得妇女们供应粉团子都差点来不及。造型完毕的鬼脑壳，送到后头横着的几块门板上晾着。毛毛几次冲动想做个鸡公都没有胆子实现。

做出来的"鬼头"千奇百怪，居然有人把"鬼头"联系到本城活人的头上来，这个像某某，那个像某某；得意的是这帮调皮分子，甚至真的做出些某某人的头来，弄得大家又惊又怕，笑成一团。要知道，凡是艺术创作，都应有热烈的激情和快乐基础。无自信，不快乐，缺眷顾，少喝彩欣赏，缺气氛烘托，可怜那个孤独的荷兰人梵高、西班牙的高迪、意大利的卡拉瓦乔，那就只有等到死后成正果了。

做"鬼脑壳粑粑"不能早，不能晚。早了，放两天就干裂；晚了，赶不上明天夜晚的法事。

快天亮了，两家的亲戚忙了一整夜，各人口袋里装它十个八个鬼脑壳回家，又快活又满足，话是说得过去的。何况鬼脑壳又没点名报数……

这一帮幼小的艺术家们，倒真正是为了艺术创作鞠躬尽瘁地散卧在有木板垫地的临时铺位上大打呼噜。艺术创作过后的累是真累。

创作过程中不累，若有人劝他们休息还会生气。

他们睡得那么温馨，脑袋搁在一块木头上、砖头上，或干脆枕在自己腕子上。朱雀城那么小巧、精致，城里城外都是他们的乐园，跟自己狭窄的居所连成一气。他们无须乎知道身旁以外的花花世界。六朝不知哪位作家说过两句话："承熙阳之光景，庶无悲于转蓬。"

他们有天上那个可爱的熙阳、蓝天之下的星星和月亮就够了，从不担心哪年哪月世上居然还会出现转蓬之悲……

这里我要提前说一说他们的"未来"。我忍不住，不说睡不着，继续不了底下的文章。

他们没有一个人活过八年抗战，没有端端正正地浅尝哪怕是一点点的、希望的青年时代。保大害了一个很小的、可能叫作盲肠炎的病死了。毛毛大街上被抓壮丁不知下落，想必以后死在某个战场，要不然怎会一点消息也没有？堂兄喜喜在乡下路上被人砍得七零八落，无冤无仇，小小年纪，不晓得得罪了谁。长荣就死在万寿宫背后；镇公所盖房子山边挖泥，给埋了，挖出来早就断了气。长盛算是死得比较天然，吃错了毒菌子。往时的朱雀城死点人算不了什么大事，偏偏序子周围的表兄弟除柏茂老表兄之外都死得失去所以然，死得没有章法。八年抗战初期，嘉善一役，一二八师全是朱雀子弟，算来算去整师剩下不到百八十人。全城的孤儿寡妇，伟大的悲苦之下，我那几个表兄就没人想得起来了……

"哀莫大于心死"，朱雀城那时的空寂荒凉，连哭声都深感稀罕……

这一群艺术家此刻好梦正酣，离他们未来的不幸还远得很。明朝醒来，还有好多兴奋的事情等着他们。

朱雀从来有个特别景子。大清早一层厚雾冉冉自下游沿河而上，只看得见河两岸的树梢和屋顶，等到八角楼山上太阳升起，世界豁然点亮，朱雀一片灿烂。

真正是"养兵千日，用在一朝"。那一伙艺术家再怎么喊也不走了。他们守护自己的艺术像鳄鱼娘守护沙子里头孵下的蛋。那些"鬼脑壳粑粑"和三百盏荷花灯，看一看都不行。想，是许的，不过要站远点想！

这时，王伯带序子进来了。

毛大说："这里有东西，不让进！"

"哪个讲的？是军火库呀？序子，进去看看！"王伯拉着序子往里走。

见是荷花灯和"鬼脑壳粑粑"，"狗狗，荷花灯；还有这么多粑粑！"

其他那帮艺术家晓得王伯厉辣，就说："这粑粑是夜间做法事用的，吃不得！"

"哈！你看你们这副卵样子，满手鼻泥、眼屎痂痂做出的粑粑，磕头请我吃都不吃！"

毛大伸出两只手让王伯看："我们都洗干净手才做的！"

王伯指着毛大鼻子流出的两道鼻泥："流出来了，你还不赶紧擤掉？"

毛大不知如何是好，王伯从提袋取出一张黄草纸："哪！"

毛大接过黄草纸，到门外去了。

王伯问保大："等下你们做哪样？"

"听到讲要我们跟田道士绕坛念经，里里外外怕要两三个时辰，然后烧包[1]。晚上田道士还要在宫门口设坛，烧鬼王菩萨、供养菩萨跟吊死鬼和别的纸扎，丢'鬼脑壳粑粑'，放荷花灯，最后是田道士转后坛念经撤坛。大约是这样子……"

"你们跟田景光绕坛，穿这副卵样子？"

"听讲要发道服。"

"你们走了，哪个给这些粑粑放哨？"

"我们正愁！怕是柏茂大大会锁门。"

序子背着手看那些东倒西歪的"鬼脑壳"入了迷，"我会做的。要是让我也做就好了，我会做的，唉！让我做就好了！我真的会做！做哪样你们不报我一声？你们都不晓得我会做，其实我会做得很！"

"好了！好了！不啰唆了！你看那边荷花灯……"王伯拉序子往那边走，序子不走。

"伯，你不懂。我就是讲'鬼脑壳粑粑'，不讲荷花灯。你不晓得我会做！你不晓得的！"序子犟在那里。

王伯气了，"你会做？你几时做过？你讲，你几时做过？"

"我没有几时做过我也会做！我特别会做！我跟毛毛大、喜大、保大、长荣大、长盛大做得一样好！我会做！"

喜大望了一下王伯，又望了一下保大说："真的咧！要是昨晚上报送狗狗一声就好了，他一定做得特别好，真可惜！真可惜！以后柳嬢做道场，千万不要忘记报送狗狗一声，可惜可惜！'鬼脑壳

1　枕头状的纸包，装有符咒之类的东西。

粑粑’做完了，可惜，可惜，唉！可惜！狗狗，等下一盘啊！是不是？"

序子气平了，好遗憾、好伤感的最初的艺术迷茫……

"你们又不报我一声……"

"是的是的，狗狗这说的是理！真不像话！把狗狗忘记了……"

创造鬼脑壳比模仿真人脑壳自由万倍，任谁天生都具备这种才能，这种开心。比如狼月亮天仰头放歌，比如风穿过春天刚发芽的灌木林……

"艺术的目的就是要把这个特征表现得彰明较著；而艺术所以要担负这个任务，是因为现实不能胜任。"[1]

霞畅阁上一帮人在谈正经事，阁底下的热闹就不顾了。

刘三老对他的这个活追悼会的兴趣越来越浓。他深怕在座的晚辈甩手不干，或以为是信口玩笑。

"……我先讲好啊！就是明天。各位有一整天时间准备悼词。这算是应考，及不及格由我批卷。明天八点准时到会，设有专人管签到簿，迟到早退都要处罚。那我就先退席了。唉！可惜文蛟在黄埔，要不然让这个亲儿子开第一炮，看他心里对我这个老子到底孝顺到什么程度？真假当场验印……"老头子下楼走了。

座上沉默了好久，只听到茶杯盖响。

"这没有什么嘛！明天来就来嘛！"马欣安说，"朱雀城刘三老还怕没有材料摆？既然有这份快活心怀，我们何乐不为？"

方麻子说："到底是老人家，玩笑不能太过！"

——

1　法国丹纳《艺术哲学》，傅雷译。

胡藕春说:"就认真把它当正经事办!我可以谈谈他的治学风度……"

"说真的,旷达如三老者,我们底下这层晚辈怕没人接得上了。"段一罕说。

"可敬,可爱……"幼麟说。

龙执夫有点担心,"三老家里人会不会来?"

"不会来。我晓得,没有这个胆,也没有这种趣味!"高素儒说。

"这种玩法骨子里头很正经,的确开风气之先。有两个道理:一、听听年轻一辈对他的看法;二、解除寂寞。别看老人家在朱雀是个玩笑大家,有几个晓得他在旧学上的开明见解和功底?他家势雄强,居然也懒得骚扰枣梨;让一本本的手稿闲困在书架子顶上发霉。贴近人情的人往往是个孤独行者,所以寓沉痛于山水井梧之中。看似闲适,实系挣扎。"素儒接着说出一大段道理。

马欣安觉得这话搔着了痒处,忙着点头,"是这么一回事,朱雀城的确出奇品,只是'有宝不识宝,沉香当作烂柴烧'。"

看看没再多的话说,各自回家准备明天的功课。咚!咚!咚!纷纷下楼去了。

楼下热火朝天,田景光道士前头举着旗幡的正是那几位随锣鼓丝竹细吹细打节拍踱方步并换上道袍的"黄埔"系列。从后坛绕到算是前坛的宫门外的坪场,再从香案桌边打转上石坎子绕回后坛香火殿里。也让闲人跟着出出进进。

田景光道士有一副唱经的好嗓子,人又生得俊秀规矩,几百上千看闹热的男女都感到视听的舒服。

晚上的道场结束仪式，地方叫作撤坛，又叫解坛，最是激烈热闹。做一次道场，前两天正经法事讲起来重要，其实老百姓大家重视的应是这尾场重头戏。可以想象，宫门口石坎子底下石坪两边分列着肚子里通亮、色彩斑斓的各类纸扎，宫门顶上四盏大白纸灯笼，一个灯笼写一个蓝颜色"灯笼字"：吕、家、法、显。四个字什么意思？不懂；不懂不要紧，舒服好看就行。

四张大方桌拼在一起，摆满供品，一层比一层高的白蜡烛，浓浓的光，檀香的缭绕……《楚辞》里"兰膏明烛，华镫错些"，说的就是两千多年前屈原对朱雀仪式的感受。

要是在河对面的回龙阁吊脚楼上看过来，倒影晃荡的光彩，河面回环的音乐，蜂拥的鼓舞，一种隔离的、迢远的、闪动的、暗蓝山影衬着亮光的印象，会把你牵引到一个从未去过的地方。我相信，任何人都会有所感悟：风流娘儿们会削发去为尼；穷凶极恶的土匪会下山接受招安；招摇撞骗的文学家会规规矩矩重新再上小学，从头发奋；贪官污吏会当众认错从此学做好人……不过这有个前提，要潜心默赏。

艺术干什么用？不就是这样用的吗？

接着是田道士下坛，撤供桌，清场，分头点燃所有纸扎的神物，引起一场熊熊红色烈火。眼看着刘凤舞精心苦练出的艺术珍品付之一炬，归入"一切的美，都是一个葬礼"这个美学规律里。

大家都晓得甩"鬼脑壳粑粑"就要开始。到处都是没燃尽的灰烬。不用着急，世上有的是热心分子，四邻街坊所有的扫把畚箕都调动起来，百家姓里的人起码到了一半，三五分钟几乎弄成一尘不染一个坪坝。只听得呼儿叫女，生怕不懂事的幼小儿女夹在激动混乱的浪潮中变成肉渣。这是常有的事。群众运动嘛！兴奋起来一般地说是六亲不认的！

柏茂和另外几个人高高地站在大门口坎子上，伸着颈根向大家打招呼。打招呼是虚，趁机让大家晓得这个道场的后台是他是实。这也非存心如此，形势逼人，他自己也卷在激昂兴奋之中。

谁有心情这时听他的善告呢？

粑粑抬出来了，一字排开在大门口，十箩！

众人"哇"的一声。也有怪声叫好的！

做"鬼脑壳粑粑"的那几位艺术家这时候来劲了，神情庄重地分列在箩筐旁边。柏茂一声号令："甩！"

第一批粑粑下雨似的落在四方。狂风巨浪是怎么一回事，这下可就明白了。

"甩！"

"甩！"

……

王伯带着序子一直坐在门洞的高凳上，序子有生以来第一次看到这个场面，不停地手舞足蹈。

王伯问他："你敢下去吗？"

"不敢！我长大就敢！我会抢到好多'鬼脑壳粑粑'！"序子说。

"老人家讲，莫去抢好！抢不到的人回家，祖宗在天上会哭！"王伯说。

"这有什么好哭的？"序子非常奇怪。

"其实讲这话，我也不信！哪个人亲眼见过自己的祖宗在天上哭？真是！有什么好哭？你是对的！"王伯说。

"庙里头还有'鬼脑壳粑粑'吗？"

"没有了，都要甩完才行！这东西要抢来的才算。念过经的'粑粑'自己不能留的。私下留的，吃了肚子痛！"

"孤乐院那些讨饭的乞丐为什么不来抢？抢了，肚子就不饿了。"

"做道场头一天他们就来过了，这是规矩，一个牵一个地从大桥头过来，在这门口跪成一排。你柏茂大就给领头的一吊钱、两升米。一齐磕了头，高声叫'多谢，菩萨保佑'，就一齐走了。孤乐院那些讨饭的消息最灵，哪家讨嫁娘，哪家死人，办红白喜事，都会来。挺守规矩，不耍赖。

"哪家死人没有亲戚六眷的孤寡人家，还会拿钱请他们来哭丧，讲清楚哭几天，给好多钱。不哭不闹热，冷风秋烟不好。"

"我喜欢人讨嫁娘，做道场，死人……"

"不好这么说，人家听到会不高兴！你可以单讲喜欢人讨嫁娘，不可以讲喜欢做道场、死人。"

刘三老八点钟没到就敲万寿宫的门，柏茂晓得三老一定用得着他，干脆住在东厢房等开门，果然天刚亮，三老就敲门了。

"你有心啊，多谢你，怕是一夜没合眼吧？"三老说。

"晚辈也在学你老人家的兴趣。"柏茂随手把门关了。

"那又要麻烦你一天了！"边说边走进大殿，鼻子嗅嗅，唔？

"厨房也动手了？"

柏茂赶紧跟上说："不是蓝师傅。约的是准提庵的师姑法印那一帮，手艺讲究你是晓得的，想让你老人家换换口味！你老人家请坐，开水早烧好了，可惜烧过了一点，正候着给您沏茶咧！"说完赶紧到后头厨房里去。一会儿端上一盏茶出来。

三老揭开茶盖一看一闻，睁大眼睛，"你这里居然有这门好茶？——对不起，我这话轻浮了。我是说，你的茶好！上上品。"

"老人家莫介意。马颈坳山洼里我祖上有两三蔸老树，每年春秋就那么半斤茶。自己没空去时，就任它凋荒了。这茶得你老喜欢，家父听到了会开心。你看，这个会开过了，我把剩下的二三两送到府上来……"

"不对！世界哪家有好东西要为哪家高兴才是，见好就想据为己有，我的小屋子、小心胸怎么装得下？——这杯茶让我慢慢回味，可以陪我一整天了，够多谢了——这样，你看，请人扛一块门板，两张长板凳顺着搁在中央，这是我的灵位。脚底弄一张小方桌，放香炉跟蜡烛台。我右首边搞张骨牌凳，放这茶杯，你要记得随时添水。左右两边各摆五六七八把椅子，你看——"

柏茂想笑不敢笑，也觉得好玩，"你老人家放心，你看着，我马上就摆好！"

"喔！等下我屋里杂役秦瓜子送枕头被褥来，你给他开一下门。"

柏茂点头走了。

三老一个人坐在椅子上想开场白，左想不是，右想不是。进来的是两个人，秦瓜子和段一罕。三老叫秦瓜子旁边候着，正想跟一罕讲话，又进来一批抬东西的人。三老说："到河边走走，让他们忙。"

河对面回龙阁那边吊脚楼的夜灯还没熄，观景山树上的老鸦群已开始哇哇起飞在天上打团团了。那雾正缓缓上行，准提庵的木

『请人扛一块门板，两张长板凳顺着搁在中央，这是我的灵位。脚底弄一张小方桌，放香炉跟蜡烛台。我右首边搞张骨牌凳，放这茶杯，你要记得随时添水。左右两边各摆五六七八把椅子，你看——』

我睏在门板上，怎么起得来"教词"。？

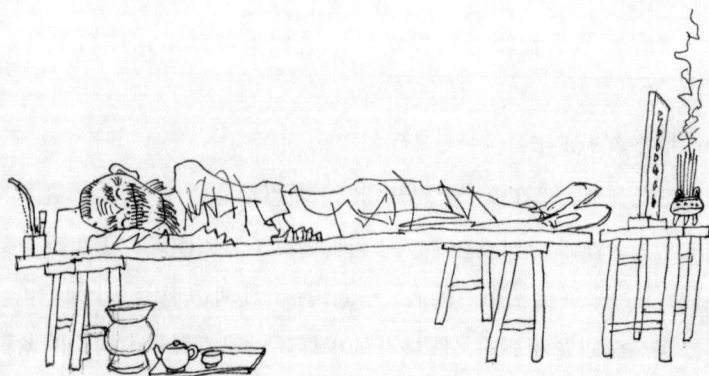

鱼清脆可闻，间或传来一两声婴儿啼哭。

"你看，这老样子一点都不变！"三老说。

"看样子快变了！"一罕说。

一大队挑新鲜马草的乡里人从背后过去。

"这草气味还真是好闻！"一罕说。

"'十步之内'嘛！哈哈！"三老问，"你看事情来了，我自己反而慌了神，你看，我怎么'起霸'？"

"哈！哈！你老人家几时'嫩'过？简直跟我们晚辈'絮毛'嘛！这台戏是你老人家写的，当然由你老人家'跳加官'[1]了。"

"那我们就办个文明追悼会吧！你当司仪。'全体肃立'，唱党歌就免了吧！奏哀乐，静默三分钟；静默毕，然后，然后呢？你说然后怎么样？"三老说。

"原来是恭读'总理遗嘱'这也免了！底下应该是'主席致词'，主席不就是你老吗？"

"我困在门板上，怎么起得来'致词'？"

"那先别吧！致完了词，'来宾致悼词'你再躺下。"

三老想了一想，说："唔！我看可以！那么哪个司仪？"

"跟柏茂讲一下，让他来！"一罕说。

"不行，他大厨房忙得很，我看你来算了！"

"我搞了一通宵讲稿，糟蹋了可惜，这样吧！到时我可以插一杠子。"

话到这里，整帮子人过来了，一路上他们讨论的是"哀乐问题"。

---

1 一种戴白脸五绺长须面具的戏剧开场舞。

方麻子认为当年中山陵悼念孙总理唱的那首歌"我们总理，首倡革命……"可用。韩山否了他，"那是歌，不是乐！"藉春建议用古琴，优雅，情调也合，古琴三胡子公馆有，可以借。什么《鹊巢曲》《鹿鸣曲》《箜篌引》《别鹤操》《水仙操》……问起谁会弹，藉春左右看了一下，鸦雀无声。"谁？谁？你看，你看，我没想到这一层！"马欣安说："虽然琵琶吵是吵了一点，也还是有点古意，昨晚上我到标营敲萧丹平的门问过他，他说弄是弄过两下，琵琶也有，就是只会一首《十面埋伏》。"这文不对题，不好说下去了。黄玺堂说，如果用《夜深沉》的话，二胡韩山，田景光的鼓倒是现成的。素儒不同意，"不像追悼音乐。《击鼓骂曹》那出戏上用过，曹操和祢衡的关系，似乎太费周章，让人以为我们想讲点古吗？别有用心，引起不必要的误会。"方若往右边一看眼前的幼麟，"嗳！怎么把音乐专家忘了？"大家忙说："真的！真的！"

幼麟的兴趣上"头"了。他说外国著名音乐家不少人都写过哀乐。波兰的钢琴家就有首《送葬进行曲》，可惜从未听过。德国的贝多芬有一曲叫作《悲怆》的，唱片上听过一点主调，粗略还记得一点和弦，若勉强把那点意思跟自己随手按出的风琴汇合，会好听的，会有点哀音的……

大家见幼麟人好，又是个教音乐的，虽然不明白刚才他究竟说了些什么就已经相信了，让他回文星街喊人抬风琴去了。

大伙进了殿堂，喝了一阵子茶。灵牌上直书"故显考刘公璙斋灵位"，周围应用早已布置就绪，点燃了香烛。那门板床上认真的卧具让人稍觉胆寒。没有人想笑……

各人就座，幼麟的风琴斜放在靠门的左首边。

三老选了右边深处一张太师椅坐着，对自己一手搞成的这个局面不后悔，也不惭愧，跷起二郎腿一晃一晃，抽着水烟袋，无疑觉得弄人的不是他，是造化。

一罕走近他，打了个问讯手势，三老茫然地点了点头。

追悼大会于是就开始了。

段一罕中音对空宣布："刘璩斋先生追悼大会现在开始！"

"奏哀乐。"

幼麟精神抖擞按出一组巴罗克式的和弦作为前奏，然后徐缓地第一个音符带出——

3 — 2， 5 — 4

3 5 1 2 5 — 6 —

2 — 3 4 5 7 —

4， 3 2 1 7 — 2

1 1

……

主题……他开始忘记了自己，猛踩着踏板。他跟这个曲子离散好多年了，重逢的老朋友，满脸陌生的皱纹和胡子，拥抱他，然后抓住他的手走起来，告诉他分别这几年如何想念，带回到自己的茅棚书房里坐下吧！下雨了，窗外雨不大，炊烟缓缓漫进屋子，点起油灯吧！竹子和芭蕉让雨打得嘀啰、嘀啰响；这位老朋友明天大清早又要分别，举茶代替酒的离杯吧……

4 3 2 1 7

2 — 1 1

……

周围的人心里都在想，和音乐家做朋友就是这么一回事，你要耐心等候他把肚子里所有东西上吐下泻尽情搅完，千万不要露出焦急慌悃，要装得深刻，显得他搞出的混账名堂都能理解体会，但是——

他到底有个完没有？看他那副神气方兴未艾咧！这孽障！他一定忘记底下还有重要节目了……像这么多人排队等候进厕所，顿着脚，捂着肚子；他一个人坐在马桶上一点也不着急，优哉游哉！唉！拉水箱了，结裤带了吧？怎么还不见开门出来？他存心故意耽搁，存心，肯定是存心惹人生气，哎！出来了，这混蛋从容自若，一点也不心中有愧……

哀乐总算奏完了。狗日的你总算奏完了。你按的什么风琴嘛你说！这算哀乐吗？瞎吵一场，脑壳里的脑髓让你嗡散了！好好一首歌，旁边搞些乱七八糟杂音听都听不清楚，还鞠什么躬？没有人说你好……

"默哀三分钟！"

"默哀毕。请刘璩斋先生致词！"

刘三老手端着水烟袋坐在太师椅上。

"今天，给我开追悼会，我欣赏，多谢。就是可惜一辈子从来没有清清爽爽听人在我耳根前宣讲过我的长处和短处。眼看七十六了，哪里没有去过？西洋、东洋，汽车、火车，漂洋过海，火焰山、流沙河。吃的是手抓饭、刀叉餐，生鱼、天妇罗。乐，看得淡；苦，想得开。不仗势，不结怨，天可怜见，而今神清气爽。论见闻，有点；学问则是'不辨菽麦'。有时候我倒自以为还是孔夫子最了解我，'暮春者，春服既成，冠者五六人，童子六七人，浴乎沂，风乎舞雩，咏而归'。各位讲讲公道话，我像不像孔夫子那个不成器的学生曾皙？就是那么贪玩，就是那么不长进，胸无大志！这样的人，孔夫子居然宽宏大量地说他老人家和我跟曾皙的看法一样！真是，知我者孔夫子也矣！

"'吾少也贱，故多能鄙事'，这就是我一辈子走遍半个世界的秘密。

"外边世界走累了，就往回家的路上跑。'未老莫还乡'是混账话，我老早就不打仗，不做官，不拜把，不群，不党，所以不受牵连，不费心事，不情感缠绕。有时几方面合在一起找我麻烦，我也能忍得住，看看我不还手，也就散了。有时也孤独啊！老弟！不容易啊！

"面子上看我今天赶廖家桥，明天赶总兵营[1]，不就是仗着祖上留下来的几亩田地吗？才伸得出这么大的懒腰，打这么大的哈欠。我不欺侮人，人忍心欺侮我吗？我不像章炳麟，他觉得自己能哈气成云。我在日本的时候劝过他，他把下巴翘起来对我伸舌头，那意思就是朱雀城骂人的'卵'！他不信邪；他遇到的是宽宏大量、气势雄强的袁世凯；要是换个张作霖试试！他敢吗？他像祢正平，却比祢某人世故十倍；他懂得穿凿政治人物性格的穴位。杨度不行，杨度是个政治飘萍，四处奉献愚忠，却是累不中'的'。

"怪也怪，天才这东西连老师也忌妒。春在堂就不喜欢太炎，叱之曰'曲园无是弟子'；湘绮老人也不喜欢杨皙子，评他悠忽。我天生在文化上、政治上无大志。跟孔夫子周游列国只是为了好玩。

---

1 赶集趁墟的意思。

那到底不是故乡；酸辣子啦，腌萝卜啦，腊八豆豉炒油渣啦，血巴鸭子啦，他们那里哪里找？我不是不习惯他们的饮食，我从不忌口，来什么吃什么，但终归还是别家的饮食呀！房子呀！山水呀！终归都是别人的家园呀！——'高田种小麦，终久不成穗。男儿在他乡，焉得不憔悴'嘛！我就回来了，不再想他们了。也不奇怪稀罕了……"

韩山站起身问："那你老人家在西洋，除了过日子，他们的想法，他们的文章，都摸到点什么门径？"

"一样的！我们有哪样，他们也有哪样。琴、棋、书、画，经典诗文、崇拜菩萨无一漏少。"三老回答。

"经典诗文里头论到些哪样？"

"庄子说过的'……无所不在……在蝼蚁……在稗……在瓦甓……在屎溺……'都在里头了——我听到的各方名人，前一段日子，可惜不通文字。音乐、美术倒是视听了不少……

"我出洋的兴致是昆明那个老朋友苏一展挑起来的。那时候年轻，他家里在伦敦有一间专做茶叶生意的铺子，邀我去走玩。去就去！没想上了'奇兰巴霍'大火轮船遇到当年同科的薛叔耘、薛福成带一帮人出使伦敦，一路方便写意，有了纵横谈话的机会，长了好多洋务见识。讨嫌的是那个贴身的'通事'，骨子里头未必厌恶洋人，却故意每回谈到外国名人都要糟蹋一番。英国著名剧作家叫作'撒屎屁眼儿'，意大利画家叫作'搭粪吃'，犯不上如此臭浇音义，有辱读书人风仪嘛！对这人，几十天在船上恨又不能恨，打又不能打，离又离不开。后来年月我下决心学英文就是从这种厌恶开始……

"好啦！好啦！拉杂一大堆，我该马上卧倒，轮到各位开场，请！"

说完，刘三老就真的一声不响直挺挺躺在灵床上了。

一罕笑眯眯张望了一下："哪位？哪位请！请！"

素儒向左右点头，"那我先来吧！（清嗓子）三老是全城老少都敬仰的前辈，他为人的旷达，修养的丰厚，在我们湘西，怕也是五根手指头中的一个，也可能就是手指娘。他怪就怪在我们这一批晚辈之外，没有人晓得他有学问、有经历、有见识。老百姓、街坊邻里都把他当成普普通通的老人家；他老人家也自以此为乐。

"我们做晚辈的都分别看过他不同的著作原稿，大家聚在一起做了个统计：《晨昏知友录》廿四卷，《庄周异趣》八卷，《释礼》五卷，《异域日知》五卷，《堪舆正谬》三卷，《红楼梦评论》一卷……"

刘三老听到《红楼梦评论》，马上从灵床上坐起来，手指素儒：

"咄！咄！《红楼梦评论》是王静安的！只是一篇长文章，也不算一卷！我生平厌恶《红楼梦》，你怎么不晓得？"

说完又躺下不动。

"——《辨孟》二卷，《不悔堂日记》四十卷。"素儒继续念完以上的著作。

"不晓得老人家哪年哪月写的，一堆一捆全搁在书架顶上。有没有交付版坊？不晓得！眼看那批稿件一天少一天，听说老伯娘烧饭点了不少，隔壁婶娘大姨也帮着使用。问三老，三老说：'有这个事！乘兴而来，尽兴而返，世界上烂污东西够多了，何在乎区区这几十卷东西？'

"话虽这么讲，我们年轻人还是觉得可惜。为了朱雀城这个文献小帮口增积点家底，三老呀！三老，讲老实话，你对自己可算是歹毒了一点……

"好多年前，三老上腊耳山赶场，买了二十斤盐转到屯粮山让七八个苗崽子绑了。押到寨子，一听，三老会煽苗话，把三老放了，还拜了三老做干爹。回到城里，老伯娘问：'盐呢？'三老讲，送给七八个干儿子做见面礼了。

"这样的心地，三老，不怕你现在还活着，我们子孙后代哪年哪月才学得会？……"

幼麟站起来说："三老夫子与家父算是谈得来的。每转朱雀第二天，要见的只是两个人：一是三老，一是家姑父简堂先生。总是关起书房门，一论半天。听人说家父在沅陵拿赌那回，要不是三老，家父肚子上挨的那一刀怕难见好；一百多赌徒也难一网打尽。北京香山慈幼院家父住处墙上挂的条幅，贺铸的《断湘弦》词：'……拟话当时旧好，问同谁、与醉尊前。除非是、明月清风，向人今夜依然。'就是三老的大手笔。秉三先生有时进来，总是称赞：'天风海涛之势，不信今人笔墨！'星庐先生也曾说：'自少不见他练字勤学，怎弄成这副才情？'这就不是我们晚辈跟得上的话了。

"我心里，是一直是多谢三老深情关心的，我能认识，也能体会。

"三老有时来文星街舍下，要我按琴，个把两个钟 声不出坐在骨牌凳上，茶、烟不进，手指于膝上轻叩节拍。我稍一迟疑，他就会轻轻拍我背胛说：'响下去，响下去！'所以我这回的'拼盘杂会'悲怆之曲，是专门奏给三老听的……"

"幼麟，幼麟！我懂你，你不会孤单，我懂你！"三老没起身，伸出右手远远对幼麟方向摆了几下。

"我来两句吧！"司仪的段一罕发话了，"我跟三老一个弄子，请听我来摆摆三老吧！有一年文星街某某人，外号活曹操的嘛！正街上满街人给他打上场锣鼓的那位嘛！到鸦拉营赶场，三老老远就瞟见他。瞟见他怎么样呢？瞟见他也不怎么样，只是就近采了根细麦子秆，大约尺把二尺不到的长，到茅室蘸了一点老粪，跟在那位朋友身前身后，用干净的这一头剔牙，蘸粪的那一头在那位朋友的背后、帽子上、衣服、肩膀上来回周旋拭抚；他偶尔转身也跟行将飘然远引的三老微笑互打招呼。于是这老兄走到哪里哪里臭，原准备跟他在狗肉摊子小叙一番的酒友也都纷纷远飚……"

三老躺在灵床上笑得全身不停地抖动，忍不住坐了起来，"你这个段一罕！草那头哪里来的粪？是花露水，我赶场刚买的花露水！"笑着笑着又躺下了。

段一罕的冷脸是出名的，"……喔，喔，刘三老为人大方，我们晚辈是素来景仰的，不过大方到舍得花钱买花露水洒到活曹操这人身上，晚辈实在难以相信。好！按下不表。接下再来一段。

"'大街'上奇峰寺底下谭家子弟在外头升官发财要盖带花园的新屋，谭家的老人家是三老的干弟，开玩笑要三老'表示、表示'，三老答应了：'好！好！'

"三老到老菜市场见几个卖柴的，摸摸，金块子柴干得好，讲好价钱，都叫到一起，大约七八个人，排成一列过大桥，走'大街'，来到奇峰寺谭家墙外，一排站好，付了柴钱，告诉乡里卖柴的，里头挤，不好挑柴担子，把柴块子卸下来往里扔就行。他在里头接应，其实溜了。七八个卖柴的不停地往里头扔柴，里头花园刚铺好没干固的三合土走廊给砸得一塌糊涂。明白是三老的指使，过几天遇到三老，三老说：'招财进宝呀！'"

大家笑成一团，这哪里像个"追悼会"？

"还有，还有！"段一罕说，"南门外永丰桥那头有家人办喜事讨嫁娘，斜对门一家死人。讨嫁娘那家姓刘，挂红灯笼；死人那家姓麻，挂白灯笼。半夜三更，三老叫人搬梯子把两家的灯笼换了……"

三老坐起来，"呀，呀，呸！这哪里说起？居然弄得有名有姓！我攀得上这种品位吗？原来闲书上说的是徐文长。夫徐文长者，明朝的大作家，《四声猿》的作者、画家徐渭是也，天才超拔之人，能干得出这种事来吗？'嘻，嘻，嘻！'这有什么好笑？不好笑！不准笑！"

又睡下了，"还有哪一个？快讲！"

胡藉春问："三老，听说你带过兵？"

"没有！"

"还讲是团长咧！"

"没有！"侧身咳嗽吐痰在痰盂里。

韩山加码："听戴大讲，你确实还是个团长咧！"

"才一天！算不得事！"三老闭着眼睛说。

"哪，哪，那是真的了。半天也算啦！"

三老默然。

藉春笑着说："那我就讲了。蔡锷倒袁，三老在云南松坡那里做客，蔡以礼相待，放三老一个团长做做好玩。三老第一天早晨集合全团训话，宣布暂时取消一切军事训练，学唱十二首英文歌，以利提高部队文化气势！《不列颠，早晨好！》《战场思母》

《玛丽玛丽你等我》……蔡锷听到之后笑得半死，送他五千两银票，派了个副官招呼他经安南搭船到上海。不晓得这个材料准不准确？……"

三老躺在灵床上咯咯笑着说："狗日的松坡玩我，我也玩他。"

刚讲到这里，有个正街上卖丝烟的"富祥云"老板听到刘三老逝世的消息，赶到万寿宫来找家属收账上的五吊丝烟钱。走到灵前鞠了三个躬，三老坐起身从长袍子里头掏出一块光洋交给他，富祥云老板一见伸过来的手拔腿就跑，登时影子都不见了。

这样一来，整个其乐融融的追悼会让富祥云老板搅松，再也箍不拢来了。吃完斋饭之后，大家也就各自回家了。

文星街的文庙巷，那一头原本是通向登瀛街女小那边的，为了建幼稚园，齐序子家左首两米处封了一堵墙，中间开了个供出入的门。

一块安静的小石板广场外带一个不窄的小弄子就只属于序子家和刘家专用了。那样子很像一把洋锁的钥匙。

幼稚园门里头住着守门的田爷爷和婆婆。

小广场左首墙上嵌着"文武官员至此下马"的长条石碑没有拆，算是原来曾有文庙大门的纪念。

序子家大门上悬块匾，上书"拔贡"二字。门口一块比单人床小大略三分之一的厚青岩板，岩板前又横铺八块两尺见方、光滑至极的红砂岩板。

小广场直到弄子口的其他岩板排列得也都不错，只是多了点随意性。靠田家一溜白墙根长着地黄、蟋蟀莓子、马齿苋、车前子、矢车菊之类的平凡杂草。几代男女小孩在序子家门口那八块讨人喜欢的石板上玩"跳房子"游戏。（我后来知道全世界孩子都这么玩，才明白是上帝教的。）

健壮点的男孩在这里踢皮球，练霸腰。

更多的是围成一个小圈子的小女孩们在这里静静坐着做针线，"办家家"……

总之，这里好。不招惹人，闹中取静。门里的住家又没声张过讨厌孩子……

清早开了大门、腰门之后，有天序子站在门槛子上，弄子那边一长溜白墙亮堂堂映着太阳，墙里头到冷天会开红腊梅花的孤瘦的腊梅花枝（这种腊梅请参观日本画家尾形光琳所画的屏风《红白梅》，那棵红梅，花瓣蜡质，朱砂印泥那么红，现在世上已经少见了），再过去是层层远去的屋顶，然后是王家弄坡上公园的城墙和"旋旋楼"。"旋旋楼"是老王亲自叫人盖的。八角顶子的风景楼，没有梯子，斜着斜着往上走，就到楼顶。照有楼梯坎子算起来，该是五六层的样子，算是好看的风景了。

序子小，没有去过王家弄的公园，更没有上过"旋旋楼"。"以后一定要上旋旋楼！"这是序子的志愿之一。

文庙巷有座砖砌的拱门，原书"文庙"二字，改成了"凤凰县立幼稚园"七个字。拱门下有五级石坎子，横着的就是文星街了。

序子放学回家，若不走北门大伯娘那边的后门，那一定是从西门坡那边绕"陡陡坡"下来的。上坎子进文庙巷拱门，走不几步，靠田家白墙那边路边上少了一块一米多长的石板，就像好端端一排牙齿缺了一颗。序子这两年工夫总算背着书包能跳过这颗缺牙了。以前还要来个起步，眉毛还要扬起来；现在不用，稍微一弹就过去了。

墙脚长杂草的一长排地方，序子最希望能跳出几只蚂蚱来。不可能的，离草坪太远，做虫的也伸不开腰。倒是在中饭吃过以后常飞来五颜六色的蝴蝶。有种发蓝发绿的大黑蝴蝶是抓不得的，翅膀嫩，破了就飞不起来，瘫在地上吱吱地叫（声音很小），回不了家了。

还有黑粉粉绿粉粉沾在手上，大人说它的粉粉吸进鼻子有毒，叫作麝香蝴蝶。抓它也弄不出个玩法，让它飞着好看算了。

序子家和隔壁刘家中间有一堵很高的大白墙。孩子们常常剥石灰墙皮当粉笔在地面石板上画画。这是画不出所以然的，石灰墙皮又老又硬，出不了白。有些孩子不懂事还是剥、剥、剥个不停。

序子家的这棵大椿树像一把绿伞，满满地罩住张家和刘家的屋顶。有一回不知大椿树哪根枝丫上掉下来一座六七十斤重的马蜂窝打烂了刘家的屋顶，序子的爸爸对刘家忙着道歉说对不住、对不住，又赶紧请瓦木工补瓦修椽子。刘家很难有机会占了这个理，争着要分一半蜂蛹……蜂蛹油炸椒盐和干炒腊八豆豉都很好吃……

刘家的腰门和大门总是关着。序子进去过，很窄。有个长得很高、留着灰白短胡子、晋平头的爷爷，不算很恶；有个喜欢笑的和气的婆婆，一个比序子小四五岁的孙子周喜，一个抱在手上的孙女周爱。两个儿子在外头谋事，不常见。大儿媳妇是个深度近视眼。一屋子这些人都关门住在里头，只到黄昏放定更炮的时候才出来走走，呼吸新鲜空气。

序子家的廊场大，可以带些规矩的男女孩子回家里来玩。若是文星街上忽然闹热起来，打鼓打锣吹号放爆竹，那是会冲出去看事情的。

序子慢慢长大了。妈妈忙着三件事，女学堂、打麻将、生孩子。王伯的心当然悬在序子身上，可又要照拂妈妈和生下来的弟弟。

妈妈一生孩子就要吃鸡，喝汤。吃鸡的时候喊序子回来吃鸡霸腿。序子吃了不少的鸡霸腿，吃着吃着就不想吃起来，一听要吃鸡霸腿就往外跑。

爸爸从芷江看爷爷回来带回很多"通草"片，"通草"片是一种不到巴掌大、经过切割的四四方方的白绒绒、轻泡泡的植物半成品，四页书的厚度，可以用来画彩色画，画好了再用各种工艺小快刀切割下来拼成一幅好看的作品。尤其是画蝴蝶草虫之类，因为通草本身带一层绒，画出来的蝴蝶简直像真的。

爸爸学校回来就弄这些东西。哪家办喜事，他就拿这些当礼物，让人镶在四扇玻璃柜上，很是让人多谢高兴。

他有个习惯，一边做事一边唱吟。逮住什么唱什么，不停地重复回旋。京韵大鼓，三弦，二人转，二人台，韩德尔，李四娘，贝多芬，空城计，山西梆子，梅花三弄……

有时宽压着嗓子唱一种不太有变化的声音，那是他臆想中的大和弦，出声单调而胸怀万籁，在紧要关头甚至放下刀具，闭上眼睛双手摊开仰头迎接那奔腾的怒海狂涛……

在上海商务印书馆做编务的省高师老同学赵悲夫给他来了电报，找出电报号码本子一个字一个字译出来是：

"速寄通草画四幅急用，余信详告"。

想都不用想，马上拿薄板子、桐油纸，夹妥现成的四幅蝴蝶草虫通草画寄往上海。

到正街口邮政局把包裹发了。想到万寿宫前几天那桩事实在好笑，信步出东门过大桥往老营哨走走，正巧碰见滕甲铉先生。

"来，来，来，是幼麟公子吧！我上清沙湾找令老庚个石，没想这里遇见。听说他从溆浦回来实际上还没回来。也没哪样大不了的事。昨晚上一整宵背断了元遗山那首散曲：'……骤雨过，珍珠乱糁，打遍新荷。人生有几，念良辰美景，一梦初过，穷通前定，何用苦张罗……'前前后后都扪不着了。你坐，坐！"指着田家祠堂门口岩头象底下的石坎子，"你帮我想想。"

幼麟慌了，仓促间来这么一问。"你老人家抬举了，散曲这方面我理会得浅，虽然是跟歌曲的关系比词牌和诗律更贴切，却是更难。我浅尝过《遗山集》《中州集》……那曲子怕是名叫《骤雨打新荷》的'双调'？背全首我不行，你问个石，他胸次东西多，嗯！怕也是涉猎没那么细，你老人家把我考倒了！其实星庐先生就在洞庭坎上，离府上才几步——"

"找了，找了，一早就敲的他的门。老夫子天没亮就醉倒了。鹤丹公子莫奈其何，还是他提醒我找个石的。"

"你看，你看，为一曲词跑了大半城，老人家兴致真是没讲场。"

"你晓得我这人好动，心里也挂牵老营哨这边的景致，找不到人就往这边跑，好久好久没空想它们了。远远的这太阳，这水，那城墙，那桥，那雾，那吊脚楼，那橘子甘蔗船……顺势走走，松松筋骨，养养眼，都是好的……那我们下去过跳岩吧！"

"那你老人家不就绕远了？我看这样，进北门顺路到舍下喝杯清茶歇歇好吗？"

"哈哈！这倒是难得了，古椿书屋，古椿书屋，我在令祖塾学里还飘过几天咧！公子不知道，令祖严得少见，那种严法……"甲铉先生稍稍打了一个冷战。

过跳岩时，"不要搀！哪要搀？我这踩过梅花桩的脚板。年轻时跟田立山打赌，一口气跑过跳岩才数到七。"走到河中间，幼麟见老人家昂起脑壳，闭起眼睛，停住脚步……"阿，阿，阿嚏！……"

摇了摇头，打了个大喷嚏，"这太阳有种东西，让鼻子眼睛每到特别的地方都要搞点名堂。啊！对呀！前几天听说刘老三跟你们这些年轻人在万寿宫开了个八十追悼会？他哪有八十？我才刚晋八十，他，他，小我两岁多，岂有此理之至！讲老实话，这伙计也真会玩。天地宽阔，智广才多，人生积累得如此丰厚，散淡才会有致，挥洒如意……嗳？应该跟我打一声招呼嘛！怎么把我这个玩人搞到一边去了？有我参加岂不是更夺翠[1]？这种玩法，也算是世间少有……"

一边过跳岩，一边宣讲，幼麟是搭不了腔的，只是担心他老人家用劲过度，掉到河里……

这跳岩上下有个讲究。北门城墙这头，专门搭了两截宽两尺多的厚木头跳板。就这么两段，是上游人家撑船载粪桶、甘蔗、橘子进城用的。在河边有事无事的人，都喜欢看撑船人在急滩上跳板底下弯腰那么一闪而过，然后挺直腰杆横握撑篙的那股气概。

"三舅！三舅！"城垛子上有人喊。

"哪样事？"幼麟一看是倪家外甥毛毛，"讲呀！讲呀！"

"大家满城找你都找不到……"

"你讲呀！讲呀！嗓子大点！"

"大家满城找你，找呀找呀！女学堂、岩脑坡、文昌阁、高家、郭家……"毛毛接不上气。

"你讲事！懂吗？你光讲要讲的事……"

"……死了……"毛毛说。

"啊？哪个死了？"

---

1 精彩。

"那个姓刘的，老，老狗日的死了！"

"哪个姓刘的？"

"我不晓得……"

甲铉先生和幼麟不知所云。

进北门城门口，转文星街，进到屋里，满屋都是人。见到幼麟带了甲铉先生，招呼都忘了打。只见柏茂摊开双手，"……死了……"

"哪个？"

"刘三老！刚才刘家老二文鳌到我屋报的信。"

"不可能！不可能！这怎么可能！"幼麟瘫在椅子上，吓呆了。

"这人一辈子奇，满身奇！刚才在跳岩上我还跟幼麟论这刘老三，唉！'满头风雨，戴荷叶归去休'，也是前世所修。真是奇到没人信，刚开完活追悼会，倒是真的死了。这人死活都把自己弄得那么有意思……"甲铉老人感叹一番，悄然昂着头走了。

"平常见到有哪样迹象吗？"韩山问。

"万金难买老来瘦，从来没听到他老人家哪里有病痛。哪浪赶场就往哪里凑热闹，嗓子又大，只要他在场上，没有人听不见……"一罕讲。

素儒说："庄子《山木》里有一段话：'君其涉于江而浮于海，望之而不见其崖，愈往而不知其所穷，送君者皆自崖而反，君自此远矣！'人不在了，就后悔躬亲得太少……是不是有的慧敏老人早就预感死之将至而做了如此这般谐谑的安排？古来类似的佛经故事是很多的。明朝的画家陈洪绶五十七岁无病无痛，晓得死之将至，自己洗澡、梳头、换干净衣服，端坐榻上说，阎王爷招我去画地狱变相图，也就溘然而逝；这不怪，怪在为他雕刻画板子的名匠黄子立，第二年按照陈洪绶的板眼一切做了，端坐榻上说，老莲画了地狱变相图要我去刻版，说完也就完事。

"有的老婆前脚一死，老头子不到几个月后脚就跟着完了；也有老头一死老婆跟着后脚就死的。这怕是和精神感应有点关系……

"我想，大家是不是一齐上兵房弄子三老那里去悼念一下？"

在座的都默然点头。

看起来，刘三老一辈子是积了德的。

俗话称赞"五男二女，七子团圆"是幸福美满人家。刘三老两口子的的确确不多不少就那么准数来了五男二女。文蛟上头两个大大，下头又两个弟弟，再加两个妹。

一天到晚热热闹闹，百子千孙的前景完全是顺手的事。

大伙人马来到刘家，看到一片热闹的亮堂堂的白。想必该哭的都哭过了。众儿女陪着悼客出出进进，装香磕头，言论些不需想象力的客气静穆的话。

老太婆还真是与众不同，嗓子清亮，也没见戚容，坐在三老灵位边的小太师椅上，谁来谁说话。有时左肘子还挨着三老肩膀边门板靠一靠，或是解累，或者故意亲一亲三老，仿佛他还在人世。这从容气派应该是三老多年神风熏陶出来的吧！

问她，她就重复给人听："……昨天还好好的，吃夜饭的时候，腊八豆豉、白片肉卤芥末、牛肉巴子，喝了两杯子五加皮，下了碗面，自家放了好多菌油，吃完了到门口抬头看天上飞的雁鹅，转来还讲，今年比往年多，写了好几行大'人'字，顺手点燃了长烟袋锅，靠回到老躺椅上，唱高腔《赵五娘》，唱着，唱着，嗓子越唱越小，就没有了……

"前几天在万寿宫开'槌打会'，转来一边笑一边讲送我听，我听得也笑，觉得有理。人死了别个摆好，听不见；活着亲耳听人摆好，都饱饱子听进去了。快快活活，也算是他前世所修。

"你看，我还会有哪样想场？世间几个人死得这么爽朗？要么床上困几年，五痨七伤，吃掉千八百银子；要么战场上穿心炸肺留不得全尸；要么上赌场输得脱卵精光，吞鸦片膏上吊跳楼。我这老头子论玩，东洋西洋哪里没去过？论吃，山珍海味，大蒜辣子，香肠灌粑，哪样没吃过？一辈子读书、写字、论诗文，跟年轻人'絮毛'，不打仗，不当官，死也死得有个样子。唱着唱着就死掉了。舒舒展展，让我们活着的人想哭也哭不出个理由……有人要哭自家哭去吧，我才不哭咧！我儿孙满堂，五男二女，七子团圆，有哪样好哭？"

西门坡玉公送了副金丝楠木寿材；星庐先生、简堂先生、甲铉先生、北京的秉三先生、镜民先生、田三大……都送来了讲究的挽联。后辈们也穷尽学问在挽联上狠狠露了几手。长沙不晓得怎么也登了报。

刘家祖上坟地离幼麟祖上坟地不远，都在棉寨，不过宽得多，四周有岩板铺着，也没搞什么大惊动，按行俗规矩，静静抬到那里埋了。只喊人赶紧打了块大碑。这一定合乎三老的口味。

文蛟请假扯了些皮绊，总算批准了。赶到家老人已经入土，来不及见一面；都是文明人，虽哭了几场，情绪也都缓回来了，原是想得通的。

文蛟回来，大家商量了一下，在三老坟前搞个活动。

棉寨这时候的红叶、黄叶浓得正恰到好处。中秋没到，叶子们

166

还舍不得下树，都笑眯眯地一路上高高挂着看人。

绿水长天，秋高气爽。黄的、白的、蓝的野菊花都按着规矩浮游在两边起伏的山坡上。

文蛟和得豫差不多年纪，比幼麟那一辈都小，曾是考棚的学生。论辈分他又是三老的儿子。世界上就常有这类剪刀差的、上不接天下不接地的、老老少少又都能衔接的趣人。筹备会开在幼麟屋里。

"你看，文蛟呀！我们这么搞你看怎么样？爆腌肉、社饭、凉菜，两坛子绍酒；找一堂高腔锣鼓……"韩山说。

"好嘛！怎么弄就怎么好嘛！"文蛟说。

"要添点哪样吧？"

"你们想到，该添哪样就添哪样吧！"文蛟说。

"文蛟，不要忘记报你大、大、孥、孥 [1]……"韩山说。

"不会忘记。"文蛟应。

"准备唱点什么？"素儒问。

幼麟说："老人家喜欢《琵琶记》，我看就它吧……"

"接得上吗？要不要先排练一下？"

"来不及了，用不着的，又不是公开的'同乐会'，谁会谁接，接不上幼麟提点一下就行……趁天气好，就明天吧！"素儒说。

"我不一定把握得住！"幼麟担心。

"到时候大家留神嘛！"

碑高八尺，十分之庄重。田个石书西狭体"故显考刘公璩斋之

1　大哥二哥大弟小弟。

墓"，旁边生卒年号及一系列子孙名字。坟场大麻石铺排四分地面积。两旁栽植了十棵脚杆粗的扁柏。

又是柏茂全盘打点费神。特别得意的是他谋到了湘西第一把唢呐"麻脆"，三代鼓手"向单单"。这两位六十多的人脾气都恶，相对如仇，水火不容。只是在"场合"上配合得又那么如胶似漆，恩爱难分。都让柏茂哄来了，真是不容易。大家眼睛早就瞟到这两位冤家，心里明白，只要有他们两位在场，谁都有希望变成湘西余叔岩和梅兰芳。

将近三十个人进得场来，只见刘家那五兄弟早把场子洗刷得干干净净。这让人不能不觉得文蛟这人话少是少，办起事来还很有他尊人的精神的。

柏茂带人忙着安排打点供桌上的东西，点燃了香纸蜡烛，火焰熊熊，炮仗响过之后，文蛟五弟兄都上前磕头奠了酒；另外那一大帮人也次第行礼如仪。各人对三老有感情，心头沉重不堪，匆匆忙忙默祷几句怀念的话，甚至想流几颗眼泪好不容易也总算忍住了……

世上多几位这样生动的老头子终究还是好事；可惜现在剩下的老头子味道越来越淡了。

乐队和家人各列左右，亲朋晚辈都坐下首，以菜肴为中心，围着圈圈，一声号令大家都举起酒杯和筷子，这就谁也顾不上谁了。

酒筵上的举止风仪，大多视乎各人家中的境遇决定。隔三五天来一次小宴会的人，自然懂得从容典雅；他眼睛、肚子和舌头不急嘛！是不是？其余的人你怪不得他，三月两月难得的机会却是时时刻刻的等待，就像百米赛跑的人听候那一声枪响，哪还能不猛扑向前吗？

你了不起！你冷笑那种粗鄙！饿你半个月，你连猪食都吃。

朱雀人不那么看，朱雀人不鄙粗陋；很简单，你嫌，可以不请！请了就要包容得下。唯一的具体办法就是"打平伙"。分组聚餐，五只爆腌小乳猪，大家吃个"透"。就像眼前的"政协会"一样，开大会而分小组讨论。资格，行当，辈分，性质，出身……诸般层次的矛盾都解决了。

酒筵的时序进程细想起来也蛮有意思。开始排座次，问寒暖，问闻故旧消息，喝茶。开席之后举杯、谢歉、夹菜互敬；狂纵的人借机会来回敬酒以饱酒瘾。吃喝到了七八分的时候，文人论友朋中诗词冷暖；武人论枪炮拳脚；官场中人论升沉进退；戏剧中人论锣鼓行腔板眼；画界论某人某人不是东西！妇女界论某年某月某日生第八个伢崽壮烈过程，然后相约一齐上"茅室"……（男士从无这种激情。）

因为今日的天气、周围宜人的景致、刘三老的人格，大家都狠狠收敛着自己的个性，准备散席之后的那一场高潮到来。

在柏茂的领导下，席撤得飞扬之至。

接着上茶。

茶叶不普通，是陈年普洱。这时候上普洱很有个讲究，化油食，醒脑，润嗓子。连两位唢呐和老鼓手才抿了第一口就觉得不简单，也相互敌视地点了点脑壳，觉得茶好。

一罕端了杯茶在众人当中场上走来走去，"我们这个堂会开得算得是有点意思，各位，《琵琶记》这出戏明摆着是唱不完的。幼麟，你过来一下，四十二出你看，哪出开始好？"

"'五娘寻夫上路'第二十九出,《胡捣练》调开始吧!底下是'牛小姐盘夫',《菊花新》调,调子谐和,大家起唱不难。到三十一出,'牛小姐谏父',《西地锦》调,用外国的说法,叫作宣叙调,从容铺排,好有个休息;到三十二出'五娘行路',《月云高》调,行云流水,是个重头戏,要有个好嗓子。底下我感觉到一口气下去到尾巴,都是比较好办的,纵然'伯喈五娘相会',大团圆也好弄了。"

"麻脆"听幼麟这番话,眼睛睁得好大。

"我看,不要'闹台'吧!就从《胡捣练》吹起吧!"

韩山站出来走到锣鼓边,"这段我来!"——锣鼓响了。

"麻脆"的唢呐,第一口气出来,就咬对了,对得准准的;这是非常非常难得的。

平常一般人,第二三句勉强能跟准了就为他伸手指娘。用不着替"麻脆"担忧,他筋不暴,腮不胀,闭着眼睛,行指于第二节,他是在自我欣赏,一开始就自我欣赏;所有的乐者都在自我欣赏,所有为艺者都自我欣赏,没有这点自信的欣赏,心旷神怡,这职分能混得下去吗?

"辰河高腔"起调开始,就是唱一句唢呐跟一句,那种悠扬婉转,高亢缠绵,伤感柔情,简直是让人一层又一层地往深渊里坠……

韩山今天不晓得怎样,嗓子"女"得如此得法,搓揉得那么细腻,让人原谅他讨人厌的高颧骨、龅牙齿。他是活生生历尽折磨的赵五娘,欠着柳腰,吐着人生苦水……

"(《胡捣练》)辞别去,到荒丘,只愁出路煞生受。画取真容聊藉手,逢人将此免哀求——(《三仙桥》)一从他每死后,要

韩山今天不晓得怎样，嗓子「女」得如此得法，搓揉得那么细腻，让人原谅他讨人厌的高颧骨、龅牙齿。他是活生生历尽折磨的赵五娘，欠着柳腰，吐着人生苦水……

韩山女13娘如此风情

171

相逢不能够，除非梦里，暂时略聚首。若要描，描不就，暗想象，教我未描先泪流……"

"牛小姐盘夫"的那位牛小姐，素儒唱；夫呢，方麻子唱。这从哪里说起？素儒素来以恶、丑出名；方麻子又胖又麻怎当得起蔡伯喈？原本大家想笑，听了两句，大家都不笑了。听归听，音声是和谐的，是配的；哪个也没有亲眼见过蔡伯喈，完全有可能蔡伯喈长得跟方麻子一样。蔡伯喈嗓子未免洪亮了一点，有机会让他搞一盘《李逵下山》，那会合适的。调皮的人心想，三老困在坟里头很可能在笑痛肚子；也可能不笑，不笑是因为这帮年轻人的情义隆重。

很多段子都唱过去了，幼麟来了段第三十七出"伯喈五娘相会"（《三桃红》）尾声四句互唱：

只为君亲三不从，致令骨肉两西东。

今宵剩把银钅工照，犹恐相逢是梦中。

幼麟懂音律，嗓子不宽却从容，吞吐得法，大家低头听着以为还有。

没有了。

太阳往西边去了，斜照着红叶黄叶。扁柏直插蓝天。地面的反光盈盈然映在碑上……

别了！匆忙的世纪。难再的忘年温暖。

这隆重的事情过了一个礼拜左右，长沙沙河街陆军新编三十四师留守处转来了个包裹单，说明是上海商务印书馆运来一架装中型风琴的大木头箱子存放在火车站库房，收件人是张幼麟，叫他赶紧来长沙领取。

怎么领取？不明不白。请留守处的朋友胡敬侯仔细看过提货单上订购人的名字，写得十分清楚，"订货人刘璩斋"。

刘璩斋可不就是刘三老？他几时动的这个脑子？家里人一点也不晓得。问文蛟兄弟们，他们不晓得，问刘伯娘，她说："好像听他讲过你风琴破烂不堪，想送架好风琴给你，你是音乐家，应该有架好风琴。唉！送就送了，你就收下吧！"

"那不行！我怎么当得起老人家的好意？人不在了，我更没理由接受老人家的馈赠。那这样吧！等东西到了，请让我把所有费用奉还就是，我真是不敢当，受之有愧，伯娘呀伯娘！"

幼麟这么一讲，刘家一屋人都不以为然，"老人家生前送人东西和我们有什么关系？他是他，我们是我们！他喜重你，认得你深，照他的意思办最好。你也晓得，他老人家一辈子孤寒小气全城出名，抠得很，忽然间送你东西，一定有他的道理，绝不是心血来潮……"

幼麟听了这话，再没有好讲的，到三老灵前磕了三个响头，一脸眼泪地走了。

半个多月后，风琴到了，是件闹热事情，朋友们帮忙拆开箱子，冒出一阵好闻的洋气。通体核桃木原色推光漆座架，上上下下好多外国字牌，素儒说是德国"和来"厂出品。大家绕圈看了又看，摸了又摸，都嚷着要幼麟演习一番。幼麟没有搭腔。众人走了，幼麟搬了张椅子远远地坐着，看这架琴。眼前和以后，家人和外人都没有听过一声琴音……

这琴一直在堂屋左首边摆着，幼麟每天早晨起来用鸡毛掸子掸了又掸。

为这架风琴，幼麟好像病了。

文昌阁小学的那口"兰泉"井是朱雀有名的井水，深澈见底，从来没听说哪年哪月干过、浑过。城里讲究的文人时常来这里品茶吟诗。井边竖着一块长满青苔的古碑，刻着"兰泉"二字。

几百个读书孩子口干了，都虔诚地到这里用预备好的小竹勺舀水喝。再淘气的孩子从不敢亵渎这口井。长辈们传说一口井有一位"洞神"守着，沿袭下来就变成一种规矩和习惯。有时候能亲眼见到一两只挺大的暗色螃蟹在井底慢慢地爬行，明白是洞神在布置什么任务。这是很让人心颤的快乐。

到大热天，你喝第一口井水下喉，会冷得你停下来喘好几口气。（这是真而又真的话。）

讨厌的是办公室那两把铁匠铺打的长满铁锈的开水壶，完全辜负了兰泉那一井好水。厚，重，大而无当，等一壶开水要烧个把钟头。在座的各位教员好不容易等到郭子昂或李国川提着热腾腾的水壶进来，倒入各自放了上好茶叶的茶杯里时，都是一肚子忧愁；有如眼看亲生女儿嫁错了人家而说不出口。

那是一壶令人绝望的百分之百的铁锈水，再好的茶叶也糟蹋了。不喝它又无从代替。

这常常让毕业几十年的老学生回忆起来都深感心悸，也可怜当年那些先生。

教员们一边喝茶，一边聊天。

"幼麟，听说上海那边又有信来向你约通草画，怕是又要让你拿一块'巴拿马'吧？"一罕问。

幼麟连忙解释："也真是很见笑，我原先也以为是你讲的这么一回事，很兴奋了一阵。十几年前那块'巴拿马'，依我看，会是看秉三先生推荐的面子；家严很责备了我的轻狂浮躁，十分之不以为然。

"这一回是上海那位比较熟的朋友家里墙上挂着两幅拙作，另外几位熟人见了喜欢，都托他向我要，算是多年的念想留痕吧！"

韩山说："你手笔未免太大了一点，一下子送去四幅，怕是起码两个月工夫……"

"朋友应酬，也难为情论时间工夫了！"

"你跟他们熟？见过？"一罕问。

"酒茶会场面上是见过，熟倒不能说熟，是些海上的文化人。'病鸥'是报界朋友；'哑鹤'是画人；'秃鸠'是书家；'雨鹃'是位诗词女史……"

"哈！哪里来的这群病鸟？"一罕笑开了。

素儒说："起雅号，成帮结党，一窝蜂是常有的事。儿女成群的自称和尚；日夜出入青楼勾栏吃花酒，也称佛称道；住亭子间号山人的几几乎是风起云涌。外国逛了一年把，就'汤玛士''约翰张''李察黄''彭理士许（！）'地叫起来。连雅号'粪翁''屁翁'的都出现在报纸上头了……"

"唔！"韩山低头沉吟，"看起来，要出新鲜事，别地方是赶不及上海的！"

下课铃响，好多孩子都往石坎子底下跑。

怎么一回事？

去看周师父。

周师父是教育局李研然秘书介绍的拳脚师父，来了才半个多月。

是两汉河上头的人。安排在传达室郭子昂屋背后竹林子那一排灶房里。

周师父五十多岁，个子中等，笑眯眯小眼睛，嘴巴上一小撮翘翘胡子。打起赤膊来，哪里都是筋肉；稍微用点劲，那筋肉变作骨头一样硬；让人摸，让人捏，还让人捶，听说还可以用棒棒打。吓人的不是这个。有资格来文昌阁的是另一个名誉。

有一年，从山里背了只两百多斤的活豹子回来。豹子两个爪子抠着他的肩膀，他的脑壳顶着豹子的下巴，回到屋里，叫婆娘拿柴刀光砍豹子的脑壳别砍豹子身上，就这样子得到一张光鲜鲜的豹子皮。豹子肉赶场的时候卖了好多光洋；腌了四只霸腿，山底下来客就切半斤一斤下酒。他还说，要是那天碰到老虎就好了。可惜！可惜！

周师父门口搬来几十坨大大小小的岩头，每天早晨举完这坨举那坨，还用麻绳子把大岩头绑紧搭在粗树干子上，那一头单手扯绳子，右手扯了扯左手，把树干磨断了好几根。郭子昂报告了先生，先生不准他再弄，他说："树算哪样？山里到处都是……"

手边有一根三十多斤重的铁棒，山里走路，见什么打什么，这一盘，也带在身边。

他不会打拳，这是学堂原先不明白的。所以也上不了体育课。让学生跟他举岩头，后来学生都不去了。

他婆娘精瘦，两只眼睛特别有神，满脑壳尽长头发，毛绒绒一团黑。一到学堂第二天就在屋背后搭了个猪圈，弄来两只"萝卜猪"崽，觉得这学堂廊场好，准备在这里安家立业了。

有一年，从山里背了只两百多斤的活豹子回来。豹子两个爪子抠着他的肩膀，他的脑壳顶着豹子的下巴。

周师傅揹豹子

原来她懂好多名堂，加上手脚灵活，便就近在南华山采来新鲜蒿菜，把墙脚现成的石磨洗刷干净，细细地磨了几箩筛糯米粉，又调和五六斤芝麻红糖，采了几百张梧桐叶，正式做起蒿菜粑粑来，堂堂皇皇地卖给各班馋嘴学生。

她做的蒿菜粑粑块块大，芝麻糖油多，生意很是兴隆。

周师父还会画画，随身家当里头带着纸笔墨砚和颜料盘，眼见清闲就放下一块门板动起手来。买的都是一面粗一面带粉的那种便宜裱棚纸，不筋道，不上墨，也经不起渲染，多抹两笔就破了。周师父不在意，他懂纸性，用软羊毫而不用硬狼毫，一笔是一笔，纸想破都来不及。

他画过《春夜宴桃李园》《风尘三侠》《秦琼卖马》《太白醉酒》《夜战马超》，这都是很费神经营的题目，画好粘在灶房墙上，不见有人向他要过。如有人要，他会送的。

事情很清楚了，学生们下课铃响赶忙跑下坎子为的是去抢购周师父娘的蒿菜粑粑。

既然是当局已经调查到了实情，周师父两口子还乐陶陶地蒙在鼓里，这就让学校里十分之不忍心派谁去通知这一对二十世纪的亚当夏娃离开可爱的伊甸园。

开不了口啊！

周师父那小小的翘胡子和天真无邪的笑脸；师父娘每天出出进进完成理想的快乐劲头……

想到了教育局的秘书李研然。

吃过夜饭，李研然进了周师父的屋，自己先坐在小板凳上，"你们两个过来！听我讲。两件事：一、你不懂拳，没有套路，教不了学生；二、学堂不兴卖粑粑，卖了，不合学堂规矩。"

"不请你们了！

"回两汊河去吧！

"这是这个月的薪水，数一数……"

出了校门，天没有全黑。

师父娘前头掴搔着两只哦哦叫着的萝卜猪崽；周师父左肩膀上一副胀鼓鼓的褡裢，挂着他那根三十斤铁棍；李研然提着一口袋卖剩的蒿菜粑粑。

经过石莲阁门口，写书的想，周师父应该回头看看文昌阁小学校门吧！实际上周师父没有这层意思。

文昌阁小学不晓得怎么弄的，又请了个鸦拉营山爿爿里来的石师父。

这石师父怕有两百斤。身子骨匀称，棕黑，汉话词能达意，也会微笑。

他的确会打拳。有一天当到全校师生员工面前练了一回。腿脚手腕四周缓慢盘旋，处处见劲，末了总是这么一抓，那么一抓，比较单调。

周、石两个师父实际上同是一种来历。山里头的人，套路都是自己摸索发明的，根本没见过外头世界，连辰溪、沅州怕都没有去过。至于少林、武当、昆仑、峨嵋这些门派也不一定——或者简直是无须见识。不过，要是外头来了位什么派什么派的老把式要跟他们会一会，我看不一定能活着出去，起码会弄成个残缺下场。周、

179

石他两位练的是活硬功，在山涧沟壑里混日子，下手狠，快，不好看，有用。平常对付的是豺狼虎豹，不是人。功夫精细老到，力门也重。

过年，苗族人进城耍狮子，在叠起的九张方桌子上（末张桌子四脚朝天）拿顶、翻筋斗、踩八板，右手捏着小狮子脑壳跟耍宝的悬空对蹦。

城里人笑他们"苗"，倒是不敢当面挑逗。所以跟外头门派都不能混在一起谈论。

石师父跟周师父不同，周不收徒弟，他收。徒弟穿着打扮都跟师父一样。帕巾包头，大襟衣，黑腰带，半长短裤扎绑腿，脚踏麻草鞋，一身黑。全扛着白蜡杆带红缨的丈八长矛。

有人出主意想让石师父跟南华山经武学堂的总教习朱国福较一较。老王听到连说不好不好！好端端两个伤了一个要不得。

有一天，天麻麻亮，小校场有洋鼓洋号猛然响了起来，没料到是老王在搞大检阅。

全城男女老少早饭都不弄了。还有人从床上下来一边扣扣子，提着裤头赶到小校场来的。

黑压压一大片。步、炮、骑来来回回的动作很大。西边高高的司令台上坐着老王和好多脸生的来宾。看样子是老王要显两手给外头来的"蒋干"们长些见识。

露水浓，两三千人马的序列活动一点都不扬尘。旌旗罗布森严，清亮的口令调度，像凌风铲过的响箭直透人心。沉重的步伐，齐整的马蹄，野战炮轮子滚动，没有任何音乐能够代替，如此鼓舞朱雀人五脏六腑，营养神髓丹田。

大约两句钟光景，所有的兵种都回归东、南、北三面，静穆无声，中间让出空场子。

少焉，日出于东山之上。

石师父训练的四百藤甲兵和长枪队从司令台左右迎着太阳列队而出，摆阵于司令台两边，各距二十步。石师父站在当中，挺胸亮脖，转身向司令台讲了几句苗话，声音柔顺，像是在报告底下将有一场亲密的打啵表演。

讲完话，猛然闪到台前，转身大声一嚷："哦毫姆！"

表演的正如古话所云"以子之矛，攻子之盾"的真场面。当今，看惯厮杀电影的，连儿童都不以为奇了。眼前这种血淋淋的冲杀，胆子小的脚跟却是难得站得稳。

双方队伍后面都安排担架救护队，凡有躺倒，马上抬往旁边抢救。

藤牌队左手捏牌，右手执刀，只要长枪队一枪不中稍微缩手之际，藤牌手就一路滚到跟前砍杀。

长枪队的枪杆了缠绕加重漆的铁丝，枪头红缨子借着白蜡木杆的弹力总在对手脑壳四周流转，很花眼神，一不小心，藤牌挡歪分毫就会挨枪。

声明的是演习，动起手脚却要破肉流血。荣誉当前，性命倒是不太真实了。

太认真，伤了不少人，老王传话下来叫"停"，队伍还原整队归位。常备队挑来十几担沙子清扫了血迹。

洋鼓洋号一阵响起，打算把血腥气氛和紧张情绪转移一下，没想到石师父突然站了出来。乐队马上见机刹车，两个徒弟抬了口两三百斤打粑粑的石"粑槽"来到跟前。

石师父脑门顶自己垫了块叠好的洗脸手巾，两个徒弟抬起"粑槽"倒罩在他头上。

他拉开架势打起苗拳来。

几千对眼睛盯着他。觉得这苗师父实在了不起，两三百斤重的"粑槽"挡住眼睛和瞎子一般，还稳得住从容的拳路和步法。

看着看着，慢慢发现他开始弄不清方位了，进退显得失控了，步法看出不安了……

为他着急也没有用，就这么一路摸索到检阅台底下去了。临时搭起的高台，木头架子错综复杂，一旦进去，怎么出得来？

徒弟们个个慑于军威，不敢跑出队列牵引师父一把。哪个都猜想不出师父的下落，简直如见死不救一般……

几千人包括台上远方请来观礼的贵宾都笑起场来。

这的确是难得的好笑。

凡是庄穆的场合都怕笑场。把一桩好不容易堆垛起来的伟大意义一下子笑散了架……

关心石师父下落的人们此时此刻想他顶着三百斤"粑槽"正在检阅台底下彷徨的情景，哪能不笑？

长沙省里来的贵宾假仁假义地称赞这次检阅："蛮有意思的！蛮有意思的！"

事后老王很不高兴问底下人："是哪个想出的主意？让那个苗师父顶白？"

下午三点多钟，序子跟同伴正在门口院坝走玩，只见婆慌张地走出大门来："狗狗！狗狗！烧屋了！狗狗！烧屋了！"

这苗师父实在了不起，两三百斤重的『粑槽』挡住眼睛和瞎子一般，还稳得住从容的拳路和步法。

石师父打拳

序子不明白烧屋是怎么一回事。

一下子来了几百看热闹的人，指指点点，嘀嘀地叫。

火焰在古椿书屋墙里冒出十几丈高。

爸爸不在，妈妈也不在。王伯？王伯也不在。

大椿木树也燃了。

所有的人都远远地站着看。

序子不晓得这事情有好大！

隔壁刘家忙着搬东西出来，出出进进。

好像是王伯第一个赶回来。拉着狗狗，护着婆婆到文星街上借了张板凳让婆坐着。

婆也没哭，只坐在板凳上咬手指甲。

爸爸、妈妈也赶回来了，把子厚交给王伯抱。两个人跑到门口又跑回来，跟一群人说话。

古椿书屋就这么烧掉了。

后来听说是租大伯娘小屋住的陈家老头子抽鸦片烟燃的火。大伯娘东南边小屋没烧到。正房也连累了。

借女学堂后首两间教室暂时住下来。婆住一间，爸妈住一间。王伯带着序子在学堂左首边学生姚绍琼姚家隔壁辛家租了间门口左首边的房间住着。四婶娘跟四满住到蚕业学堂去了。

得胜营家婆和幺舅派人挑米来了。这家、那家都来问好话，怕是有半城的人那么多。

谢蛮婆也来了，她是诚心诚意地问婆："你屋里的光洋和钞票怕是有抢出来吧？"

婆说不晓得。

烧屋了!!!

火焰在古椿书屋墙里冒出十几丈高。

爸爸不在，妈妈也不在。王伯？王伯也不在。

大椿木树也燃了。

"……唉！算是福气，冇伤到一个人……"蛮婆拍拍胸脯，走了。

后来全城都传，张家烧屋，十几箱光洋、钞票都让救火、看热闹的人抢了……

山上的老王、顾家、戴家、朱家、滕家，也都派人来问好话。都多谢了。

爷爷从芷江派两个人回来问事，带回一笔钱。

云南的四姨也寄了钱来。

在序子的心里，这一段时间大人说话，办事，好像都没有声音。

对！声音。那一大一小、一新一旧会发声音的风琴也陷进这场火海里……

幼麟从老王公馆下来直出老西门沿城墙准备转边街去找李木匠，半路上，遇到楠木坪的方麻子拉到家里坐了一下。

"我到老王高头去了，屋里这么大的变动，报他一下，准我辞掉校长这个职务。"

"他怎么讲？"麻子问。

"'嗯！我听到讲了！的确费神……也是个实际事，要为你设想，你等我跟选青打个招呼……'这是原话。"幼麟说。

"看起来他准了！"麻子说，"这样你也松动一点。底下，你准备怎么办？"

"把房子先盖起来。"

"钱，够不够？要不要跟我们的老同学修之讲一声？"

"算了！办事勉强一点好。芷江爹那边带了点来；没想到上海那帮朋友听到这事，很认真地汇来那几张通草画的润笔……"

"你那种东西居然还值钱？"

"唉！朋友转弯抹角、顾面子的帮忙……"幼麟说。

"外头传，你屋里十几箱光洋和钞票让人趁火打劫了。我在想，你祖业稀薄，几百年教书匠，哪浪来那么厚的底子？"麻子说。

"除非是祖上埋的元宝。朱雀城里也没有趁火打劫自己人的习惯。尤其是文星街我们历代教书的张家！"

"嗯！哪家火烧，哪家就出谣言。这他妈的谣言还真有点妙！我小时候就听到讲，北门河有个过跳岩的老和尚远远指着你们家的老椿木树说，底下埋了一缸金，一缸银。过些日子，叫人挖挖，讲不定真弄出点什么名堂来。"麻子开心地用手抹了抹那一脸麻子洞眼里出的水。

幼麟遗憾地说："我们那树，也烧伤了一大半……真是实在对不住它老人家……"

"屋里头，一样东西都没捡出来？"麻子问。

"一箱多老画，书法碑帖，几书架书，算是值钱东西。讲起来，一屋人就剩下身上穿的衣服。尤其是三老刚刚送给我的风琴，一声都没按，真是一辈子遗恨……"

"唉！这就要靠以后你两口子的努力奋斗了，问题是你怎么招呼以后的日子？"

"到时候再讲……"话讲完了。幼麟要走，方麻大也没有事，便陪他一路沿城墙过东门到了边街，找到李春茂木匠。

李老板是个包大工程的，要清楚规模才能说话。讲明晚上到登瀛街女学堂找幼麟细论。

边街三十多家木匠铺，箍桶、箍澡盆、箍马桶这类是专门手艺，不是任何木匠想箍就箍得出来的。

这条边街，最喜欢弄点讲究的是包揽嫁奁的"大木庄"生意。大户人家，儿女才十岁八岁就做办喜事的准备。找他们落了订金。一架五晋的雕花床，起码三五年工夫。其他跟到来的东西，也是非常精致，如梳妆台、书写台、穿衣镜、一对带四扇玻璃的大衣柜、钱柜桶、脸盆架、屏风……要花的光洋真是难数。

以贴金雕花大床带头，其他所有家具雕镂花样一口气跟到走。梅花、荷花、兰花、牡丹……所谓"全堂"的意思，人看了不能不伸舌子。

一年四季都有艺术爱好者来赞赏，放不下心它们的进程，并相互告诉。

这"大木庄"，边街有两家，董春和在东，秦泰祥在南。董以设计巧妙称强；秦以雕镂生动取胜。

箍桶匠和细铜匠都巴结董、秦二家。箍桶匠配合必需的马桶、矮脚盆、高脚盆、洗脸盆、澡盆……铜匠则提供全堂一应铜活。

董、秦二家无仇而有恨，情绪随生意起落变化。他们时常派出情报人员彼此打探消息，因为深交多年，来意不言自明，都是熟人，最后变成互问寒暖的友谊大使。

东南两头还各有一家棺材铺。

世界上的人也不知怎么样都不喜欢棺材铺。

凭什么不喜欢棺材铺？棺材铺的人最懂得进退规矩。没事从不惹你，不向你兜揽生意，静悄悄地开在那里。你走过路就反感，心就一震，脚步就加快两成……棺材铺的人忙。不忙的人坐在门口板凳上神色自若，不惭愧，不自责。他们为什么要惭愧自责？你以为他们良心不安，你以为你们家的人死了是他们害的？

好事闲人从来幸灾乐祸，喜欢嘲笑医生和棺材铺，以为他们都希望全城害病、都死翘了来求医买棺材？

人的日子像条链子，医生和棺材铺是其中要紧的一环，世界少不了他们。

找棺材铺办事有自己的特殊方式。开棺材铺的人跟人寒暄，方寸也十分谨严。没有人听说过棺木铺老板上人家里拜年、拜寿的……

嘲弄人的人迟早都会求他们，除非暴死荒郊。

棺材铺做寿材和"匣子"。寿材是讲究装殓死人合身盒子，有的讲究到不能再讲究；匣子的用处比较广泛，装殓没有说法的穷户和孩子……

整条边街，生意最为兴隆的是十来家做菩萨的作坊。

老板不单对佛、道理论有研究，还精通雕刻造型。

闲人跟老板有交情，常来常往，坐着坐着，耳濡目染，两年，也变成有学问的人。

出名的老板名尉迟柯，传说他祖宗九九八十一代都是做菩萨的，他也八十多了，胡子头发越老越黄，越像个洋人了。有的话多人听不懂，比如"佛陀三十二相，八十随形好""四十二手印"。有时顺口说出的话，少数老板们年纪大点的就偷偷记下来，拿去行当里应用，去讲究。有人讲他祖上是从西北边长安来的，古得很，来朱雀就不走了，开了这间做菩萨铺子。曾孙子名尉迟巴莱，什么意义？在文昌阁小学读五年级，同学顺音给他起了个外号叫作"叶子粑粑来"！先生上课点名，又早就听到学生如此叫法，免不了也咧嘴发笑。像幼麟那帮朋友同事见了尉迟柯老板时都恭称他为先生，不知道他的学问到底有好深。他店里雕或塑出一尊菩萨，大家都抢着来看，算是一种有根有据的发人深思的学问。

几根长短不一大小木柱钉合一起，两三个月就成为佛或道的菩萨庄严坐立法像。从头饰、开脸、衣纹、手势、飘带、脚板，抽象到具体，工艺程序天天变化；绸缎和细麻布，桐油石灰腻子涂抹剔刮，细砂布和木贼草拭磨；跟着是生漆打底，一遍，二遍，三遍，再全身贴上金箔，就算是真正地完成了。至于彩塑，那是更为好看的工程，这里不详细论了。

朱雀城内外有二十八座庙，湘西十三县想想有多少庙？庙庙都有菩萨，想想有多少菩萨？佛、道之外，传统小说里的重要人物也都是常在庙里出现，孔明、关公，还有跟平常过日子分不开的马王、牛王、财神爷、送子娘娘、灶神爷、土地爷、十殿阎王群落，还包括那一群乌合之众准备过海的八仙。

所有的菩萨供应和生产都在朱雀这条边街之上。

迎走一尊菩萨都要香纸蜡烛之外放一批炮仗，所以经常炮火连天。

方麻大跟幼麟从小都醉心于这一大系列的作坊群。两个人几乎忘记了午饭看完一家又一家，指指点点，不亦乐乎。都叫得出名字，讲得清名堂。若给坨泥巴，一定都还捏得出合乎法度的佛、道头像。每一代儿童都曾在这里耗磨过无数虔诚时光。成年后在外埠混饭吃的时候，提到传统雕塑无不出口成章。外省人都以为他们进过美术学堂。

放午炮时，两人在东门外一家面铺停下来。招牌名叫"高轩过"。

"嗮！"幼麟说，"李贺还开面馆！"

方麻子笑起来，"把你我当韩愈、皇甫湜也不错了。这招牌是背后的高人起的。"

走进店里坐定，远远看到灶上那一大钵子堆得高高的油辣子和一锅子冒热气翻滚的炖牛肉。

告诉伙计，来两碗牛肉面，多加辣子。

"他一碗，我两碗！"方麻子说。

幼麟吃完面，一口一口慢慢抿着大半碗红油辣椒汤。

方麻子不然，他蛟龙戏水，他风卷残云，两碗辣汤下肚之后，狠狠打了个饱嗝。幼麟付账。

出店门的时候，方麻大脸上红得像万家灯火。

幼麟回到女学堂，柳惠告诉他，高头"文"已经下来了，"你那帮同事明天在文星阁小学开惜别会，过后吃饭。"

晚上边街李春茂老板来讨论盖房子的事。幼麟叫柏茂在旁边听着。讲了一个大略，说过四五天自己画好图样再一起斟酌底下的事。

柏茂这几天带人收拾瓦砾场，忙得够可以的了。

幼麟的设计有些新想法，新房子腾后三十米，空出一块场地来，也就是说让烧剩半边的椿木树有个伸展余地。左首边劫余的两层，上层让它空着放东西，下层做厨房。挨墙的老书房不动。

新房上下两层，仍是上四间下四间，上下中间堂屋比老房子宽畅，前后加廊，配合适栏杆。楼底在西边。

想是这样想，还需要请人丈量实际。

后边守寡多年、脾气古怪的大嫂有点意见，说是腾后的设计扩占了她的廊场。不会的。烧剩的瓦顶痕迹还在隔壁的烽火墙上留着。叫人去跟她看清楚，又实地指点一下，她点头明白了，只是还犟：盖屋建筑材料不准从后门进去。北门这条弄子的确是她的。不准走，不走就是了！妇人家见兄弟盖房有点不舒服，要紧时候翘一杠子也能体谅。

大凡一件事在性子上头，千万莫顶，凉了自然开解。顶，费时费神；凉了以后的开解，双方想起都会好笑。

今天星期六，幼麟十点钟就坐在石莲阁半山亭栏杆靠座上，远远听闻得到上课、下课、读书、唱歌的声音。有时候连哪个先生大一点的嗓子也听得到。树那么密，没有人看得到他。他要一个人坐着，找这么清静地方作一点思想……

那几百个学生是以前几百个学生的儿子。好久好久、好多年好多年了，自己也是这学校的学生。那时候的马欣安、段一罕都是乖伢崽；印瞎子印沅兄调皮，调皮人长大会蹦，后来果然。"果然"古书里是种长尾巴猴子，"交州有果然兽，其名自呼！"又有肚子饱了的意思，也有事后得到证实的意思："刀笔吏不可为公卿，果然！"（《史记·汲黯传》）……这也讲不透果然有什么理由变成今天这个用法……韩山也调皮，场面不大，黎雪卿是个老实人，唉！看着看着一个活人就死了。黄玺堂从小瘦，方吉从小胖，加上麻，大人都讲他两个出息不了，哪！一个省参议，一个上校军法官，算不得不成器吧！顾家齐是条厉辣王，裤脚里窝把小签子，打遍了东西南北城里城外，大人背后讲他，长大不当土匪也当青红帮，现在是什么？旅长！这石莲阁，这石莲阁脑壳上、脚底下、岩头爿爿里，都长"毗里爬子"树，名字有梵音，别处也见不到，黄果果好看锁口，涩到舌子卷成螺丝……哪年哪月哪人哪地方带来栽到这廊场的？

烧了屋，让爹担心，七十多的人，一辈子仗义饱满，就是手边不松动。他不弄钱，严厉脾气维持古椿书屋格局。真对不住他老人家，对不住得很——当然，烧屋是天数，挡不住。怎么讲还是惭愧，让他老人家操心，寄这么多钱转来，怕是他所有的积蓄了！总还留了些酒钱吧？若是听到他戒了酒，不可能，这是讲万一，万一，我就愧煞了。我和老四就这样子没有出息？他老人家几百里外夜夜睁眼睡不着觉？担心这个屋！

我早到上海就好了。我舍不得朱雀，舍不得沅州，舍不得这条河，舍不得桃源、常德……现在好了，一屋人，不要再讲"走"了。

上海也不是什么好地方，要熬，熬十年，八年，二十年，不一定熬得出名堂来，万一……怎么办？一屋人在等我，嗷嗷待哺……

风琴没有了，对不起三老在天之灵，那么深的情，我怎么忍心按得下一个琴键？三老，三老！哪怕你让我按一回让你听听才上天多好？琴毁人亡，不晓得你在天上有哪样感想？你不要笑我，我就是这样子的人，你见识多，只有你懂得我的复杂……

我学音乐、美术做哪样呢？我有很好的牙口、筋实的胃、灵活的脑壳和一双快手，我没有乐谱啊！没有吃进去的东西呀！没有旁边的听客啊！你按和弦，他们笑；只懂得单一，不懂得微妙和复杂，不懂得丰富——唔？也不一定！高腔、汉戏、傩愿戏他们就懂，就精通，就入迷掉泪……我掉在他们里头做哪样？我像坨天上下来的陨石。就这么一坨，孤单单，大家都不认得。既不能打成镰刀斧头，也做不了宝石金刚钻戒指，没怜没痛。

做一天校长挨一天捆。我根本不是做校长的材料，也不是做共产党的材料。我不配。我周围的同事和朋友都不配。都可惜了。田老三讲我们是阉鸡，朱雀城是"阉鸡笼"，太对了……

喔！房子，每间都要有三口大窗，漂亮窗格子，上边左右安蝴蝶铰链，天花板顶带挂钩，开窗往上一提钩到天花板就行，不占地方。这设计我哪里见过？哪里？没有。是自己想出来的。冬天，糊纸的格子上加块薄板扣着，连寒气都挡了——这点发明该跟藕春、一罕、素儒吹吹！

露水那么重，滴下来扑在身上，冷飕飕的。

我这一走，难得再上岩脑坡了。人讲母校、母校，一生中，就是小学最"母"。长大念初师、高师，也有好多老师，道德学问声望都好，了不起，学生引以为荣。那是"饭"，不是奶。只有小学生吃娘的奶，奶里的情分是没人比的。所以小学老师让人终生难忘。

老远，郭子昂摇过几次上课下课铃了。孩子们的聒噪一下远一下近，天天听到的声音，一下子新鲜起来。离别真会让人清醒，让人珍贵。浓缩的前尘往事，一股脑注到心头……我就要离开你们这批小脸颊了。唉！你们好好长大吧！无灾无难活下去吧！我不会再和你们一起唱歌了，永远永远不会了！世无不散的筵席吧！自是人生长恨水长东吧！

唔？饭焦了，是，焦了！

几个小尼姑从岩边小吊脚楼底下绕出来往庵堂跑，碰得一身露水。是饭焦了！

小尼姑少东西吃，脸色绿淡淡的。她们还蹦蹦跳跳。她们很可能不晓得世界上有很多好吃的东西。不懂也好，不懂就不动凡心。

194

你看！这下把饭煮焦了吧！要挨骂挨打了。挨骂挨打挨多了就惯了。老尼姑没有力气，打不痛人；打狠了，自己讲不定会扭筋岔气；扭了筋只好坐在蒲团上骂；骂是不要紧的，跪在她周围装得很沉重要紧的样子，让她舒服就成。

庵堂右首边那座阁子怎么样了？原是名士们雅集的所在。地方选得不好，近处让石岩和藤蔓冲脸挡住眼睛，看不到远景。多年荒废了，冷在那里。人把它忘记了。

……

最后一节课的铃铛响了。幼麟启步往学堂走。这堂课一下，全校师生就要为他开惜别会。

有几个人没有课上在那里喝茶摆龙门阵，见幼麟进来，热烈招呼像会生客。

"你真下得狠心呀？"

"你伙家！都不打声招呼？"

"……还真要点遁入空门的决心！"

幼麟哈了口气说："家务骚扰，耽误了好多学校大事，心情不专一是实在困难，我哪舍得多年情分！"

"老实讲，你走了我跟到一起辞了算了！……"方若说。

韩山拦住方若的"意思"，"你这是讲苕话！又不是搞罢工！大家散了，让学生怎么办？"

"话也不是这么讲，我晓得好多人摩拳擦掌想插进来，会把学堂搞散，还不如早走好！幼麟斤两重，他在，还没人敢动……"

这时候下课铃响了，接着是吹哨子让学生集合上大礼堂。

高素儒、马欣安、胡藕春很客气地陪着教育局的议事包敬哉进了办公室。年轻教员梁长潏倒了一杯开水送到面前，包敬哉抿了一小口，打了个战，轻轻把杯子放回办公桌上。这口铁锈水连醉鬼都领悟。幼麟上前见过，问了好。

包敬哉从胡子里喷出几句话："果郎！幼麟君正处果郎盛年，云何求果郎、果郎退耶？桑梓多艰，无数孺子正果郎嗷嗷果郎待哺之时，'计子果郎之德不足以果郎、果郎自反耶？[1]'……"

高素儒听完这话便拥着包老夫子起身往大礼堂石坎子上走，大家都跟在后头。

包老头子问："你要带我上哪里去？"

"为幼麟开欢送会，听你演讲。季局长交代的。"高素儒答。

上大礼堂有三十磴坎子，走三五步岩头坪，又是七八磴坎子。素儒这个人力气以前没有练过，半搀半背着包老先生上这么多坎子，仿佛英雄落难，搞得汗水长流。心想："这老狗日很可能是故意压我！"

孩子已经站满大礼堂。

所谓大礼堂其实也不怎么"大"，只是高，地下没铺三合土，泥粉粉重。

体育先生滕风北事先把队伍中间让出一条道，让先生们走上讲台。

包敬哉被塞在中间凳子上，其余的老少先生左右坐成一排。

年轻教员滕嗣荣任司仪，他嗓子好听，回回开会都派他，"欢送张幼麟校长大会开始！唱校歌！"

1　《庄子·德充符》。

这校歌好听，有人讲是张幼麟作的，不是！幼麟讲这歌早老早了！他读书时就唱过，是首外国调，可能是哪个老人家早时间从日本带过来的；也不像日本调，日本作不出这种调。是英国、法国、美国还是哪个外国传到日本的。日本就爱传外国东西……有人讲歌词是田星庐先生作的。也不对！还早。有人说起是某人某人，又有人说是另一些某人某人，名字深，记不起来。没有人再想它了。歌词配歌曲，缠绵温暖，一代一代唱下去，学生老的老了，一唱起校歌，就像又回到摇篮里。一个人在外头飘荡时想到校歌，好凄凉；老同学在外头相聚唱起校歌，各人眼眶里都亮闪闪的……唉！校歌……

小孩子唱校歌，不全懂得歌词的意思，有的懂一点的，又故意调皮歪邪原有的含义，把"……教育建奇功"唱成"教你见鸡公"，唱过，就挤在一起偷偷地笑。好玩……

"暂代校长高素儒讲话！"

高素儒那个脸今天特别之青。上头委他暂代校长是因为他是幼麟好友。幼麟出走那一年多也是他"代"的。他今天的脸青是因为动感情，晓得幼麟此去真是一去不复返了。

"嗯！幼麟校长就要和我们分别了。从北门考棚算起到今天，好多好多年过去了，好多学生毕业现在又当了先生了。幼麟之于能把学堂办得有声有色，盖因为遵循大学者大教育家蔡元培先生'美育'的主张。用爱、用美术音乐来带动学科教育，使学生在成长之前有个全面人生的准备。人赞美文昌阁小学读书，弦歌之声荡漾城郭，这都是幼麟校长的学养形成的成绩和风气。

"上头委派我暂代校长之职的原因我也明白，幼麟和我既是从小同学又是知友，以为我和他一样有能力把这个学堂办得好。不可能的，我尽心尽力就是了，也希望在座各位多方面扶助，这是我的实在话，大家心里原是早就明白的。

"最后，代表全校师生员工，敬祝幼麟校长百事顺利，身体健康！完了！"

"请教育局代表包敬哉先生训话！"

包敬哉正在闭眼养神，坐在右首边的段一罕用手指头在他屁股上杆了一下，醒了。睁眼看着段一罕，段一罕冲着脸讲："到你了！"

包敬哉左右环顾，站了起来走到讲桌边：

"你们，我，果郎。果郎，我，果郎季亚士局长晓得幼麟校长要果郎，叫我来你们这里果郎一下，你们，嗯！孺子可教，或曰果郎孺子不可教，或曰，果郎朽木不可雕也。果郎，你们，我，果郎，尔辈为孺子，本老朽，果郎即朽木也。孺，汝裕切，幼童也；朽，喜有切，腐也。果郎晋书果郎张忠传，年朽齿落也。雕，低幺切，段注，凡雕琢之成文曰雕……果郎，雕不雕，不雕。果郎，幼麟君懈于雕，则亦懈于教……"

孩子们非常有兴趣地听包老头说话，从来没见过满脸胡子里那个小洞里头还能发出盖锅盖、开柜子和喷水的声音。舍不得他马上讲完，愿意他不停地搞下去……

包老头不行了，他忘记他来大礼堂做哪样的了。忘记了！完全接不上刚才讲的那些话："嗯！——嗯！那个，这个，'子曰：雍也，可使南面。'果郎，嗯！南华山，嗯，果郎的果郎……嗯！人所易言，我寡言之；人所难言，果郎的果郎，我易言之。嗯！'子曰：觚不觚，觚哉！觚哉！'我讲完了！嗯！嗯！……"

"包先生，你有事吧？"韩山搀扶着问道。

"是，是的，家里事多，叫果郎来带我回果郎去！"

几个人把教育局的代表包敬哉哄走了。

原先想留包先生吃送别酒的，想一想，免了！免了！幸好没请。请了，那场酒会一定疯瘫。

底下是几位年轻的先生讲话，接到幼麟讲："各位兄长、仁弟同事，各位同学，今天我要跟大家告别了。我家里烧屋，大家都晓得了。那一头忙盖房子，这一头就顾不上。以后，高素儒先生做你们的校长，他比我有学问得多。你们要好好读书，读课堂的书，还要读课堂以外更多的书。读书这事情是越读越有味，越长学问。读书要不怕苦，像打拳一样，越练力气越足。长大了，无论走到哪里，日子有多困难，书就是你最好的朋友。跟书做伴，一辈子不孤单。读多一本书，就多一个聪明的朋友。

"要诚实对自己，诚实对朋友。你诚实，朋友就信你，帮你。诚实一辈子，你就有好多一辈子靠得住的朋友。

"好！讲完了，真舍不得你们，没有办法……祝你们进步，身体健康。"

幼麟走下台时哭了，没人看见。

滕嗣荣宣布散会。

只见地上腾起一阵灰尘，像过年舞狮子放黄烟，眼看几百只猫崽、羊崽、猪崽、狗崽挤在一起，各叫各的声音。先生们聪明，一声不响让他们热闹。开心，骂人，吵嘴，碰撞……这场合神仙也止不住。

中午就算放学了，星期六下午不上学。

学生根本就不懂开会有什么用。这一回稍微让人有一点提神的地方就是那个一脸胡子的酒客。不晓得在台上煽些什么话，又让人搀下台去。孩子们常在街上哪个隙隙里见过他，趴在地上像死人一样。其实没死，等过路熟人做好事背他回家。说他是"名人"。

怪也怪！酒醉的人哪怕一跤跌进沟坑里，也很少见跌断手脚、脸颊流血的……第二天街上碰见他，居然喜气洋洋，像剃头铺子刚出来一样……

学堂先生的告别餐会是"吃全羊"。所谓"全羊"，就是里里外外一股脑切成小块混在一起，大锅子，辣子、花椒、大蒜夹着一大篮子青绿的芫荽炖着吃。

今天来的人多，几十张矮板凳贴地围成四圈，中间各架着一座小炭火炉子，肉锅子满满地炖在中间。一人面前一碗酒，叫声动手，拿起筷子就吆喝起来。谁爱跟谁碰杯就碰杯；不碰的自己照顾自己。

辣油交错，热火朝天，一切的天理、人情、国法，都押到那一锅"全羊"浪涛里头去了。

幼麟回到女学堂住处。

"会开完了？"柳惠问他。

"嗯！全羊！"

"狗狗报送我，教育局那包胡子很好走玩！"柳惠说。

"他喝醉了才去的，颠三倒四，不晓得扯些什么！"

"哪里！哪里！狗狗讲这一盘会同学最喜欢的是他！"

"呵呵！"幼麟走开见方桌上一大簸箕绿油油、翠嫣嫣的橘子，"这吃得的？才九月。"

柳惠说："你吃吃看，麻阳学生送的，又香又甜，出名的特产，就那条山沟沟里长得甜，一上坡就酸。子厚都喜欢，吃了还要。妈先前见了也怕，舌头舔了一下，连忙兜一围裙走了！”

“眼看冷天来了，也真是好笑，全家老小从里到外难得的一崭新……”幼麟说。

“我找了吴裁缝来谈过，这两个月，叫他带两个徒弟来，我们一家老小从里到外都由他包了。他针线手艺好，人也老实，还会摆龙门阵，妈也喜欢他，为妈减点无聊。”

“这好！”幼麟说，“唉！也亏得你撑住这个家。我晓得你心里不好过就是肚子里忍得住，真不容易！‘凤凰涅槃，火里再生’。我心里还真佩服你！”

“现在你才晓得？我柳某人是哪个！”

柏茂气喘喘地蹿进房来，“三舅娘！三舅！不得了了，日本人侵占东三省了，县政府派人来通知，全县大游行，要准备标语旗帜。”

柳惠连忙穿上褂子往办公室跑，“下的公文呢？”

“放在办公室！”

办公室挤满了人。

“哪天的事？”柳惠问。

“前天，九月十八号！”

柳惠接过送来的通知文告，上头写着：“日本关东军今日二十二时炸毁沈阳柳条屯一段铁路，并于次日凌晨占领沈阳，爆发‘九一八事变’……事变发生后，国民政府加紧交涉，一方面请求国际联盟制止日本行动，恢复东三省原状，一方面由行政院副院长宋子文与日本公使重光葵洽商……”

幼麟接过文告看了一遍，“七月间万宝山惨案刚刚发生，这日本鬼看样子要来真的了。我们的军队呢？蒋介石呢？张学良呢？到哪里去了？张学良这家伙的爹三年前让日本鬼炸死了还不报仇？跑！跑！看你往哪里跑？……"

"啊！三舅娘！萧县长要你赶紧到县政府去……"柏茂补充说。

"你不早讲？"柳惠忙着赶紧转房里梳头，换了整齐衣服往外就走。

大家围着幼麟问个究竟。其实他也是刚才听说，"马上就会有消息传来，等我去找印瞎子，看西门坡上怎么讲的。"幼麟也出门去了。

印瞎子住在北门老菜场，进屋已是满屋人，老朋友们都在，仰着头听他宣读。

"炸张作霖，皇姑屯，到九一八，不到三年，眼看越来越来势。日本人名堂多得很，短五年，长十年，你等着看好了。中国人忙到自己打自己，让狗日的日本人看到这个当口，再不停手，叫妈的时候就快了。听说老蒋在召开紧急会议，打到门口了，开会有卵用？"

韩山问老王怎么看。

印瞎子说："昨天还忙着看一大沓电报，今天只让秦参谋守住电话。看样子在盘算别的事情了。省里何键那边来电话，打完笑了一笑。东北离这边还远得很，要紧的是湘西周围的动静要管得严一些。"

消息传得快，第二天，全城都挂满大小国旗，正街上尤其凶火。哪里有墙哪里就有标语。

"打倒日本帝国主义！"

"日本狗强盗滚出中国！"

"禁止日货！不买日货！"

"永远勿忘九一八！"

"惟铁与血，可挽危局！"

"全国奋起，共赴国难！"

……

军乐队打先，后头跟着党、政机关团体各路人员，男女小学学生，各人手上都拿着彩色长三角旗，高呼口号。正街上商店门口站着气势轩昂的老板们也跟着跳脚狂叫，有的还举着老《申报》《大公报》，指指点点上头登着的消息……

朱雀城这类边远地方，很少有轰轰烈烈如此这般动情的政治性游行。老百姓从不习惯——也没见识过让人操纵、命令参加自己还不懂的集体政治活动。适当的点拨是必要的，因为认识的客观条件已经成熟。有如形成豆腐的点卤作用一样。

热闹情绪达到顶峰的时候，文昌阁小学队伍高年级学生里忽然叫出让人提神醒脑的新口号：

"日你妈，日本鬼子！"

"日本鬼子，我日你祖宗八代！"

"日本帝国主义咬我的卵！"

……

头尾领队杨少荣、滕凤北先生听到这几句创造性的口号很与众不同，"哪个？哪个？""哪个？哪个？"

口号停了，满街狂笑不止，觉得十分之好。

转回学校，抓来几个领头学生到办公室讯问。学生正义凛然如烈士陈词，几个坐着的先生心里好像又与他们站在一起。

"呼口号要文明礼貌，怎么可以讲粗话？以后注意就是！"

"日本鬼对中国文明礼貌吗？"学生回答。

（多少年后，听说这几个学生到延安革命圣地去了。）

没有好久，外头传来不少有关"九一八"的歌："高粱叶子青又青，九月十八来了日本兵，先占火药库，后占北大营，杀人放火真是凶，杀人放火真是凶；中国军队有好几十万，恭恭敬敬送出了沈阳城……"

……

道门口曹津山烧腊铺几张小酒桌子仍然保持舆论中心地位。

"……都在传，日本兵打进沈阳的时候烧杀掳掠，张学良在北平正抱着胡蝶跳舞……"

"乱讲！蝴蝶这种虫不经抱的。"

"胡蝶是个婆娘名字，演电影的，脸上有大酒窝出名。张学良是个大少爷，日本人炸死他爹，为了报仇，带部队进关归顺蒋介石，还拜了把兄弟。自己下决心戒了鸦片烟。他晓得打是打不赢日本人，跟蒋介石和其他人一起，或者还有点希望。这有点卧薪尝胆的意思。"

"冯玉祥算是深明大义交出军队，张学良为父报仇也交出军队。广西的李宗仁、白崇禧，广东的陈济棠，山西的阎锡山……这一帮子人都要称第一，肯把刀把子交送你？这就难了。大家不齐心捏成一股劲，日本狗日的才高兴咧！"

"蒋介石未必不想抗日，其实眼前根本做不到。他提出的'安内攘外'主张就是这个道理。他背了一口大冤锅子。"

"'安内攘外'这口号其实是对付江西共产党的。他最怕的就是江西那边的红军。日本人哪里这么蠢？等你'安内'完了才打你？"

文昌阁学堂出门右首边石莲阁下来泥巴墙上，学堂先生已经用石灰水写了美术大字。

"打倒日本帝国主义！"

"还我河山！"

"勿忘九一八！"

一口气写到岩脑坡木头栅子口。

序子和几个同学看了都挺起胸脯。一边下坡一边讲话。

"你们讲，日本人是哪样样子？"唐运隆问。

"听到讲，个个长得矮，嘴巴上晋着仁丹胡子。"田应生说。

"'仁丹'就是日本人做的。"王本立说。

"他妈个……'仁丹'卖得这么远？讲不定还是种麻药，揉我们中国人的！"赵家文说，"想办法告诉正街上的店老板，叫他们不要卖了。"

"你去讲！你去讲！看那些店老板不铲你耳巴子！"王本立说。

"咦？游行那天我亲眼见到正街上那些店老板跟我们喊口号！"赵家文说。

"喊归喊，卖归卖，不信你去试试！"王本立说。

"我屋来了好多'九一八'的报纸和画报。"张序子说，"好多相片，沈阳城垮了房子，还有日本兵开炮。有种日本人不晋仁丹胡子，晋的是一种圆胡子。"

"我们田三胡子晋的是仁丹胡子。"

"他是日本留学回来的。"

"那田星庐老头子也是日本留学回来，做哪样晋的是长胡子？我们高素儒先生也是日本留学回来，一根胡子都不晋……"

"人和人都不一样的。我想，我长大是决心不留胡子的！"赵家文说。

这样一边走一边煽，到哪家门口哪个进屋。最后剩下序子一个人快要走近辛家大门口了，你猜他看到哪个？

两个面生男人旁边站着岩弄，岩弄旁边挨着"达格乌"。

序子连跑带滚地叫着岩弄！叫"达格乌"！走到面前。

岩弄和"达格乌"站在门口脸朝着里头，像个假人。一动不动，理也不理。

序子来不及想到出了什么事，赶忙冲进屋里。

王伯在找东西，抓一样东西扔一样，转来转去。两只眼睛瞪得很大，鼻孔出气。

"伯呀！伯呀！岩弄来了，岩弄来了！"

王伯没听，王伯只顾找东西，王伯在发抖，头发都散了……

"伯呀！你做哪样？伯呀！"序子也发起抖来。王伯像是"朝"了！

王伯直着眼，连自己的狗狗都不认了。

"伯呀！我怕！"

王伯要找的东西没找到，索性什么东西都不找了。奔出屋快步迈出登瀛街朝北门就走。岩弄、"达格乌"和两个不认识的乡里人紧步跟在后头。

序子也冲出门去，大声叫着："伯呀！伯呀！做哪样你不讲话？你等我！伯呀！哪样事呀？伯呀！我不敢了，我以后总总不敢

王伯没听，王伯只顾找东西，王伯在发抖，

头发都散了……

王伯
走了…

了！我以后乖了！伯呀……"

序子背着书包追，追出北门，眼看王伯带着那几个人下了坎子和"达格乌"远远地已经过了跳岩。

走远了……追不上了。

序子趴在地上哭了好久，累了，还趴着，他不晓得出了什么事。这番突如其来的恐怖落脚点在哪里？

"啊呀！这不是张校长家的伢崽吗？怎么趴在这里？怕不是发了症候吧？嗳！"一个回家的洗衣婆娘指着看闹热的人，"你们哪个赶紧抱他回女学堂吧！他妈在那里。快一点，怕是病得厉害了！"

序子弓着身子，两手紧得像双鹰爪子，抓住被褥，脑壳埋在被褥里。他不是病，要说是病，那就没有药医了。

"狗狗呀！你晓得王伯出了大事。她的好朋友、那个苗男人隆庆，前天让几只豹子吃了，只剩下半边脑壳……"妈晚上告诉序子。序子搬回来住了。

好长好长久的日子，序子听到有人提起王伯，总有几分钟的凝神。直到二十多年后再见到王伯……这是后话。

从此，序子多了一些动作。喜欢坐在城垛子看河，看天上的云。躲在小校场边角看远远那一片单调的平地，溪涧边水中漂摇的柔草。

毕竟妈是妈，王伯是王伯，不一样的。

"王伯啊！王伯。你在哪里？你伤心完了吗？我天天想你，你晓得吗？……"

……

"你参悟了这些，已经达到智慧的顶点，无须再往深处探索了……"[1]

"九一八"这个东西，在朱雀老百姓心里烙下的印子是很透很深的。它点燃了一个民族真正的觉醒，似乎找到了蒙昧的出路，而又怀揣着不尽的惶恐。还真有点"于无声处听惊雷"的意思，不知如何是好。真诚夹着恐惧，焦虑可没有绝望，有力气不晓得往哪里放，有热情不知烧哪口锅子。

山上老头子的意思不明确，像只慢慢在苍苔上游徙的带壳蜗牛。脑门顶四根触角一下这边、一下那边地探索，一下又收缩回去。他有他的难处。他离不开赖以为生的背上这个重壳，没有壳的蜗牛是不成其为蜗牛的。要是像只鼻泥虫[2]那就完了。

有如下棋。不是蒋介石、何键将他的军，是日本的隔山炮让他不便动弹。看样子不牺牲个把棋子，老帅不动动位置是不行了。

这局面，对三十多年安保湘西平安桃花源局面出尽力气的老王，从一个小历史角度来看，是令人伤怀的。

太阳还没有从八角楼那边上来，满河雾，北门河两岸只听见洗衣婆娘们的"芒槌"声。跳岩来回人影，挑马草跟着挑萝卜青菜的，卖叶子粑粑和豆腐干担子一串串在跳岩上走。城墙内靠老菜场那头涌出的市声让打算进城的人着急，心里认定的那个摊位怕是已经让人占了。

1　英国弥尔顿《失乐园》。
2　蚰蜒。

这时，太阳透出个头，惊起观景山森林里上千只喜鹊和老鸦，一边叫一边在天上打团团。虹桥上挂着五颜六色的衣服裤子像大城市欢迎蒋介石驾到挂彩旗一样，给升起的太阳照得尽是光芒。

北门河这时看得清人脸颊跟动作了。洗衣服的婆娘一边笑一边洗衣，甚至有时还打一场大架，让水打湿了薄衣裤，几几乎看到了肉。

偏生好事的年轻男人们有时大清早到北门外河边就是专门来看肉的。

田三爷每天这时准点督导着他十二匹白马自标营出发慢慢沿北门城墙出城门洞到跳岩上游的浅河滩上。这已经是多年的规矩。除了落雨，除了三爷去外头有事，这景致哪个喜欢哪个都看得到的。外头来的客人也让人带着来看。

看田三爷那个派头，从第十二匹马屁股上落叶似的飘下来，"吹吹棒"上的烟灰动都不动。他没有故意做给人看，只是多年习成的潇洒。本地人介绍给客人听的时候，连这份劲头也会顺带讲一讲的。

他个子小，皮肤酱黑，不留胡子，头发清幽，你觉得他长得秀气，只是一转身就让你记不起他的常人样子来。你更绝对想不到他会是沅水直到洞庭湖几百里的龙头大哥。

十几年来白马当然有过老病耗损。他不喜欢让人看到减员，他有本事神不知鬼不觉地做些补充。

他耐烦地顺序用马扒子为它们刷毛、浇水，梳鬃毛和尾巴；拿鬃毛刷给它们刷牙。轻轻地夸奖或责备它们。马也会笑，有时候一起放声大笑。

这一天不好了。

民国二十年十月还不到双十节的十月四号，城墙上两个提马枪的便衣朝他各开了六枪，他中了七枪。马群惊散了。

他弯下了腰，然后慢慢站起来，上了岸，顿了顿湿脚，慢慢朝北门城门洞走。上了坎子，进城门洞，右拐，走北门城墙根，入标营，回到家里，进堂屋，血还没有流完。

他告诉守屋的那个杨石宝老婆娘，欠哪笔钱要还人，哪笔账要收。报送滕甲铉老人家；报送龙飞，他晓得是哪个"做"的事；报得胜营柳鉴，他也晓得这个那个。

一口气讲完话，不哼哼，笑了一笑，死了。

身边的人都赶了来。十三四个，手上没捏枪，左边衣服底下都翘着带红胡子的东西。

没见人哭，也没听见人骂。坐在一起嗡咙了十几分钟，卸下门板，垫了铺盖，安顿好田三，留下三四个人。其余的都匆忙飞了。

接着来的是甲铉老人，后头跟着幼麟和学堂几个先生，讨论安排诸般后事手脚。

山上老王晓得消息，马上派出特务营四方追捕嫌疑凶手；萧县长也带来警察局的干探来检验遗体收集罪证。

老王送来一副楠木棺材。

在金家园过去一点坡上看好块地，请星庐先生大书"朱雀田琴轩义士之墓"九个大字，埋了。

外地来了两三百位不明来历的送葬朋友，大家只默会点头。墓地敬香烧纸磕头行礼之后，都各自散了，没见在朱雀留宿。

北门河岸那十二枪，在场那么多人是亲耳听到的。看见吗？有人看见，大多人没看见。也有其实没看见故意说看见的。看见的人呢？大多又说没看清。那可能是真话，枪一响，吓得半死，哪顾得上看！

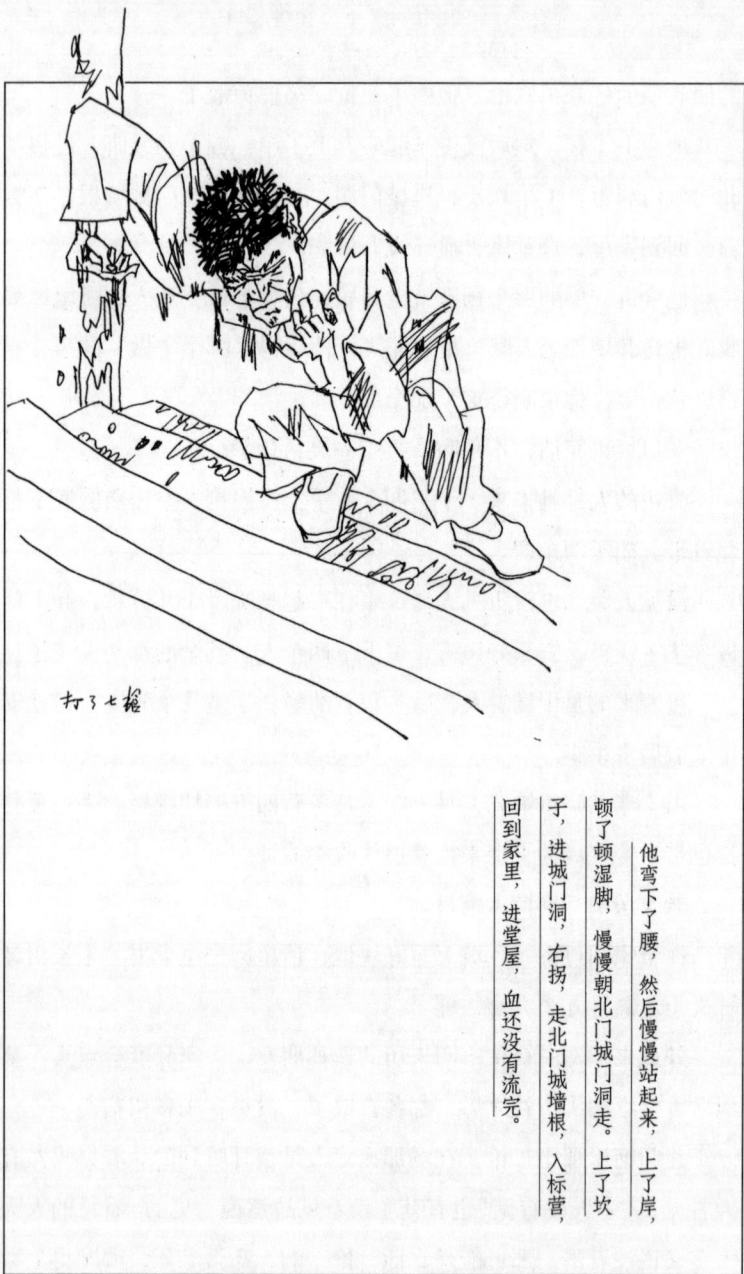

打了七棍

他弯下了腰，然后慢慢站起来，上了岸，顿了顿湿脚，慢慢朝北门城门洞走。上了坎子，进城门洞，右拐，走北门城墙根，入标营，回到家里，进堂屋，血还没有流完。

甲铉先生把杨石宝那位老太太带回岩脑坡，讲了半夜话，交代完田三拜托的事，第二天就不见了。甲铉先生说："不要找！这里她住不惯，外地讨饭去了！"

龙飞赶回来，上金家园坡上烧完香，就马上到岩脑坡甲铉先生家里，关起门来谈了两个时辰。出门的时候说军务紧张，明天赶回汉口。

田三爷的马找了好多天才找齐，送到总兵营龙飞老家，那边有人照料。房子是典的，没剩烦事。

凶手没抓到。朱雀能人办事，哪能这么轻易让人嗅到气味？能人对能人，有段时间忙了。

柳鉴来过没有？赶场的人遇到过他，说这时候正是赶山季候，他忙得不得开交，带着人满山跑，也有人讲在朱雀笔架山遇见过他，见鬼！得胜营赶山赶到朱雀城边上来了！

文星街新屋架子很有个样子了，只差"上梁"。上完梁，剩下的工程是可以卡着手指头算的。

爷爷忽然从芷江回来，是得信回来"上梁"的。

他没有地方住。女学堂不便安排，萧县长县衙门花厅客房空着接他去他又不去，叫人在考棚后厢房搭个铺睡下了。

众熟人亲戚晓得他回来"上梁"，便送来好多贺礼。细心体己的除了糖果点心之外，还抬来一坛坛好酒，都堆在女学堂空屋里。还有羊——

这羊是羊娘，羊娘也长了一大撮胡子，两只尖尖长角。序子名正言顺地做着苏武牧羊差事。学堂有好多草地，背后小门过去就是文庙，也到处长的是草。他耐烦地牵着羊娘吃草，一边跟它说话。它眼睛是黄的，眼仁黑虽黑，却是一条横杠，猫儿是直杠。鸡啦！岩鹰啦！狗啦！猪啦！眼珠子都是圆的，跟人一样。

序子心里越想越难过，"羊呀羊！过几天盖好房子吃酒就要杀你了。你哪样都不懂；和鸭子跟鸡一样，抓住它颈根的时候还以为人在跟它开玩笑。要是由得我做主，要是我是大人，就不准人杀你。我带着你远远逃到山上去，躲到树林里去。我做不到，我不认得路，山上还有豺狼虎豹，我胆子不是很大。你要晓得你是羊，除了吃草哪样都不懂。你还以为可以天天那样子安安稳稳吃草。你不晓得死是哪样，岩弄告诉过我，死比一百、一万个痛还痛，我救不了你，我有爸爸妈妈管住我。他们大人都坏。你看你还吃草，听不懂我的话，你好命苦。唔！听得懂也没有用……"序子牵住绳子，流眼泪……就他们两个空荡荡地站在长满绿草的文庙杏子树底下。

这些日子事情真多，烧屋，"九一八"，王伯走了，隆庆死了，田三伯让人打了十二枪，过几天人还要杀这只羊娘……

序子对这些事都是明白的，往下讲就不会了。

王伯以前讲过：现在不懂的事长大了就会懂，只要紧紧地记住。

序子牵住绳子，流眼泪……就他们两个空荡荡地站在长满绿草的文庙杏子树底下。

上学之前，爸爸对序子讲："今天星期六，中午放学不要到处逛了，早点回家，爷爷在考棚等你。"

序子问："等我做哪样？"

"爷爷等你还不好？"爸爸说，"喜欢你才等你，你几时见过爷爷等人的？"

"嗯！做哪样他一个人住在考棚？让婆一个人住在女学堂？"序子问。

"老人家想一个人清静，女学堂吵。"爸爸说，"等上了梁，盖好房子，他就回芷江了。"

"那么老了，做哪样还去芷江不回家？"

"他喜欢在外头做事。"爸爸说，"你早点回来，我等你一起去见爷爷。"

"嗯！"序子背着书包走了。

序子一个人走在街上，他想他和爷爷好生疏。一个老头子住在一间空房子，也不找人，人也不找他。跟哪个讲话呢？跟自己讲话；跟自己到底讲不讲话？不讲话的时候想什么？做哪样四满满跟爸爸都怕他？大家也都怕他？又喝酒，又抽烟，一个人……满脸皱……有的老头子很和气，爱跟人絮毛，很快活，像倪姑公、刘爷爷、滕爷爷……讲是那么讲，爷爷长得也不像个土匪，也不像个秀才，也不像个财主爷，也不像个当官大老爷，也不像个侠客……他有好多好多妹，他的妹全是老娘子，一个年轻好看点的妹都没有。他的嫁娘就是婆，婆也是老娘子。讨嫁娘做哪样专讨老娘子呢？对！天底下老娘子总要有人讨；老头子不讨老娘子，剩这么多老娘子哪个要？

婆也是话少，婆话少虽少不恶嘛！又恶又话少就显得阴肚子，阴肚子的人自然是让人怕了；阴肚子里头的恶，人家看不见，看不见就越想越怕，像有钱的财主装穷让人看不透……

爷爷七十多做哪样还不死呢？怕是跟抽雪茄烟喝酒有关系。这两样东西都是杀微生菌的。要不然，熏蚊子点烟包，消毒用酒精就白做了。看那个样子，一点死的打算都没有。也不咳嗽吐痰，走路挺着胸脯一步是一步。训人的那恶嗓子像打闷雷……

爷爷你在考棚等我做哪样呢？矮子老二表哥在那里照拂他嘛！我又不会点打汽炉子煮汤下面，又不会切烧腊肉、倒酒，又不会陪你讲酒话，醉在地上我又冇劲扶你上床。

我不怕你！我怕你做哪样？你骂我，我就骂你！我有哪样事情让你骂的？你骂我，我也会走，听都不听！我牵婆来陪你！你骂婆好了——你没骂过婆，咦？怎么从来没听见你骂婆？唔！你骂我，我就牵婆来。

我过我的日子，你过你的日子，我没有空想你。人家问我有没有爷爷，我当然讲有。你在北京，又在芷江，你有口外国大黄牛皮箱，还有牛肚子大的外国大牛皮提袋，上头有好多亮晶晶的铜锁铜钉铜泡泡，换了别个就很牛皮，我一点也牛皮不起来；大家不认得你，你像外头人，没人相信你是我爷爷。

我也不懂，一个人乖乖地做爷爷不好吗？偏生地让人怕。大家怕你，你有哪样好？要是个个爷爷都像你，天就坍了！对了，你可以上东三省骂日本人，去收复失地，去打九一八！让日本人怕你。

你回来，害我一学期的大楷字三天写完，累得我想呕。爸爸以为你傻，我要是你，我就会看穿他耍的把戏，你又不是小孩子那么容易上当，他在拿我的辛苦讨你喜欢……你喜欢吗？你根本就没翻过我写的大字……

爷爷这一类不笑的老头子，是不是一生下来就不会笑？还是以后哪个时候，遇到哪样事情才开始不笑的？一个人不笑，一定不喜欢别个人笑，多没有意思！要是"太"还在，我就会问"太"，你儿子——我爷爷，小时候笑过没有？我还会笑她，你怎么会生出这么个没有意思的儿子？

笑是天生的，不用学的。是不是没有人的时候你躲起来一个人笑？

我长大就会晓得爷爷这样的人世界上到底还剩多少！

爷爷一起床就抽四川省"金堂"雪茄烟，就喝高粱烧、苞谷烧，完全用不着读书写字。搞这两样东西是他每天的功课，算是最勤学了。哼！你就这样子勤学吧！……

序子一路想到岩脑坡洞庭坎子，上坎子的地方碰到王本立。他和王本立算不得好。王本立其实也没有哪样对不住人的地方，他糯，脑壳长得像慈姑，上大下尖，《小朋友》杂志上登了一段滑稽谣："丁字不带钩，两边挂绣球，三天不吃饭，变个猴子头。"同班人改成"……变个王本立"，照样子看，很像；王本立就不高兴，打又打不赢人家，低着脑壳难过。难过的样子更难看，就更引人欺侮。

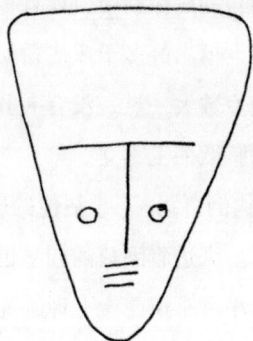

丁字不带钩，

《小朋友》杂志上登了一段滑稽谣：『丁字不带钩，两边挂绣球，三天不吃饭，变个猴子头。』同班人改成『……变个王本立』，照样子看，很像。

样子长得不好做哪样就要欺侮他？尤其是那个姓高的高友京"蛇螺壳"，蛇螺壳是一种病，满身的皮像鳞甲，还有一点腥臭，他时时刻刻不管上课下课用手抠痒，抠出好多干皮皮粉粉，地上、课桌上，哪里都掉的是。在班上，他岁数大一点，没有人敢挨他、惹他、碰他，怕传染。他居然动手动脚欺侮王本立。

序子打他两回，用脚钩倒再踢，不想沾他的皮。他说他不敢了；不敢就好。以后真的不敢了。旁边看闹热的同学也不再欺侮王本立。

王本立问序子："今天小考常识二十七课，先生讲的那些东西，你懂吗？"

序子说："不懂，一点也不懂，都是些大人的事情——地方自治。民权和自治，国民行使四种政治权利，须先有自治能力，所以孙中山先生的建国大纲，很注重地方自治。建国大纲规定县为自治的单位，训政时期，政府当派员到各县，协助……"

"你不懂又背得出？"王本立奇怪。

"不懂，背起来才容易。"序子说。

拐弯上文昌阁有一个做鸡蛋糕的摊子，带把手的铁锅子上有十二个圆盒盒，把糖面浆倒进盒子里头，盖上带把手的盒盖，底子有文火慢慢就将鸡蛋糕烤熟了。热热的，金黄的鸡蛋糕亮在眼前，用一根铁扦子挑出来摆在盘子上等人买。其实，半个鸡蛋也没有，只是加一点红糖和碱水。

摊子老板名叫"现星"，四十多五十岁的人，同学直接叫他名字也不发气。讲真话，他这种鸡蛋糕并不特别好吃，只觉得他做得好玩，地方选得好，经过的学生都闻得到热腾腾的喷香味，荷包里的铜圆忍不住要蹦出来。尤其开明的是他允许赊账，地点又卡得死，说几时还钱就几时还钱，除非你不上学。

序子买两个，自己咬一个，王本立跟着咬一个。王本立家里穷，这是一眼就看得出来的；所以，现星不会做梦想王本立买他的鸡蛋糕，更谈不上赊账。

陈文章家里有钱，好东西吃得多，值不得吃这种鸡蛋糕；戴老毛家里更有钱，背后跟一拨人，鸡蛋糕一盘一盘叫，"赏"给大家吃……

走到石莲阁门口上课铃就响了。刚放下书包，胃老头子就进了教室，一句不响，转身在黑板上写四个字：捕蛇者说。

"今天讲抓蛇的事——

"柳宗元。晓得柳宗元吗？不知柳宗元不堪为文也……柳宗元是唐朝最聪明的人，会写文章，会作诗，会当官，四十七岁就死了。写了好多好文章，好诗，可惜！可惜！我都六十多了，就写不出一篇一首好文章、好诗，你们晓得是哪样缘故吗？"

大家说："晓得！"

"说说看！"胃先生说。

"你没有用！"大家齐声叫起来。

胃先生哈哈大笑，笑得腰杆弯到讲台背后去了，"对！对！我没有用，所以哟！今天只能到小学当你们的先生，帮你们讲讲柳宗元的文章如何之好法——

"'永州之野产异蛇，黑质而白章……'

"我读一句，你们跟我读一句——我咳嗽不要跟。读完了我再讲……'触草木尽死，以啮人，无御之者。''触草木尽死'这句话，嗯！怕靠不住！毒到触草木都死了，它靠哪样过日子？'以啮人，无御之者'，这还说得过去……"

学生慢慢摸到胃先生讲课的路数，对文章和他本人越贴越近，顺着他的意思去想，连调皮的滕代浩、刘兆雄都摇头摆尾像是读出点味道来了。

……

常识课，曾先生讲他的，学生们想学生的，也不见有什么考试；序子的心思一直飘摇在考棚里头坐着等他的爷爷身边。滕先生的体育课不用费神，跟着跑跟着跳就是。

行了，下课了，放学了。

序子文昌阁回来，脑壳里的门全关了，不听不看，一味只往女学堂走。

又说爸爸不等他，先到考棚去了。进到考棚爷爷房里，只见两个人都不说话。爷爷坐着，爸爸站着。序子连忙跟爸爸站成一排，好像两个讨饭的。

倪家矮子二表哥进进出出端小菜和酒壶酒杯。

"嗯——"爷爷出了一点声。

"你嗯哪样，爷爷？"序子问。

"你可以走了！"爷爷说，"伢崽今夜跟我困！"

"喔！那我走了，爹。"爸爸转身对序子说，"书包我帮你带回去！"

序子眼看爸爸提着书包出门。

"过来吃饭！"爷爷叫序子。序子学得乖，要帮爷爷倒酒。爷爷用手挡住酒杯，"今夜间不喝酒，我要带你去城隍庙看戏。"

"城隍庙没有人唱戏的。"序子说。

"有。"

"有？怎么我没听到？"

"有就有，快吃饭！"

吃了一阵子，爷爷歪过头看序子，"你喝汤、吃饭没有声音。"

"嗯！"

"我问你！"爷爷说，"你就回答。"

"猪吃饭才有声音。"序子说，"还有咧！寝不言，食不语……"序子低头吃得很认真。

爷爷看着序子，夹了一块牛肉巴子放在序子饭上。

"多谢！"序子轻轻说了一声。

"有人教你的吧？"

"嗯！爸和妈讲过，小地方也要注意。"

爷爷走在前面，矮子二表哥牵着序子跟在后头。过北门口，右转登瀛街，出道门口，左转正街……

一路上爷爷挺着胸脯，两只小眼睛忽眨忽眨地朝前看，短白头发像刷把头。有人认得的向他问好，他也左边点下头、右边点下头。他不拿拐棍而捏"金堂"烟，抽一口走五步，又抽一口走八步……到了，右拐弯进城隍庙。

果然城隍庙门口好多人。矮子二表哥向看门的交了两个大人的"戏钱"，穿过二十步窄弄子就到了戏场。

城隍菩萨大殿坐东朝西，戏台坐西朝东。戏台很高，做哪样盖这么高的戏台？古时候也有古时候的蠢！

广场上搭了一层比一层高的木架子看台，面前留条长板板放茶杯，三个人幸好坐第一排。不少调皮的伢崽在看台底下钻来钻去，还有"唰、唰"屙尿的。

有人忙着沏茶续水送热手巾。爷爷关照序子不要用他们的热手巾，免得传染沙眼，序子说晓得。

卖"椒盐唐山"的，卖花生的，卖葵花子的，顶着簸箕来回呼叫。不管你唱不唱戏，他叫他的。序子很早就认为是个事情。

爷爷在喝茶。他没有讲这里的茶叶不好，家里的好，一口一口喝。今夜间他会一直喝到底，喝到没有茶叶味散戏才罢休。

粉牌上的戏目是全本《白蛇传》，辰河高腔。

爷爷问序子晓不晓得《白蛇传》，序子说晓得。

戏台上点燃两盏打汽灯，亮堂、亮堂！像白天一样。矮子二表哥长得肥，跟爷爷办事累倒不累，就是烦，一天到晚烦也累。戏还没有开锣，他眼皮奄奄地准备入睡。原先他好好地坐着，然后两只手扶在放茶杯的板板上，然后脑壳顺着手背贴上去了，然后他想到爷爷在斜眼睛盯着他，他晓得爷爷眼睛尖，他慢慢直起身，两手硬撑着，脑壳歪到右边不让爷爷看到他奄拉的眼皮，他希望这样能维持到散场。不可能，爷爷时不时看他一眼，像一支拉满弓的箭引而不发，对着他背脊。爷爷不说话，他也不动，他等着挨箭。

"你讲你晓得《白蛇传》，你怎么晓得的？"爷爷问。

"我看湘戏，也看汉戏。"序子说。

"讲讲看！"

"哪！哪！有一只白蛇啰！带一只青蛇做丫头，变了人，到杭州走玩，碰到个药铺徒弟许仙，喜欢许仙，就嫁送许仙了。金山寺有个和尚叫法海，爱管闲事，冇准蛇嫁送人，白蛇冇听话，就和法海斗法，斗不赢法海，让法海飞起一个钵子扣住白蛇，埋在雷峰塔底下。后来白蛇的儿子长大了来祭塔。戏好长，许仙原先不晓得讨来嫁娘是条蛇，吓病了，白蛇和青蛇还去盗仙草医许仙，又水漫金山寺。看起来好造孽，那个法海和尚讨人嫌。今天早上胃先生还教我们柳宗元的《捕蛇者说》，那是条毒蛇，'黑质而白章'跟许仙的嫁娘和丫头不一样……"

"你讲得清楚，我听得明明白白。"爷爷说。

"明白就好！不明白等下你看完戏我再讲。"序子开始注意爷爷很可能是个好人，和他不熟就以为他是个恶人。

"爷爷！你去过杭州吗？风景是不是真的好？有朱雀好吗？有好多男男女女走来走去吧！嗯！讲不定有三两个动物变的人夹在里头。"序子对这事很迟疑。

爷爷说："不会的！这是文人写出来的'古'，让人消遣开心，不能当真！杭州我好多年前去过，很繁华，房屋清洁讲究，人也清秀漂亮，文雅，读书的也多。不过住在那里要花很多钱，没有钱的人到那里心慌，看不进风景……"

说到这里，台上在"校"唢呐。唢呐是一定要事先校准的，不然套不上调。

打闹台了。序子告诉爷爷："你不要相信打完闹台就唱戏。不会的。打完第一盘闹台之后，锣鼓班子的人就停下来喝茶，吐口水，咳嗽，擤鼻泥，抽烟……所有的那些讨厌的名堂一下子都要在台上搞完。还装着没事的样子，好像刚才那一盘闹台是别人打的。"

"喔！喔！"爷爷喜欢序子的开导。

"爷爷！你做哪样不转来过日子？你看你都老卡老卡了，你该歇一歇了，你别走了吧！你看你一个人在外头孤零零子。转朱雀来，找你的老朋友、老同学走玩，跟他们一起吃酒、吃烟。我有空就陪你讲话，给你讲戏，我想到你一个人在外头好累！我是今天才想到的，我不晓得做哪样今天才想你的事情……"

爷爷听序子讲话，紧紧把住序子肩膀，一动不动……

正式开锣了。白蛇、青蛇出场，许仙出场，断桥相会，盗仙草，白蛇生伢崽，水漫金山寺，虾兵蟹将，咦？咦？怎么搞的？法海祭起的金钵子不灵了，怎么不灵了？法海让白蛇、青蛇绑起来了！哈！钩住脑壳顶上的辫子悬空吊起来了。哈哈！白蛇、青蛇领着虾兵蟹将轮流抽法海鞭子，抽得法海悬在半空团团转，叫疼，求饶。白蛇、青蛇领着一帮人马，用法海的金钵子把法海罩在雷峰塔底下。这就对了，这就太好了……我们朱雀的白娘娘就是雄，是罢？矮大，你光顾到困，可惜了！……虾兵蟹将一齐把法海吊起来——

法海说："不要！不要！"

虾兵蟹将说："还是'要'好！还是'要'好！"

法海说："这样子我不舒服！受不了！……"

虾兵蟹将说："受不了好！不舒服好！你舒服，我们就不舒服了！"

虾兵蟹将呵法海的痒，法海手舞脚蹬不得脱福，一边大笑，一边大哭，求饶。

散场了。矮子老二表哥打着马灯走在前头，爷爷拉着序子跟在后头。爷爷问序子读哪样书，序子说："分两种。课内书，课外书。课内书是学堂里头的，课外书是学堂外头的。"

法海这次倒大霉！

怎么搞的？法海祭起的金钵子不灵了，怎么不灵了？法海让白蛇、青蛇绑起来了！哈！钩住脑壳顶上的辫子悬空吊起来了。

"学堂外头的你读过哪些书？"爷爷问。

"哈！那就多啰！《红楼梦》呀！《三国演义》呀！《东周列国志》呀！《封神榜》呀！《隋唐演义》呀！《西游记》呀！《镜花缘》呀！——"序子说。

"哪浪来这么多书？"

"借啊！田景友屋里，萧丹屋里，滕兴杰屋里，陈开远屋里，陈文章屋里，唐运隆屋里，赵家文屋里……"

"你都看懂了？"

"哎呀！就是嘛！有不懂的文言文就跳过去，不要紧的。不是懂不懂，是喜不喜欢。《红楼梦》我最、最、最不喜欢，妹崽家住了一屋，说一些小事情，啰唆，肉麻；《三国演义》呢，人多，不认得，麻烦；《封神榜》有用处，以后方便认识庙里的菩萨；《西游记》看来看去差不多，讲起来危险，其实回回放心，真要是唐三藏半路让妖怪吃了，《西游记》就没有了；《镜花缘》无聊，信口乱吹；《水浒传》最好！有讲头。一遍两遍三遍看，放暑假、和同学爬山泅水的时候，就摆水浒……"

"《儒林外史》呢？"

"我原先认'白眼字'，以为是《糯林外史》。看到王冕放牛以后就不看了。"

"那还有哪样别的书？《聊斋》《阅微草堂笔记》？"

"我晓得是讲鬼的文言文，光讲鬼，我自家也会，不喜欢！"

"你胆子有好大？"

"不算大。"

"怕鬼吗？"

"怕鬼做哪样？我看好几回砍脑壳都不怕，会怕鬼？"

"唔！我晓得了，你是个角色！"

"嗯！"

"还有哪样？"

"《老残游记》啰！《儿女英雄传》啰！《今古奇观》啰！《三侠五义》《七侠五义》啰，《济公传》《包公案》《施公案》啰，《平山冷燕》啰，《二度梅》啰，《天雨花》啰，《再生缘》啰。书柜子里头有一本薄薄的书叫作《大义觉迷录》，我正要翻，爸一把抢过去不准看。有一天我偷偷子翻了一下，也看不懂讲的是哪样。……爸给我买过书，《增广智囊补》，《野叟曝言》，看不懂，没有用。我看过好多这样子的废书，像路上捡到块假光洋……"

"喂！要是路上捡到块真光洋，你怎么打算？"

"放到荷包里啰！"

"不还啦？"

"哪晓得是哪个打落的？我一嚷，大家都会过来抢。你不晓得，街上现在好多坏人。"

"那怎么办？"

"交送爸爸，让他去认真找人。"

"这办法我看不错……"爷爷说。

"你好久没回朱雀了，你不晓得，有好多拐子佬、拍花的，出门都要小心……"

回到考棚，二更打过。爷爷自己点燃美孚灯，叫矮子老二表哥回下房睡觉。抽屉里取出一大包带壳炒花生，叫序子坐对面椅子上陪他喝酒，吃花生。

倒了满满一杯酒，抿了一口，叫序子："你剥花生吃，壶里有茶，你自己倒。"又抿了一口。

"爷爷，你在北京做哪样事情？"序子问。

"帮熊希龄爷爷管事情。你晓得熊爷爷吗？他小时住的屋也在文星街，以前做过中国的总理，你晓不晓得总理？"

序子马上回答："晓得！晓得！孙中山先生也做过总理。"

"我在北京香山那个地方，帮他盖香山慈幼院，香山慈幼院专门收没爹没妈的小孩子，给他们读书，给他们吃饭，照拂他们睡觉，帮他们长大成人……"

"……那就是讲，白娘娘要是真让法海镇在雷峰塔底下，她生的伢崽香山慈幼院也会收养啰？——我时常想到那个没有妈的伢崽！"

"那是用不着多想的。人编的'古'，想多了也没有用……"

"我不当真，我想着好玩。有时候看我爸爸的样子，我就盘算许仙不够资格当我爸爸，他不会画画，又不懂音乐，算足了他也只会抓草药，那么没有出息，对不住白娘娘……"

序子讲到这里，爷爷停住酒杯——序子接着说："你想嘛！你嫁娘是条蛇，这有哪样好怕的？蛇就蛇吧！就吓成那副样子？我爸要是讨条蛇做嫁娘，他一定不怕，也不会麻烦白娘娘去盗仙草了，还会高兴得了不得。他胆子大，又喜欢新鲜事。

"我也喜欢我妈是条蛇。要是我妈是条蛇，我就有好多事情做了；她也会有好多本事教送我，还会带一些怪东西让我吃，一齐打法海。所以，我有时候半夜醒过来的时候，就会坐起来看看睡在那一头的妈是不是一条白蛇精。老实讲，我真希望我妈是条白

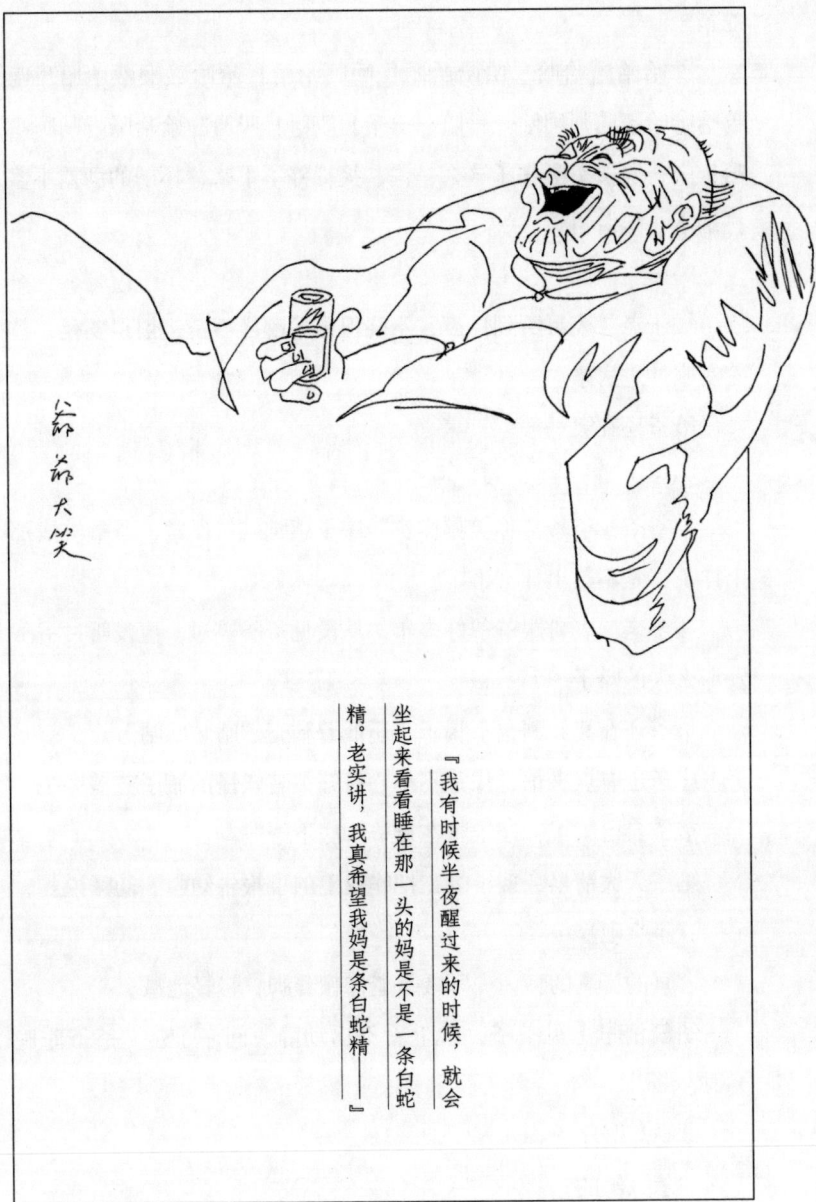

嘻嘻大笑

『我有时候半夜醒过来的时候，就会坐起来看看睡在那一头的妈是不是一条白蛇精。老实讲，我真希望我妈是条白蛇精——』

蛇精——"

"哈哈哈哈哈！哈哈哈哈！呵呵哈哈！哈哈喉喉喉哈哈！嘻嘻嘻哈哈嘻嘻呵呵哈——哈——哈！哎呀！哎呀！哈哈喉喉呵呵嘻嘻！……"爷爷听序子这么一说，笑得停不下来，杯子的酒差不多打翻了。接着再笑——

……

矮子老二表哥听到怪声，不晓得出了哪样事情，怕得要死，披着衣服冲进房来。

爷爷还在笑——

……

"爷爷！爷爷！你笑哪样？"序子感觉气氛反常，爷爷笑成那个样子，是不是出什么事了？

矮子老二表哥跟爷爷好多年，从没见爷爷笑过，更没听过爷爷发那么大的嗓子。

爷爷还在笑，酒也不喝了，还低着脑壳"咕咕咕咕"。

序子也有点害怕，像是不小心打开关着妖怪的瓶子盖盖……

爷爷自己睡了，序子睡在爷爷脚底下……

第二天大清早，矮子老二把昨夜上的事报告幼麟。幼麟说：

"不会吧！……"

"真的！真的！……"矮子老二顿着脚，轻轻地喊。

幼麟清早上见爷爷，脸上看不出动静，问序子："爷爷昨晚笑啦？"

"嗯！"序子答。

"怎么笑的？"

"我也不晓得。我和他讲白蛇、青蛇，他就笑了，笑得很厉害。不信你问他自己去。我也不清楚做哪样笑得这么厉害。"序子未见得完全不清楚。问是问不下去了……

小孩子不说谎便罢，说起谎来，比革命者还经熬。

论说谎水平，政治家远不如小孩子。政治家缺一双天真的眼睛。

天下没有一个做妈的没上过婴儿啼哭的当。是上帝给的天分，要不然谁来保护他？

孩子互相说谎，可信可不信；因为其中不耗损物质力量。

成年人对孩子真诚，就会得到真诚的报偿……

没过几天，文星街古椿书屋的新房子就上梁了。

爸爸提早两天按规矩在搁在地上的梁上左右恭敬地写了些字。年、月、日、时辰，某家某人（这个某人是爷爷）立。鸡叫头一遍，爷爷带着一家男人大大小小十几个，那些堂哥、表弟、外甥外孙都晓得有好处，纷纷夹在里头跟到文星街来。其实架势都安排好了，两边李木匠的徒弟帮手都合好了起拉的绳子。香纸蜡烛一点，炮仗一响就齐齐整整地把房子的主梁拉到房顶上，"咣"一声搁好。李木匠口里念出好长一道"上梁文"。"二郎喂！二郎喂！"直叫直叫，一边叫一边往梁上头丢糖包子、肉包子。不准捡！等搞完了这盘事才捡。那一帮人有柏茂管着，不敢乱来。李木匠像是很有板眼的样子，还换了套新衣服。爷爷上前装香奠酒磕头，爸爸、四叔也上前磕头，序子跟着也磕，然后那帮狐朋狗党也抢上前磕。爸爸不晓得从哪里变出好多红包分送各个木匠，给李木匠来了个大的，口里倒转还向李木匠说多谢多谢。李木匠咧开那张带胡子的嘴巴双手接过红包，"应该的！应该的！"然后就只见那一帮家伙拥上前去抢地上的包子。李木匠一伙人也上前向爷爷道喜。

搞完这场合，天还没亮，各人收兵回朝。

那群小家伙一路说话一路吃包子。

"回去困不困觉？"

"困个卵！天都亮了！"

"你讲那老狗日的李木匠嘴巴念的哪样经？不是和尚、不是道士！"

"听到讲，念的那些名堂古得很！做老木匠的都要懂这些东西！板眼足得很！"

"家公和三舅还送红包，还讲'多谢'。李木匠盖房子赚这么多钱还要献他红包？讨好得不太有章篇！"

"你懂个卵！底下还有好多事情冇做完。上瓦啦！钉墙板啦！旋栏杆啦！挖阴沟阳沟啦！送红包是讨他们好，怕他们弄手脚。比方讲，在阴沟里搁的是只翻天乌龟，卡在葫芦眼里，死不死，活不活，烂污东西扒不出去；又比方，在院坝哪里，东、西、南、北角落里埋十几个蛇蛋，看你住新房子闹热去！又比方，在你房脚、墙脚埋几段新鲜竹马鞭，过五年哪里都蹦竹子，拱得你房脚东倒西歪……"

"这麻个皮，该去打他一餐！"

"这好打得的？你也不想想？讲不定在你堂屋中间地底下埋三两根死人骨头！"

"阴毒的在你房子底下埋三颗一、二、三骰子就行，让你屋一辈子倒大霉！他呀！比风水先生还毒！"

"这麻个皮,我将来盖新房子,还要多派几个人留神看着才是。"

"啊?几时你老爷盖公馆?跟我打个招呼,我好派总统府的木匠……"

大礼堂右首边有七八磴坎子,几棵树,一块坪。再上十来磴坎子有个教室。这教室高,亮,窗子外头看得到好远的地方,街啦!房顶啦!婆娘家晒衣服啦!厌烦听先生讲课就往外看。看到看到迷了神,就会挨先生的"波子脑壳"。生气的先生用左手或右手,曲成类如拳头而实际稍稍伸出少许中指与食指关节,利用筋骨硬度及速度,猛然敲击学生之或左或右脑壳,或中部前额,使学生产生叫爹叫妈之痛苦反应的一种随意性惩罚行为。轻者疼痛半炷香左右;重者前额受击部分隆起如龙眼或荔枝大小之肿包,回家自己或父母以香灰拌麻油涂于患处,二三日内可得痊愈。此种现象先生视为权力,父母视为当然,哥哥视为活该,自己认倒霉!

先生长得老嫩、美丑,完全跟课堂内容无关。如果先生稍微新鲜一点,那又是另一回事。

就有这么一位刚从上海、汉口回来正式教常识的陈丹先生,长得像三国周瑜:飞扬的眉毛,斜长的丹凤眼,削直的鼻子,白手白脸。看他一眼,就值半堂课。他上了讲台,"今天我不讲常识,讲《江湖奇侠传》。《江湖奇侠传》是一部长我们湖南人志气的宝书,讲的全是我们湖南的侠客。写书的是平江县的向恺然先生,笔名'平江不肖生',留学过日本,在部队还是个少将,了不起得很……"

于是由小小年纪喜欢讨饭的柳迟讲起,跟了个师傅叫铜脚道人,一只脚是铜的,走起路来"咣、咣"响。左右肩膀上停着两只神鹰

这教室高，亮，窗子外头看得到好远的地方，街啦！房顶啦！婆娘家晒衣服啦！厌烦听先生讲课就往外看。看到看到迷了神，就会挨先生的「波子脑壳」。

几个波子脑壳：

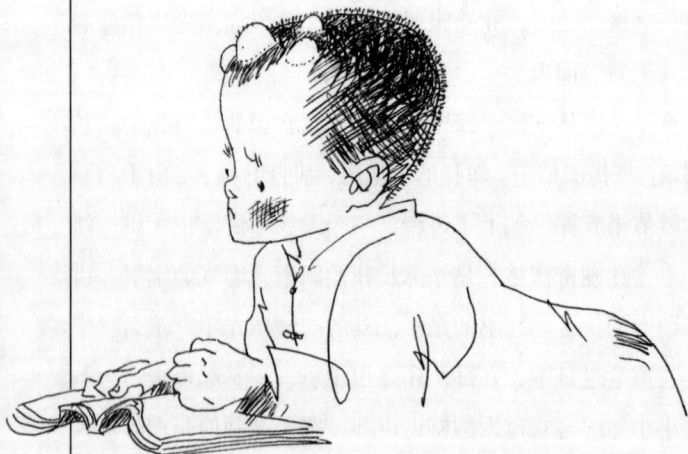

236

的吕宣良；满身红衣服的红姑；一对没有结婚的少年男女，惯使雌雄剑的欧阳后成和杨宜男。还有笑道人、哭道人，他们的武器就是笑和哭……

最了不起的部分就是铜脚道人收柳迟做徒弟不用费事练功，自自然然就感应到深奥的功夫。也就是说，不用上小学、中学、大学，用感应的方式可以得到大学文凭。这有点像今天的干部进函授大学，让秘书代表读书一样。

柳迟过渡船，末一个上岸，纵身上岸那一刹那，渡船师傅顺手把柳迟的包袱提走并一篙撑到河心去了。柳迟转身抢救已来不及，只好指手大骂："做这恶事，让你掉到河里去！"

话刚说完，撑船佬果然掉进河里。

柳迟想："恶人掉进河里；包袱能回来就好！"

一个浪头把包袱漂到岸上。

这就是铜脚道人感应给徒弟柳迟的本领。

多少年后的今天，人们互相祝福的时候，往往也采用"心想事成"不要本钱的四个字来满足愿望，而铜脚道人早就让柳迟办到了。

可惜后来的革命者没机会遇到铜脚道人，革命道路才弄得如此艰辛曲折。

说到愿望，不免想到广东半个多世纪前流传的一个严肃到家、有关"愿望"哲理的民间故事，叫作"乜×都要！"

农村有两兄弟，父母双亡。哥哥心术不正，弟弟忠厚老实。哥哥娶了媳妇并生下一个男孩，弟弟还是单身一人。

哥哥、嫂嫂嫌弟弟在家吃饭多，带他到荒郊野外，推进一口井里。

不想弟弟跌进的这口井是干的，昏了一阵醒过来听到有人说话，

就有这么一位刚从上海、汉口回来正式

教常识的陈丹先生，长得像三国周瑜：飞扬的

眉毛，斜长的丹凤眼，削直的鼻子，白手白脸。

看他一眼，就值半堂课。

陈丹先生像三国周瑜

一看原来旁边有三粒会说话的宝珠子。一粒珠子说：说出你的愿望，把我在地上一摔，你的愿望就能实现。

弟弟摔了第一颗珠子说："我要上去！"

弟弟真的回到地面。

他找了块有山有水的好地方，说出他心里所有最好的愿望，摔出剩下的珠子。于是他什么都有了。奴仆呀！财富呀！马牛羊鸡犬豕都全了，住在一座有围墙宫殿似的房子里头。

哥哥有一天捡牛粪经过这里，远远看到大房子，问看门的侍卫，才晓得主人原来是自己的弟弟，就让侍卫通知弟弟："哥哥来了！"

哥哥问弟弟，怎么弄得这么有钱？

弟弟讲了自己的经过。

哥哥说："为了我好，你把我也推到井里去吧！"

大清早，哥哥叫来老婆孩子在井口边守着，弟弟就把哥哥推到井里去了。

哥哥摔得昏头昏脑，醒来一看，身边果然也有三颗珠子。叫老婆搬架梯子来爬上去，省下一颗珠子。

哥哥带嫂嫂和儿子回到家里，关起门对嫂嫂和儿子说："来吧，要什么尽管开口！"

嫂嫂从大清早讲到太阳落山还没有讲完，哥哥等得不耐烦了，抓起第一颗珠子摔在地上说："别啰唆了，什么鸡巴都要吧！"

说时迟，那时快，几几乎全世界所有能想得到的动物，鲸鱼、大象、犀牛、河马、老虎、狮子、马、牛、羊、乌龟、螳螂、蚱蜢、臭虫、跳蚤、蚊子、鸵鸟、鳄鱼、蛇、壁虎，甚至包括各种古代原始恐龙、猛犸……鸡巴塞满了一屋子，弄得三个人透不过气来。

没有办法，只好捧出第二颗珠子说："什么鸡巴都不要！"

也是说时迟，那时快，果然一屋子马上变得清清爽爽，从没发生过意外一样。总算松了一口气—— 一摸！自己的鸡巴也没有了；再赶紧摸摸儿子的，也没有了……

这怎么得了？幸亏还剩下第三颗珠子。心灰意懒地捧出第三颗珠子——

"唉！把我父子俩的弄回来吧！"

也是说时迟，那时快，果然都回来了。遗憾的是，儿子的长在爸爸身上，爸爸的长在儿子身上。

没有第四颗珠子了，只好将就吧！

愿望这东西不是闹着玩的。信口开河，以为三颗珠子到手，随便就能捧出个美好天堂来。所以——

愿望的教训，值得注意！

愿望实现，从历史角度论，有时也很恐怖，开不得玩笑！

大家喜欢陈丹先生上课，奇怪为什么以后不再讲《江湖奇侠传》而专讲常识。虽然他的常识课和《江湖奇侠传》一样好。

他嗓子好，清亮又温柔，眼神眯眯的有点甜。他有一头浓浓天生带卷的头发，薄嘴唇。讲久了，头发就分散到眉毛边晃来晃去，怕是擦过油。序子晓得街上瑞泰祥卖一种专擦头发的油。

天气好的日子，序子有一回看到他哥哥陈兰生、他侄儿陈文章和他。陈兰生骑马，他也骑马，陈文章骑小毛驴从文星街经过。大概是到北门外去，陈文章两眼朝前看，骑了小毛驴就认不得同班同学序子了的神气。他们家是有钱人，到底有多少钱这不是随便让人晓得的。

　　下课的时候，同学们凑上前去问《江湖奇侠传》的事，陈先生也愿讲。更明白了一些前前后后的掌故。长沙著名的老侠客杜心五就是不肖生书里写的肩上停着两只神鹰的吕宣良的前身。看样子，陈先生好像见过杜心五。说有一年，长沙摆大擂台，欢迎全国各路高手前来比赛。第三天跳上擂台的是武当山的"漠漠生"，三十刚出头，把所有台上湖南高手都扫下台去。正在得意向四方拱手的时候，杜心五老先生跳上台来。那时已五十多了。漠漠生二十几回进攻都让杜心五解了，招式快要要完的时候，只见杜心五一只脚站在台上，有如陀螺旋转摇摆；漠漠生认得这是武门绝招"风摆柳"，不懂事的莽人陷进去，肯定是断手断脚。漠漠生微微笑着松下腰间的英雄带，规规矩矩折好奉在杜心五脚前，深深地向杜心五作了个揖，说声："有眼不识泰山！"跳下台扬长而去。

　　陈先生说："我家里有《江湖奇侠传》和《侠义英雄传》，哪个爱看就来借嘛！一本一本来，莫弄坏就是！"

　　序子看了一本又一本，换书的时候，干干净净。陈先生说："唔！像个读书的样子……"陈先生喜欢他，叫他跟着到家里去。

　　陈先生的家也在白羊岭，就是同班同学陈文章的家。上坎子进大门一个大院坝，东墙爬着一棵脚杆粗的木香，直到房顶周围。要是春天，怕不有几千几万朵花。院坝几十盆花木和一口门板大的岩头金鱼缸。

　　左边是大畅门。门槛底下一排鸽子屋。好多白的、灰的、蓝的、花的、凤头的鸽子咕咕叫着，也飞到地上啄东西。

　　进了畅门两边都是房，又是院坝，栽了两棵大茶花，又是房。

陈先生的房在楼上，雕花梯子和栏杆。进了房都是书架子，旧书和新书。

"多吧？"陈先生得意地坐在一把有靠背的椅子里，懒洋洋地抽纸烟，晃着捏纸烟的手指说："你可以上梯子看。"

序子有点怕，他跟那些书眼生。

"听人讲你看过好多书？"

"我屋没你的书多。都是爷爷和爸爸的，我看不懂。书让虫咬了好多眼……"

"你们家藏的应该是些好书。长大要好好招呼它们——你慢慢下来吧！

"人一辈子做哪样呢？吃饭，睡觉，看书。地球那么大，人的脚板小，走不了那么多地方，就靠读书去懂得它。想想看，日本矮子比我们勤学，所以就欺侮我们……"

"打拳挡不住子弹，义和团就输了。日本人侵略东三省。"

"打拳是练体质，打仗要靠学问和枪炮子弹……对吗？咦？你没有选书！"

"我眼睛都花了！要是自己屋的，心里就稳——我不太晓得书……"序子说。

"你读过《今古奇观》吗？"

序子摇头。

"《醒世恒言》《警世通言》《喻世明言》呢？"

"文言文我都不懂，也嫌麻烦。里头'古'少，味道不多，翻字典又犯不着。"序子说。

"不是文言！不是文言！里头有很多好听的'古'。"陈先生讲，"你还可以学到写'古'的学问，很多很多办法。"

"我都没有想过这些事。"

"《侠义英雄传》呢？也是平江不肖生写的。里头还讲到我们朱雀的侠客陈志远咧！你都拿走！"

序子睁大眼睛，"那好！我不会弄坏的。"

陈先生点点头。

"你晓得鲁迅吗？"陈先生问。

"它是哪样东西？"

"不是东西，是人，是我们中国很重要的写文章的人，你不懂不要紧，你应该晓得他——嗯！当然，我给你取剩下没看完的《江湖奇侠传》和《侠义英雄传》，过两天再给你找《今古奇观》、"三言"，你先把《江湖奇侠传》《侠义英雄传》拿走。"

陈先生从书架取下七本书交给序子："看完了再来换！"

"做哪样你不让陈文章看？"

"要看，他早看了，他不喜欢书的。"

陈先生陪序子出大门。序子向陈先生鞠了个躬。

序子一路走一路想。一个人怕是要有好多书才行。

序子用了大半个月下半天看完后几本《江湖奇侠传》，从第一回"装乞丐童子寻师，起宝塔深山遇侠"到一百六十回"悲劫运幻影凛晶球，斥党争谗言严斧钺"，真是满意之极。深深舒了一口长气。接下来看《侠义英雄传》。

胃先生上国语课。

"今天讲《古文观止》第一篇,《郑伯克段于鄢》。'鄢',就是今天的河南省的鄢陵县。"

……

"为什么武姜生庄公以后不喜欢庄公,喜欢老二共叔段呢?因为庄公是'寤生',是难产,脚先出来,让她痛得要死。武姜就希望郑武公让共叔段做国君。郑武公不答应。为这些小事就不让老大做国君,是我,我也不答应。又不是后娘养的,心这么偏,要不得的!是不是?

"庄公当了国君,武姜又帮共叔段要封这块地、那块地,原先庄公不给,后来还是给了;给了又想造反,最后真的造了反。并且商量共叔段攻城的时候,武姜开城门。庄公派兵追得共叔段没有路跑,逃到'共'那个地方去了。

"庄公把那个妈放在城颍养着,城颍在今天的临颍县。赌咒讲,'不及黄泉无相见也'。就是死了才见面的意思。一句气话。

"颍考叔听到这个消息就去见庄公,庄公请他吃饭喝汤,他就假装把汤要带给妈吃的意思表示孝心,感动了庄公,原来赌咒黄泉才见面的话怎么圆得回来?颍考叔给他出主意:挖个出水的深沟,让你妈躲在里头,你进去看你妈,你妈从沟里头出来,不就是黄泉相见了吗?后来人夸奖颍考叔的孝。讲的就是这个意思。

"这篇文章很有名,我让你们读这篇文章是想告诉你们,这篇文章狗屁!乱七八糟!不讲道理!

"武姜这婆娘好不好?当然不好!你自家伢崽生不下来,难产,怎么能恨伢崽?因为恨大崽,所以就偏心爱躲崽,让他造反,准备为他开城门。这哪里像个妈做的事?

"庄公什么地方对不起人哪？

"孝不孝也要讲个道理嘛！武姜这婆娘有哪样值得孝顺的？放到城颍养起来，在我看，算是最够情分的了。

"颍考叔跑来讲情，装模作样，我看怕是收了武姜的钱。黄泉相见，其实也没有什么意思。做样子让老百姓看看而已。

"后来的人说郑庄公狡诈不孝，不讲兄弟情义。我看，郑庄公要不有这几手，脑壳早就让老二共叔段砍下来了。

"你们觉得我讲得怎么样？"胃先生得意之至，凑着壶嘴猛喝。

田景文昏沉沉地站起来："胃先生，'段入于鄢，公伐诸鄢。五月辛丑，大叔出奔共。'那个'共'是什么意思？"

胃先生说："'共'是个地方名，《诗经》讲的在甘肃省今天的泾川县，《左传》讲的在今天的河南辉县。当然这回是《左传》的合适。"

几个学生在石莲阁坎子上，上下坐着，讨论昨天胃先生好玩之至的功课。

滕代浩说："他其实把'郑伯克段于鄢'都说透了。他跟我爹讲的完全不一样。我爹讲的都是狗屁！骂郑庄公不孝不悌，这老狗日的……前前后后都不懂！"

"日你妈！你骂你爹做哪样？你慢慢跟你爹讲清楚嘛！你把胃先生教我们的耐烦讲给他听嘛！"王本立说。

"讲！讲！讲个卵讲！除了孔夫子，他就是天下第二。那天吃饭，韭菜里有颗'油甲虫'蛋，他一筷子夹了要送进嘴巴。我喊他，他骂我瞎眼睛，'豆豉都不晓得？'一口吃进去了。吃进去又呕出来，铲了我一耳巴：'麻个皮，你你你！'我，我，我怎么样了哪？"

大家都笑。

陈开远问："那两个字'寤生'，胃先生讲是'难产'，'脚先出来'，你们听清楚吗？是什么意思？你们懂吗？"

大家摇头。

吴道美问："你们讲，这是个生伢崽的问题，到底是哪样回事？"

"生伢崽就生伢崽嘛！像鸡屙蛋一样嘛！"滕代浩说。

"唔！不见得！《儿童世界》里讲外国伢崽是一种大嘴巴的鹳鸟夹着包袱从天上飞到人家房顶上，把伢崽往烟囱里丢下来的。我们苗族人唱歌，又讲是涨大水从河高头漂下来的大桃子。我伯娘报送我，我就是我妈从河里捡来的大桃子里头剖出来的……"[1]欧敬云讲。

"这就对咯！外国伢崽和中国伢崽，山里伢崽、城里伢崽都各有各的生法……"王本立讲。

"那'难产'和'脚先出来'呢？"欧敬云问。

这问题让大家十分费解。

还是陈开远书读得多，头脑灵活："这指的是各种动物生伢崽的形容词、名词和动词吧？比方讲蛇和乌龟生的蛋，我就见过孵得出、孵不出的。鸡和鸭子也有死在壳里出不来的'毛蛋'。这就叫作'难产'。'脚先出来'我就不清楚了。脚先出来，手先出来，嘴巴先出来，脑壳先出来有哪样要紧？又不是请客让席，讲哪样客气？嗯！是不是古时候规矩礼数多，和今天不一样，有些讲究！我

1 日本有"桃太郎"一说，与苗族传说相同，太奇怪了！

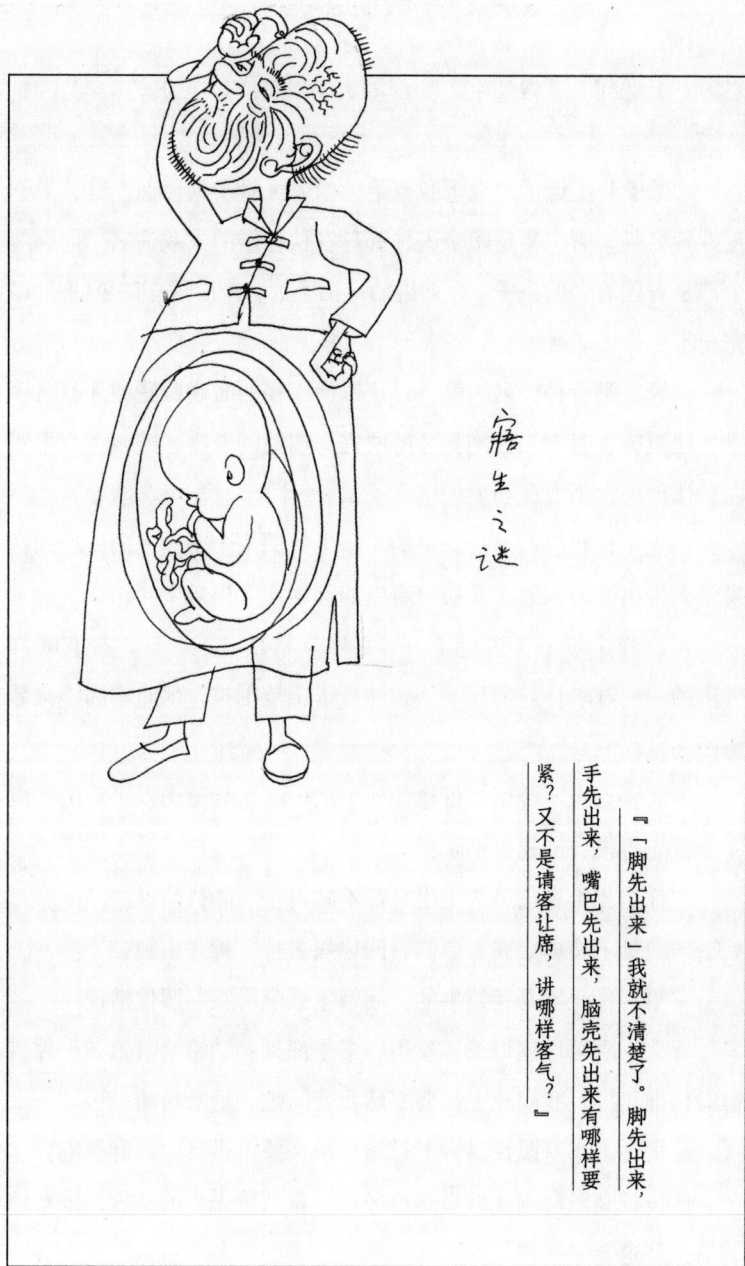

窘生之谜

「「脚先出来」我就不清楚了。脚先出来，手先出来，嘴巴先出来，脑壳先出来有哪样要紧？又不是请客让席，讲哪样客气？」

想等下上课问一下胃先生。"

"哈哈！上课了，今天我要给大家讲《管晏列传》，管、晏不是姓管名晏，管、晏是两个人，都是春秋时候的大政治家。他们两个都是齐国有名的臣子。今天讲的这两个人，味道跟郑庄公的'古'完全不一样了。

"管，是管仲，名叫夷吾，这家伙年轻的时候跟鲍叔牙打老庚。管仲屋里穷，时常去占鲍叔牙的便宜。肉他的孽赚，鲍叔牙心里明白，让他肉，不放在心上……"

"先生！我想问上一课讲的'瘔生'那两个字。人的伢崽到底是怎么生出来的？怎么又搞出瘔生的麻烦？"田景文问。

"已经讲过了，讲过了。'瘔生'就是'难产'，没有哪样好讲的——好啦！好啦！——管仲日子比较困难，他时常肉鲍叔牙，鲍……"

"我一点也不晓得生伢崽如何生法……"吴道美发了一道感慨。

胃先生说："我也不晓得。"

"你当先生自己怎么生出来都不晓得？"滕代浩说。

"我又不是婆娘家，要问，问你妈去！"胃先生勉强了。

"哈！你又不是我妈生的，问她怎么晓得？"滕代浩说。

胃先生刚喝进满口茶，喷得一桌子都是："哈哈哈哈……你讲得对！准！准！我妈死了，要不然我就问她。哈哈哈哈……"

笑得他上半身趴在讲台上打滚，拳头捶得讲台"砰砰"响！

代校长高素儒刚从教室门口经过，看到胃先生的怪相，没有惊动他："这老'朝神'！"

高素儒把这件事告诉幼麟和其他朋友同事，讲起胃老被学生"卡"了一番的场合，都觉得有趣，"真难为他……"

"听说他是玉公的同学？"

幼麟说："他们年轻的时候在家姑丈简堂先生学塾受业。家姑丈说他明慧过人，堪称'秀才'，他是朱雀唯一公然不应科举的读书人。家姑丈很器重他，说他'将得享文明自由于终老，为同辈所不及也'。"

哪天朱雀城衙门要砍人脑壳，一定先放三炮，这规矩让人丧胆。然后犯人一阵尘土从衙门里推出来。

行刑队伍行动快速，也让人深思，为何犯人在节奏上配合如此之好？

一路的号音沁人肺腑，直插魂魄。高亢、阴险、单调，让一切人听了顿失杂念，坠入空茫。

一般部队都用军号，军号音调只有5、1、3、5四个。杀人用的是马号，马号利用气量高低可吹出全音，也即是1、2、3、4、5、6、7、i……

马号声亮炸，如刀片铲人。行刑路上显得阴风惨惨。一路只吹两个音符，33333！11111！333333！11111！配合紧邦邦的脚步。

麻子娘除了看钟拿艾蒿草把子点炮之外，一字不识。叫她麻子娘是因为她男人麻。她男人姓田，她不喜欢别人带姓叫她"田麻子娘"，好像做麻子婆娘还有"甜""咸"。

田麻子田维成脸颊实际上没几颗麻子，不显，长得都不在要害地方。这原是从小叫出来的诨名，还不如叫"田疤子"合适。右脸上斜着一道深沟直到嘴角，当年在玉公部队当连副时战火上留下来的。要不然，称作"赵子龙"也未为不可！

哪：身长八尺，肩宽腰圆，这身段，朱雀城至今也找不出几个。玉公想起他，把常闹笑话的老刽子手郭会会换了。

郭会会前清时就是个刽子手，用现在的话讲，算是个"留用人员"。又是个乐人，见哪个都爱开两句玩笑，又好酒。杀完人，手洗都不洗就吃饭……婆娘实在耐不得他，跑了。跑了就跑了；他一个人放炮、杀人兼管两样事情，搞了三十多年。人对待他和对待棺材铺不一样。棺材铺不扰人，不惹人，老老实实开在街上。他不行，他孤单寂寞，渴望人家疼他，爱他，了解他，享受跟平常人一样的人间幸福来往，过滋滋味味的日子。这哪里办得到？谁都明白他是个砍人家脑壳的人。砍人家脑壳的人都是公事公办；砍完人之后又跟人和颜悦色，仿佛告诉人"下回就轮到你了"。人见到他就"闪"到别处，不愿看他；其下场就像孟子《离娄》篇中的那个"齐人"，"遍国中无与立谈者"。

旷达如唐二相、罗师爷、羝怀子们都懂得这种凶险局面，老远看到人，马上回避陌巷。

事情也不尽然，乡里亲戚带点土产野物来看他，屋里坐坐也是有的。

城里胆子大、年纪大、见识广的人到他屋里坐坐也是有的。

这些正常来往也让人传得毫毛俱全："某某某，某某某昨晚上都去了，还笑咧！一齐呷酒，呷炖货……"

那眼神，仿佛呷的炖货是昨天挨砍人的全套"下水"。巴不得是真的！谣言，第一个或许不信，第三个人以后就信下去了。

有时候也怪不得人家，人家好心好意来看他，问安，就座，喝茶，抽烟……一个温馨场面，真是难得遇上……

于是就说话。这个人说完那人说，那人说完另一个接到说，高谈阔论之间，他一个接一个地研究说话人的脖子。左边看完右边看，非常专注用神，并且微微动着手势。让说话人发现了——弄得颈脖子痒痒的："咦？你看我的颈根做什么？"

"你他妈！怪不得我刚才讲话，你眼睛跟到我颈根子转！"

"老狗日的郭会会！你他妈拿我颈根研究刀法？"

大家一边骂，一边站起来就走。

后来听说，那天去过郭会会那里的，有人颈根真的起了一圈风疹。

这消息传得快，笑得连山上老王那顿晚饭都没有吃好。

胃先生上课，学生最是开怀，都觉得学问这东西离身边好近。胃先生是个有学问的人，所以才晓得学生也是有学问。要是先生看得到学生有学问，先生也就是更有学问的人了。

先生再老再老也是人。自惭逐渐衰老，剩下学问有什么用？

跟学生一起，上一篇文章的课，大家也就会一起得到打开这个新学问盖盖的快乐。

胃先生正在上课："——鲍叔牙为什么不以为意呢？吖？晓得吗？……"

山底下忽然三声炮响，接着是连续不停的杀人的号音……

轰隆隆一下教室空荡荡只剩下胃先生和张序子了。

胃先生坐在讲台背后、黑板之下的椅子上。序子坐在第一排五号位置上。

"你看！哈哈！剩下我们两个了。"胃先生说。

"要是凶一点的先生，大家就不敢跑！"序子说。

"你为什么不跑？"先生问。

"砍脑壳不好看！"序子说，"我看过好多回。"

"你怕吗？"胃先生问。

"你呢？你怕吗？"序子问。

"讲老实话，我还真有点怕。我从来冇看过砍脑壳。"胃先生说。

"没什么好怕的！又不是你死！"序子说。

"你讲讲看，这一帮人，路上赶得及吗？"胃先生说，"赶不上就可惜了！"

"你不要慌，赶得上的。这边过兴隆街口，走天王庙井水边往白羊岭跑，下孟公井就到赤塘坪了。那边上西门坡，出老西门，过桥摆阵，怕是刚合适。"序子答。

胃先生喝茶，问序子："你口干吗？"

"我口冇干，干了喝井水。你的茶苦妥、苦妥了！像黄连药……"

"你怎么晓得我的茶苦？"

"滕代浩、王本立偷你的茶喝，苦得在讲台上打滚！"

"哈哈哈哈……下回我加点蜂糖……"

下课回到办公室。

"胃老！那帮鬼崽崽跑去看砍脑壳啦！"韩山说。

"哈哈，一屋'喇岩'[1]都散了！"胃老笑眯眯摊开双手。

"你怎么不喊住？"

"哈！我喊得住吗？三十七只呀！一只我也喊不住呀！咦？——你们以前不也有跑的吗？"

"这种跑法，高头晓得了，学堂怎么办？"韩山讲。

"砍脑壳这事，让学生长长见识，以后怕看不到了。你讲学堂怎么办？打屁股？记过？开除？"胃先生还是笑，笑完到门口把随身茶壶添满开水转身回来又讲，"开除就要全班开除，打屁股就要全班打屁股，记过就要全班记过，你讲的'高头'，那个'高头'晓得了，又怎么办？会笑死！告诉你，我倒是有两个办法，第一，大家签名写个禀帖，请'高头'以后废止砍脑壳；第二，打我胃某人三十板屁股，然后出告示把我开除！这第二个办法倒是可以宣传出去的，让全城人都晓得我胃某人为师无聊之过。"

校长素儒做人原就顾大局，眼看下不来台，便说："学生一哄而起看砍脑壳，以前又不是没有发生过，只是规模稍微大了一点。这责任当然在我。讲老实话，让胃老一个人堵住大门根本就办不到。我看，下星期开纪念周对学生我先讲一讲……"

大家不出声，光点脑壳。

第二天上国文课，胃先生笑眯眯问大家："伙计！昨天看砍脑壳好不好看？"

大家讲："不太好看，有人不值价，一路告饶，一路拉尿在裤裆里头；有的犟，想跑，不肯跪，一刀下去砍歪了；有的光骂娘，

1 螃蟹。

骂老师长不仁不义。这人挨了飞快的一刀，话还没有骂完脑壳也飞了……"

"你们看！你们看！我就没有看过；我不单没有看过，我还没有胆子看，我的胆子是个狗虱胆子……"

话没讲完大家就笑。

"所以哟！我一辈子长到这么大，讲到砍脑壳的事，回回都让人笑……咦！我倒是想问你们一句，你们喜不喜欢我这个老头子？"

"喜欢！！！"轰雷一声。

"要是忽然有一天，我也被抓起来；我的罪名就是上课不小心，没管好你们，让你们跑到赤塘坪去看砍脑壳，我就让人牵到赤塘坪去挨砍脑壳了。

"我哭呀！叫呀！冤枉呀！骂朝天娘呀！屙尿在裤子里头呀！我讲学生看砍脑壳是学生的事，不是我的事；我讲学生到赤塘坪去看砍脑壳是长学问，长胆子，是好事情。我不愿意死，我犟，我站起来想跑，哪躲得掉？被砍得七零八碎。那时候，你们敢不敢去看？

"'九一八'，日本人在沈阳杀我们几万中国人。十六年四月间，朱雀杀了三个书读得很好的文人，他们这些人几时偷了？抢了？杀人放火了？你们是不是也想跑出教室去看砍他们脑壳？砍我的脑壳？会不会想牵我去赤塘坪砍脑壳的时候跑不跑？犟不犟？拉不拉尿在裤子里头？值不值价？……"

上过那堂课之后，第二天胃先生不来了，以后不来了，再以后也不来了。好多同学都觉得胃先生这老狗日的非常之有学问，非常之开通，非常之像人，非常之好！

想他得很！想到心里头去了。

山底下放炮，吹号，再也没有人跑出去了。想到犯人里头很可能真的有胃先生。

下一盘课石爱山先生替他，讲《论语》《孟子》，讲得也好，不过麻烦一点，要背。

听人讲，乡里哪个地方"赶场"，都看到胃先生在卖烟叶。

陈家祠堂斜对门新开了一家"天主堂"。李承恩隔壁那家"福音堂"（就是教育局唐凯然在门口屙屎叫里头拿草纸的福音堂）都是信一种外国菩萨的。既然信一种菩萨，又各开各的店，让人搞不清楚。

其实，细细想一想，也还是弄得清楚的。

福音堂门面普通，租的是老百姓木板大房子，二门门板上写了个大"爱"字。好大好大，金的，像是"赵"字体的放大，旁边那一颗"点"有簸箕大，很吸引人。

街上流氓编两句话骂他们，学着婊子的口气说："耶稣爱我白白脸，我爱耶稣大洋钱。"

为什么平白无故骂人？星期天男男女女都规规矩矩进去听牧师讲"道"，劝人做好事的话。老远坐轮船到中国来劝人做好事，教人唱好听的歌，很难得的，你讲痞话骂人家做什么？

"天主堂"是个新地方，围了高墙，大门打开的时候有一间方序厅，都是一块块灰砖砌的，用石灰缝成一道道白线，很是整齐好看。幼麟最欣赏那天花顶上的灰砖，寻思那五六十平方米灰砖砌就的平顶没用圆拱怎么不坍下来？还找人去讨论，后来才明白那是画上去的假砖。既是假砖那就没什么奇怪的了，不过也值得称赞这些洋人在手摸不着的地方弄一点假名堂的手艺。

福音堂的人唱歌和天主堂的人唱歌不一样。福音堂用人嗓子，天主堂用戏嗓子。

天主堂里外的房子都是尖的，尖尖快有东门城楼子那么高。里头窗子顶顶也是尖的，玻璃红红绿绿，太阳照进来好看得不得了。堂里横着一排排讲究的带靠背的长椅。

有两个洋人在讲台那头来来回回。点燃的那种蜡烛是白的，半截甘蔗长。真舍得钱，每回要燃那么好几十根，钱怕是要从外洋带来才赔得起。

有一架大风琴，一响，大家就跟着唱，是一种混声合唱。那个长得很恶、满脸胡子的洋人嗓子特别大，一唱，别个唱不唱其实都不要紧了。

唱完了，长椅子上规规矩矩坐着的男女，一个个都站起来，排着队，缩着肩膀，乖伢崽一样走到洋人那里跪下来，像猫儿伸长颈根子等。洋人从钵子里取出小小一片像是好东西的东西放到他们嘴巴里，再回到自己原来的位子上坐好。

这东西就那么好吃？那么一点点。一定是太好吃才迷上它，愿意每星期都上这里来。

究竟是什么东西呢？序子问王本立、滕代浩之后咽了一下口水。

滕代浩脸皮本来就厚，他叫序子和王本立跟在后头乖乖地夹进队伍里，走到洋人跟前，学着大人样子跪下，闭起眼睛，伸长颈根，张开嘴巴……

那洋人哇里哇啦叫起来。洋人天生一副神眼，好像早就发现滕代浩和背后的两个家伙不是东西，让穿白袍的中国人叉出门外去了。

"好个卖麻皮的！要没有火眼金睛，真做不了洋人——你们想，这东西就那么好吃？那么一点点。

一定是太好吃才迷上它，愿意每星期都上这里来。

也想来一口聖餐

凭哪样他就认得出我们不是他的人？我赌咒，这辈子吃不到那点好东西，誓不为人！！！"

"我想，"王本立说，"你这种讲法，是不是有点不要脸？"

那个帮天主堂办事的中国人叫作刘礼士，在汉口神学院毕业后到朱雀天主堂来做教堂执事，认识了幼麟，介绍给意大利神父安纳里欧。安纳里欧晓得幼麟是弄音乐的，很是高兴，让他到屋子里听留声机，看了好多圣乐谱，还请他按大风琴。

这很让幼麟舒展了好几天。后来安纳里欧劝他入教受洗，他不干了。他想他入过共产党，怎么可能再入天主教？让人听了岂不是笑话。天主堂也不去了。不去天主堂可他常常想到天主堂那架大风琴。想也不去。他可以脑子里头按那架大风琴，想那些教堂里发出的辉煌的音声。

每回走过天主堂他都放紧脚步。这之间的关系似乎很暧昧，说不上是恩仇，更算不得怨尤，谁也没有对不住谁。

有天，他带序子到楠木坪方家。

麻大方吉、方若两兄弟都在，"你总是比别个先来。"

方家的房子别致。有口塘，塘边栽满竹子。靠北首离地一米左右盖了一排讲究的木房子。地楼板厚得实实在在。上几步台阶有序厅，后头是方伯娘、婶娘住的地方；还有厨房和茅室。右首边进去才是大畅厅。书桌，多把讲究的椅子，"靠灯"[1]的床，大美孚灯，大火炉膛。宽大的矮茶桌子。东、南、西一系列糊了夹帘纸的窗子，

1　吸鸦片。

靠里是书柜。屋背后一大堆五颜六色的树。

"欣安、藉春、一罕、韩山、玺堂、竞青几个家伙总是晏。不晓得记不记得带胡琴？"方若说。

方伯娘听见序子的声音，出来又是亲又是抱，说是："好久没见到你妈了，一直想她。等下挖一把笋子带转去，让你妈尝尝，今年的笋子不明白做哪样这么香……"

序子看到屋里屋外的景致，心里想，要是秋天，这里就是《秋声赋》了，"初淅沥以萧飒，忽奔腾而砰湃……但闻人马之行声。予谓童子：'此何声也，汝出视之。'童子曰：'星月皎洁，明河在天，四无人声，声在树间。'……"

自己走到泥巴院坝，还没到塘边，脚底下一碗口大的小洞也是泉水，这真是太好玩了。他就蹲在小泉眼边看有波纹的水，明白是流到塘那边去的。

塘边有慈姑、菱角花叶。更多的是开紫花的猪耳莲。池塘让一圈浓浓的菖蒲围着。几只洗得干干净净的绿蛤蟆原来停在猪耳莲叶子上，老远看到序子来，故意"嗵！嗵！嗵"跳进水里，报送序子说："这口塘通通是我们的！"

序子看看塘，又抬头看看天，再四周望望，那么绿荫荫之廊场，想："这地方我长大也忘不了！这么好，这么好……"

他一个人坐在石头上。

无论哪个人，不管大不管小，天底下，总会有时一个人坐在一块石头上。一个人想东想西。小的就想长大以后的事情；老的就想以前小时候的事情。这些映在眼前的天呀，云呀，树呀，水呀，最是容易引人去搞这些动作……

读夜方子凯歇

右首边进去才是大畅厅。书桌，多把讲究的椅子，「靠灯」的床，大美孚灯，大火炉膛。宽大的矮茶桌子。东、南、西一系列糊了夹帘纸的窗子，靠里是书柜。屋背后一大堆五颜六色的树。

序子想着想着，让人吵醒了。

一群认识的伯伯满满从乌桕树丛那边小路过来了，看到序子："咦？狗狗，你爹呢？"

序子跟大家进屋里看闹热。

"唔？水煮牛肉？"韩山皱着鼻子说。

大人见面总是讲一些不三不四的废话，都坐下了。

方伯娘听见人多了，提开水壶来续水，跟客人又讲些不三不四的废话。不过她喜欢客人来，难得一年有那么三四回。男人想人往外走就是；女人想人白想，何况是躿躿脚。也不是敢不敢、怕不怕的问题，只是不具备外出的欲望条件，惯了。一个人在屋里只要稍许有点子新鲜响动就满足了。忙，是一种欢喜。所以今天就里里外外地走，弄得厨房热火腾天。

论自由，怕只有本城名人谢蛮婆了。大手大脚，一阵风来去，萍天苇地，披襟岸帻；可惜她太潦倒，太无奈，没有躿躿脚们生活的宁馨保障；并且，说一句老实话，你若拿安宁平和日子换她的自由，可能她还不干咧！这就叫作"鱼与熊掌不可兼得"的道理。

玺堂把眼睛从窗子外扫回来问方吉："麻大！这么好的池塘，做哪样不喂几只白鹅、白鸭子？"

"不行，"麻大回话，"要吃掉我的蛤蟆！好不容易留几只叫！鹅、鸭到处屙屎，讨嫌！"

序子说："麻伯，我看到你的蛤蟆了！好看极了，绿悠悠子，我一到，它们就跳到水里去了……"

"崽崽！你新屋盖好了吗？"玺堂问序子。

幼麟说："都快了，都快了，这几天在整理沟坑，平院坝，栽草，椿木树那边搞一排花坛。灶房一整顿好就搬得了家了。"

序子心里一直有本账。这些伯伯叔叔不管长得多么难看，都是好人。

比如玺堂伯，那么高，那么瘦，脸蜡黄，还有两颗金牙，又是个鸦屁烟客，两边肩膀耸得像两座山。方麻大伯伯的脸像一个大簸箕，又肥，门板一块，人到哪里，半边天就让他挡了；一股酒气，哈你一口气，给你洗一个酒澡。韩山满满一嘴龅牙齿，又喜欢唱旦，红娘呀！贵妃呀！让人难为情。印瞎子伯伯是个尖脸，鼻子、嘴巴、下巴像锥子，眼睛又浑，跟你讲话贴近脸像啄木鸟，让人觉得危险。素儒伯就不要讲了，一脸绿，长得又高，半夜碰见要吓一跳，以为是"抬头见喜"[1]。

也有好看的。段一罕伯伯啰！龙执夫伯伯啰！方若满满啰！马欣安干爹啰！文晴满满啰！都清雅亮堂。

序子不明白，人做哪样要吐痰，吐口水，擤鼻泥？

伢崽家流鼻泥，流口水，是因为年纪小，不懂事。

你大人流鼻泥，喉咙里有痰，就吸到嘴巴里吐出来，弄得满地都是；讲究一点的就用鞋底子抻一抻，等于抹匀在地楼板上，这还不是一样肮脏？尤其是抽鸦屁烟的、抽水烟袋的就那么痰多，到处吐。你多带条小手巾嘛！又不带。所以满地水烟袋屎、痰和口水。

开会的时候，只听到大家咳嗽吐痰，像个"吐痰会"。

男人吐痰，女人擤鼻泥。

女人擤鼻泥，捏鼻子鼓气，鼻泥在手指头上顺手一掸，掸到哪

1 吊死鬼。

里算哪里。手呢？在桌子边上、椅背上、墙角上、自己裤子上、衣角上、袖子上这么一抹……都难受之极。

爱迪生发明留声机、电灯；瓦特发明蒸汽机；牛顿发现万有引力；就没有人发明对付鼻泥的机器……

当然，讲究点的人家有痰盂；更讲究的玉公和萧舅公有跟班双手里端着小瓷"唾壶"随时恭奉照应，即使是这些大官，也懂得信口吐痰的舒服方便；所以都不大用它，让跟班的白站。

小学课堂讲坛左首边也有口大痰盂。放学时候由两个值日生拿到池塘水井边清洗。其实，这痰盂和周围地面上比茅室还脏，脏到没眼睛看。对学生讲简直造孽。学生吐痰擤鼻的当口，老远匆匆忙忙走到痰盂那头去，又没带"瞄准器"，吐完往回就走，准不准从不管它。先生也不管，眼看这个卫生行为变得一塌糊涂……

从古至今吐痰擤鼻泥行动顺延了多长时候？笔者学识有限，没有研究。只晓得几十年后当局接待外国元首的时候，老百姓在电视中看见茶几前还设备这跃跃然庄重的东西。

老百姓生活中，三十年前送喜庆礼物，时兴搪瓷痰盂。流传一个笑话：

新郎新娘进洞房，新娘一时高兴，顺手把一口痰盂扣在新郎脑壳上。这一扣，取不下来了。新郎在痰盂里头叫喊着急；新娘在痰盂外头慌大了神。新郎下巴抵在痰盂凹部腰坎上，怎么转也是白转。洞房外头的父母听到异响连忙和其他家人奔进洞房，当然是谁也笑不出来，赶忙叫几部双人三轮车大家送到医院抢救。

医生见了也无可奈何：这既不是外科又不是内科，幸好里头出了个聪明人，找来个干弄铜铁活的手艺人，拿剪钢板的剪子几剪刀就解了急。

往日的痰盂设计有多种艺术变化，溯源上去，跟商、周时代青铜礼器怕都有点关系。比如"鱼父癸觯"（下图1），商朝晚期；"兽带粗身瓿"（下图2），商代；"龙虎尊"（下图3），商代；到陕西宝鸡出土的商代中期的"兽面纹尊"（下图4），以及周后出土的"夔凤纹尊"（下图5），那造型模样，排除了质量和花纹区别之外，简直跟百货大楼所售产品毫无轩轾了。

稍有中国文化知识的外国元首，见到这东西，不能不俯首称臣。

新加坡前总理李光耀对随地吐痰行为管得严。香港历来也颇注意。

现在好了！时代进步，流行了"手纸"。

眼前世界唯一可以随地吐痰的地方，臂缠红箍的街道居委会老太太不敢跑去罚钱的，只有足球场了。

全世界足球场上还有随地吐痰的"活化石"。

"来！来！灯点燃了，哪个上来要靠就靠！"

什么叫作"靠"？"靠"就是"靠灯"，就是上床抽鸦屁烟。

为什么做了大人就要抽鸦屁烟？他们都是读书人，都晓得林则徐。"林则徐，清，闽侯人，字少穆，湖广总督，广州查办禁烟事，获英商鸦片二百余万斤，悉焚之"嘛！书是你们教的，怎么自己又抽？

序子认为抽鸦屁烟比吃肥肉、讨嫁娘可怕多了！

大人有很多事情是让人讨厌的。喝一口茶进嘴巴，咕噜、咕噜漱一漱口才吞下去；吃完肉，用牙签子剔牙齿，剔出来的东西在牙签上，又有滋有味地放回嘴巴吃掉。

往日的痰盂设计有多种艺术变化，溯源上去，跟商、周时代青铜礼器怕都有点关系。

（图1）

（图2）

（图3）

（图4）

（图5）

这么张牙舞爪地做，脏死了！比吃屎还难看。当然，人是不可以吃屎的；要可以，这些伯伯满满早吃了。

你做，他做，大家都做，到时候没有人会想这事情不应该了。

还有挖鼻泥。挖完左边挖右边，鼻孔越挖越大，像个灶眼。挖出鼻屎，手指头一弹，不晓得落到哪里去。方伯伯弹到韩满满茶杯里；胡伯伯弹到正在讲话的段伯伯嘴巴里。（序子乱想。）

有个"古"：

一个人上朋友家里，客厅的椅子很讲究，都铺了锦绣垫子。他挖鼻泥。挖出好大一坨正想抹在锦绣垫子上，主人眼睛像放哨一样紧紧盯住他。他手指捏着鼻泥不好动手，也不知如何是好，就上下左右晃动他的手腕让主人花神。主人的眼睛一直跟着他转。最后没办法了，就对主人说："你别盯了，我放回去算了！"

打饱嗝，打哈欠，打喷嚏，咳嗽，都不该当到大家面前做。做大人的像吃饭喝汤一样不算一回事，很是要赖！很是可恶！

方伯娘、婶娘出来摆杯盘碗筷，大家又讲她们的好话。挪近板凳坐下，倒酒，端来真是脸盆那么大的一钵子水煮牛肉。

"哪！哪！对吧！对吧！我讲今天有炖牛肉，叫风就风，叫雨就雨！"韩山说。

"灶房才几步远，哪个都闻得到。"欣安驳他。

"那你早不讲？"韩山说。

"讲，你不怕抢了风头？"欣安笑起来。

藉春说："我一辈子也不能讲没吃过好东西，唯独信服这清汤牛肉。里头的学问我先不谈，大家论论，这清汤牛肉像不像我们朱雀人？

"三片橘子叶，几瓣蒜，一颗八角，几片姜，一小抓盐，几颗花椒，半锅子水，还有两样吗？没有了。熬出来一点出众颜色都没有。

"这边是一碗油辣子粉，蒜泥，葱泥，姜泥，青蒜，盐，麻油，再浇上钵子里的热汤做成卤水。

"前头的牛肉是文，后头的浓辣卤水是武，两相配合，夹一坨滚热的牛肉在卤水里打个滚，送进嘴巴，你忽然明白，这两个合在一起的东西原来是朱雀城的'你'自己！

"你蕴藉，淡远而包含无穷的文化鲜味；你安静，明慧，满足于山水之间；有朝一日，时运来了，你投身于火辣的卤水之中。你立刻明白，你是肉呀！你是浑身滚过姜蒜辣子油的好牛肉呀！你不起点响动，不搞点名堂还算得是朱雀人吗？"

方麻大猛喝了一口酒说："藉春搞这两句很可以！……"

素儒说："所以嘛！从马援或更早，朱雀千把年来死的人就多！"

"那不要紧的，死的死了，哭的也死了！……后头还有的是人……"一罕说，"'人生自古谁无死，留取丹心照汗青'，汗青也烂污掉了……"

"他妈个卖麻皮，就不信服'汗青'这卵东西——人编的嘛！要怎么编就怎么编！"韩山说。

玺堂说："嗯……嗯，古时外国洋人有三个字，'全或无'……嗯，哼……哼……这办得到吗？两样都办不到！嗯，哼，嗯！"咳嗽，吐痰。

"天下有至乐？无有哉，至悲也没有；一颗子弹进后脑壳，要悲都来不及，呀呀呸！"执夫也吐痰。

"'怕'是死的前奏，'悲'是间奏，'死'是尾声。死活是乐章的全部。"幼麟经大家一论，想起音乐，"个人悲欢是独奏，朝代变迁是合奏，精彩的钢琴表演，像顾炎武、黄宗羲、谭嗣同、章太炎，协奏曲是黄花岗七十二烈士……李叔同的'长亭外，古道边'像他自己。各有各的命，各有各的声音。"

"不懂！"方麻大说。

"不懂？"素儒说，"仔细想想就懂。就像你审案子，一个犯人一个相，各有各的不同。"

忽然间方麻大一个喷嚏，声震瓦椽，没想到房顶一蓬麻雀吓得就那样给炸散了。

"你看你！你看你！你屋的麻雀好造孽！不得安生。"一罕说。

"以前养的那只'来喜'狗娘，一天到夜听它吼，吓得硬是下不了崽！"进屋添青菜的方伯娘说。

韩山开玩笑："大嫂！麻大夜晚扯噗鼾，你怎么受得了？"

方伯娘笑得要死，"那时候，那时候，哪个晓得夜间扯噗鼾的事？那是整晚整晚都睁着眼睛到天亮，几十年，让耳朵自己招呼，也就惯了。打喷嚏可不一样，房里就两个人，一声炸雷，吓得魂都丢了！幸好打喷嚏之前他会先哼三两声，这两三声让我醒过来做准备，没有先前那么惊吓了！"

韩山连忙说："那是那是！部队上重兵器转移是要有'预令'和'动令'的，幸好你大嫂能享受'预令'待遇。"

"听人讲，有人半夜三更起床屙尿，一边走还一边扯噗鼾；屙完尿转屋上床，还扯个没完……"藉春说。

麻大一边喝酒一边讲："我这喷嚏有个讲究，借机会锻炼'脑后音'；气出丹田，自脑后经喉腔振鸣而出。没这个根底，光是'念白'就搞不出正经东西来。俗话说'千斤话白四两唱',道白最要是亮洪彻透,至于唱,有了丹田基础,那是算不了什么的。比如《探阴山》包龙图上场头句那三个字——'扶大宋——噢!'"

这三字一出,果然弄得大家往后一仰。

"哪!对吧!我给你们来一段《锁五龙》,琴!琴!响起来,'西皮导板'——"

藉春放下杯子,布套取出京胡,跷起二郎腿,垫了布,琴响了——

"'号令一声绑帐外——哼!(转西皮原板)不由得豪杰笑开怀。某单人独骑我把唐营踹,只杀得众儿郎叫苦悲哀,遍野荒郊血成海,尸骨堆山无处葬埋。小唐童被某(转快板)胆吓坏,某二次被擒也应该……'怎么样?有两下吧!"方麻大戏唱到上劲的时候,整坨小鼻子都陷进大肥脸里头去了。眼睛也看不见了。剩下一对眉毛一闪一闪,大嘴巴里的舌头不停抖动,像只乌龟的短尾巴。回到桌边,麻大又喝了两口酒。

一罕冷冷地说:"可以是还可以,不过我看你甩袍的动作有点'二花脸'味道,不够'铜锤'气派!"

麻大火了,"你怎么听的?那是甩袍吗?'喷口'底下甩的是胡子,你个卵外行!懂个屁!喝你的酒!少扯气!"

一罕笑着"啊"了一声。

藉春抢着说:"喂!喂!今天京胡气足,哪个来?"

玺堂放下筷子吐了一把痰,站起来。他走的是言菊朋路子。言菊朋是何等样人?音韵学的根底极深,严格的规矩中变异出独创的行腔,风格独创,潇洒从容,委婉雅致,举重若轻。

方麻大戏唱到上劲的时候，整垞小鼻子都陷进大肥脸里头去了。眼睛也看不见了。剩下一对眉毛一闪一闪，大嘴巴里的舌头不停抖动，像只乌龟的短尾巴。

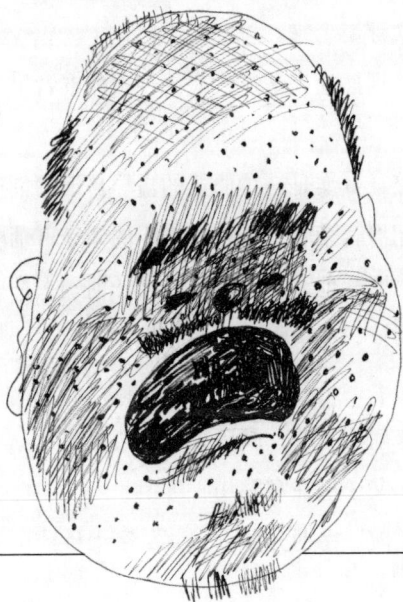

〈方麻大唱戏〉

为什么玺堂重言菊朋呢？一、唱腔不费音力，低喉省气；二、自己身架子抵挡得住；三、怪腔过瘾。

玺堂的戏路永远是这么三两下子：《卧龙吊孝》《武家坡》《文昭关》。自己觉得越吃越透，弄来弄去，烟盘子神养出异数，形成一种自我欣赏的吟哦。

藉春懂得他，习惯他，一把京胡配合得天衣无缝。胡琴哄着、抱着、拥着他的得意，跟随他到天涯海角……

他严格地遵守一板二眼，还真有点引人入胜的意思，动人的温婉引得大家停住酒杯。

站起来之后物我两忘，反手点了点藉春，"《卧龙吊孝》，'西皮散板'！"

"一见灵位泪涟涟，捶胸顿足向谁言？"这个"谁"字是在喉咙十八层地狱底下发出来的，低到不能再低，像一种沉重的打嗝之声，跟着那个"言"字缓缓浮游上来。

得到藉春胡琴的烘托，居然让人从这种毫无挽救的喉音里感觉出一种特别的艺术希望。

说的是走言菊朋那一路，其实是一种曲扭的自导自演的创造。让大家说不出的好感。是超级言菊朋，是独树一帜的朱雀言菊朋。

他非常自信人家在欣赏喜欢他，闭起眼睛，比任何别人都更欣赏自己。自觉好到极点的时候，一边唱，一边忍不住摇头。

轮到方若。

别看方若少说话，要来就挑重的，高庆奎的《逍遥津》。

"'二黄导板'！——父子们在宫院伤心落泪……"

"们"字唱半分钟；"院"字两分钟；"落"字十秒钟；"泪"

字二十秒钟；其他字无须论，这十个字没有喝两瓶酸梅汤的时间是下不来的。而且不换气。说不换气也是假的，京剧的行话，叫"偷气"。（其实中外音乐里都有这类套路。）

这十个字难咬得很，表达汉献帝穷途末路被逼到墙根的绝望心态，堪称绝活。

方若呀方若！你怎么有胆子照着来呢？天底下姓高的有的是，高庆奎只有一个。你公然大口大口地换气，用假嗓子嘶喊学他？

又不是身在北平。家乡家里，捡拾出点味道就算很可以的了。没有人忍心说话的。酒后娱乐嘛！何况从来为人蕴藉，没干犯过众怒。

到了"二黄三眼"的"牙根咬碎"底下九句"欺寡人"，那真是麻烦困扰之极了。句句要有弹力，有舒张，有变化；要提点出内容凶狠、无望的哀绝……

这一招方若有是有，可惜他把第九句的"欺寡人"跟第八句颠倒了。"扬子江驾小舟，风飘浪打，浪打风飘就不能够回归"跟"好一似犯人发配"；不要紧，只有操琴的藉春明白，其他人心都还困在酒杯里，懂得个屁！

唱完了，有如好不容易从岌岌高树上下来落回平地……

韩山早就蠢蠢欲动耐不住了。《玉堂春》《拾玉镯》《锁麟囊》在酒肚子里推他，揉他，要他掀帘子出台；先前方若一开口他就急，急的是那个高庆奎一个字唱半炷香，几时才轮得到他？

这下好了，没有后顾之忧。放下酒杯，"我先来段《拾玉镯》吧！"清完嗓子等藉春启弦，"'南梆子原板'。"

藉春问："你讲的'南梆子原板'，是孙玉姣还是傅朋？"

"唉！我专攻哪样你还不明白？故意！"

藉春拉了"过门"——

"守闺阁独自里倚门而坐，叹红颜命运薄愁虑多！女儿家在门外针黹绣作，看一派好风光日暖风和。好！到此为止，换《锁麟囊》——"

藉春停住胡琴，"你荀慧生到程砚秋要打个招呼嘛！哪段？讲！"

"'二黄四平调'，怕流水年华春去渺，一样心情别样娇，不是我苦苦寻烦恼，如意珠儿手未操，啊，手未操。好，换《玉堂春》——"

藉春不火也火了，"咦？"

"来吧！来吧！别站起来，剩最后这一出了——梅兰芳'起解'——'西皮流水'，'苏三离了洪洞县，将身来在大街前，未曾开言我心内惨，过往的君子听我言，哪一位去往南京转，与我那三郎把信传，就说苏三把命断，来生变犬马我当报还……'转'西皮摇板'，'人言洛阳花似锦，偏奴行来不是春'……"大家叫好，说是唱哪派像哪派，真不容易。韩山闭眼昂首，享受大家赞美。

藉春放下胡琴站起来，"还有梅巧玲、时小福、余紫云、陈德霖、王瑶卿、筱翠花……你老人家都还没唱到咧！来吧，今夜间我都成全你，一起搞完算了！"

"告诉你，王瑶卿、筱翠花你以为我来不得？不信你摆桌席，我一出出弄给你听，只怕你那副手艺跟不上……"

抬杠归抬杠，藉春心里头还是佩服、心痛韩山这个人的。别人唱戏背手面墙就是，他不！他要连唱带做，唱孙玉姣，只见他在无形的门槛上出出进进；唱《玉堂春》，自我感觉戴枷铐手，该跪就跪，忘记了地上的痰涎和烟屎。其实表演得并不好看，大家都撇过头去。他不管，他认为自己就是孙玉姣、苏三。这种认真诚恳，藉春都看在眼里。

藉春不理他，转身看到吃完饭的序子。

"嗳！狗狗！我这个胡伯伯真该打，只顾帮外行拉琴，把你这个正牌角色忘记了。来！来一段，伯伯给你认真掌握……"

"不来！"序子说，"你们是喝酒的人。要不天夜，我早就自家走了。"

方麻大听狗狗这么一说，亮起眼睛，学着张飞"当阳桥"的口气，大喝一声："你好个大胆的狗狗！不乖乖吃饭，又不乖乖唱戏，我且问你，意欲何往呀？"

狗狗笑了，也大声地嚷起戏腔："老子不唱就不唱呀！"

看到狗狗这副神气，大家真没想到，也都大笑起来。结果还是唱了。

大人让小孩子当众唱戏，背诗，是最恶劣的娱乐；小孩子如果如此这般地得意上了瘾，一定会变质成为小市侩。

胡琴一响，序子拉开嗓子就唱。

头一出是《独木关》："在月下，惊碎了英雄虎胆；回故土，只怕是千难万难……"学的是胜利唱片公司出品的李吉瑞唱腔。

第二出是《定军山》："这一封书信来得巧，天助黄忠成功劳，站立在营门三军叫，大小儿郎听根苗，头通来鼓，战饭造；二通来鼓，紧战袍；三通来鼓，刀出鞘；四通来鼓，把兵交。上前个个俱有赏，退后难免吃一刀……"高亭公司出品，谭富英唱腔，每通"鼓"字上有个没缘没由的随口"来"字，三句腔口一模一样，让人越唱越难为情。

三出是，是什么？"流水快板"戏名都不知道，露兰春唱的："忽听万岁宣应龙，在午门来了我这保国忠。那一日，打从大街进，偶遇着，小小顽童放悲声。我问那顽童，啼哭因何故？他言说严嵩老贼害他一家大小一、一、一满门……"说露兰春是个婆娘家，嫁送上海大流氓头做"小"。后来又一个唱戏的婆娘家孟小冬也嫁送给上海一个大流氓做"小"，两个"小"都唱须生，也怪！

露兰春嗓子脆亮，好！听说孟小冬也唱得好。两个"小"，两个好。

那几个喝醉酒的卵伯伯、卵满满顺手拍了几下不值钱的巴掌叫好。

序子唱完了就唱完了，站在那里木呆呆的，像似不小心拉了一裤子尿，像似街上捡到两块袁大头，"之乎者也，夫矣焉哉兮！"[1]

唱戏和写字、作诗一样，一出手就看得到功夫深浅。欣赏水平是一种好感觉的积累，教不出来却感悟得到。

序子在这种吃饭以外的不惬意场合，夹在里头，谈不上开心的。他也没想到自己唱出的几段留声机听下来的戏，会达到让人叫好的程度。戏，序子不明白，吃东西就明白，好不好，一口咬下去，该吐的吐，该咽的咽，味道好到来不及，舌子差点让牙齿咬了……

这类事情，爸爸也不帮忙挡着点，只微微笑着装着此时刻特别爱吃饭的样子。他就是想在别人面前露一手，别人的儿子不会唱戏，

1　小时同学间流行的"不知如何是好"的谚语。

他儿子会唱戏。其实他心里应该明白，在学堂，序子画画、唱歌从来轮不到号数。爸爸其实也不太精通京戏，兴趣来时，哼的京戏总是那几句"现场合"："孤王酒醉在桃花宫，韩素梅生来好貌容，孤王一见龙心宠，兄封国舅……她妹封在桃花宫。"翻来覆去地唱，嗡里嗡咙地唱。这毛病不是一天两天，而是几年都这么哼下去。他只搞他的1、2、3、4、5，不注意工、尺、上、四、合，人家谈京戏，他不搭腔。

戴国强家里有全堂锣鼓设备，序子一点点京戏套路是跟同学在那里弄熟的。比如开场白："嗒嗒嗒嗒，哐且，哐且，哐且，哐且哐，嗒嗒嗒嗒哐，一嗒一且哐，嗒不且，哐！"

序子凡是跟爸爸出去做客，总是很晚才回家。

一路上爸爸教他好多人生大道理。比如说走夜路，石板上分黑白亮暗。黑的是水，亮的是石头板，踩白不踩黑。话说到一半，自己踩得一脚水。于是他又说，有路灯的街上，亮的是水，黑的是石头板，要反着来……

新屋盖好了。

那七八个调皮蛋在柏茂的亲自领导下指挥请来的苗族汉子把所有的家具应用物品都安顿好了。

怪就怪在原本在堂屋正北安着的那口大神柜和上头精致极了的千手观音、香炉和罗列两旁的祖先牌位，丝毫没让火焰漂过，都原本原样地安排妥当。地方宽敞亮堂了，东西分列茶几和四张太师椅，堂屋靠后中间一张大方桌，底下塞了一张小四方桌。吃晚饭的时候拉出来上面垫张圆桌面，吃完擦干净又塞回去。

楼上下按老版式左右前后四间房。东前房幼麟、柳惠带孩子，东后房空着。爷爷、婆婆住西后房，四叔四婶娘住原来太住的西前房。

堂屋后头有一小空间，楼上也是一厅四房外加走廊栏杆。空着，不见有什么安排。

上楼的楼梯在屋西房外，接前边栏杆绕到楼上前厅。

古椿树经过浩劫烧去小半边，叶子还长得很好。子孙们在底下难免时常发生感想。

前头院子变大了，简直是很大。东边原来爷爷姑婆开照相馆的房子没有烧到，叫作名不副实的"书房"；四叔婶的房子也没烧到，改成大厨房，新添了一个瓦顶连着新屋，落雨天端送饭菜方便。

爷爷交代，烧屋重盖新屋，没哪样值得高兴，不请客。有客来道个喜送了礼，喝杯茶就走，省礼数。

那只序子舍不得的羊还是杀了。柳惠找来学校的同事在新屋里吃了一餐，算是答谢一年多的骚扰。

不到六天七天，理清了次序，日子就过得正常起来。

爷爷在房里喝酒、抽"金堂"雪茄；有时候也叫人搬张藤躺椅在树底下，盖了薄薄的毯子，叫狗狗陪他摆龙门阵。

屋里人都怪，狗狗和这个恶脾气爷爷那么有讲场？有时还听见两个人笑。

矮凳子摆了酒壶、酒杯。动不动老头子抿一口酒，还让狗狗燃洋火点烟。"金堂"烟时常掉火渣子，老头子猛然蹦起来拍衣服。

爷爷说："爷爷老了，你帮爷爷点烟，就算二十四孝加一孝，叫作'狗狗点烟'！"

序子说："我一点也不喜欢'二十四孝'，里头的'古'都假，办不到。'王祥卧冰'，让儿子卧在冰上冷得半死，鱼就上来了？爹妈忍心吃得下这条鱼？'郭巨埋儿'，埋哪里，哪里就挖出宝？万一埋了伢崽不见宝，那不是白埋了？要埋我，我就不干！老子就跑。这算哪样'孝'？"

爷爷笑了，"我和你一样，我也会跑。"

"嗯！"序子答应，"我看古时候的人都有点朝！"

"嗯！"爷爷也跟着说，"怕是真有点朝。你晓不晓得隔壁的文庙是哪个的？"

"晓得，是孔夫子的文庙。"序子答。

"孔夫子是做什么的？"

"是中国最有学问的人，连皇帝都佩服他，给他盖这个庙。"序子回答。

"你晓不晓得我的爷爷，我爷爷的爷爷都是照拂这个文庙的？一边开馆教私塾。所以我们的房子就盖在文庙旁边，守起来方便。我们好多好多代祖宗，每年八月二十七日孔子生日的时候就在这里做司祭。"

"我晓得。就像学堂星期一开纪念周，先生做司仪叫人读'总理遗嘱'那样。"序子说。

"差不多，差不多。所以我屋几百年来没有买田地，只拿合适过日子的钱俸。"爷爷说。

序子补充，"太要爸爸报送我，'买田地造孽'，我们家只要一亩田，就是'砚田'，'砚田'就是写字的砚台。还讲'砚田无荒岁'，天旱、落大雨、涨水靠这块砚台都有饭吃。"

"讲得好！"爷爷说。

"爷！孔子为什么叫'子'？"序子问。

"'子'就是'先生'；'夫子'就是'尊敬的先生'。我们中国两三千年来有好多这样的'子'，都是有学问的人。比如老子、孟子、墨子、荀子、庄子、孙子、韩非子，各有各的学问，你长大书读多了就会明白。有的'子'懂得管理国家的办法；有的'子'懂得做人的道理；有的'子'懂得打仗；有的'子'会讲聪明话……"

序子兴趣来了，"老子的名字也有个'子'！"

"嗳！你嘴边总挂着野话，'老子！老子！'和我讲的那个'老子'不一样。你的那个老子是告诉听你讲话的人你是他爸爸，这就不好了！你刚才和我讲话开口也带个'老子'，那你是我的爸爸哪？这不像已经当学生的人该讲的话了。记住了！真的'老子'是两千多年前的大学问家，孔夫子都听他讲过课。姓李，名耳。至于'孙子'呢？更不是骂人的孙子，更不是你将来的儿子的儿子。他姓孙，名武，是春秋齐国人，写过好长的一部打仗的书。打仗用兵的人都要学它，连曹操都认真学过这部书。现在的中国将军和外国将军常常吹牛皮读过这部书，表示自己有身份，其实不一定。

"你那个'序子'的'子'还是有点意思。你生肖属老鼠，又是半夜十一点到十二点之间子时生的，一个甲子的开始，一天的开始，所以叫作'序子'。也可以是小孩子的子；儿子的子。几十年后你老了，年轻人就会尊你为'序子夫子'，你也可以自称'本老夫子'……"

序子开心起来，"那、那，麻子、驼子、跛子呢？"

"这都是不幸造孽的病，不该笑他们的。想想看，万一你自己染上天花变麻子，你会问自己，我犯了什么罪了？我哪样做错了？

我偷了抢了？做哪样大家笑我？所以，笑残废人的人不文明，是个下贱东西！这个'子'，就是'人'的意思。大家都是'人'，是不是？这里头，孔夫子书里很讲究的。"

"我没读过孔夫子的书。"序子说。

"怎么弄的？快四年级了！"

"我们先生教我们读《古文观止》，说孔孟的书小孩子听了没有用。"

"他姓哪样？叫什么名字？"

"姓胃，胃敬乡，一个老家伙！"

"啊！他呀！他呀！你们命好！遇上这神仙下凡！"

"他走了，他不教了，赶场卖烟叶去了。"

"看看看，这人就是这样！可惜！太可惜！你们哪！没有福气！是呀！这世界怎么容得下他……"爷爷脸上罩满乌云。

"我们都喜欢他。上课时候，山底吹杀人号放炮，同学都跑完了，剩下我和他两个。他不发气，第二天上课还问大家，好看不好看？他自己讲他胆子小，从来没看过砍脑壳……"序子说了好长一段话。

爷爷叹了一口气说："唉！'平兮！平兮！尔将焉逝？'……"

序子偎在爷爷膝上。

"爷爷，我喜欢和你讲话，我不怕你。"他贴着爷爷。

"我呀！也没想到会遇到你啊！崽崽！"爷爷轻轻拍着序子肩膀。

序子带爷爷敲文庙幼稚园的门。

正想生气的守门田爷爷打开门来见到是爷爷和序子，说："我以为是调皮伢崽又来捣乱。——你老人家几时回来的？看，新屋又盖好了。"

"谢！我们多年冇见了。"爷爷进门。

"嗯！怕是三十年不止，队伍上下来都三十年了。"田爷爷说。

"我带狗狗进文庙看看，你有事请便吧！"

"那好！我不陪了！"

爷爷慢慢走到坪坝边有杏子树的地方，"狗狗，爷爷年轻时候，这树长得绿荫荫子，满树都是金果子，它也老得像爷爷了！"

"嗯！像你讲的，它真是老了。也结杏子的，稀烂、稀烂！都不好吃，妈不让我捡，讲吃了屙肚子。"

爷爷带序子走近老杏树，伸手摸了摸，又轻轻拍了几下。

"爷爷，这杏子树老卡老卡了，天牛在树里生蛋，出小天牛，心里一定不好过！年年流胶水出来挡天牛，挡不住的。树一天一天蛀空了，好造孽！"

爷爷自己朝石牌坊那边慢慢走着，抬起脑壳看，看了又想事情，想完事情又看。

牌坊就是牌坊，其实没有哪样值得想的。

"爷爷，你站着做哪样，是不是想屙尿？"序子问。

"哈！右首边石鼓高头梁爿爿里头有个麻雀窝。狗狗，你信不信？"

序子懒洋洋地说："晓得！晓得！文星街大点的伢崽个个都爬上去掏过。爷爷，你小时掏过吧？要不然你怎么晓得？"

"是啊！是啊！掏过掏过。"爷爷伸手来拉住序子，"你看！你看！几代几代人掏。掏了它们还来，好多代了……"

老杏树

爷爷带序子走近老杏树，伸手摸了摸，又轻轻拍了几下。

两人从牌坊中门底下穿过，慢慢走上石桥。

序子问："爷爷，你小时候，荷花池里有水吗？开荷花吗？"

"我小时候也问过我爷爷，好像他也问过他爷爷，都没有见过水跟荷花……"爷爷说，"唔！也不一定，讲不定先前好久好久是有过荷花的，怕是地底哪里不小心断了脉，不来水了……"

"要是有水多好啊！"序子说。

"唉！'树犹如此，人何以堪'？"爷爷这时候联想到别的事情了。

下了桥，左右花坛两棵巨型金银桂花。在树底下，两爷孙显得好小。这两棵大桂花树把爷爷苍凉的情感端正回来了。

"唔！还是那么雄健舒展，真行！真行！可惜花期错过了。"那么一件大事怎么会错过呢？当时身在朱雀嘛！闻到桂香嘛！可以约几个人嘛！唉！大家都荒忽到这种程度，看来，朱雀怕是出了点什么问题了吧？怎么会哩？把这桂花都忘记了。心思到哪里去了？静不下来了……

爷爷一撒手，序子上了中门石阶，跨过大门槛，站在檐前大叫一声，登时引起四围"嗬！嗬！"回音。

序子以为自己是"里手"，回头端详慢慢走过来的爷爷惊不惊奇。

爷爷停住脚步，扬起眉毛，以为是自己少年时的声音。

"哪！两边是孔夫子三千弟子、七十二贤人，还加上多少代摸不到边的读书人的牌位。狗狗，你背得出他们的名字吗？"

"少数！"序子回答。

"少数好！用不着记那些和自己没有关系的名字。人脑壳像箱子柜子，要装有用的东西，混账东西塞满，好东西就装不进去。"爷爷说完指着左右的钟鼓楼，"你上去过吗？"

"你呢？"序子反问。

爷爷微笑点头，"都是灰尘，有的地楼板朽了，小心人上去也危险！"

"你上去，你爹晓得打不打你？"序子顺口问了这一句，让爷爷非常困难、非常勉强地，不能不回到六十多年前的境界里——嗫嚅地交代说："我记得好像、好像冇让他晓得……"

不上丹墀而绕左边的石阶登上石台，进入大成殿。里头高处挂着一块金匾，四个大字"生民未有"。正殿上大案桌上竖着一块周围雕满好看图案、毛蓝底子、贴金的"大成至圣文宣王之位"九个字的大灵牌。

两爷孙来往走了一圈，爷爷不停地顿脚轻轻严肃地告诉序子：

"狗蚤！我们出去吧！"

来到檐前，爷爷认真掀抖着长袍，顿脚，还要序子照着他做，"哪怕是孔夫子的狗蚤，我也耐不得！"又好笑。

两个人慢慢绕到后殿，那是孔夫子夫人亓官氏的住处，孩子们都称作"娘娘殿"，跳蚤尤其多，想想都怕，值不得哪样想场和看场，就不进了。

序子指着殿右那块绿荫："那里'棕夹叶'[1]长'棕包'[2]。

"我晓得。"爷爷说。

序子想，爷爷"晓得"，就是他也玩过。

1　棕树。
2　尺寸比玉米苞大七八倍，里头长嫩黄色小米状种子，摘下来既不能吃也找不到玩法，带给孩子的只是采摘的欢欣。

孩子们喜欢棕树的理由是最蹩脚的胆小鬼也爬得上去。棕树干天生长成夸张的层层节坎，孩子两脚套进一个结实的绳圈里，双手抱住树干，双脚利用挂牢节坎的绳圈一拱一拱就上去了。

他爷孙俩沿着大成殿往回走，爷爷拉着序子。

"爷爷，我好像才认得你……"序子说。

"唔！讲下去……"

"我有好多话总总想和你一个人讲……"序子说。

"好，讲吧！"

"嗯，我没有话讲也还想和你讲……"

"想一想再讲——"

"……"

"讲呀！狗狗！"爷爷说，"咦？怎么哭了？"

"爷呀！我不想你回芷江，做哪样要回芷江？芷江有哪样好？你走了，王伯也走了……"序子说。

"王伯？哪个是王伯？"

"王伯是个人，婆娘家，她带我躲到木里好久好久……"序子说。

"狗狗！这样子啊！你听我讲啊，你小，爷爷回芷江的道理你还不懂，这不要紧。芷江离朱雀近，比北京近好多，讲回来就回来，是不是？你就跟爷爷讲好多话。爷爷也有好多话想和你讲……"爷爷讲着讲着不讲了—— 一会儿又讲："——你看你长大了，有两个'孥孥'[1]了，你就要做点准备，教他们这个那个，你是大哥！——"

两个人坐在前廊阶沿上，对着左右两边大桂花树。

----

1 弟弟。

"我看你学堂读书还可以，是不是？"

"是！"序子说。

"学堂那些书读下去是有用的，像盖房子砌墙脚。讲的是砌墙脚，不是盖房子。盖房子要靠以后不停读课外的书，有的读书人蠢，一辈子砌墙脚，一间房子都冇盖成。以后长大做事情，交朋友，有砌墙脚的学问，盖房子更多靠的是课外书的学问。——学堂读书，用不着天天想考第一。很费力，没哪样用，过得去就行。——这点道理爷爷讲的跟学堂不一样，爷爷是对的。你记得住吗？"

"我从来冇想过考第一！"序子赶紧解释。

"嗳！考第一也不怕。我讲的是不要为了考第一费力去考第一。"爷爷说。

"嗯！读了课外书，看到学堂课本的时候，显得浅！"序子讲。

……

"平常你跟哪些人走玩？你有没有朋友？"爷爷问。

"有，有，有，有，有得很。哪！哪！我讲送你听：陈开远，田景友，刘壮韬，唐运隆……是同学，我跟他们一起读课外书，讲东讲西。陈良存、欧敬云他们不读课外书，专讲写字，欧阳询、颜鲁公、苏东坡，我也跟到讲，不太有味道。戴老毛、顾凤生、顾远达，他们家有锣鼓，有留声机，我跟他们听京戏，打锣鼓，他们有钱人，不太专心，忙好多别的事，我跟不上。滕代浩会做木脑壳伢伢，很谐谑，很和气，我有时候借他一箱子木脑壳伢伢，他也借；朱象生是我干大，他屋里有好多好多走玩的外头东西，妈到他屋里跟干婆干妈打牌，我就和象生干大走玩，他不太会走玩，他肥，霸腰也不行，动不动就哭，是个很老实的人；王本立住在西门街，有人欺侮他，老远到文星街上找我帮忙；嗯！还有个李国战，是我的好同学，有次我找他上学，他一家在哭，讲昨天下午让门口的葡萄架倒下来打死了。还有个好同学赵家文，他爹在外头做事，带走了……

"街上也有朋友，郭长生，也跟他爹上乾州了。向马客有两个崽，大崽叫傩送，很厉辣，会霸腰，不晓得哪里来的本事，教我们跳远、撑杆跳，我很佩服他。二崽叫傩灵，是个'厌乌客'[1]，拿岩头打人家的狗，欺侮讨饭的穷人，欺侮罗师爷、羝怀子、老祥，拿炮仗吓人家的猪，拿炮仗插在猪屎里炸过路人，这些我都不喜欢，不喜欢，有时候还要和他们玩；要打架又不行，一哭，傩送就跑过来帮忙，我们都怕傩送。隔壁有个祖喜，有时也和他玩，他小，玩得不得法。有时候也跟住在洪公井的聚生玩，他是个老实人，我讲什么他就信什么。也还有些妹崽家和我玩，陈开远的大妹、妹，苗妹崽老咪，唐唐，刘祖健的妹刘梅华！好！没有了，讲完了……我晓得这些话对你们老人家没有用场。"

"我喜欢听！"爷爷说，"我好久没听伢崽家讲伢崽家的事情了！"

"爷爷，你小时候打过架吗？"序子问。

"打架？唔，我和你一样，也是大哥；有崒崒，有妹，有好多妹……"爷爷闭起眼睛迷神。

"爷爷，我问你，你小时打架吗？你小时街上有挑担子卖东西的吗？米豆腐，燕子糕，米虾，滴糖……你小时都梳辫子吗？"序子问。

▬

1 讨厌的人。

爷爷咧开嘴像是要打哈欠，其实是笑，不出声的笑，"有一个向山山，欺侮你倪姑婆，拿口水抹你倪姑婆的脸；你孙姑婆赶紧跑来报我，你晓得，那时妹崽家都缠脚，走得慢，我赶出门，向山山早走了。你倪姑婆还在哭。我骂她一个妹崽家总出门做哪样？她讲听到街上卖纸花样，几个人出来看看，我一路骂一路带她们转屋里，转屋里就不敢哭，再哭大人还会再骂一次。我单独出门去找向山山，碰到了，一腿扫在岩板上——"爷爷站起来做起当年的样子，"擒住他，抽出'阳戈鱼'小刀子割了他辫子尖尖——"爷爷手上像是真的捏住那段辫子，两眼睛盯住手指尖，眼随神移，"塞进向山山嘴巴里，放他起来，告诉他，'记住了，下一盘轮到切你脑壳！哈！'"爷爷笑了半声，醒过来了，"喔！"又坐回阶沿，"那都是八九岁时的事情，动刀子总是、总是不太好的，对不对？那天你太公出门做客去了。我们家是开塾馆的，他晓得是不答应的。"

　　"那塾馆的同学会报他吗？"序子问。

　　"敢？"爷爷余情未了，好一会儿缓过来——

　　爷爷接着说："你看这天，蓝得这副样子，你读过《秋声赋》吗？"

　　"读过。"序子回答。

　　"《芜城赋》呢？"

　　"没曾。"

　　"哦！狗狗，像这种天气，要是坐在这里喝一点什么就好。"

　　"我帮你叫矮子老二表哥拿酒！"序子站起来要走。

　　"不要不要！我不是这个意思。一点喝酒的'预备'都没有。喝酒要约几个同样兴趣的人，一时不好约，坐一坐还是可以的。"

爷爷说。

"你认得朱国福师父吗？"

"做哪样的？"

"朱国福你都不晓得？他是学打拳师父，在上海打败俄国大力士的，是南华山经武学堂的大师父，老师长派的。"

"唔！不晓得。"爷爷实在不晓得。

"爷爷，你打过拳，拜过师父，磕过头吗？"

"打过，打过好多年。要没有打拳就活不到今天了。打拳强身，还练'精神'，做个正派人。越练越和平讲礼。你懂吗？"爷爷问。

"不要紧的，现在不懂，我以后长大会懂！"序子说。

"咦！"爷爷站起来，"我想我们该转去了。狗狗，帮爷爷拍拍背胛这头灰尘！——嗳！嗳！你怎么拿拳头打起来了？你拍灰尘简直像打沙包……"

两人一边笑一边往家里走。

爷爷坐轿子回芷江了。矮子老二表哥还是老办法跟爷爷走，三满满留在朱雀学英文，准备考师部的无线电队。

爷爷走的那天，大家脸上都有一种深沉忧凄的离别情绪。也不能讲全是做给爷爷看；也不能讲爷爷一点也分不出真假。爷爷心里头在笑，"我一走你们就松快了。好！好！人，在家里，一到六七十岁，承不承认都变成'客'了。你没有能力、没有时间、没有兴趣再独立造一个窝；没有机会再重新'开始'。窝里头人口多起来，暂时挂个单是可以的，久而久之就难耐了。这类事情日子一长自自然然变成纠葛是非，变成人伦麻烦。犯得上吗？'及其老也……戒之在得'。表面上的威严令人生厌，生诅咒心。这不是人心好坏，是人生运行的正常道理。不关乎仁不仁、孝不孝的问题。——大象就懂得这个道理，老了，自己远远地挑个地方，挖个坑，把自己埋了。没听说有人发现过死象的骸骨，当然包括象牙……"

爷爷坐进轿子，把序子叫到身边，附着耳朵好像讲了点什么；其实什么也冇讲，只是亲一亲他，序子忽然号啕大哭起来——

爷爷挥了挥手掌，起轿！

一群男人跟着，送到回龙阁凉水洞接官亭老地方。爷爷扬长而去，留下那批人傻站在那里……

说老实话，爷爷一走，大家心里确实为之一松。其实，爷爷耽搁了哪位啦？

英国的培根在《论家庭》一文开头就说："在子女面前，父母要善于隐藏他们的一切快乐、烦恼与恐惧。他们的快乐无须说，而他们的烦恼与恐惧则不能说。子女使他们的劳苦变甜，但也使他们的不幸更苦……"

爷爷的严峻像明矾，让一屋人、一缸子水的头脑都清澈起来。

可惜，爷爷往年回北京，现在回芷江，回回总是带走一轿子的失望；可又一直不甘心……

不晓得临上轿之前跟序子接通了哪根线，令序子动那么大感情。

住在后边弄子的大伯娘高氏，照道理讲，她是爷爷的大儿媳妇，说是说守寡了，也该来拜见一下公公呀？就不来。

可能是怨中带点经济强势；她弟弟"高卷子"在道门口开京广杂货铺，不屑于来。也可能脾气机架找过前院的麻烦犯不上来，也可能晓得爷爷的厉辣没有胆子来。更要紧的一点是，喜喜讨来的乡里嫁娘生了个"白内障"伢崽，里里外外都不好想场，讲不抻抖。

可怜。一屋子可怜，一屋子造孽。

序子到大伯娘这边看她喂大肥猪，叫声大伯娘，她也应。喜喜从小就是来来回回从西门上到文星街，没有见外过的人。

大伯娘每天切苕菜喂猪，儿媳妇也忙着打下手，挑水煮饭。脾气躁得像大伯娘这样的人，对她都挑不出想骂一声的毛病，也就算万分难得的了。

大伯娘对她的这口猪真正是叫作心连心。她不准儿媳妇贴近它，一切要亲力亲为。

猪的主食是苕菜。大伯娘细心地剁苕叶。苕叶摊了一院坝。盆里洗完剁碎了倒进大锅子，煮软下来刚好满满一锅。煮呀！熬呀！搞完，熄火之后还要让它发酵，"沤"这么一天多，微微带点酒气，并且像"味之素"那样产生出味道妙透了的"氨基酸"，猪爱吃。（氨基酸是我说的，大伯娘哪懂得什么氨基酸？氨不氨基酸我也是听别人说的，一切的美味都包括氨基酸原理。）

当然，每天能弄一桶半桶酒糟来就更好，猪喜欢。跟苕菜糠麸子拌在一起，猪闻到，就像遇见革命血肉兄弟那样一边叫口号、一边喷薄两行热泪地扑向这顿美餐。不胖也难！不过酒糟要花钱，花钱不上算。

别人替大伯娘设想过，要是山上的黄泥巴当得了猪食，省好多力气和铜钱。

在大锅灶旁边有一座小火炉和一口瓦钵子，那是大伯娘以及大嫂和茂新用餐的炊具，安在那里显得毫不经心，可有可无，像政府廉洁干部公而忘私的工作精神一样，显得冷落肃杀。

大灶是猪的御用大厨房，那是无须怀疑的。

大人吩咐过序子，见到喜喜嫁娘要叫大嫂，序子叫，她应了，以后就叫惯了。瞎子崽名茂新，序子就叫他茂新，他也应。大嫂让茂新叫序子作"大满"。

大伯娘喂猪，说实在话，还真是少见。越喂越大，大家就讲像半扇城门。哪个讲，大伯娘就给他闪一笑。

天气好，猪在院坝闭目养神。大伯娘搬了张矮板凳坐在旁边给它捉虱子，用一把小铁梳子给它搔痒，和它轻轻说话。从来没听过大伯娘跟人说话那么温存。

晚了，大胖猪转屋里猪圈困觉了，过门槛不方便，大伯娘抬完前脚抬肚子，抬了肚子搬后脚，一点都不嫌累，不嫌烦。

大伯娘疼儿子也没有疼猪厉害。

腊月天，杀猪的时候到了，大伯娘一边烧纸钱一边哭，嘴里还说：

"崽呀崽，下辈子投胎找个好人家做人啊！崽呀崽，这一盘你好生走啊……娘白天夜晚疼了你两年多……"烧完纸，抹完眼泪夹起板凳进堂屋在房门口坐着。她心软，她有点心跳，耐不得这场生离死别。

做猪的哪晓得接下来的活动是要它的命？它闲适地来来回回欣赏那三个屠夫忙着搬运血盆和椭圆大木盆、长板凳，大锅子里烧开水，预备刀子的热闹场景，觉得很是新鲜好玩。

忽然间两只耳朵和一只前腿被人揪住了，尾巴和一只后腿也被另一个人揪住了，正要提起按在长板凳上。它不喜欢这种突然的玩笑。先天的爆发力出现了，只一挣一嚷，让杀了一辈子猪的两个人翻了

天气好，猪在院坝闭目养神。大伯娘搬了张矮板凳坐在旁边给它捉虱子，用一把小铁梳子给它搔痒，和它轻轻说话。

大伯娘眠猪

个筋斗。猪呢，站起身来往屋里奔，飞跃过门槛，找到它的主人。它掉转身来紧贴住主人，站稳脚步，竖起两只耳朵怒向门外三个凶手，露出厮杀的牙齿，发出战斗的怒吼！它哪里晓得屠夫是主人请来的？

原来缓慢温柔的爱娇，一律化为乌有。

结局当然和世上所有的猪一样，恶人应付反抗的对立面有的是巧妙手段。哄住它，和平地叮咛，慢慢地前后脚被捆绑妥当，抬到长板凳上，底下接了口血盆。放血，猪大声嘶叫，直到小声地叹息。抬进椭圆大木桶里，一桶桶滚开的水淋满全身。后脚心割开一个小口让一根铁棍直插进肚子的皮下。一个人嘴巴凑着脚心使足力气吹气。

这个吹完了那个人接到吹，吹到那只猪肚子胀得简直没有个猪样子，像是个随时要飞起来的大孔明灯。

吹胀猪肚子原来是为了刮毛。像老练的剃头师傅那样，两三个人几下子就刮完了，刮完毛的猪全身白空空的，白得像煮熟的鸡蛋，不！白得像刚从剃头铺走出来的喜气洋洋的胖子新郎官……接下的琐事反正是腌的腌，卖的卖，不累赘了。

我活了这么大一把年纪，心里总有个坎化解不开，觉得我们吃荤的人好恶劣卑鄙。卑鄙恶劣到习以为常，心安理得。

吃牛，吃羊，吃狗，吃猫，吃兔子、鸡、鸭、鹅，当然最多的是猪。你喂它，它信任你，你把它杀了吃了……

这方面，我一直认为"人"不是个东西；我也不是个东西。时日曷丧，我心甘情愿地承认自己不是个东西而挺胸走进火葬场。下辈子我投胎变鸭子变猪，它变人，他吃我。

好些好些年前，"搞运动"的日子，我亲眼见到许多老文化前辈们，原来过着融洽自在、眉开眼笑的日子，忽然一下子谁也不认谁了，翻脸了，杀鸭子似的照脖子就割，连香纸蜡烛都没烧。

"文革"我遭罪的时候，也想到自己像大伯娘喂的那只肥猪，真诚的情感被辜负了，生发出难以排解的轮回报应情趣。

与真诚的猪鸭不同，人彼此凭经验都积攒了一些世故修养，远不如牲畜情感诚恳的端然。

大伯娘一生命里犯"煞"。大嫂生了白内障儿子茂新三年之后，喜喜大哥不晓得到哪里去办事，经过廖家桥，让几个土匪砍死在半路上。

大伯娘和大嫂苦上加苦。茂新眼睛看不见，他不懂苦不苦，他以为世界从来就是这样子的。

他耳朵好，鼻子好，触觉好，貌容端正。序子老远走来，不说话，他晓得来的是序子大满。

世上如果没有镜子，没有铜鉴，没有映照人影的泉水的话，一个人自己根本看不见自己。

依靠另一个人告诉你自己长得什么样，岂不是跟瞎子一个样子？

那么你告诉瞎子，镜子是一种如何如何的东西，他也是不会明白的。

他没有"光"的概念，任你如何耐心为他描述色彩都是没有用的。就像那个十八世纪的法国启蒙学问家狄德罗说的："他（指天生的瞎子）会把灵魂放在手指的末端，因为他主要的感觉和全部知识都是从那里来的。"

跟打仗弄瞎的瞎子士兵不一样，士兵原先已饱览过颜色世界，一旦失去了，他会暴跳如雷，会仇恨一切。天生的瞎子不会，他无

戚新瞄子

他耳朵好，鼻子好，触觉好，貌容端正。

序子老远走来，不说话，他晓得来的是

序子大满。

所怨尤。他活着的内涵与常人不一样，人告诉他"你看不见东西"，他也不清楚"看不见东西"的那个"看"是什么东西。他也不明白距离和高低……

大嫂告诉序子："昨夜下半夜，茂新做梦喊你。"

"啊！"序子跟茂新坐在一起，看他红胖胖的脸颊，浓黑的眉毛和头发，那一对张大着的空无一物的白眼睛，好迷茫啊……

"我不晓得！我不晓得！"茂新不好意思，笑着说。

序子告诉茂新："我在给你做一个'扳不倒'[1]，等干了就拿来送你走玩。"

"哪样叫作'扳不倒'？"

"讲不清，拿来你一摸就明白。"

"扳不倒"其实很容易做，一个泥巴圆球，切成两半晒干，夹帘纸做个筒筒，半边圆泥巴放在筒筒底下，面糊顺着圆泥巴粘紧，晒干，封顶，画帽子和鼻子眼睛。底子是圆的，又重，高头是空壳壳，轻，就是"扳不倒"了。无论你怎么扳，它也不倒。

序子做完"扳不倒"之后，还做过"七巧板"。"七巧板"让茂新好开心，让他有机会用手完成他的想象。序子还想过帮茂新做"万花筒"，后来觉得好笑，茂新怎么看得见？

也想做画报上看到过的弦琴。没有钱，有钱也买不到材料；有了材料也不会做。要是有一把这样的琴，茂新就可以心里想哪样就弹哪样了；免得一天到夜睁着大白眼睛看"没有"……

序子一个人坐着的时候，假装自己是茂新想事情。到底怎么想

1　不倒翁。

呢？序子走不进茂新的世界，闭眼睛也进不去。那些五颜六色的街、树、山、花、远、近、红、黄、蓝、白、黑……天空、星子、太阳、月亮挡住了去路……

要是有机会听听两个天生的瞎子摆龙门阵就好了，离开眼睛的世界的对话。

（我一九四五年在江西，读到上海的一位聋子诗人朋友写的诗，"啊！黄浦江的浪涛，奔腾澎湃，哗啦啦响着迎面扑来"，他不知道，黄浦江的水不怎么响的，更不是他描写的如此响法。——因为他是聋子。）

世上有两种苦：

恶人给的苦。

天老爷给的苦。

受苦众生的哀号没完没了。

负心人喝的是"历史粉丝"的血。

孙大满孙瞎子用不着人去想念他。他让你没有机会想念他。他用行动粉碎你想念他的一切杂念。他天没亮直到黄昏放定更炮一直在大街小巷窜游，时时刻刻在你面前晃，有什么好想的？这行动既无责任也不包含意义，更谈不上调查研究的好奇心。几几乎是一种扣着时间计算的生理行为：公鸡天曙打鸣，郊狼对月嗥叫……

所以他一年到头很费鞋。

讲是那样讲，论每天朱雀城的新闻，从天坍下来到哪街、哪巷、哪门牌、哪姓的白狗娘生了五男二女；洪公井的水忽然浑了；刘绍龙三妹崽昨夜二更天发花癫；兴隆街刘罗顺婆娘偷人当场遭擒；田立山鸦拉营赶场，半路上让人背后揎了两棍，抬回来还能喝汤……新闻变幻，随类敷彩，山水间多这么个细心人士，鞋不鞋又算哪样呢？

　　自从晓得序子的爷爷他的舅舅回芷江那天起，放宽了心，他来文星街的次数多了。

　　椿木树左右两边砌的花坛上栽着爷爷从芷江搭来的四棵橘子树，眼看长得不景气。他就说："这不对的！想想看，几百年的椿木树早就把周围养分扯得干干净净，光浇水不下底肥怎么结橘子？我看，难活！一定，一定！"

　　婆讲："你大舅在朱雀你不讲，回芷江你才讲，你咒橘子树！要真死了，不找你算账找哪个？"

　　孙瞎子大满着急了，"我讲的是文明科学道理，大舅会信的——"

　　这时幼麟从屋里出来，瞎子大满对他说："三哥你讲，是不是这个道理？舅妈还骂我，这关我屁事？好不容易这从芷江弄来的橘子树，也不想想，大树荫底下，又不施肥又不见太阳，树能活吗？都不懂这个道理……喔！三哥，我爹转来了，要我赶紧来报你，要你去一趟！"

　　"看你煽了这么多废话，真耽误事！……"

　　幼麟进屋换了鞋，扣了领扣，对婆说："妈，孙姑爷转来了，我到大桥头朱家弄去，有人找我，报一声。"

　　带着孙瞎子走了。

　　过大桥下坎子直走几十步，右首转弯到底，是个死弄子。屋就在最后的左首边。一进大门，左右两间畅房，穿堂也大，堆满箱子笼屉，过石头院坝，上几步坎子进堂屋，左右厢房，左边住姑妈、姑爷，右边住瞎子和媳妇。

高大的姑爷见到幼麟就打哈哈："你看，你看，这下子我真的回来了。你几个崽崽了？啊！三个？三个了！你看你看！叫你来，是帮我打点收拾这些带转来的东西，书啦！零碎啦！箱子啦！你脑筋细，这两三天就麻烦你住到这里，帮我想想，这里古董东西太多，计划计划，哪里放好？"

"那我叫柏茂也来吧！"

"哪个柏茂？"

"南门上倪同仁、紫湘妹崽的大伢崽。"嬢嬢补充。

"他是柳惠女子学堂的总务，勤快人！"幼麟说。

"你看，你看，我出门这么些年，好多人都忘记了。叫哪个就叫哪个吧！你看，你看，我这一屋的乱！要麻烦你们了！"

幼麟不单带来了柏茂，连序子也带来了。

序子跟姑婆是熟人，不认得姑公，一讲，就认得了。

他觉得姑公是个老赵云。姑公长得高大，还有两撇胡子，嗓子也好听，笑眯眯的，真好。

原本学堂星期六规定下午"打野外"，梁长先生讨嫁娘，大家忙起来，改在下星期再讲。星期六下午，星期天一天，幼麟把序子带来看姑公，很得法。

他们忙，姑婆把序子叫到房里去。

"你婆、你妈在屋里做哪样？"姑婆问。

"婆呢，做霉豆腐。做完一罐又一罐，一直地做，一房都是霉豆腐味。讲她做得好就喜欢，就阴着肚子笑。妈呢，上课，演讲，这几天就在想明年春天开运动会的事情，又开会，一天到晚开会，回家还讲。她也打牌，不喜欢打纸牌，喜欢打麻将，到处打。招人到屋里打纸牌是想人，挂牵人，弄喜欢，讨婆开心。把西门上姑婆，大桥头姑婆，朱家弄姑婆——朱家弄姑婆就是你，沙湾柳嬢都邀到文星街。其实她一点也不喜欢打纸牌，打纸牌'攘人'[1]，让婆一个月两个月有人陪陪，见见你们。婆的脚比你们都小，出不得门，只好想法子让你们去陪她。——打牌最怕隔壁的向伯嬢和谢蛮婆，一来一屋臭……"

孙姑婆从柜子瓶子里取出几小坨黑黑的、软软的东西送序子吃。咬下去一股奇怪的香味，甜甜子，很有嚼头，顺口。

"晓得是哪样吗？"姑婆问。

"不晓得！"序子细细地品味，舍不得大口嚼。

"熟地蜜饯，是贵重补药。你姑公带转来的。"

"姑公在外头做哪样事？"

"当军医官。"

"军医官是做哪样的？"

"管好多军队医生的官。"

"算个哪样'长'？"

姑婆笑起来，"我还真冇晓得他算个哪样'长'。"

……

"姑婆呀！我冇喜欢人嘴巴里头装金牙齿。"

"我也冇喜欢。"姑婆说。

"我想过，我所有的姑婆都冇装金齿！"

"我们祖上都是读书人，从来冇想过装金牙齿的事。"姑婆讲，

1　心烦。

"外头还有人嘴巴里头装玉牙齿，绿荫荫子。"

"……"

"还有人装白金牙齿！"

"……"

"还有人装钢牙齿，穷人还装铜牙齿，一排好几个……"

"……"

"狗狗，怎么你不讲话了？"

"我不喜欢一直讲牙齿的事情。"

"是你自己起头讲的——"姑婆笑起来。

"嗯！我不想讲下去了！"序子说。

"好！"姑婆说，"我们讲别的，我讲外头的事情给你听好不好？"

"哪个外头？"

"上海呀！北京呀！青岛呀！"

序子想到牙齿，不知道会不会又绕回到牙齿讲。

"你去过呀！"

"你二表叔接我去的，还有九孃。你还记得九孃？"

"原先不记得，你讲我就记得。二表叔在那里做哪样？"序子问。

"写文章。做文学家。"

"啊！我懂，是做作文。"

"差不多。他天天做作文登在报上给大家看，大家喜欢，就合在一起印成一本一本的书。大家都拿钱买。"

"作文还有人买？"

"写得好看，大家就买，就喜欢；大家喜欢，自己也喜欢，越写越多，越多越卖，越卖越喜欢。"姑婆说。

"唔！这事情有点麻烦，要是写得不好，好像包子铺蒸好多包子，没有人买，馊了，馊了怎么办？——我是讲，我是讲，我的作文不会有人买的。姑婆，我问你，你讲讲看，那些上海人，北京人，是不是有些蠢？平白无故拿有用的钱买作文看？……嗯！姑婆，九嬢怎么不跟你转朱雀？"

"她跟你二满在北京。"

"跟二满学作文？"

"怕是！噢！你三满也快转来了。"

"仗打赢了！不打了？我就特别喜欢三满转来；他转来，我都有点雄雄子！"

"你晓得他喜欢你？"姑婆问。

"不晓得，我不晓得他喜欢不喜欢我。我喜欢他就行了。我站在旁边看他。我不敢和他讲话；我不晓得和他讲什么话。他跟我爸爸讲话我听了都喜欢。"

姑婆问："你听得懂吗？"

"懂不懂不要紧，我都喜欢，——咦？你讲九嬢跟二表叔在哪里？"

"在北京，有时候在上海。"

"哪个煮饭？"

"哪个有空哪个就煮。——我年轻时候，你爷爷就带我到处走。北京哪，奉天哪，上海哪，汉口哪，长沙哪，洪江哪，看样子，他想学你爷爷。"姑婆说。

"爷爷不是文学家，怎么教你做作文？"

"他不是文学家，他是办事人。帮熊希龄爷爷到处办公事，我帮他抄点这个，写那个。所以走好多地方。"

"哼！我看哪！"序子斜眼看着姑婆，"你也算是可以的了！"

"那是！"姑婆笑起来。

"后来，爷爷就叫你在文星街开照相馆了，讲讲看，你怎么会照相的？"

"在上海拜过先生，那先生是你爷爷的好朋友，教了我好多手艺，爷爷置办了照相家伙就开起来了……"

姑婆说到这里，只见姑公抱个木架走到前头，爸爸和柏茂两个人捧着小簸箕大的怪盘子进来，恭敬得像对付老祖宗。

姑公在木方桌上搭开了木架，让两个人把盘子放在上头。

"你看你看！这是个了不得的神物，叫作'散氏盘'。周朝的东西。高头有三百五十个古字，你看，你看这斑驳的绿锈、蓝锈，深刻奥妙，眼睛对着它，三天三夜也看不尽。不要擦，不要碰，摆三天，三天后收进盒子，深藏楼上书房，不再见人。"

"你这是哪里弄来的？"姑婆问。

"你看！你看！除了北京，哪里弄得到？"姑公说。

"这样稀罕的古董，怎么归你？"姑婆问。

"钱嘛！中国的'散氏盘'有两个。真的在北京故宫博物院；假的嘛，就在朱雀我孙某人手上。世界上绝对没有第三个。你看，你看！真假完全分辨不出，要摆在一起三分钟内马上搬走，稍一疏忽就真假难辨。"

"贵吗？"幼麟问。

"贵到我买得起，不心痛。我买就买它这一点手艺。你不能不佩服我的眼光。你看，你看！我一辈子就喜欢买假的好东西，第一，便宜。第二，他做假就一定全心认真，或者说不定手艺比真的还好！第三，真东西应该归公家，公家保护得好，让大家看得长久；一个人收在屋里，万一出事，就再也回不来了。第四，既然假了，就没有歹毒的人来打主意，可以放心收藏欣赏。你们眼福不浅，仔细看，仔细看，这么高级的假货。

"朱雀有几个专收假货的能人，我也算得一个。岩脑坡滕躲挐算一个，去世的田老三算一个，没有了。我们是认假买真，不是认真买假。我们买的是艺术，真不真放在第二。买假碰到真家伙也是有的，那是运气，百年难遇。

"你看，你看！忙到你们汗水长流，请那个什么（姑婆一旁说：田躲妹）田躲妹搞一点茶来，拿我带转来的龙井，坐下，坐下，真累了你们半天……"

"伢崽！我刚才讲的你懂吗？"姑公问序子。

序子摇头，"冇懂！"

"你看，你看，伢崽家讲冇懂就是聪明的底子，我就喜欢；你若是一辈子都讲冇懂，你一辈子就是个大聪明人。我讲的这些话，你懂了吧？"

序子摇头。

幼麟和柏茂跟姑公又去搬东西，姑婆叫序子也去看看。序子来到院坝，看见一堆东西里头有两块半个伢崽高的石磨盘。想想，又再想想，姑公把石磨盘带转来做哪样？朱雀这类东西到处都是，有点好笑。

幼麟和柏茂做完了事，也不吃饭，带着序子回文星街。

半路上序子问到那两扇磨盘。幼麟说："我看了也怪，原来你姑公年轻练武时从朱雀运到沅陵衙门院坝的，这次路过沅陵见到几十年前的这两扇石头，还蹲在那里等他，心里不好想，就带回来了。我问你姑公，他是这么说的，怕就是这个意思了。人一辈子时常做些只有自己明白别个人不明白的朝事情。两块石头旧时叫作'担子'，中间横了根硬木棍，双手抓住举起来直到头顶，又放下，又举；练膀子、手杆、腰杆、脚杆力气的。练了力气再练拳上功夫才有靠山。你见过些人家里院坝摆了大小石锁，和这意思是一样的。

　　"你姑公年轻时就喜欢练武，喜欢和人打架，尤其是喜欢赢，不喜欢输。刀枪剑戟，样样都会，练上瘾了，到处去砸人家的'堂口'……

　　"他有好多'古'，等哪天讲送你听。"其实他已经接着讲了：

　　"有一天你姑公要剃头。那时是清朝，人都留了长辫子。剃头就上剃头铺；不上剃头铺的，听到门外剃头担子敲'铜叠子'[1]的，喊到院坝里来剃，既爽朗又方便，还可以边剃边摆龙门阵。

　　"有一天喊进来的是个七十来岁的小老头，又干又瘦。你姑公见他嗓子清亮，担子干净，就先有几分喜欢。

　　"坐定下来，解开辫子，弯腰洗头，边洗边谈。那老头扫了一眼院坝摆满的石担子、石锁子和刀枪架子，问你姑公：'这位少爷，你还是喜欢弄两下子的？！'

　　"'老师傅你呢？'

　　"老头子正搞得你姑公一脑壳皂荚泡泡，'哈哈！弄过！弄过！

1　很多铜板板串在一起的响器。

年轻嘛！哪个不搞么两下？'

"'在家里弄还是在山里庙里弄？'

"'都弄，都弄！'

"'少林？武当？峨眉？昆仑？'

"'哈哈！哪里！哪里！金沙滩一仗败了！我是串四方吃粮的，捡回颗脑壳的那类人……'

"'喔！那你是刘士奇的部下？'打太平天国的将军，是本地人。

"'刘？呵呵！老子是刘某人的对头喔！呵呵……'

"'后来呢？'

"'你眼下看到的，剃头了……'

"'队伍下来咧？'

"'八十万禁军教头林冲不才是我。刘士奇在南京梳理号牌[1]，我溜到镇江、芜湖设了两个堂口。又找我，我溜到贵阳，转到镇远。我等呀等！姓刘的杂种死了，我才回转朱雀。'

"'你年纪那么大了，还挑哪样剃头担子，朱雀地方拳脚都荒废了，锣鼓闹台再响起来不好？'

"'老了！打不动了！'（《打渔杀家》式的道白。）

"'当师傅只管点拨引导嘛！'

"'费神，遭算，哪有我剃头担子省心！'

"'可惜荒废了。'

"'不荒废的，这担子也不重，走到哪里我都思索套路。'

"'你还想？'

1　清理队伍。

"'怎么不想？白过日子！'

"'那我请教，海底偷桃那一手怎么解法？'

"'不是这种问法。怎么能这样问呢？问要跟到动作走，比方说，你来——'

"你姑公满头皂荚水，湿淋淋站起来——

"'你动作呀！动呀！'

"你姑公弯腰举出双手要偷小老头裤裆里的'桃'。

"'好！就这样举着不动，听我讲。第一解，偏身横右起左脚踢脸，这叫金钩钓；第二解，操双手破开双手，膝盖顶下巴，这叫托搭顶天；第三解，乘势脑门顶脸，这叫金龙出海……你只要见人双手出势就出双手，单手出门就用单手，跟上左右腿脚起势。

"'两眼不光看，要看出来势的顺、逆、正、反；你就要打火闪一样拿碰、推、扫、踢来对付。

"'好！这下你来真的试试。'

"你姑公耍了个乖，左手横挡，跨前一步，右手就向胯下抓来，没料到小老头全身向左一斜，偏开你姑公的左手，右手当胸一掌，把姑公打了一丈多远，摔在院坝，头发散开，不成样子。老头儿说：'这顺手势简单弄不出个叫法。'

"搞完这场演习，两人重新就位，继续剃头。

"姑公从此真的不让小老头剃头了。给他弄了间小瓦屋，灶房茅室一应俱全，饭钱零用钱都有，算是拜师傅的学费。只要有客吃酒，便派人接了他来。平日小老头看你姑公练习拳脚和刀剑棍棒，指指点点，还说他有长进。

"小老头姓朱，名叫朱牯子还是朱谷子，两三年后瞎了。人就

『没料到小老头全身向左一斜，偏开你姑公的左手，右手当胸一掌，把姑公打了一丈多远，摔在院坝，头发散开，不成样子……』

姑公和朱牯子

叫'朱瞎子'，或是以前叫'诸葛亮'的'诸葛子'，后来瞎了才叫'朱瞎子'的？老头也不算怎么样的正经人，怎么叫法都不要紧。

"听人讲，你大瞎子满满讨你大表姊娘办喜事那天，苗乡里来了个苗拳师傅，不信朱瞎子的邪，要试试功夫；大门口旁边搬了张方桌子，站在高头等伢崽接朱瞎子。

"伢崽家接来了朱瞎子，大声嚷着来了来了！苗师傅举起带皮套的单刀就是一刀！朱瞎子举起两根手指头夹着刀子说：'幸好你的刀子带壳，要不然你两只脚就断了。'

"朱瞎子手指头夹着刀口不放，苗师傅用劲，再怎么抽也抽不动，尿也流出来了——"

爸爸问序子："你信吗？"

"这跟尿有哪样关系？"序子说。

"内功呀！"爸爸说。

序子大笑："这又不是打火闪传电！"

爸爸也笑，又说："喜酒喝完就闹新房。朱瞎子有点喝醉了，就吹牛皮。'哪！我张开嘴巴搁两根筷子在嘴巴里，哪个有本事一掌打进去？'刚才那个苗师傅又不信邪，走上去真的来了一掌；掌没到，朱瞎子一摆手，苗师傅一下子给摔到新郎床上，把床板撞断了——你信吗？"

序子说："我喜欢听这样的'古'，真不真不要紧。——要是那天新嫁娘表姊娘的床板真撞断了，我就信。新房还有好多闹新房的客人，哈！新嫁娘表姊娘脑壳戴着'盖头'也坐在床边，她到哪浪去了？哈！"序子笑得弯腰流口水。

"对的！"爸爸说，"闹新房不止三两个人的！"

孙三满得豫真的转来了。住在进门左首边畅房里。三表婶娘是正街上田三胡子的妹崽。小小的个子，白白的，脸颊鼓鼓的。读过好多书，听人家讲，嫁妆是好多箱子的贵书。

三表婶娘话少，要讲也是轻言细语。很少见人，只坐在屋里桌子边看书。有亲戚来，讲几句客气话又悄悄进屋去了。

人说姑婆疼她，怎么疼，序子没见过。

孙三满跟爸爸最好，有好多话讲；他讲，爸爸最懂。两个人在一起，有时点头，有时摇头，有时候皱眉毛，有时候哈哈笑。

序子十分恨孙瞎子大满。孙三满外头带了两样好玩的东西送序子，一个打纸炮的洋铁手枪；一个上下翻动变化的"合合板"，这"合合板"非常好玩，他扣了。做哪样要扣？他是大人，连嫁娘都讨了，还跟我抢东西？要爸爸去转告孙三满，爸爸劝狗狗不要气，"你大满这人脾气机架，跟伢崽家差不多，告状不好意思。那'合合板'我会做，几时我给你做一个。"

"可恶的孙大满，打倒孙大满！"序子心里叫口号。

生火炉膛了。

火炉膛埋在地楼板底下，一揭地楼板中间单独的板子，火炉膛就显出来了。炭一烧，屋子就热和得像被窝里一样。

三满叫来几个勤务兵，把靠墙的几箩筐盖着雨布的东西和长木箱子搬到床后头去。

好重！勤务兵像拉犟牛一步一步往前挪。

搬完了，勤务兵走了。

三满扯序子到床后头，"晓得是哪样吗？"

掀开雨布，原来是上了子弹的子弹夹子，步枪和手枪的都有，满满的一筐一筐；又掀一张雨布，都是菠萝手榴弹……序子等着他打开木头箱子，他只指了一指说："枪，手枪和手提机关枪！上头都是凡士林，不看了！"

序子睁大眼睛，怎么一个人屋里会摆这么多枪和子弹？也是高兴，我的孙三满屋里有那么多枪和子弹。也有想法：万一他高起兴来送我一把小手枪怎么办？醒转来又想：什么都好送人，就是枪不能随便送人；尤其是伢崽家。再一想：要是送我，我不会让人晓得的，我会收得好好的，收到我祖宗八代也找不到的地方。最后，——唉！伢崽家不玩这些东西的！不想想？几时拿得出手？婆、爸、妈、学堂先生，街上走路的大人看到我手捏着根枪，会是什么样子？——不过，像孙三满一样，有一根手枪挂在左边刀带上那还是好的；没有刀带挂在裤腰带上，背后衣服底下翘翘的让人看到胆寒也是好的；唔！不行，万一对面来个恶大人，一个耳巴子铲过来，把枪缴了，提着我手腕子，"妈个卖麻皮！哪里来的枪？敢插在腰杆上？你爹是哪个，找你爹去！"……

好了，不想枪了。

"三满，你叫人把枪和子弹收到床背后，人家也会晓得的！"序子说。

"你讲哪样？我做哪样要收？东西是我的，我怕哪个？你这个鬼崽崽！你以为子弹和枪是偷来的、抢来的？晓不晓得，这是你孙三满打仗赢来的，叫作战利品！看到吗？那边是火炉膛，这边是手榴弹、子弹，挨得太近烤热了会爆炸。你个鬼崽崽！以为这点东西真的是老子偷来的？"三满讲完话转身和三婶娘笑。

"你一个人，又不打仗，用得完这么多枪和子弹？"序子问。

"我底下还有兵和官哪！"三叔说。

"这么一讲，这点点东西又不够了……"

"不够？不够军械库还有呀，他们身边都带着呀！要我房里这点走玩的东西做哪样？"

"你怎么讲走玩就走玩？要是大家都学你这样走玩，子弹用光了，以后怎么打仗？"序子问。

"我官大可以这样走玩，官小的不可以，当兵的更不可以！"

"你摆官架子！哈！"序子笑得了不得。

三满举起序子，"对，对！老子就是摆官架子！"

对于兵刃这方面的探讨，好像表叔侄双方都没有得到填补漏洞的答案。

相当长一段时间里，孙三满跟序子很接近，好像他两口子有点喜欢序子。姑公姑婆也喜欢序子，讲序子讲话既不像大人也不像小孩。问他："你从哪个世界走出来的？"

三满有好多手枪，一根又一根，曲尺，勃朗宁，左轮，格利威，捷克式……真是，真是好到没有讲场了。序子再也不想自己有枪了，不想了，看就够了，三满有就行了。序子一声不响地看三满擦枪。看他一件件一颗颗把手枪拆得鸡零狗碎。序子晓得这时候不能说话，不能呵气。要让三满清清楚楚觉得世界上只有他一个人在擦枪，就像不能碰醒"扛仙"的"仙娘"[1]一样。这时候若是打落一颗螺丝的话，那漂亮的韦驮菩萨脸孔马上就会撕开成响炸雷的楚霸王，像刚刚屙出来的冒热气的老虎屎那么恶！

他重新一件件凑合起来。先用黑里巴黢的肮脏布粗擦，再用新鲜绒布细擦。枪油有枪油好闻的香味，擦过的地方发出蓝光。他眯着一只眼睛往枪管里头瞄，有点像笑，不是笑。拿带硬毛的枪刷子在里头来回倒，还让序子看，"像不像望远镜？"

表婶娘说："你擦枪，让狗狗站远点，免得走火……"

他"哼"了一声，理都不理。序子懂，子弹夹子摆得老远，怎么"走"法？

最清脆好听的是装回来之后上空膛那"咔啦"一声，雄极了！他也没细心体谅一下那么长久跪在旁边苦心守候的序子，哪怕是说一句："你来一下！"唉！没有。

序子在毯子这头，一动不动，眼前只当自己是《借东风》戏里头站在祭坛边上的小道童。孙三满才是念咒弄神的诸葛亮。

三表婶娘拿了一堆吃货让序子吃，问序子喜欢哪样。

"都喜欢！"（橘子啰，洋桃子啰！板栗啰，鸡枞子啰！这东西讲给外人听讲不清楚。地萝卜啰！蓴梨啰！除了甘蔗和地枇杷、地萝卜，序子生下来到现在，吃水果的知识，从来没见过甜的；简直是水果不酸不叫水果。）

小孩子的肚量，比圣人的肚量还宽阔，酸、甜、苦、辣，什么

1　巫婆。

都容得下。

不过今天序子不怎么吃，他要看三满擦枪；当然，这一堆吃货，如果让他装进荷包拿转去吃，那就过年了。

"这孩子怪！怎么不喜欢吃东西？"三表婶对三满说。

"哪里哪里，你让他拿转去，看他吃不吃？他忙着看擦枪，好出去'吹'！"三满说。

"不是回去吹，我是自己要学！"序子赶紧解释。

"那好！你现在把勃朗宁拆给我看！"

"真的呀？"

"来吧！想一想，先拆哪样？——

"唔！退膛，脱弹夹子，不错，慢慢来；我们当学员的时候，晚上在被窝里还要闭到眼睛练，一分钟拆，一分半钟装……唔？哪个进屋？——你不要动，拆你的枪！"三满出房门，跟进门的人说话。

掀布帘子进来的是刘文蛟满满。

"嗬！搞军火呀！"

序子已把手枪拆完，向三满摊开双手。

"装回去！"三满发口令。序子得令。

"几时转来的？"

"本来早转来了，在汉口船上炮弹出了点事，扯了好几天皮绊，不让运，后来找了丰悌，他帮了忙，才开条子让走。"文蛟说。

"你这人糯！要是老子，给他两枪！汉阳兵工厂那帮狗日的就是怕恶，油皮涎脸，哼！你！下次你去，照我的办法，先报名'老子是朱雀卅四师的！'他们马上就给你奉烟敬茶。你信不信？"

"呵！你去，我信；我去，怕不行。"文蛟笑起来。

"亏你以前还是北大学制革的，制革是一天到晚和牛皮混跤，怎么你一点牛皮味都没有？换句话讲，你屋里老人家那点仙气，怎么一点都没有影响你？"

"我想嘛！出外办事，总是以不动火气最好。"文蛟说。

"不动火气？哈！我的天！怎么你黄埔选了炮科？"三满大笑起来。

"狗狗！"文蛟满满问，"你到这里弄枪弄炮做哪样？"

三表姊娘说："这伢崽一放学就来，就喜欢做他表叔徒弟！"

序子听了这好话，不敢笑，怕表叔不认账。

文蛟说："你看我这个人，把正经事都忘记了。刚才戈平、竞青到我屋里，讲到黄埔同学这时候乘闹热都转来了，也算是难得。约一约，哪天到哪里吃点哪样，聚一聚……"

"好嘛，好嘛！哪天就哪天，你叫人过来报一声就行！"三满说。

"你看，找哪个扳拾？你们家大哥行不行？"

"他呀！这哪行？口水鼻泥满天喷，你吃得下？况乎他也不会弄，吹是吹，弄起来翻天倒世，毫无个章法……"

"老蓝师傅？"

"太正经。同学见面，不能用办席的体例。"

"搞一盘'打波斯'？"（这概念我至今不明白，朱雀城离波斯古帝国十万八千里，无仇恨渊源，怎么会将一个吃全羊的野餐会号称"打波斯"？）

"你絮毛！你以为是'打野外'呀？冷风秋烟，落木凋零，作诗还可以；一群蠢卵西北风里在河滩'打波斯'，怕是全城人都当笑话……"

"你总是鄙薄这个那个，自己又不出个主意。"

"老子不出主意，老子就是鄙薄！——这样吧！去问问戈平和竞青，看他们的意思。——老实讲，你晓得我这人这方面，嗯！这方面不是鄙薄，是浅薄；吃处无文化，给哪样吃哪样，都好！问他们，他们怎么讲就怎么好！我听令就是……"

文蛟走了就走了，没想到吃完晚饭后反而又带了一大帮人来。竞青、戈平、魏城、魏云、冼敬节、舒庆云、贺怀山；也不晓得是哪个把幼麟也约来了，他和黄埔一点边也不沾，奇怪！奇怪！

人一来，三表嫂躲到上边大表嫂房里去了。

幼麟来到姑姑家，自然到上房去请安。

姑爷问："底下哪些人喧哗？"

"得豫黄埔那帮同学，一起商量'打波斯'的事。"

"吓！好笑！快腊月天'打波斯'，没听讲过！'讨饭的困凌勾板，唱雪花飘飘，穷作乐！'哪个想出来的主意？江风呼啸，岸河苦寒，大家准备杀猪腌腊肉，买炭围炉过冬之际，几个人居然要在河边'打波斯'，一个人朝不算，还朝在一起，这就十分难得。他们是怎么商量的？我得去会会这几个'朝神'才是，看看是哪家哪家的？"

姑姑正跷起二郎腿抽水烟袋，听到姑爷这话，举起纸媒子对着姑爷笑："你未免太热心了，年轻人哪样不癫？人家正商量讨论得热火，你犯得上去浇瓢冷水？你有你的趣味，你那点老版子趣味跟年轻人是跟不上了。大凡一个人老了，谈起年轻人，总是鼻子嘴巴，哪样哪样长得如何之不得法；谈吐、举止，如何之没有教养。也不想想，你年轻的时候，哪点是合乎规矩的？你眼前这场合就是自己喜欢自己，越老越喜欢，把自己的喜欢当作规矩，当作标准。你要晓得，黄昏不是早晨；你总不至于厌恶早晨的吧！

"年轻人癫，癫来癫去，不外乎是变个样子在商量切磋如何之长大。玩、癫，也不想想你年轻时如何之玩和癫法？你去杀袁世凯做哪样？杀袁世凯和大冷天'打波斯'有什么两样？不都是两代人不同的玩法？

"你还笑！有哪样好笑？"

姑爷坐在直背椅子上，两手撑着膝头，摇摆身子，似乎是有点趣味藏在心头，"……你这么一讲，我还真后悔在东北躲难的时候，大雪天森林里头，怎么不跟我那帮朋友搞一盘'打波斯'的餐会呢。你想吧，满森林周围都挂着雪花，一锅子热腾腾的羊肉，辣子大蒜盐，大碗高粱酒，呼喝叫号，千里外人迹罕到，简直是啊，简直是那个六朝时候谢燮所说的：'峨峨六尺冰，飘飘千里雪。未塞袁安户，行封苏武节……'的意思了。错过了，错过了。苏武情怀那还是有一点的，不过不至于'渴饮血，饥吞毡'的地步，搞一餐'打波斯'还是可以的。我就是没搞。做哪样我当时有搞呢？我又不是特别地忙，几十里外乡里人看病，个把月才来这么半回。我一不打牌，二不下棋，枕头底下那把左轮擦了锈，锈了擦，可能袁世凯都把我忘了……

"唉！那么有意思的环境，就没想到搞一盘'打波斯'！"

"听你口气，眼前不太像是反对那帮年轻人'打波斯'了？"姑妈揣着水烟袋，偏着头，两只大眼睛盯住姑爷。姑爷赶紧接着说："反对？不反对！我只是口头思索而非实际力行；人这个东西，领会某一种境界有时候是需要引导的。幼麟，你讲呢？"

幼麟自我冷冻已经好久："是的，是的——姑妈、姑爷您两位休息吧！我想我到下房看看他们去——"不等回答，弯了弯腰就掀门帘子走了。

今天晚上孙家父子不晓得怎么搞的，下房也正在热烈地开导得豫。得豫好像也正在醒悟——"我，我也不是硬是、觉得是、冷天是'打波斯'不好的时候，我原先是听了不惯。你们想，老子怕过哪样？"

竞青说："我就讲过，你不是孱人。"

"根本不是孱的问题！"得豫说。

竞青宣布："障碍排除。底下要研究在哪里架锅子。选点两处，第一处在堤溪，过跳岩长堤柳的那片河滩，方便是跳岩这头悬岩底下刘家铺子可以存放东西，随手拿。第二处在河下游的龙潭，有块两岸不挂边的岛，岛上有几棵高柏树，渡船来往，左边有座碾坊，碾坊背后有棵大树罩到。右边老远坡上也有座碾坊，这碾坊讲起来就老了，先有它，后有朱雀。龙潭形势没有堤溪动人，雄山、悬崖、堤柳、跳岩、河声……龙潭占便宜的是岛，外人可望而不可即。左边碾坊是龙潭，大树掩映，水波荡漾，亦是可观；右首远处坡上古碾坊也有棵大树遮被，涛声不断，大家看吧！哪处恰当？"

"我看就堤溪吧！地点也近。"魏城说。

"山风苦寒，若是热天就好！"戈平说。

"那就龙潭吧！"又是魏城说。

戈平指魏城脑壳说："想也不想一想就改调！龙潭开阔，不过辎重运输比较费神。"

"想到了。已经派两个骑兵到龙潭斥候打前站。我也觉得龙潭好。远是远了点，不要紧的，除幼麟、怀山之外，大家都有马。有马的，八点半接官亭集合出发。幼麟、怀山明早晨整七点有正街轿行的滑竿到门口接应你们提前出发。还有一点，各人单独行动，不带护兵勤务。都听明白了！"竞青说。

"那！那！"怀山问，"吃货哪个扳拾？还没有人讲起！"

文蛟说："先解决的就是吃货问题。我还认真费了点神。全部交给东门上'高轩过'办妥。一切的一切请放心落肠。老板是我外甥的舅老倌的爹，五十多的里手！"

"那就好！那就好！"大家一齐赞美的当口——

落雨了。这雨，有时候十分讨嫌！

晒谷子呀！讨嫁娘嫁女呀！开运动会呀！双十国庆节呀！哪家哪户老家伙做寿呀！唐朝岑参就讲过："朝登剑阁云随马，夜渡巴江雨洗兵。"

精彩！"雨洗兵"不见前人提起过；却是带兵的，人人都有的感觉经历。没有人喜欢。岑参把它弄成"落汤"诗，有意思了。威武阵势掀起整场天地热闹。

这怎么办？回家吧！有什么怎么办？

披蓑衣的披蓑衣，打伞的打伞，戴斗篷的戴斗篷。孙家的雨具卷逃一空。

一下起雨来，万事皆霉。

得豫送走客人之后一个人坐在椅子上想笑。笑又笑不出来：

"有哪样好笑的？明天，纵然下午晴了，后天还是去不得的。草湿。捡来的柴还润着水，点不燃。大后天呢？又是雨，又是晴，又是雨……这狗日的天气你不能盼它，越盼越翘！这么夜，这么黑。

"想象中的夜，大门外，过一层房顶就是河，就是虹桥。对岸一排吊脚楼都暗了，让满河的雾雨蒙了，或者是一两下'夜哭郎'点缀的夜声……

"人不晓得，有时候寂寞也有声音。那不是给耳朵听的。嗯！以前哪个狗日的有句诗还是词？——'潮打空城寂寞回'，这好！……

"我若是会作诗，有好多这类东西可以弄出来。诗这个东西让好多吃诗饭的弄馊了；像财主爷有钱，满屋子金银珠宝亮晃晃的东西；可惜了一肚子放得不是地方的学问……

"那帮淋雨的还在赶路吧！好笑，想想他们回家的卵样子……"

这一天终于等到了。

天朗气清，秋色斑斓。在座的今天脾气都好，哪个不欠哪个的。

大家憩睡在草地上，甚至有人找到块好地形，如斜卧在沙发上一般。

冼敬节远远看见自己的坐骑，听得见快活的马嘶，懒洋洋地说："嗳嗳！晓不晓得古人说过：'驴鸣似哭，马嘶如笑。'我听到我那匹马在笑。"

"大概它看见你马裤底下的'风纪扣'没扣。"舒庆云指着他颈根说。

冼敬节一下子蹿起来，赶紧抓住裤子就扣，"我倒想起当年校长的一个笑话。有一次检阅，校长在台上见到第一排队列中一个学员的裤门大开，露出白色底裤，便指了指他问道：'你！注意，你

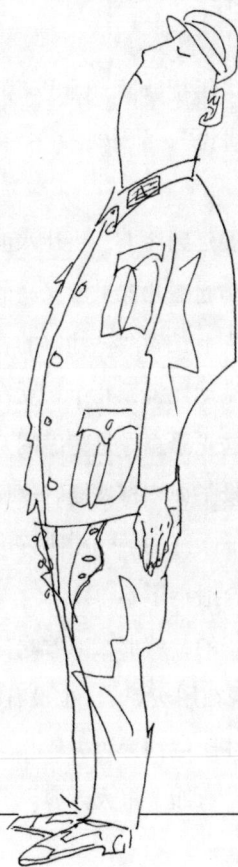

庆云指着他颈根说。

『大概它看见你马裤底下的「风纪扣」没扣。』舒

报告校长，我底下是营副！

底下是什么？'那人上前一步大声回答：'报告校长，我底下是营副！'"

"不好笑！我听说的是孔祥熙问校长，校长说是陈诚！"

"哎呀！哪！哪！其实这是个老段子。那时唐明皇才六岁，当着他婆武则天在明堂大排筵席的时候，表演了一出《长命女》，裤裆打开了，他二妹李华才四岁，和同年的寿昌公主对舞了一曲《西凉》时发现了哥哥的裤裆出问题，点了一些'下面'的话，明皇说：'我下面是岐王。'惹笑了大家。一千多年前的事，居然盖到校长头上……"

"错！错到极！当年犊鼻裤，哪里来的裤子扣？何况还有袍子罩到，瞎扯淡！"竟青说。

……

老远的深秋流光展延到岛上，一片水波，似乎不见一个冷字。右首碾坊和那棵大老柳周围几株又瘦又高的乌桕正闪着朱丹。坨坨牛大、马大的围坝石头上长满两三寸厚的青苔。岛右的水静静地流动像一口深潭。倒影晃动光闪，几个妇女在岸边杵衣洗菜，甚至还有个人在上游钓鱼。这光景真像是瞎编的。

不管那些闲谈闲景了，"打波斯"这场正戏马上就要开锣。

这回人不多，黄埔系统加上幼麟刚好十个。十个，围成一圈，中间架座火炭炉子，合适得了不得。

热天是不用炭炉子的，就那么凉着吃；一般的论"打波斯"，都是那么凉着来的。现在用炭炉子，也没有哪个会喊"这不合规矩"，他喊，就给他一个凉钵子端到旁边去！

河滩上"打波斯"有四个重大内容。一、四大钵子：油辣子，

老远的深秋流光展延到岛上，一片水波，似乎不见一个冷字。右首碾坊和那棵大老柳周围几株又瘦又高的乌桕正闪着朱丹。

龙潭

花椒油，姜末子，芫荽、青蒜叶碎调成的盐水列于四方。（注意，是盐水，且不可用点滴之酱油。）二、火炉子上炖着从大锅子里捞起来的、切碎的羊肉。三、宰羊的羊血，一切的羊下水以及剩下的满锅子羊汤熬成稀饭。这稀饭有两个极端的特点：全世界找不到比它更难看的稀饭；也是全世界找不到比它更好吃的稀饭。（没吃过这稀饭的想也别想，命好的，找个机会去朱雀试试便会领悟称善。）四、酒，高粱烧或是苞谷烧，每人面前一大碗，喝完了再添，酒缸就在旁边。

人们就这么团团席地而坐开动起来。

"打波斯"最令人通透"畅怀"这两个字。人原来就坐在草地上，一碗一碗的酒往喉咙里倒。尽兴的某一阶段往后便倒，仰望蓝天白云，自己跟自己议论一番之后再坐起来继续喝酒吃肉。滚烫的羊肉，辣椒加烧酒；蓝天，暖秋加河籁，由不得人不生慷慨之心，于是有人发奋要做荆轲，有人要做爱迪生，有人要做兴登堡……

"唔？我刚才好像听到你骂我是卵堡？"

"嗯！嗯！好像有这个意思。"

"那我枪毙你个狗日的！"摸枪，没带枪。

……

得豫、庆云和幼麟都不喝酒，既欣赏这灿烂秋光又欣赏烂醉的酒人。这顿"打波斯"不同凡响，妙就妙在恰到好处羊肉皮。皮，是个标准。咬不动皮就点明一切不够火候；火候过了，皮融了，肉稀烂成没有嚼头的一摊离骨的肉浆，起码怄十天气……不止是"打波斯"的羊，一切的羊肉都离不开这个谱。里手弄羊，高低在此。

所以天下"老喇岩"¹都明白，"猪牛亲干哥，犬羊野妹子。"狗肉和羊肉是最难对付、最是讲究的——

"看！"得豫话语未落，一枪打下只斑鸠。

所有的醉客都蹦起来——"哪个？"

没等冒完烟，枪已经插回枪套。

"得豫，你搞哪样名堂？"魏城问。

"去捡斑鸠吧！"得豫说。

"飞到，飞到，一枪就下来了，嗬！嗬！"庆云说。

斑鸠捡回来了，没有脑壳。

"你专打脑壳呀？你还、还来得才（及）选脑壳打呀？"敬节说。

得豫提起那只斑鸠坐下来拔毛，拔完用指甲掐开肚子皮掏出肠子扔了，心和肝放回肚子里，顺手摘一根茅草捆好放进便衣荷包里。

"这算哪样呢？"得豫不屑一提。

"算哪样？你行得很咧！算哪样？"庆云说。

"在行武里头，百步穿杨是平常事。你们文官少见多怪！"戈平说。

"是，是，是。"文蛟说，"我确实是在军校听见过子弹打子弹。"

"哼！那就是我。"得豫说。

"吹！"文蛟说。

"吹？问问四期同学，哪个不晓得？你想试试？"

"怎么试？"

"子弹打子弹没意思，我们换个玩法，就怕你没有胆。"得豫

---

1 老手。

坐在地上，偏着脑壳微微笑。

"枪，没有你准；胆子，不一定比你小！"文蛟说。

"你认真？"得豫抬起头，"你真的认真？"

"认真不认真不就是一句话，你摆出来吧！"文蛟说。

得豫站起来号召大家："都请过来！都请过来！文蛟要跟我打赌。老实讲，我心里还真有点虚。他话呢，也亮出来了！我不答应实在也不好做人。现在各位做个见证。他讲他胆子大，我呢也不认自己胆子小。我出的题目很简单。约一天，大家都在场，借他的儿子一回，让他脑壳顶上叠两吊铜圆，我一枪打不掉铜圆，儿子死了，我赔两箩筐各型子弹，十根克房伯步枪，三挺比利时轻机关，一副好匣子。——这还是刚从王家烈手上缴来的。儿子平安，各位也不能白看，请一桌好好的筵席算了。只是有一条：绝对保守秘密。"

"你们两个朝啦？"戈平大叫起来，酒吓醒了，"妈个卖麻皮，青天白日开这么大的玩笑，拿自己亲生伢崽性命打赌！全世界少有！你想'趣'瑞士的那段老'古'？"（威廉·泰尔故事）

"嚇！那算个卵！他两只手，我一只手！"得豫说。

"三老不在了，没有人管文蛟；你爹还在，看你爹妈晓得了，不如何扇你耳巴子？"戈平说。

得豫正色对大家说："话在这里先讲明，哪个报我爹妈，我孙某人的脾气大家是晓得的……"说完，踩着草地到岸边，搭渡船上马走了。

"看你这个表弟，你也不旁边帮两句腔？"怀山埋怨幼麟。

幼麟解释道："他打小的脾气，赌咒很认真，我就是这么喜欢他。"

魏城、魏云两兄弟劝文蛟找得豫认个输，把这个事平了。事情太大了，要想清楚……要出事！出事！出事！

文蛟说："放心，各位放心！得豫的枪法我最信服……你们准备办席请客就是……"

天麻麻亮，大家等着。

还是那个平常检阅的大校场，南边远远地方就是棉寨，挖了好多供演习用的壕沟。

没有特别事，哪个大清早上这里来？

有气的对手会上这里来。不带刀枪，硬碰硬打到鼻青脸肿、头破血流，输方爬不起来为止。双方用自己认为公道的方式解决公道。上百亩的所在，土细，不带岩沙，最适宜偃卧打滚。

朱雀人把流血当粗茶淡饭。动不动就说："上大校场去！"当然，也经常容易当街即兴闹这么一两回，搞得个鸡飞狗走，热锅暄汤。不花一个铜圆看一场这么大的热闹，围了一大圈街坊邻里。亲戚熟人趁势做一些技术上的指导。

"右脚！起右脚！揎腿，抬！抬！揽腰！揽！揽！"

"扯'谢坨'[1]！"

"嗳！嗳！不兴扯'谢坨'！有本事来真的！"

也有正吃午饭或晚饭的小孩子，端着饭碗看热闹的。吃一口饭看一眼，吃一口饭又看一眼，几乎把吃菜都忘记了。做妈的扯住他的衣领往后拽，大声骂道："婊子养的，站远点看！"

---

1 睾丸。

用画画的行话来讲，这应该称作"小写意"。

"大泼墨"的来个群架。也是按规矩不带家伙的混战一场。开场到结尾无怒气，无恶相，"架跤"过程中甚至还跟旁边看闹热的熟人打招呼："嗬！你今天也来了！"

田三爷和十二匹白马在沱江河岸中枪的场面，那简直是人神飞舞、色彩绚烂的大乐天敦煌壁画了。

朱雀虽小，它四面是重叠大山，山上密林里住着温良守信的苗人。平常不打架，忍让，忍让，一直被逼到墙根、绝壁、悬崖边上，他"反"了！

"小反"则相对砍杀；"大反"则吃药酒（可能是一种令人兴奋忘我的迷幻草药）。结伙千数百人，手持梭镖镰刀斧头，身背菩萨，吆喝、擂鼓、吹着海角、迎着枪炮子弹来冲锋围城。

他们过日子受伤害的机会多。蛇咬了，石头砸了，生疮流脓，砍柴背草扭了筋，挫了拐骨，屙痢打摆子，抽风扯羊痫……上山采把草药擂烂一敷，一熬，自己就是医院，自己就是医生，家家都有医生。

说这段话的意思是告诉众人，朱雀之所以少见打架致残的人的原因是得益于这些苗药。

甚至于街上讨饭的大雪天靠在街边没有冻死，也是由于苗族人给他们吃了一种"冷药"。

听说抬轿子的人吃一种"累药"；找不到嫁娘的人吃一种"爱药"——

要是有医"饿"的药就好了！可惜！

……

龙潭"打波斯"的人都肃立于大校场南头。时间是太阳恰好登在八角楼尖尖上。

多了一个人，刘文蛟抱着，才三岁。

这个也算是人的人，长得跟他爹一样，青糖脸，两只岩鹰样的眼睛，总是微微笑的嘴。

这伢崽手里捏了根一尺多的甘蔗，放他下地还继续啃。他心无二用。

"好远？"文蛟问。

"你讲好远就好远。"得豫说。

"你带的哪样枪？哎呀！这头号左轮，怕是咸丰、宣统年的吧！唉！你有的是枪嘛……你还真是……"竟青肃穆中带着感叹，"你看你，还是达姆弹（铅头子弹），你、你、你……"

"这枪到不了五十米！"

"三十米也难！"

"那就二十米吧！"

"二十就二十！"

得豫从大家站住的位置向前迈了二十米。"把伢崽抱过来！"

文蛟抱过来伢崽，"你站着不要动，脑壳上放两吊铜圆，顶住不要让它们打落！我帮你拿着甘蔗等下再吃……"

伢崽顶住四寸高的两吊铜圆，当然一动不动，微微笑着觉得十分好玩。文蛟刚回到大家站的地方——

枪响了。

"铜圆冇见了！"伢崽摸着头顶大声嚷起来，"铜圆冇见了！"

幼麟不想看正要转身，事情已经解决了。

文蛟牵回伢崽，伢崽还想回去捡钱。

"吃你的甘蔗，不要那些钱了，不要了！转屋里我送你钱。"文蛟说。

得豫忽然来个大投弹式，手中握着的那根老左轮，被当作手榴弹远远抛到战壕那边去了。

大家转身走出大校场，一切都静悄悄。

打铜圆的事，以后也没人提起。

这些人老了，死了，埋进坟墓，直到写书的写出来之前，没有第二人讲过。三岁伢崽今天已经七十多岁，问他三岁时这件事，他也不记得。他："喔！喔！喔！"

讲明的筵席设在回龙阁准提庵。

住持六十几岁，眉清目秀，谈吐文雅持重，很是读过不少书的用神。

比丘尼们也十分生趣，一个个像是从佛龛上跳下来的，来回不停地端盘递杯。

文蛟没有把伢崽带来，他预想和现实很不一样。少见的幽雅安静。菜这么好，所有在座的人都觉得之前或之后再不会遇到这么纯粹素净的菜肴了。

一般佛寺和庵堂做起素菜来六根未净，起了些"素猪脚""素狮子头""素鸡""素火腿""素鱼"的名字，讨长官太太们的喜欢，赞赏的时候就会说一两句："哎呀！这个那个，做得像真的火腿、真的鸡肉一样……"

准提庵的不然。菜名就是"清蒸笋""腐竹卷子""蘑菇朵""豆腐葱油汤""葱爆笋片""清汤豆丝""清炒羊藿干丝""油焖香菇笋片""芥叶白菜朵"……

幼麟问住持她们这些菜名的立意,回答得也很婉约:"是的,是这样的,让它们有纯真名字。"

"很实在的,有的人怕不欣赏。"幼麟说。

"熟悉的居士们才来的……"

住持法号"清月"。

没有酒也不觉得凄凉。大伙让某种力量降伏了。像读书一样,一个字、一筷子菜地推敲鉴赏,居然鸦雀无声。

饭是庵堂的家常糙米;淡桃花似的红,有一点黏香,真是爽口。一小碗、一小碗地上,吃到不好意思再添。

饭用完了,上清茶,几片茶叶,翠绿颜色,慢慢喝着,大家不晓得什么缘故都肃坐起来,是不是脑壳里头还残留着昨天早上的死亡余韵?

生活习惯不太讲究的人,居然饭后一个饱嗝都不打,可算是难得。

步出庵门,下石坎子,各人只招招手,前前后后地散了,眼神都不会一会。

让黄埔出来的这帮人心灵成这副样子,也真不容易。

走到大桥头,得豫告诉幼麟说:"我看看大舅妈去。"东门城门洞在稻香村买了一包"仙鹅蛋"、一包酥糖,沿北门跟幼麟一路闲谈,走到后门口的时候,他说:"嗯嗯,嗯,大表嫂院坝的猪娘还咬人吗?"

"无论猪公猪娘年年都咬,好,好,我也这么想。走前门吧!"

幼麟笑起来。

　　幼麟和得豫进了屋，真的只剩下大舅妈一个人在厨房，听到堂屋有人，走出来认不出是得豫，认出来之后又讲得豫长高了。

　　"我都快三十的人了，还有长场？"

　　"其实这不叫'长'，叫'跳'。八岁跳一跳，一寸；讨嫁娘那几天跳一跳，又是一寸。死了，扯气的时候还要跳一跳，分分毫毫的，不大看得出了，只能看指甲。"大舅妈说。

　　"喔？这是哪本书上讲的？从没听到过！"

　　"书上没有的。我讲的！"大舅妈说。

　　"你哪里听的？"

　　"我婆讲的。这都是正经话。"大舅妈说，"今天你来得正好，夜饭吃我做的'霉豆腐渣'——你九妹在外头做哪样？"

　　"跟二哥一起。"

　　"二哥呢？"

　　"在北平、上海写文章。"

　　"写哪样？"

　　"写文章。"

　　"写文章怎么个写法？养得活自家跟九妹？算一种官吧？是不是师爷那类东西？"

　　"大舅妈，外头好多事情我和你讲不清楚。你听我讲了也就算了。"得豫说。

　　"是，是，外头的事情像打板栗，多得落下来你接都接不住，搞得一脑壳刺厉——哪天！你该到你家婆坟前烧点纸钱，你家婆送你出门时候交代过的，记得吗？这事情也该和你妈讲一声！"大舅

334

妈说，"你也是晓得，你家婆最疼你，讲你几个表兄弟姐妹里你最正经，长大有出息，会做大，大哪样……？"

"大人物。"幼麟补充。

"会做大人物。大人物是哪样？"大舅妈问。

"大人物就是大角色！"幼麟又补充。

"唔！你看你，你自家看看你，你家婆讲得对不对？"大舅妈得意得好像打纸牌赢了两吊钱。

"大舅妈！我这卵——我这、我这副样子做得哪样大角色？家婆疼外孙，哪样都好就是……"得豫想到当年向家婆大舅娘磕头辞别的场景，说不下去了。

四婶娘和四满转来了，带来两个同事。跟着柳惠也转来了。

"得豫来了！你看你看，威武成这副样子！"柳惠高兴得了不得，"田妹呢？怎么不带田妹一起来！"

"不顺路，我和三哥去办事，绕路过来看大舅妈的。"

序子说："还买了两包点心。"

"咦？狗狗哪里钻出来的？"

"我早放学了，你们冇看到，"序子说，"孙三满像个侠客！"

"哈！他早就是个侠客了！"爸爸说。

酒客四满说："你看巧不巧，不晓得得豫来，我居然从'曹津山'带转来一斤猪耳朵、半斤牛肉巴子，像是有'报耳神'。"

"那就好！那就好！"柳惠说，"我看幼麟把今早上倪家老表送来的两斤牛百叶顺手也炒了吧！难得大家聚集一堂。"

于是大家分头动了起来。

婆吩咐四婶娘："田氏妹，你赶紧泡壶好茶来。"

四婶娘应声去了。

没忙的大家坐下。得豫问四满紫和："四哥，你学堂忙不忙？"

紫和说："蚕季忙过几天，上半年雨多，桑不好，闹了一次瘟，是件轰烈大事，总算熬过去了。茧还可以，丝收成也好。眼前是理论课，快结束了，讲忙也算不得忙。"

"丝往哪边送？"

"还是桃源、常德。那边报急。近年两湖的丝业受日本人造丝的压迫，有点不怎么景气……"

"咦！你那架风琴呢？"得豫问幼麟。

"哈！尽付祝融矣！……"话没讲完，起身到厨房去了。

"得豫！你不要再提风琴的事。"婆说，"刘三老还送了一架大风琴给他，一场火把他的心都烧了。好久好久都没人提风琴的事了，你又提又提，怕又是几天的有好过。"

"哎呀！我哪里晓得？嘿！真是对不住。"得豫低回不已。

幼麟从来的艺术局面，只在实行音乐、美术时候才露出性情。婆的设想和得豫的抱歉都多余了。他不会在过去的痛苦和未来的痛苦中停留太久。不是个过目不忘的"离恨天"，在情感正反两方面都没有郁结。

堂屋中间大方桌底下有一张小方桌，天天吃饭就抽出来，再把靠板壁的一块圆桌面搁在上头，十个八个人吃饭就够坐了。

一吃饭人就兴奋，就嚷。不是宣传，是开心。摆好调羹碗筷。老人和孩子先行就座以免妨碍汤菜运行。这时候，性急的孩子见到好菜忍不住要先夹一筷子进口，迎来的自然是一个"波子脑壳"。

调皮的表哥会，序子不会。序子懂得大家一齐坐好才动筷子。

不要人教，是习惯。

讲到婆做的"霉豆腐渣"简直是神来之笔。

一口高身尺多直径的陶钵子放在大灶靠墙尽头，冀以取得一些暖意。两斤黄豆子洗净泡软磨成豆渣安置于钵内。每天早晚烧菜时的高汤（不是青菜汤，是肉汤），不忘舀一勺淋在钵子里。天天如此，半个月或一个月，豆渣上满满长出两三寸长的绿毛。

逢到客来，逢到自己高兴，婆就会舀两铁勺带毛的豆渣放进锅子里，多加麻油大蒜葱姜，少加干辣子炒这么一大碗待客。

这宝物吃进嘴巴，很难用味觉范围的字眼来形容它。它太狎昵，太暧昧，好像做了一件见不得人的美事。身上留下的那种微温、那种微香，实在说不出口。《东京梦华录》里头记载到一些食物和汤茶，也让人产生如此异想。

幼麟炒来的那一大盘牛百叶也是一种神品。

鲜，热，脆，嫩，滑，爽。

序子一筷子进口，马上想到爷爷以前炒的那一盘牛肚子。那时太婆还在，爷爷当时那么恶——他笑了。

柳惠说："狗狗！我晓得你笑哪样！"

"我晓得你晓得我笑哪样！"序子又笑。

……

还有一大碗清汤鲜肉小丸子。清幽幽，冒着热气，上头浮着薄薄的黄瓜片。没想到黄瓜片会那么香，像新鲜茶叶，像初春映着天的杨柳芽……

其余的下饭菜都好，猪油渣炒青辣子腊八豆豉，细姜丝炒冬笋；下酒菜当然也好，紫和四满面前的那盘猪耳朵和牛肉巴子……一个人对着，好满意。

吃过饭，撤了饭桌，谈了一下刚才吃完的菜，抽水烟袋的抽水烟袋，抽纸烟的抽纸烟。

序子最不喜欢半中腰夹进来的那两个不认识的湘潭和麻阳客人。一个在用根细竹签签剔牙。张大个嘴，把剔下的渣滓细心地又吃进嘴巴里，像当到众人公开擦屁股一样，真恶毒！真恶毒！另一个用手指头抠一把杯子里的茶叶送进嘴巴里嚼，不停地嚼，嚼到后来，茶叶就不见了，吃掉了。

这两个客人听说是有学问的好人。世界上很多有学问的好人做些动作有时候也让人讨厌！

孙三满悄悄告诉序子："等下子，我和你爸爸去隔壁考棚，你去不去？"

"去做哪样？"序子问。

"去看名堂！"

"哪样名堂？"

"到了，你就晓得！你找你婆去要十根香、一盒洋火。"

序子找婆去要洋火和香，婆说："你要洋火和香做哪样？伢崽家走玩洋火会烧屋，你怕冇怕烧屋？"

序子赶紧讲："不是我要，是孙三满满要，他有事情要洋火和香。"

"喔喔，晓得了，晓得了，我帮你取。"婆说。

屋里的人散了，一个湘潭佬、一个麻阳佬也走了，客客气气，又鞠躬，又多谢。幼麟送走客人就跟得豫搭腔，咕里咕噜，嗡里嗡咙，搞完就拉序子的手出文星街，拐北门，过大伯娘后门口，就到考棚。

考棚是古时候读书人考试的地方。进大门口一块院坝，上坎子两扇木头大门，往里走左右两边就是考试的场所。往前几步，东西各有条不窄的死弄子。这弄子想来想去不晓得有什么用。还往里走是两边办公事的大房间；再往里走是个直廊，左右有栏杆靠椅，两边外头栽着紫荆和桑树；更往里走是厅，东西两边是房。考官住的。爷爷前些日子就住在考棚东厢房。

孙三满就在西边死弄子墙脚根插上点燃的十根香。

"哪！狗狗，看到那十根香了吧？老子要一枪一根香，一枪一根香，把火打熄。"

讲完话，从右边腰杆抽出一根比利时勃朗宁。

爸爸站在左手，不说一句话。

孙三满两只眼睛盯住头一根香，慢吞吞地上了膛，第一枪响，第一根香熄了。他的手没有放下来打第二枪，第三枪，四，五，六，七，八，九，十，香全打熄了。

摆了摆拿枪的手，插回枪套，告诉序子："把十个子弹壳捡了！"

序子捡回十个子弹壳，交送孙三满满。

"你不要啊？"孙三满满问。

序子点头说要，放进上衣荷包里。

前天在大校场打的那一枪，就这么一枪，吓得那帮子人怕成那副样子，太不畅快，太不舒展了。

"狗狗！你刚才讲孙三满满像哪样？"得豫问。

"侠客！"序子说。

"哪个侠客？"得豫问。

"铜脚道人！"序子说。

"我怎么会是铜脚道人？"

"那吕宣良吧！"

"我又不老，又没有白胡子，又没养两只神鹰……"

"那欧阳后成吧！"

"我那么小？"

"那，那没有了。你要耐烦等几天，等我看《江湖奇侠传》看到哪个像你再讲……你等着吧！要是我看书看到完也没有像你的，你也不要难过。没有人有胆子讲你不是侠客。世界上没有人晓得你是侠客，只有我爸爸和我亲眼看到，我两个都可以赌咒。"

序子和弟弟子厚睡爸妈脚这头。

那一头爸妈中间还夹个两岁多的子光。

这床，睡了二大三小居然不嫌挤，像口暖和的鸟巢。

雀儿们不在冷天生蛋孵小雀儿，要三月阳春时才做这些事。要不然大雀儿出外打食的时候，没长毛的小红肉仔就冻死了。就算是暖和的三月间吧，做小雏儿的日子也不好过，有雨，有风，爸妈还要轮流拿翅膀当伞盖住它们。

人就好。二大三小睡在床上，罩着帐子。热天的时候，天麻麻亮，蚊子在帐子外头响，非常响，古人叫作"蚊雷"，哄咙哄咙的，这譬喻实在是想得好。学堂的先生讲过的，天亮前叫着的这些蚊子，其实不是叫，是翅膀鼓动的声音，都是男的。男蚊子不咬人，只是想讨嫁娘；男多女少，就弄成这个热闹场面。女蚊子没有办法，她要生仔，生仔之前一定吃血。人啦！狗啦！猫儿呀！鸡啦！都吃，所以挨打，挨熏。

到冬天就没有话说了。窗格子上糊了"夹帘纸"，风不透、冷不进。房子中间火炉膛燃着炭。人坐在矮板凳、矮椅子上做事，摆龙门阵、呷普洱茶，很是个味道。夜了，把火炉膛燃着的炭用旁边的灰盖了。（明天早晨拨开活灰，又会燃起来。）吹了美孚灯，放下帐子，大家钻进被窝，想讲话就讲两句，不想讲话闷头便睡，一宵就这么过去了。

人的这种窝，你长大之后就会明白，它牵住你一辈子的脑壳，牵住你的心。你受苦受难的时候，孤独伤心的时候，流落他乡的时候，被负义的人出卖的时候，你明明晓得那个窝和曾同在一窝里的人都星散了，流离了；他们一下子都会跑回你的心里，还是原来的容颜来安慰你，带回往日被窝里的温暖跟你那么近的眼睛看着眼睛，微笑……

它是你一生最好的伤药，能治百病。

这一天大清早，序子醒了。这个醒不像平常的醒。掀开帐子满屋子亮。他轻轻摇醒子厚："老二，你看！"

子厚看了也怪。

爸爸也坐起来："哈！一定是下雪了。"

妈妈坐起来帮子光穿衣。大家也都跟着穿衣。

子光想哭，刚咧开嘴，爸爸说："这就没有道理了，你看，下雪了，还不赶紧起床去看？有什么好哭？"

序子、子厚光着脚板踩在踏凳上穿袜穿鞋，两个人开了房门又开呷呷响的堂屋门。

两兄弟对着想象不到的白色院坝，猛抽了几口冷气。

地上几只麻雀看见有人，赶紧飞上屋顶。

"都二月了，还这么下法？"婆也开了房门出来笑。

爸爸性子特别好，牵着序子和子厚正出大门，站在门槛上停住了。远远看到笔架山城墙和面前田家白墙里头伸出来的红腊梅花都前前后后让雪罩在一起……

"这雪好大！好！我们上街看去！"

整条文星街，一下子白成那副样子，真让人不服气。雪一厚，原来街上叮叮的响动也都让雪吸了，静得只剩下"簌！簌"的脚步声。这声音平常听不见。好听！

"哪！哪！唐朝张打油有首咏雪诗，听过吗？"爸爸问这个问题，并不指望两个伢崽回答，"天上一笼统，地上黑窟窿。黄狗身上白，白狗身上肿。——晓得地上黑窟窿是什么吗？"

"井！"序子答。

"白狗身上肿呢？"

"雪嘛！"

"咦？你怎么晓得的？"

"好久了，放学时候同学早就传过！"

爸爸有点扫兴，原以为会引起两兄弟一场开心。

序子也没有故意装傻讨好爸爸的意思，说以前从来没有听过这首滑稽诗。他若果真这么做，就是残忍。

不过大人们一定要时时提防小孩装成无知来戏耍大人，让大人上当……

小孩子长大以后当干部、领导，讲一段一点也不好笑的笑话，你懂得抢地呼天地大笑一场作适当呼应配合，那又是另一回事了。

天落雪，不是只讨哪一个人、哪一家人高兴，所以街上的人越来越多。

整条文星街，没想到天生出那么多的雕塑家。若使用材料不是雪而是泥巴或铜，时光碰巧落到今天，那么，这世界的艺术中心就谈不上是法国的巴黎、纽约的苏荷，或是澳大利亚的墨尔本了。细心的评论家很容易在朱雀城文星街找出毕加索、米罗、亨利·摩尔、马里诺·马里尼……雕塑诸神的革命根据地。

这些家家门口用雪材料堆出的雕塑妙品，绝对是反希腊、罗马的；绝对能令一生主张写实主义的大师徐悲鸿一见之下，气得吐血三升。它们罗列一街，大小不一，五官俱全，都是门内一家大小通夜之呕心杰作。

尤其令人振奋感动的是唐马客家堵住大门口的那一坨足足两张方桌那么高的大圆球。纯粹毫无主题，抽象到极，莹澈，光滑，迎着曦光。

"起初，神创造天地。地是空虚混沌，渊面黑暗；神的灵运行在水面上。

"神说：'要有光。'就有了光。神看光是好的，就把光暗分开了。神称光为昼，称暗为夜。有晚上，有早晨，这是头一日。"[1]

这明明白白是对唐马客门口的那坨大雪球说话的。

上帝都说话了，唐马客却是不高兴。他在屋里喊，他出不来。他不晓得，也拿不定主意应该骂娘还是应该好笑。他也不敢开门。门一打开，那么大一坨雪涌进堂屋怎么办？他"深山不见人，但闻人语响"，他干吼也吼不出个所以然。门口围了很多人。

1　《旧约·创世记》第一章。

尤其令人振奋感动的是唐马客家堵住大门口的那一坨足足两张方桌那么高的大圆球。纯粹毫无主题，抽象到极，莹澈，光滑，迎着曦光。

文星街雪人

344

幼麟和他喊话："老唐，我是幼麟，要我们怎么帮你？"

"帮我查一查，是哪个狗日搞的名堂？"唐马客在屋里叫。

"要查，也是以后的事；眼前想个办法让你一家出来！"

听幼麟这么说，看热闹的人里头也有舍不得的，"那么好的东西，毁了可惜……"

另一些人讲另一种话："人家家门口，也要过日子嘛！这雪迟早要融，留不住的。"

幼麟说："大家转屋里，各人找把锄头、铲子来，把雪铲到花坛阴沟边不就是了嘛！街坊街里的……"

一下子唐马客开了大门，又开了腰门，笑容可掬地出来多谢。他婆娘、妹崽、伢崽也都走出来，一副重见天日的样子。

其实也没有什么，一坨雪的事。

唐马客不然，他想到人的别有用心，想到有人故意在他门口搞这个名堂。人既然出来了，就应该抒发一下："我晓得有人要报仇！我晓得，他也心里明白！"

"搞一坨雪球放在大门口，就算报仇了？"幼麟笑了，大家也笑了。

"他要故意出我的丑！让我心里不好过！"唐马客说。

"那就不是报仇。"旁边看热闹的人说，"称得上'报仇'二字，起码在你门口倒两桶粪。"

唐马客一听火了："那你来倒两桶试试看！"

"怎么搞到我脑壳上了？我刚才还帮你铲雪来！"那人说。

说来说去，兴致淡了，人渐渐散去。剩下幼麟和两个孩子。

唐马客凑到幼麟耳边说："上前天王家弄那王屠夫，牵了只拉溺水的老马娘来居然要跟我那匹'单雄信'配种,这怎么行,我当然不答应。你看,不就来这一手嘛!"

"这哪里说起呢?不可能!不可能!犯不上的!" 幼麟想到王家弄王屠夫那一家的为人处世,"王家三代人很大气的,不会搞这类琐碎,不会!不会!——一夜间,三代人从陡陡坡滚那么一个大雪球到你门口,算是出你讲的那口气啦?太费神了。你也不好好想想!要你这么做,你做吗?划算吗?"

讲到,讲到,太阳出来了,那么好的太阳,那么蓝的天。

幼麟三个回文庙巷去了。

这一天,雪融了。

朱雀城里城外,大街小巷石板底下欢欢流着融雪的水。

全城几十口井冒热气。打水人眼看井沿的羊齿蕨、孔雀蕨一寸一寸往上长。

过跳岩、过桥的人光顾看天上雀儿飞,差点掉到河里。

几个人来敲幼麟的门。

欣安、一罕、藉春、韩山、方若一哄而入,"快!快!快!快!"

"什么阵候?"

"少问了!少问了!先和你去看你们家北门城墙的究竟。"

也是怪,像变把戏,文星街不到两三个钟头,连雪屁也闻不到了。简直白费刚刚那场唐马客的一闹。到北门,放眼一路扫去,城墙根长满厚厚一层绿苔藓。

"怎么搞的?诸葛亮搬兵也冇这么快!一夜半天工夫,又下雪,又出太阳,又长那么多名堂……"幼麟摸不到头脑。

韩山说:"我一早就起来,见一地雪,老子培养七八年不成功的假山石居然长出绿苔，打转一看，周围满墙都是；再一路奔石莲阁，我的天！岩头上的青苔脚都插不进。再才想到去报送一罕、方若、藕春，再来喊你。

"你看这个春天，怎么一夜半天工夫做这么多事？"

"年年都有春天，就这个春天特别'春'。"欣安跟大家上了城墙，"哪！对门河金家园、喜鹊坡那一大片绿好像都浮在雾上，在动，看到吗？在动……"

"是不是有点问题喔？'地暖则生异动'，比如讲地震什么的；有没有人屋里喂的狗、猫儿、鸡鸭这两天看出点什么没有？"方若问。

"我倒是发现满街的'狗扯把'，这应该不算'异动'。"藕春说。

"春天嘛！万物萌始，有哪样事情做不出来？也不是说二月间来不得春，本就是早春二月了。问题是一夜间'忽闪、忽闪'一下子都出来了，一场雪，一场太阳，两岸一下都绿了，这是说不过去的，让人觉得怪。——看老营哨那边的杏花，哪！擂草坡高头满山桐子花……像有个指挥官在吹哨子指挥……"方若说，"讲是讲'春风又绿江南岸'，这两天哪里见风？"

"是地气'沤'的关系。光是风，办不全这些事的。"一罕说。

"唉！照韩山那么一讲，石莲阁应算是一座大盆景了。既然到处都是苍苔，没有地气是不行的。"幼麟搭了句腔。这境界正接应个石那句没有下联的上联"苍苔剔藓搜奇字"。

韩山说："苍苔这类东西最是傲岸，你有意奉承它，又是米汤，又是薄尿，又是蜜糖水，沐之浴之，老子照拂了七八年，一点响动都没有。昨晚一夜间，浑身包裹得绿意盎然，我都想不到这坨盆景仙女原来就是我多年来日夜侍候的糟糠之妻。"

"有意思。石莲阁、玉皇阁、听涛山、凉水洞、七梁洞、上溯的堤溪、老狮岩、蛤蟆洞，沿河两岸怕是都让苍苔打扮了，真是难以想象。不过来得快，怕走得也快，可能跟地球气流的哪个方面打错了招呼！"幼麟说。

"千载难逢也是一种机遇；要好好看待我们这盘眼福运气。"一罕说，"看！那河上游的雪也融了，涨了水，怎么水还是绿的？还有点浅浅的粉红。"

这条河平时不起大浪，它只不经意地拨动一大片鹅卵石的琴弦。夜半失眠的旅行人才会听见和理会这滩声，像二十里外战场上的喊杀。

"粉红是太阳光映出的还没融透的雪水。"幼麟补充，"这样的小阳春天气，山上的蘑菇、菌子就可长多了。有空上山，一个人捡一百斤怕也不止。"

几个人看了一盘风景便回到文星街幼麟家喝茶。

茶是用一个瓦罐罐放在火炉膛熬的；颜色浓得怕人，喝进喉咙却是温润和顺。是贵州铜仁那边乡下人自己弄的，跟四川云南之普洱、沱茶那些名牌不是一种东西。

各人围着火炉膛坐在矮椅子上。手中托着小小的瓦杯子。你一句、我一句，想到什么讲什么。一簸箕带壳炒花生横在面前。搞得一地花生壳。

方若说："……听到讲，玉公最近抓了个共产党，麻阳人，是红军队伍中跑出来的，名叫'左唯一'，是个大学生，一抓就投降认错。"

幼麟说："这不太像个真名字，很牵强，左！唯一！近乎口号。"

（这绝对是真名字。三十年代初一直到四十年代中，只要是朱雀人，没有人不知道他的底细的。名字夸张得不近人情，在今天写出来，要是有人怀疑，我是完全理解的。不过请相信，左唯一，左执中，左自然，这属于一个人的三个名字，都是真的，一字不假。）

"名字还真叫'左唯一'，后来改作'左执中'，又改作'左自然'，不断地改名字，怕是在迎合玉公的爱好吧！"一罕说。

"玉公怜惜人才，在傅公祠腾出地方让他办个学校，起了个'实验小学'的校名，李承恩做他的帮手。看看他到底有什么本事？放心让共产党办学校算得是玉公开明胸襟。"

"看出什么措施主张没有？"幼麟问。

方若说："一下子怎么看得出？从'实验'两个字，应体会得出玉公对他的寄托。——要是他真能用共产党的办法搞出点儿童教育新名堂，我看，这可能对湘西是个大动静！"

"听到讲他英文不错，哪个学堂毕业的？"韩山问。

"弄不清，好像是北京朝阳大学……"方若答。

"算了，算了！各位回想回想，凡是来路不明的牛皮客，一问到学历，总是报朝阳大学毕业。——咦！朝阳大学，朝阳大学到底如何了得？"藉春问。

"是有一点了得！民国元年创办的硬牌子大学。'南有东吴，北有朝阳'嘛！是个培养当官的政治学校。讲朝阳大学毕业，就像讲黄埔军校毕业，货色是比较扎实靠得住的——这跟个个都称自己是朝阳毕业的冒牌货不一样；懂三两句英文当不了准。"幼麟说，"话讲转来，我倒是欣赏朱雀城出现一种新的教学法，尤其是共产党的。我想看看，这种'实验'有趣的结果。我真有十分好奇的兴趣。"

这帮好事朋友回家仍走北门。

好多人在土地堂、洪公井这头看侯哑子站在城垛子上放风筝。风筝是只华羽的朱雀，展开煌煌然的翅膀，太阳贴身照得通体光艳，亮在蓝天之上，悠着，摆着，快二十多丈远了……

侯哑子孤身站在城垛子上，右手指逗着远远的朱雀，左手稳稳握住"线扒子"。一般地说，平常日子是没有人敢爬在城垛子上凌虚而立的，他不单敢，还有胆子站着放风筝。

他迎天而立的轻松，让脚底下的人十分之胆寒，只要稍微移动半步就会摔到几丈高的城墙外去。

南风起了。不起南风他怎么会来放朱雀风筝呢？他口哑心不哑。昨晚的大雪，今早的太阳感动了他。他家的盆景假山上一定也长好厚的青苔，所以他一个人有理由屹立在城垛子上——

南风知我意，吹梦到西洲。

顺着手中的这根线，这个哑子艺术家，会见到南风和朱雀在蓝天上那一串梦的。

可惜序子不在场。不在场也真不公道；可能是种缘分。一切事情都有个缘分。缘分这东西，眼前的失落不意味过后未必不是个福分。但这次不是！

侯"朝神"、侯哑子在城垛子上放朱雀风筝对不在场的序子实在是个终生遗恨。不再相依祸福的、无指望的大失落。

序子把侯"朝神"、侯哑子当作心中绝对的神，从来都是他艺术的依归。比如说，今天出现的天气的神迹，全城都震动了，唯独序子不在乎。在这种年龄阶段的序子，世界出现什么他就承认什么。

风筝是只华羽的朱雀，展开煌煌然的翅膀，亮在蓝天之上，悠着，摆着，快二十多丈远了……

太阳贴身照得通体光艳，

侯唷子放风筝

"你都出现了，我还有什么可不承认的？"唯独侯哑子站在城垛子上放风筝这件事实，那是序子全部历史身上的一块肉，不应该不属于他，不应该没有他在场……

胡藉春伯伯画画，龙执夫伯伯画画，爸爸也画画。他们画他们的，序子没有疼痒。既叫作画画，序子也未必说不可以。真正的画，只有侯"朝神"画风筝。

序子放学的时候，绕边街到侯"朝神"家婆屋里去看侯"朝神"，那里不在，便到北门洪公井第二家上坎子侯"朝神"自己家里，一定看得到。要是街上遇到他，他就扮青白眼做自己的动作不理序子，好像不认得。也不一定故意装不认得，他这种发症候的人上了街，会把所有的人当作凡人的。

哑子在屋里见到序子也不特别亲热，笑，或是扬手打招呼；看一眼就是。他画他的画，自言自语，序子自己乖乖地坐着，哑子一边画一边扯气。

序子仔细记诵哑子的作画步骤。序子觉得哑子的画像菩萨、门神庄严，有古意。序子看哑子悬手作画，像将军勒马。

画完了，哑子站立挺胸捏起拳头，手窝窝凑近嘴巴，吹起冲锋号，号吹完开始打鼓。聋哑人打鼓大多节奏失调，他心里的那种繁华可惜不得心应手。

序子的来和去，侯哑子心里头的喜乐有本账，只可惜难以表达。到该吃饭的时候，他会打手势叫序子走；他明白只有条件给口干的序子水喝。

（近百年的战乱，家乡子弟的凋亡，贫困、漫长残忍的文化绝灭过程中，侯哑子的风筝画作怎么还能苟存人间？

和哑子交谈，不靠心灵靠什么？

在高山之巅俯览脚下幽谷，大海岩上远望迷惘的水平线，请问你所为何事？哪里有什么实体？

我一辈子从不投靠幻想，却得益于三位既聋且哑的画家的教诲。）

幼麟心血来潮，居然把序子送到左唯一那座实验小学做四年级学生。

所谓实验小学的学生的命运，百分之百地像医学院实验室的小白老鼠。恰好，序子属鼠。

幼麟绝对想不到序子进的是实验的地狱，是刀山、油锅、望乡台。

序子以后的一生变化、幻遇、魔劫都得益于这次冶炼。所谓"祸兮福所倚，福兮祸所伏"，这十字真言对于序子的未来，是再准确也没有的了。

让儒雅的幼麟在地上翻十个筋斗也摸不透他儿子命运的前后因果关系。

幼麟会意左唯一在教学中将采取"辩证唯物主义"和"阶级"学说。这类理论放在实践课程中对孩子一定终生受用不尽。他微笑在幻想中直到一年后他的幻想破灭。

他忘了左唯一是个叛徒！

（傅公祠的"傅公"是哪个呢？

他根本就不是朱雀人。不是朱雀人而能在朱雀竖祠堂的，就只数他这歹毒的第一个。他姓傅，名鼐，河北宛平人，从十八世纪中叶到十九世纪初，一辈子就是一个靠杀戮镇压苗族老百姓起家、发家的头号刽子手。主意多，手段狠，眼下的旅游旺地的所谓"南方长城"，就是他当年"平苗之功"得到上头嘉许的"一劳永逸"的称表。他的战功本事除湘西几个地区之外还延伸扩展到贵州一大片地方。另外一件事不晓得确不确实：他跟《红楼梦》的作者曹雪芹的爷爷曹寅好像有来往，有兴趣的专家可以去查一查，查不到也不要来信问我，我没有这方面的兴趣和学问，不会回信的。）

傅公祠跟陈家祠、田家祠、杨家祠不一样；跟三王庙、城隍庙更是不一样；连牛王庙、马王庙都不如。没有人纪念，连姓傅的本地人也有燃香火。没人纪念还是安安稳稳摆在那里，直到玉公想起可以办间实验小学。

实验小学之名为实验小学，完全是"因人设事"。是有个想法需要实验一下才取的这个校名。要是抓的是强奸犯或山大王，就不会办这个实验小学了。

傅公祠地址偏僻，在一切庙宇的末端。

上岩脑坡左拐是文昌阁小学，石莲阁庵堂；不左拐而直穿栅子门便是前些文字一直提到的臭气熏天的牛皮作坊和广场。系列牛皮作坊在右首，未提到而将要提到的系列重要庙宇在左首。

打古代起，名山古刹大多各找各的有利风水，各占各的合适山头，很少像东交民巷、建国门外外交大使馆们聚成一堆的那种搞法，只有朱雀的重要庙宇颠倒时空地模仿外交体例一字连营。是上帝菩萨们托梦做主这样弄出来的？还是人间聪明可人使招别有用心研办出来的？是传统习惯还是摩登惰性？难以研究。

第一座直径很深，石级森穆，左右陈植古柏沿坡而上的庙宇是玉皇阁。前头附设一座小小的牛王庙。

傅公祠跟陈家祠、田家祠、杨家祠不一样，跟三王庙、城隍庙更是不一样；连牛王庙、马王庙都不如。没有人纪念。

傅公祠大门

隔壁是阎王殿，进门后左右四大金刚，穿堂后两边大殿全系列十殿阎罗王兼演绎各类阴间生动活泼场面，出席人物大小至少五百以上之数。

继之是龙王庙、财神庙、送子娘娘庙、南华真君庙，然后到傅公祠。

傅公祠下街肯定没有大庙了；拐弯抹角之末有口出名的"茶井"（专门适合泡茶之井），旁边一座祖传二层楼，住着全城著名大厨蓝师傅。

柏茂带序子报名那天，好多序子的同学也由大人带着前来报名。都听说左先生严，又有新教学法，"严师出高徒"，孩子会有出息。

校门口三十多级石坎子，两边石台，左右有雌雄狮子各一。进门照例有看祠人住屋。又是石坎子，穿过后来加建不伦不类的住人带尿臊的宿舍，再往上走，大石坎子十几坎，两边残破风雅花盆痕迹，东倒西歪，不成样子。进大殿，这大殿大，约莫三十米长四十米宽，殿主傅鼐不知存亡。几十个学生练功夫的地方，又可以做开会的礼堂，左首边夹板隔着一间装三四十学生的教室。往后走就是一个与大厅一样长、两丈把宽的石板天井，中间二十多坎石坎，两边分列斜坡可上到另一间有走廊的大教室。尽头小屋是教师备课室。另一头通向后花园。这个了不起的后花园就是前些写到的，朱国福的儿子拿飞镖打亭子的地方，讲过了就不讲了；没有讲的是进花园之前右首边有间瓦顶大茅坑，大得很惊人。夏天有很多蛆爬到路上来；不过这不要紧，有多少蛆就有好多吃蛆的"四喜"雀儿来对付它们。十只、十三、十五只像上饭馆一样热闹用餐。

傅公祠的前前后后都讲完了。

实验小学就两个人，一个左唯一，一个李承恩。李承恩是序子爸爸考棚小学时的六年级学生。"张校长！杀共产党了！"这句话就是他喊出来的。他长大了，现在当先生了。

实验小学没有工人，摇上下课铃铛都是左、李两先生轮流担任，像戏台上帮忙打锣鼓的三花脸放下鼓槌赶紧上台唱戏一样，神气很让人好笑。

左唯一上上下下跑，他无所不教，公民、书法、国语、自然、历史、常识、算术、十二路谭腿……可能他也曾想教唱歌，学生远远听到他"噢"过几声，都觉得实在难以下咽；他怕是哪里得到了消息，以后再也没提起唱歌的事。李承恩皮肤白，个子高，一头自来卷的黑发，可惜的是颈脖子太长，走起步来像鹅，嗓子也像鹅，所以唱不得歌的。也巧，怎么这一套李承恩也不行？所以说，朱雀城实验小学的音乐美术课最是不发达。他们两个是都承认的。

用铁匠铺常用术语来说，李承恩是左唯一的填锤，得空也帮忙打学生，百十来个小学生，他管的是低班。

实验小学没有校长。上头没有说，左唯一不能自封。学生从来没有叫过"左校长"；李承恩明白自己身份，学生叫他一声李先生就很好了。

左唯一自己想不想做校长呢？未必想。等于世界上没有只带一个参谋的军长，名不副实地叫起来，自己也不便答应。

实验小学没有牌子。岩脑坡文昌阁有"朱雀城模范小学"的牌子；登瀛街有"朱雀城女子小学"的牌子。应该有而没有，它就有应该有而没有的道理。

朱雀城不大，出一点事不怕没有人研究的。

左先生的恶原先看不出来。他是个大个子，大脸长脑壳，剪的头发比平头长，比分头短，像湿了水，根根竖着。小眼睛，远看脸上两颗小黑点，近看其实还是有眼珠的。面向着你的时候，不要以为他光是看你，他在看大家；也不要光以为他在看大家，有时他在看你。翘翘的小薄嘴唇。

走近你时，他身上有股不像人的腥气扑你的鼻子。

他从来不笑；你向他鞠躬行礼，他斜眼看你，好像牙科医生马上要对你动手的神气。

有头脑或自以为有头脑的朱雀城乡亲父老，都兴高采烈地把亲生骨肉奉献到傅公祠实验小学左唯一爪子底下来。

除张序子以外，还有楠木坪的朱一贵，史家弄的戴国祥、戴红云、戴振煌，西门街的顾凤生、顾远达，文星街的陈开远，孟公井白羊岭那边的陈文章，大桥头的欧敬云，滕家湾的陈良存，正街上的张长隆，岩脑坡的滕星杰，这一帮（"帮"字用在这里并不确切，太紧密了。应发音为"胖"，"胖"有聚集之义，却较为散漫轻松。方言含义及妙处在此）讲是讲都是文昌阁转过来的旧袍泽，其实之外还有更多将要共患难的同窗新知。

这一点也没有往文昌阁拉队伍起义的意思，只能算是老一辈人对新倾向的一种自由向往。没过几天事情就明白了——

傅公祠没有小孩子们一点点回旋余地，像挤在簸箕里被筛来筛去、无可奈何的苞谷子。后头的花园都是天生的石头群外加一口从未积水的深潭，学堂规定这是一个禁区，那就更没有哪块可以喊一

左唯一先生

小眼睛，远看脸上两颗小黑点，近看其实还是有眼珠的。面向着你的时候，不要以为他光是看你，他在看大家；也不要光以为他在看大家，有时他在看你。

喊、跑一跑的余地了。文昌阁对比起来那还有哪样可说的呢？人爱怎么喊就怎么喊，到处都是绿荫荫子透过阳光的树，上上下下爱怎么跳、怎么跑都可以。何况还有名叫"兰泉"的井水！

文昌阁模范小学的先生呢？大家都记得，没有一个不自得其乐。不管老少，不管脾气，风格各异，志趣不同，都跟学生、功课和自己的人格融洽在一起。把具有非常庄严意义的理性行为弄得这么温暖和富有人情味，让孩子们变成老人之后还会说："那个世界真好！！！"

何必让左唯一这种人办教育呢？他从来没有笑过。他在学生放学回家之前一次训话中表白过："你以为我喜欢当你们这群东西的先生呀？"

学生们也纳闷："人怎么会一天到夜一肚子气呢？"

天天早上他进教室，总是把手里几本书往讲台上重重一摔说："好！来吧！"

一副要和对手决一死战的神气。

序子这一班同学，坐在第一排左首边是两个女的。保靖、花垣那边来的。一个叫王国珍，一个叫石玉秀。王国珍剪短头发；石玉秀梳猪尾巴辫子。王国珍不让人讨厌，是个大嘴巴；石玉秀脸白，不太会讲汉话，也不让人讨厌。左先生不特别把她们当作"女"的看。这两个女孩子不进"女小"，偏偏夹到实验小学来，怕都是一种后台面子货，不要是不行的。

左唯一唯一够得上牛皮的，实验小学是他的私房，他随心所欲之极，连算术课的那些恼人纠葛，都让学生误会是他发明。当然，顺势他也有所发明，有所创造。他做哪样要把兔子和鸡关在一个笼子里呢？鸡从来就不跟兔子关在一个笼子里。要是都关的是鸡，都关的是兔子，算术就不这么难做了。写算术书的人根本不懂，鸡和兔子从来不会关在一起的。他不懂，鸡跟鸭子、跟鹅也都不兴关在一起；公鸡母鸡关在一起倒是常见，公鸡和公鸡关在一起都会打得你死我活满身是血，赶场的时候，卖不出钱的。

"鸡"字二十一画，写成"雞"十八画，二十一减十八等于三，打戴国祥三板子。戴国祥不认，不认加三板；还不认，再加三板。一共九板。戴国祥犟，骂娘，左唯一让两个不懂事的乡里同学拧住背胛，真打了九板子。因为戴国祥骂娘，又加了不计数的几板子。

序子看过赤塘坪杀人砍脑壳，没有见过在教室真刀真枪大人打小孩。小孩当然打不过大人，凭哪样写错几笔字就打人呢？你是先生嘛！要是做学生不写错字，还要你左先生做哪样呢？

"你转去报送你爹，就讲我左唯一打了你手板，教他来枪毙我！"左先生在教室就这么嚷。

戴国祥挨打，又不是光彩的事，怎么好意思报送他爹？

别个人报送了戴旅长，戴旅长特别高兴，"打得好！打得好！这小狗日的总要有个人怕才行！我多谢都来不及还枪毙渠？告诉渠，几时我请吃饭！严师出高徒嘛！放心打！放心打！"

左唯一又听到传过来的话，打得更趾高气扬了。

实验小学的学生写字用的都是毛笔。用毛笔当然要有砚台和墨。于是砚台和墨的关系，毛笔和铜笔帽的关系，写字的纸和书的关系，这些书和纸跟砚台、墨的关系，共同相处在一个不幸的书包里，上学、放学挂在肩膀上来回晃动，真像是背负一座苦难的炼狱。（喔！我忘记书包里还有沉重的石板和石笔。）

朱雀城这时候铅笔和钢笔已经出现，上层人士把它们当成奢侈品在友朋之间亮相，实际用途却还没得到普遍信任。

左先生规定学生每天要交一张五百字的小楷和一张三十个字的大楷。这负担很重，令人憔悴。

小楷纸每直行二十五字，共二十行。每一直行写同样一个字。

朱一贵懒，想赶紧写完交卷回家。便在一张小楷纸上写满了：

"一、一、一……二、二、二……之、之、之……小、小、小……土、土、土……干、干、干……千、千、千……了、了、了……丁、丁、丁……十、十、十……大、大、大……口、口、口……乙、乙、乙……又、又、又……人、人、人……入、入、入……寸、寸、寸……工、工、工……八、八、八……子、子、子……"

第二天早晨左先生上课改卷子看到朱一贵的小楷字，忽然惊跳起来："哈！哈！哈！大家看看这个大书法家朱一贵写的小楷字，大家看，大家看，每个字不超过三笔！你真会省油！多一笔都不写，你哪里叫朱一贵？你应该改名字作'猪一只'！你这么懒，懒成精了，来！过来，自家扛张长板凳过来！"

朱一贵慢吞吞走到黑板底下扛出一张长板凳，嘴巴轻轻哼吟着……

"趴下！"

朱一贵只是骑在长板凳那一头不肯趴下，嘴巴还在哼吟。

左先生仍然叫那两个乡下来的老把式帮忙紧紧按住朱一贵的肩膀，还拿脚拐子擒住腰身，左先生熟练地剥下朱一贵的裤子，一口气打了他十大板屁股。

朱一贵比猪叫得还响。小孩子哪里懂得申叙委屈？做哪样当了先生就可以打学生？序子头发都竖起来了，他想扑上去咬左唯一一口，咬哪里都行，咬得他血糊淋拉！

朱一贵不是序子干哥他也决心要咬左唯一一口，他没有扑上去是因为他怕，他怕有一种他还不懂的规矩。

这一盘朱一贵被打得好惨。打完了还趴在地上起不来。朱一贵这人从小就不会哭，哭得没有个章法。左唯一让张长隆和田时谷扶朱一贵回座位，回到座位坐不下，趴在桌子边上"呃，呃，呃"叫。

"今天再写一张小字交来，写不完不准放学！"左唯一下了命令。

朱一贵趴在桌子边痛苦地写了第二张小楷，"科、科、科……长、长、长……科、科、科……员、员、员……八、八、八……洞、洞、洞……神、神、神……仙、仙、仙……猪、猪、猪……朋、朋、朋……狗、狗、狗……友、友、友……吃、吃、吃……菜、菜、菜……喝、喝、喝……酒、酒、酒……鸡、鸡、鸡……飞、飞、飞……狗、狗、狗……走、走、走……"

左唯一看着这张字，再看看朱一贵一拐一拐下岩坎子冷着脸说："好家伙！我们明天算账！"

第二天，左唯一交给朱一贵一张字条说："今天我饶你一盘，照着我写的老老实实、规规矩矩写张小字，不准写出格，错一笔，打一板屁股！"

纸上那二十字如下：鷉、鸓、鸚、鷞、鸖、鷼、鷉、鸞、蠮、爩、爣、麳、黥、黯、甐、黔、黻、黼、醭、黹。

左唯一糟蹋忬崽的心思，大概是参考离傅公祠不远的阎王殿的路数。可能，他从里头找到了畅心的学问。

左唯一打伢崽的板子是根楠竹子做的宝剑，长一米，厚一公分，宽四公分。把手底下有个眼，穿了一副红坠子。

平时在院坝、走廊拿这把竹剑练功。练功的套路简单，仅做到活络血脉的程度。练完功，挂回到黑板旁边右首石灰墙钉子上。序子上课的时候几次走神在那把剑上；他想哪一天偷出来把它烧了。不行！左唯一没有了这把竹宝剑万一换了把更厉害的带尖的花椒木板子怎么办？……

做父母的怎么会相信打小孩是为小孩好？让他们亲眼见识一下就好了。

这算个什么实验？把亲生儿子一个个送去当白老鼠子。

大家放学走在路上就自由说话。

"左唯一他哪里还算共产党？做不出什么'实验'的！他恨共产党才投降的；也恨抓他的国民党。他两边都恨。"唐运隆说，"所以打你（指朱一贵和序子），你爹妈是共产党；又打你（指戴国祥），你爹是国民党……他一肚子气讲不出口，就打你们这些两派党崽崽。"

余茂盛讲："所以吵，我爹生气就摔碗摔盆……"

"你懂个屁！少插嘴！"滕代浩骂他。

"左唯一也扫过我一脚！"辜庆余说。

"你爹算个卵党！一个裁苴的，左唯一扫你是嫌你穷。"田时谷说，"看你破破烂烂冇顺眼。他冇用手打你是怕打肮脏手，才用脚扫。大家想想看我这话对不对？打手板，伸出来的肮脏手他是不碰的，只拿竹宝剑尖尖拨弄高低悬空地打；若果伸出来的是干净手，他就会抓住手指尖一板一板地细细地、认真地打……"

田应生赌咒，长大之后第一个要算账的就是左唯一，首先剥掉他裤子打一盘屁股。没想到第二天快上二堂课的时候，报应来得飞快，左唯一打了田应生十七板屁股。痛得他大声叫妈。为什么打应生呢？

　　一群学生围着观看田应生表演——"左作揖，右作揖，叫作个左唯一；左鞠躬，右鞠躬，叫作个左执中；左转弯，右转弯，叫作个左自然……"

　　田应生表演的时候，想不到看闹热群众有个真左唯一在里头。抓住田应生，叫两个学生擒住按紧在长板凳上，一边打，一边也念句子："左、边、打，右、边、打，打、你、的、是、左、唯、一！"

　　田应生后来对人讲：左唯一那诗，平仄不谐，缺韵。

　　有天幼麟看到序子在一张红字上填墨。

　　"这是哪个的字？"

　　"左先生的字。"序子答。

　　"你已经在临帖了，还描红做哪样？"幼麟问。

　　"左先生卖给大家的，要大家描。"

　　"好多钱一张？"幼麟问。

　　"二十文一张。"序子答。

　　"你买了几张？"

　　"一百文五张。"

　　"是不是个个都要买？"

　　"也有穷伢崽买不起的。"

　　"买不起的会怎么样？"

"我看没怎么样。"

"要是你不买呢？"

"嘿！嘿！我可不敢不买！"序子很不随便地回答。

幼麟拿了一张左唯一的红字书法去找高素儒。

"看看这字！"

高素儒举起字："你们家狗狗写的？"

"嘿！实验小学的书法家左唯一的大作。"幼麟忍住胸中不忿。

"这不是《千字文》吗？怎么这种水平？"素儒问。

"水平不水平，每张二十文，卖给学生描红之用！"幼麟说。

"个个都要买吗？"

"怕不至于。买得起的都买。听说他天天打学生，学生可能产生误解，以为多买几张会少挨点打……"

素儒站起来把这张字看了又看，"看来这人真无丝毫共产党的派头了，令人失望，老王晓得了也会难过，真没出息！——这跟学堂里打拳的周师傅卖粑粑性质不同啊！"

"底下怕还会出事，唯愿到此为止……"

左唯一和李承恩开了个紧急会议。

"分三个步骤办：一、到正街上洋铁铺买口烧开水炉子马上烧起来，再买十个搪瓷带耳朵杯子。二、收回所有的'描红'；描过的、没描过的都收。三、查、查、查个水落石出，把线头理出来……"

买过一张的，两张的，三张的，四张的，五张的。

买五张的有十几个人。交回描过和没描过的都是准数；只有张序子缺了一张。问哪里去了？序子说他爸拿了。

左唯一看了李承恩一眼。

下午集合，左唯一讲话：

"……大家都晓得，实验小学是个穷学堂，没有钱，怎么办？就可以不办学了？不可以。就要想办法。比如春天来了，日子一天比一天暖和，大家口干喝水，怎么喝？生水喝不得，喝了屙肚子。一定要喝开水，开水哪里来？要有开水炉子，炉子哪里来？我做先生，不像新嫁娘带有陪嫁的嫁妆，是光着手来的。眼看大家没有开水喝，只好写字让大家买。白天写，半夜写。大家一齐出力气，你们又得到练字的机会，开水炉子也就有了。我也就放心了。免得你们喝了井水回去拉肚子，说是我左唯一害的。开水炉子有了，今天起，我也不卖字了。特别告诉大家一声，开水不开不要喝，开水壶响哨子才喝。接开水要小心，免得烫手起泡。完了！"

炉子有值日生照顾，真的时时都有开水喝了。甚至还有人带来小茶壶泡"糊米茶"（烧焦的锅巴泡茶可防肚泻），有钱的少爷们还讲究泡茶叶。他们用天真的行动帮忙打扮左唯一的"天下太平"世界。

这说的是那帮年纪小、稍微遇到一点好就感动、就上当的同学。另外一帮在市井街头长大的孩子却不信这一套，"以为伢崽家好欺侮，肉伢崽家的钱，几笔狗脚字就想学王羲之。伢崽家以为买了他的字就少挨打，殊不知他一边卖，一边打，两样都没少。

"这下子好了！眼看把戏要戳穿了，居然买了个烧开水的火炉子来圆场，挡人耳目……"

说这话的是戴振煌，戴国祥家的亲戚。论年纪他应该读中学了，据说是跟着大人到处跑码头耽误了学业，眼前只好委屈坐在小学四年级最后一排课桌边。

没想到李承恩也走在回家的路上，平平仄仄都让他在后头听饱了。第二天早上一五一十报告了左唯一，左唯一咬牙说："这伢崽阴险！"

第二天第一堂课是"自然"。十四课的题目是"益鸟和害鸟"。

鸟的食性各种不同，有的喜欢吃谷类，有的喜欢吃小虫，又有些喜欢吃别种鸟类或小型的走兽。

空中有许多有害的飞虫，要吸取我们的血；田野中有许多昆虫，要蛀蚀有用的木材，或侵害我们栽培的植物，但燕和莺有灵敏的眼睛，好捕食飞虫；啄木鸟有锥形的嘴，啄开树皮，找寻蠹虫吃；鹰和猫头鹰会捕鼠类等的小动物；所以它们都是有益的。

麻雀是杂食的鸟类，各种东西都要吃的；但它特别喜欢吃谷类，所以称它为害鸟。喜鹊好啄食在地上的种子，这种习性，常为农人所憎恶。乌鸦虽吃掉许多谷物，但一方面也喜欢捕食害虫，所以，它有害处但也有好处。

左唯一原先坐在讲台后边凳子上念这篇书，忽然大声一喝："戴振煌！你不要打瞌睡！站起来！"

戴振煌挺着胸脯站起来。他原本身体就好，大家回头看他，像个黄天霸，"我早上刚起来，打哪样瞌睡？"

"我看见你打瞌睡！你还犟？你就是一种害鸟！是猫头鹰！"

"猫头鹰是益鸟，你刚才才读过！"

"你是混蛋，是害群之马！"骂完反身要去取竹宝剑。

"左唯一！我日你妈！"戴振煌很快地挂上书包，戴上帽子，顺手右边就是教室后门，出去了。"左唯一，我日你妈！你卖狗脚字赚钱！伢崽家怕你，老子不怕你……"骂着、骂着已经下了石坎子。左唯一捏着宝剑追出去，戴振煌顺手就是好大一坨石头打在门格子上，"轰"的一声。

"左唯一！你过来，老子不走！老子等你！你来！"

左唯一连忙叫来李承恩，"抓住他！抓住他！"

"轰！"又是一石头打在另一扇门格子上。

李承恩伸出他那条长脖子左看右看，就是不敢追。

戴振煌左右手各捏住一坨大青光岩，从从容容地走了。一边走一边骂，一直骂到街上。

左唯一转回到教室里站着扯气，脸都白了："同学们，不要学他。戴、戴、那个戴哪样？是个流氓，是个痞子，长大上赤塘坪挨砍脑壳，不要学他……下、下课！"

学生看到这个场面，开始是怕，后来是偷偷子高兴，再后来是佩服戴振煌佩服到了不得的程度！就这么两岩头，打得左唯一、李承恩两个大人一动不动。

"同学们！不要学他！"

真好笑！就这么一下子，能学得会吗？

这下好了！

自从戴振煌闹革命以后，教室里头靠后两三排十几个人不再挨打了，风水都转到前头来。前头四五排人动不动就挨打。

这个状况底下，好像打人是不需要理由的。其实，理由也是假的，都在左唯一的嘴巴子上。

四月四日儿童节。大家都高兴的日子。

左唯一晓不晓得今天是儿童节？晓得的。不晓得李承恩也会报他。

左唯一偏生今天不高兴。是不是麻阳有人报信左唯一的爹妈今天发瘟死了？是不是左唯一家的祖坟让人挖了？没有呀！麻阳没有来人呀！上朝会的时候站在坎子上眼睛看都不看指着朱一贵、戴国祥还有陈文章和张序子："出来！上前三步！"四个人上前两步了。

"大家看看，他四个人像什么？"左唯一又命令四个转过身来面对群众，"他们四个是'金蚊子'，外头光，里头一包屎！"

（朱雀城把蚊子、苍蝇都叫"蚊子"。咬人吸血的蚊子叫"夜蚊子"，厕所里的红头苍蝇叫"金蚊子"，身上带麻点的叫"蛆蚊子"，一般叫"屎蚊子"。吃饭时在饭桌上下飞来飞去的叫"饭蚊子"，吃牛血的叫"牛蚊子"。）

序子不晓得厉害，还偷偷牵朱一贵的手问："我们做错了哪样？"

朱一贵甩开序子的手，皱着眉毛。

"你们看！你们看！金蚊子还手牵手！"左唯一指着四个人问："今天是什么日子？"

序子答："今天是儿童节。"

左唯一问："你们穿的是哪样衣服呀？"

序子回答："是海军服。"

"做哪样要穿海军服呀？"左唯一问。

"不晓得，我妈帮我穿的。"序子说完，其他三个也跟到说。

"啊！"左唯一恍然大悟，"你们是小金蚊子，你们妈是老金蚊子！"说完大笑；他以为大家会跟着笑，大家都不想笑。

序子有一点感觉，左唯一不喜欢海军服；陈文章还没弄清楚是怎么一回事；朱一贵担心在惩罚上；戴国祥一脸的不在乎。后来接到左唯一命令："滚转去！"

四个人回归原位，没有受到体罚。

序子挨过打手板，很痛。看别的有经验的同学用左手捏着右手手腕，他也学；没有用的，跟没捏的一样痛。

实验小学"老油子"学生在放学路上有时会传授一些江湖经验——滕代浩就是这一路人："哪哪！你们进实验小学，开门见山头堂课脑壳里头就要预备一个道理：'一点不要想讲道理。'对、错都由不得你。连左唯一自己都不懂什么道理不道理。就像他口干顺手舀一瓢凉水倒进嘴巴一样。他天性就恶。

"'天将降大任于是人也'，要忍得住手板痛、屁股痛，还要经得起狗日的左唯一拿最难听的话骂你和你的娘老子，丑到你没有地爿爿钻，拂乱尔之心志。他不是人！他跟所有世上的活人都有怨恨，他要向全世界的空气报仇！

"你们要'以恶为师'，你们存苦难于身，正气有朝一日必将上达天听。"

第二天头一堂算术课，滕代浩一个分数题，错得颠三倒四，被左唯一按在长板凳上打屁股，搞得天摇地动，那场光景，可是真的上达天听了。

挨打成为家常便饭，久而久之，彼此也就适应了。

四个小孩虽然没有因为穿海军衣服受罚，却是指明要做一星期值日生，放学之后打扫教室和倒痰盂的工作。

（讲到吐痰吐口水，历史不缺这方面跟战争、道德修养有关的掌故材料。比如《后汉书·公孙瓒传》就有"始天下兵起，我谓唾掌而决"。又唐褚遂良也说："帝欲自讨辽东，但遣一二慎将，唾手可取。"唐朝娄师德的弟弟被人吐口水在脸上说："弄干净就行了。"娄师德说："这怎么行？弄干净岂不是惹得他更加生气？让它自干算了！"聂绀弩几十年前有篇文章叫作《壁画》，说他没有出息的亲爹睡在床上懒得起来，顺口吐痰在身边的墙壁上，年深月久，墙壁上就出现一幅意境深远的抽象派壁画。我"文革"的时候在部队农场劳动三年，度过了三次春、夏、秋、冬。冬天夜晚集体在晒谷场看电视接受阶级教育，一人一张"马扎"乖乖坐着。因为天寒地冻，年纪大的老人咳嗽吐痰，部队领导就发话说："不要随地吐痰！有痰就吞下去，助消化的！"）

序子、戴国祥、朱一贵和陈文章做一星期的值日生并不觉得劳累。先把教室里所有的座椅倒盖到课桌上去，再用喷水壶把地面洒湿。扫完地，倒了垃圾，再把搬下来的座椅摆正。湿布、干布擦净黑板，拍净黑板擦子上的粉笔灰，放进讲台抽屉里，粉笔仔细地捡进盒子。

好，这才开始认真地对付立在墙角的痰盂。大家一直都说，情愿打扫三遍爬蛆的茅室，也不愿光顾一次课堂的痰盂。因为要照料的这痰盂之外，还有那块淋漓亮炸摆痰盂的角落。那角落虽然不臭，却是比臭勾魂。它十足像绀弩老头家中那幅抽象壁画平铺在地面上，不过，更厚重，更璀璨。不需要你再添补想象；它本身就迸发出想

倒痰盂

好，这才开始认真地对付立在墙角的痰盂。大家一直都说，情愿打扫三遍爬蛆的茅室，也不愿光顾一次课堂的痰盂。

象的万丈光芒。

平常上课学生想吐口水、有鼻泥非擤不可的时候，都要时刻提防被那幅深奥的抽象画滑倒。

四个人搞卫生大扫除到星期六的时候，兴趣来了，更想好上加好，让序子把他们家修筑花坛的小锄头和铲子拿来。他们像开采金刚钻那样小心在地面细细钉琢出半箩筐闪耀琉璃五色的坚硬晶体；用"克拉"计算，足足可以富强起码两个亚洲穷国；如果它真是金刚钻的话。

这工程比起倒痰盂来，倒痰盂显得微不足道之极。双手各垫一张黄草纸捏住痰盂边，远远平举着，眼睛小心看路绝不要留恋痰盂里头浮游的东西；更不可这时候想到好吃的肉丸子汤和凉粉。屏住呼吸，从容步伐，来到茅室的时候站稳脚步，弯下身子，把痰盂里头的东西轻轻倒入茅室。

打一桶水来，用小扫帚仔细把痰盂里外洗刷干净，拿回教室原来的角落放稳，倒半痰盂清水，再滴半调羹左右的石碳酸消毒药水。洋碱洗干净双手，唉！一星期的事总算做完了……

星期一第一堂是国语课，左唯一故意东看西看，拿鼻子嗅了一嗅，问学生："教室干净不干净？"

学生同声回答："干净！"

"唔！是干净。我看该赏点哪样给这四个人。你们看，赏哪样好？"没人回答。"赏他们四个人再做一星期值日生！"左唯一说。

朱一贵听到这话，眼睛一眨一眨地想哭，又不敢。

序子也听得明明白白，他没有特别的反应。他从小就熟悉突然到来的事件。他身不由己。没有人告诉他人生从来就身不由己，只是经验习染而成的脾性。看赤塘坪砍脑壳，跟王伯躲到木里，"芹菜"和她的小男人，城里人的哭和笑。都是人，左先生也是人。人分大人和伢崽。有的大人喜欢打伢崽；有的大人喜欢疼伢崽。岩弄让"王腊渣"叮了，一边笑，一边拿隆庆的黄丝烟擦疱；有的伢崽脚杆上爬一只蚂蚁，吓得叫妈。花各有各的香。水有甜有苦。蘑菇有的好吃，有的吃了会死。身上有种叫"痒"，有种叫"痛"，有种叫"长疱"，有种叫"流血"。有的人读书，有的人不认得字。序子看过好多书，书里头的事都没有亲眼见过。书里头的人，要不特别地好就特别地坏……唉！王伯，你现在在哪里？

"光阴似箭，日月如梭"，加添这一星期的值日打扫卫生也很快地过去了。

序子对朱一贵说："原先你犯不着哭的！"

朱一贵说："日左唯一的妈！他信口就是一星期！我怕他等一回又来一星期！"

"老子差一点不放过他！"戴国祥说，"叫马弁半夜爬墙进去揎他一餐！马弁不肯，讲他是'天地君亲师'的'师'。狗日的！那他妈那个'师'随便打老子就行？"

"'英雄报仇，三年不晚！'"陈文章说，"等老子长大再讲！"

家里大人也都奇怪，半个月前才穿了一回的海军服忽然不穿了。

天下的父母都是一个样子，自以为最懂得身边的子女。像只风筝，不管他飞到屋外头哪个天上，这边一收线，就会回到身边。做父母的不了解，一旦风筝放上了天，儿女们经历的世界，跟坐在屋里的父母可就大不一样了。儿女们有世故也有苦衷。自以为老成的父母，在某些方面其实头脑是很幼稚的。对左唯一的放纵和信任，就是最不懂事的一例。

陈良存是个例外。在班上，年岁不大也不小，坐中间排靠板壁的位置。

脸长长的，剃平头，他和同学、同学和他都没有发生纠葛，是个"好学生"。规规矩矩地坐着，读书的时候左右晃荡，苦着脸："嗳，呀呀呀呀！嗳，呀呀呀呀！"从没挨过打。左先生叫他做哪样他就做哪样；不叫他，他也不抢着去讨好。他像个"中年人"，爱流汗，一用功汗特别多。没人讲过他闲话，也没人忌垢他老实。

家在沙湾。他妈每天和他一齐到傅公祠来，下雨和大太阳就躲到傅公祠对门人家房檐底下；平常日子就坐在傅公祠石坎子底下三坎那里做点给过路人缝补针线零碎事情。中饭陈良存就下来跟他妈一起吃，坐在坎子上轻轻说话。一小箩苞谷饭，短筷子，三四条辣子萝卜干。喝两口水。

晚上放学，两娘崽一起回家。

陈良存鬓角有几根白头发。同学笑，他也笑。

实验小学也发生过喜事。

左唯一牙齿痛，左腮帮子肿得像半边屁股。

在左唯一身上发生别的意外，对学生讲未必是个好事情：宿醉未醒，上早课还打着饱嗝；昨晚上把左手中指甲剪歪了，手指头还隐隐作痛；吃早饭，菠菜里头混了颗沙子，牙齿咔嚓一声……那是要打人的。人不高兴，不打人打什么？

这一盘好了！左唯一的牙齿出毛病了。牙齿出毛病比哪里出毛病都厉害。

眼前的左唯一正生活在人间的阎王殿里，上着刀山，下着油锅，满床乱滚。

学生心里非常明白，朱雀城根本没有牙医，九十里外的乾城、所里也没有牙医；中医开方子吃汤药医牙痛总是讲牙齿上火，即使有效也远水救不了这个近火。街上有时候也听见叫着"捋¹牙虫啊！"的外地江湖女牙医，这是靠不住的，不可信！

所以学生们就希望朱雀城永远没有牙医，让左唯一的牙齿一痛痛它个五十年。

李承恩像个外行接生婆，忙虽忙，却是插不上手。让学生从井里头打凉水，泡几条手巾来回递给李承恩敷在左唯一那块肿脸上。

打水的学生办喜事似的快速奔跑，没想到狗日的左唯一也有今天！一点不累。

序子这一班的学生"自由温习功课"。

李承恩照顾左唯一的牙痛，还要照顾初小那一帮学生，来回地转。

左唯一"身在曹营心在汉"，一边痛得死去活来在床上滚，一边远远听着小屋底下那帮小混蛋在议论他的"朝政"。

"讲讲看，牙齿痛和打屁股，两样东西，你们愿意选哪样？"

"你去问左先生，让他挑！"

"有人讲，牙齿痛，喝自己亲娘一杯奶就会消肿。"

"他妈老都老了，七八十岁，哪浪还挤得出奶？"

"有急事，再老也挤得出。"

1　用手旋着根尖长物往病牙里插。

学生们就希望朱雀城永远没有牙医，让左唯一的牙齿一痛痛它个五十年。

左先生牙齿痛

379

"滕代浩！你过来，我问你，如果你屋里有祖传医牙痛的仙药，这时候端到左先生面前孝敬他，你想，他以后还打不打你？"

"我屋里没有这种仙药！"

"我是讲'如果'有……"

"没有就没有，连'如果'都没有！我送卵给左先生吃？"

"你讲你送卵给左先生吃！"

"你挑起来的！"

"你讲的！你讲的！讲了讲了……"

总而言之，左唯一牙痛，学生们过年。

左唯一浑身都在绝望之中。每一粒细胞都疼痛难忍。太阳穴让一副铁钳子紧紧夹住，嘴巴里喷着火焰。

到第三天，连哼哼的力气都没有了。

学生们这三天都虎视眈眈，生怕忽然来了个神医下凡医好左唯一的牙齿。唯愿左唯一像齐桓公的下场，在临时砌成的围墙里几天几夜无人料理，死掉，烂掉，爬着蛆……

学生们还小，知识有限，他们不晓得这种左唯一式的教学法中外文化史上从来就有。将来还有。

有权力的人一旦走邪，在封闭的王国里，无论大小，都有这种远景和前途。

说时迟，那时快，学生心里正筹办一个开心的追悼会之际，左唯一的牙齿痛忽然好了。好得像从来没牙痛过一样。

这是怎么一回事？初小班的龙正植看到左唯一痛得可怜，转屋里告诉他爹，他爹带了个山里苗医生到傅公祠，当晚就治好了。

（不要少见多怪！治好了就是治好了。用这个方法每个人都可以试试。

七瓣大蒜心，要真的白心，绿的不行。捣烂成泥，放在"养老穴"上。左边牙疼放右边，右边牙疼放左边，用纱布盖好，小绷带缠牢。十分钟至多十五分钟牙就不疼了。半个钟头取下绷带和纱布，用消毒过的缝衣针把凸起来的水泡捅一个小眼，让水流出来，拭净，再用纱布保护好。看到此处，读者不要写信跟我联系，我不是医生。自己做去就是，不会不灵。那个起水泡的地方过十天半月就会复原。复原过程皮肤有一点点不适，那是正常的。）

左唯一头一件事是漱口之后进了一钵子稀饭，第二天大清早一钵子炖猪蹄，中午一钵子炖牛肉，晚上一钵子粉蒸肉外加两碗八宝饭。所有的亏损，一天工夫都补回来了。

第四天大清早第一堂课，历史。

左唯一坐在讲台后边椅子上，"十五课，'俄国的革命运动'，上个星期已经讲过了，吴道美，站起来，背！"

吴道美站起来，吴道美忘记了自己是吴道美，他以为左唯一因牙齿痛已经翘瓜瓜了，没想到返回人间活转来要人背书。"俄国的革命运动"，是有这么一回事，上星期是讲过的，他运动他的，和我有什么相干？你看，你看，我怎么背得出？

左唯一提了个头："大战开始，俄国也参加……"

吴道美跟着说："大战开始，俄国也参加……"

"底下呢？"左唯一问。

"底下呢？"吴道美跟着说。

"好！你站好，不准动！——王本立，接着背。"左唯一懒洋洋地说。

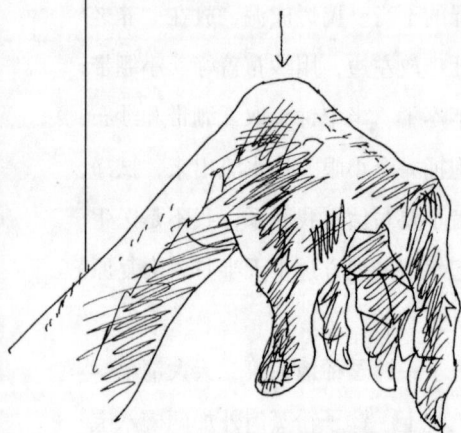

即手指頭最高處即養老穴。左右手相同。

七瓣大蒜心，要真的白心，绿的不行。捣烂成泥，放在养老穴『』上。左边牙疼放右边，右边牙疼放左边，用纱布盖好，小绷带缠牢。十分钟至多十五分钟牙就不疼了。

王本立站起来背："俄国的革命运动。大战开始，俄国也参加，但因战事延长，国内食粮缺乏，顿起民食恐慌。那时，专制政府不知设法补救，人民遂起暴动。一九一七年（民国六年）的三月，国都地方的农民、工人高呼口号，高呼口号，嗯，高呼口号……"

"实行革命，军队也有加入。"左唯一提了两句。

"实行革命，军队也有加入，军队也有加入……"王本立卡了壳，站在那里。

"张序子接下去！"左唯一闭着眼睛叫。

"于是俄国政权遂入革命党之手，成立临时政府，俄皇尼古拉二世被迫退位。但是革命后的政府，一切设施仍不能满足民众的要求，十一月里又起革命，推翻临时政府，组织劳农政府。劳农政府便是由劳工、兵士、农民代表组织的委员会去统治一切。领袖列宁宣布停止战争，即单独与德讲和；又从内部改革，谋经济上的救济，于一九一八年迁都莫斯科，实行共产，那苏维埃社会主义联邦共和国（简称苏俄）的名称，从此为世人所注目。俄国的革命，是用政治革命的方法，去实行社会革命，他们的一切设施，把社会上旧有的制度尽行破坏，把有产阶级的团体尽行解散，政权归无产阶级所有，一切私有的东西都变为公有了。

"自从实行以后，渐渐发现农民工作退步，物产减少，民生很感困苦，一九二一年起，实行新经济政策，就是允许农人可以私有农产品，个人可以经营小工厂、小商店等。于是市场恢复交易，商店开门营业，私人工厂也多设立，一切情形重见兴盛。

"俄国近年来，内部建设很是努力，五年计划已见实效，各国多与其恢复邦交，仍不失为世界上一个大国。"

张序子一口气背完这十五课。[1]

"唔！你坐下！" 左唯一又对王本立说，"你也坐下吧！"
剩下吴道美站住一动不敢动。

下课之前，打了吴道美五板手板。

左唯一打人凭高兴，不高兴多打点，高兴少打点。特别高兴，
两三天不打人。

最好走玩的有一次打曾宪文。

曾宪文家住在登瀛街拐弯快到道门口的地方，他爹是个榨粉的
"粉客"。爹、妈、哥哥、姐姐和曾宪文，一屋都是榨粉的。

榨粉这门行当跟体育场的单杠、双杠运动员一样，全家天没亮
就参加榨粉，一个个都变成不知不觉的大力士。

粉架子用很粗的硬木做成。一架物理学的杠杆大模型。支点、
重点、力点，也就是阿基米德说的"给我一个支点，我能撬起地球"
那种东西。

一口大灶，大灶上一口大锅，锅里翻滚着开水。

一坨粉团团从架子上经过一个有眼眼的钢筒压到锅里，变成全
城人人碗里的猪肉粉条、牛肉粉条。

曾宪文只比序子大一岁，却是要低着脑壳才看得到序子。伸
出双手能把序子托起来。他脖子和脑壳一样粗，跟序子算是好朋友。
为什么是好朋友呢？因为两个人都不喜欢算术。

不过他不能跟序子坐在一起，原先他是跟戴振煌共一张后排桌
子的，戴振煌"反水"以后他打单了，没有戴振煌他好凄凉，像个

1　《复兴历史教科书》，商务印书馆，1932 年。

无依无靠的守寡婆娘；因为戴振煌算术好。

这就是挨打的原因。

左唯一打曾宪文在实验小学算一景。

虽然讲，曾宪文长得没有左唯一高，起码还差一脑壳。论宽，论厚，论重，左唯一就谈不上什么体质了。

没挨打之前，曾宪文就开始"哀！哀"地哼，作一些好像很必要的前奏曲，声音越哼越大，接着放口哭号。

"自己脱裤子！趴下！"

听到这命令，曾宪文就正式大叫起来。

板子一下，曾宪文那种叫法简直弄得满房顶掉灰尘；好像左唯一正杀一百只猪那么热闹。

放学走在街上，田应生就问曾宪文："你完全有力气把左唯一按在长板凳上打他一餐屁股的。你做哪样乖乖让他打？你打左唯一一餐，也可为我们雪百年之恨嘛！

"你甚至一边打，一边命令他以后不准打我们！你可以跟他订个《马关条约》，这个如何，那个如何……你个死卵！板子还没碰屁股就喊声震天，你还秋瑾、谭嗣同，你还黄花岗七十二烈士？……"

王家弄他爷爷、爹、三代杀猪的王学轩插嘴帮曾宪文："古时候，历朝历代，杀皇帝、兄弟争位互相谋反的都有，就是没有打先生屁股的。你听说孔夫子、孟夫子挨他学生打过屁股没有？"

"你妈个死卵！"滕代浩骂王学轩，"你和曾宪文都没有出息！'有志不在年高，无志空长百岁'！老子要是像你们两个这副卵体质，老早就参加义勇军，斩杀日本兵，收复东三省了……"

这群背着书包的小学生，一路发气，一路义愤填膺，话题又转到左唯一牙齿痛为什么一夜之间又好起来的问题上来。

"是呀！神药嘛！到上海、到美国也好不了这么快！"余茂盛讲，"哪个造的孽？晓得吗？"

序子说："昨夜听我爹讲，是龙正植的爹帮忙请的苗师傅医好的！"

"哪个龙正植？"唐运隆问。

"一年级那个住师长公馆岩坎底下有玻璃窗子屋的龙卵秘书的崽龙正植！"田应生讲。

"啊！那个'波贝崽崽'[1]！罪恶滔天啊呀呀呸！'惜恶莫如作恶之甚矣！'你个卵家伙！可把我们害苦了！你放虎归山罪难饶！你前生烧着断头香！你打饱嗝放屁使反劲！你投降害死满城人……"田应生文思泉涌。

吴道美说："那早上左唯一上课，我还真以为死人翻生，吓得我尿都出来了。——龙正植是个好伢崽，很乖的，怪不得，他有善心。"

"狗日的左唯一，怎么不就一下子痛死算了呢？天老爷总有这个毛病，众人越是盼他死的人，天老爷总是让他长寿。"程少矶说。

跟同学路上说话，序子心里一直不好过。书包越背越重。他并不希望左唯一牙齿痛马上死掉，打人骂人又不是杀人；就那么死了，那先生娘怎么办？那个刚生下来才两个月抱在手上的妹崽怎么办？人坏不一定都要盼他死，地球那么大，有廊场容他的……就是不明白，左先生做哪样那么恨人？讨厌人？大家跟他也没有几年，都长

___

1 小极了的家伙。

大了，都走了。左先生有一天也老了，会想到这些学生；这些学生也会想到好多先生。一个一个轮到想，想到先生好多的好，这种好，那种好。等想到左先生，都觉得不好，都恨他。有朝一日大家见了面，向这个先生行礼，向那个先生行礼，就是不理左先生，不跟他说话，不和他笑，不跟他行礼，记他的仇，他有什么好？

这是很难懂的麻烦事。

回家吃完夜饭，坐在堂屋里，就只妈和序子两个。

妈问序子想哪样？

"想好多事情。"

"哪里的事情？"

"学堂的事情。"

"好好子读书，学堂有哪样子事情让你侭搣家操心的？"

"你也不懂男学校的事，你只懂你女学校的事。"

妈就笑了："我怎么不懂，我哪样都懂。"

"唉！"

"你还叹气？"妈妈问。

"比叹气还凶火的事都有……"序子说，"你们大人，做哪样总以为自己什么都懂？其实有的事很让人恼火，明明不懂又讲懂。明明一万件事，只懂一件，又要讲懂一万件，蒙在鼓里，让人着急。你不懂，爸爸也不懂。都不懂。爷爷在，王伯在，他们或者会懂。"序子低着脑壳当真在发愁。

"你们学堂真出了事了？"妈妈问。

"嗯！"

"哪样事？"

"大家都盼左先生死！"序子说。

妈妈睁大眼睛问："这是怎么讲的？"

"左先生太恶，打人，骂人，所以学生见他牙齿肿了几天，就盼他死，幸好他活过来了！学生还是盼他死！"序子说。

"先生严一点，打打学生也是有的。学生心里不可以这么恶毒，挨一点打，就咒先生。"妈说。

"不是，不是。左先生动不动就打人，还骂人，骂难听的话。自己有气就在学生身上出，打手板，打屁股……"序子说。

"你挨过打屁股没有？"

"还有曾。"序子说。

"唉！你们伢崽家不懂大人的事，也难怪。他本来是共产党，让抓了，投降，没有办法。投了降，国民党作践他，共产党不认他，好委屈，好造孽，心里想不开，难免拿你们出气。"妈说。

"你和爸爸也做过共产党，你们也没有拿学生出气。"

"我跟你爸爸命比他好一点，那时候要是给抓到了，不投降就是砍脑壳。没有福气拿学生出气了！"

"唉！那我就拿王伯做妈了！"序子说。

"会的！唉！"

两娘崽各叹了一口气。

晚上，人都睡了，序子一个人趴在美孚灯底下做功课，写"自由作文"，题目是：余家祝融之记。

"祝融"这两个字合在一起就是火神，就是管火的菩萨。

字典上东说西说，又讲他跟伏羲、神农排在一起，叫作三皇。

古时的人，信口开河，后来的人写在书上当作学问，拿来吓人自吹。祝融这两个字到现在来看，就是"烧屋"，哪家屋"挨烧"了，文雅的口气，就对人说"吾家遭祝融之灾矣"！……

火烧屋的事，哪样都烧光了，是个倒霉的大事。我一边写一边有好过，不写算了。不写又写？已经写了那么长，翻了几回字典，不写有点可惜。

城里哪家失火，大家都跑去看闹热。晓得失火的是熟人，就帮忙挑水救火，没有空看闹热了。失火的人家，老老小小都很可怜。眼睛看着屋里值钱的东西让大火烧掉，马上吃饭穿衣都成了事情。坐在火对面远远地哭，不敢走近去捡东西。

我屋失火，只有我婆一个人在家。隔壁陈家吃鸦屁烟燃的火，我婆一个老娘子怎么救？出大门叫我，我和婆两个人也没有法子救。火在大门墙里头烧，连看都看不到。屋里没有人，人都在学堂。王伯不晓得到哪里做事去了。大家赶回来，房子也烧完了。

烧光了房子还有哪样救场？大家都叹气，有的坐，有的站，婆坐在门口板凳上咬手指甲。婆咬手指甲不是烧了屋才咬，不烧屋，有空她就咬；这时候她咬得特别厉害。

朱雀城木头房子多，动不动就燃火，一烧连着好几家，就像《三国演义》"火烧连营"。还有大人不在家的，伢崽家没有人抱，都烧成焦炭了。我看见了好伤心，也没有办法。城里有太平井，只那么一点点水，要是火大了，顶不到什么用场。我也想不出什么好法子，唉，唉，唉！

第二天是星期六，交上去了。

过了一个星期天。

星期一照规矩开纪念周，上头来了个督学，戴眼镜的光脑壳对大家演讲。这个光脑壳每五分钟从裤袋里拿手巾擦一次眼镜，一共擦了十二次，就是说一个钟头过去了。学生一句话也没有听懂。看样子是湘乡人，那种话是最难懂的。有人开玩笑说，湘乡人对湘乡人讲话，他们自己也听不懂。学生没有交头接耳，直挺挺地立着，也没有人上茅室屙尿。督学讲完话，最后说："我的话讲完了！"大家没听懂，就没有人鼓掌，只有左唯一一个人鼓。李承恩看到左唯一鼓了才赶紧来了两下。左唯一在督学背后打手势要大家鼓掌，大家也不明白。

左唯一陪督学参观。旋了一圈没什么看头，就开后园的门，督学跨进后园，左唯一指着几棵大树说："这是树！"

"喔！"督学答应。

督学是一个人来，没有随从。实验小学没有会客厅，初小课室尽头那间左唯一牙痛等死的小屋塞着一张床坐不得客人，也没有多余的凳子。高小班黑板底下那张长板凳是打屁股用的，没人想到搬给他坐。于是他就走了。左唯一送他下坎子，一直到看不见人。看不见人学生就用想象补充。过阎王殿了，过送子娘娘庙了，过牛王庙了——哈，到硝牛皮厂了。哈！浓浓地臭这个督学一顿，过玉皇阁天王庙了，出栅子了。出栅子到哪里去？左唯一送到哪里为止？督学是近视眼又不认得路，万一让拐子佬拐走了怎么办？是送到县政府还是教育局？到教育局那帮老家伙会不会跟他打一盘牙祭？不送到教育局而督学还没有吃中饭，那左唯一会不会请督学到面馆吃一碗炖牛肉面？要是请督学吃一碗炖牛肉面，要是没有请督学吃一碗炖牛肉面，这中间会不会有很大分别？这位督学孤苦伶仃的，看样子官阶不大，在军队里顶多怕只是个连长甚至连副。有一回来了个督学，县长、教育科长、教育局长都陪的，前呼后拥很有个样子。

这样寒酸的督学来督哪样学咧？论怕，怕只有左唯一一个人怕了！

星期一这个上午就那么空荡荡地打发掉了。

中午同学各人吃各人带来的饭。饭盒里吃剩的菜端到开水炉子那边加点开水，就变成一碗高汤。这个试了那个试，觉得新鲜好玩。中午过了是下午。

左唯一回来了。好像有点累，脚软，上坎子的时候双手甩得没有力气，眼皮耷耷的。这个督学看起来让左唯一很费了点神。

上国语课，左唯一抱了一大沓本子放到讲台上，是作文本。也难怪他，星期六交上来的作文本，一个夜间连一个星期天整天都改完了。也没有空休息，找找人走一下玩，摆摆龙门阵。要不是他是个坏先生，原应该是个好先生的。他在椅子上坐下了。从一沓本子上取下顶子上第一本。

"张序子——到讲台这边来——脸朝大家——"

序子照着左先生的吩咐做了。

"告诉大家，你的作文题目是什么？"

"烧屋，题目是《余家祝融之记》。"序子说。

左先生说："大家听清楚了！张序子的'自由作文'题目是《余家祝融之记》，就是烧屋。张序子的心跟别个人的心不同，别个人写朱雀城家山如何之秀丽，春、夏、秋、冬一年四季景色之变化，城里城外老百姓过日子如何之太平融洽，父母兄弟在家如何之快乐温暖。他不写，他都看不见，他就喜欢写烧屋。自家的屋烧掉不算，还希望全城所有的房屋都火烧连营，可怜的伢崽烧成焦炭。城里太平井都救不了火，眼看一点办法都没有。这种人，绝对是一个不忠、不孝、不仁、不义之人。他们家烧屋，他无动于衷，光写他的婆坐在门口板凳上咬手指甲。讲讲看，张序子算不算个东西？简直是个奸贼，是个报信的探子！我为了同学喝开水方便写字义卖凑钱买开水炉子，他和他爹拿着我的字去报信，讲我骗娃娃赚钱。别看他年纪小小，记性好，会背书，心里一肚子不正经，长大绝对是个奸臣卖国贼！"

序子弄不清左唯一发这么大火是怎么一回事。

"你看我？你看吧！我就这么讲你。"左唯一用手指头敲序子脑袋，"你是个奸臣，你老子也是个奸臣，你一家，你妈，都是奸臣！你狼心狗肺，你看我做哪样？你以为你看我我就怕你了？我还要抽你的板子！——自己搬板凳，脱裤子！快！"

序子站在那里好像没有醒转来。怎么一下子弄到自己脑壳上来了？一篇作文左先生发这么大的火——

左唯一墙上取来宝剑，见序子一动不动站在那里，便来擒序子，没想到序子使了个"云手"挡开了。就这么一来一往弄了两三回合，左唯一到课堂前门大声喊来了李承恩，好不容易把序子按在长板凳上，来不及脱下裤子，歪歪斜斜地打了两三板。不想序子蹦了起来咬住左唯一捏宝剑的那只手的大拇指掌，咬住不放，李承恩慌了手脚，序子一点也不松口，还拿拳头乱扔。

学生开始叫好，乱扔砚台，连序子身上也挨了两下。李承恩抬

咬左唯一一大口

好不容易把序子按在长板凳上，来不及脱下裤子，歪歪斜斜地打了两三板。不想序子蹦了起来咬住左唯一捏宝剑的那只手的大拇指掌，咬住不放……

扶着左唯一败下阵去止血。序子从头到尾一滴眼泪都没流，就是累，喘气，不明不白地干了一场大仗。屁股那几板不算疼，腰杆那一板算是有点分量。大家把序子围起来，有的叫序子捡书包快走，等下左唯一李承恩转来不得了。曾宪文嚷："哪里的事？两个大人打一个伢崽，你以为是赤塘坪啦？这算个卵学堂！日妈！"

王学轩也嚷："麻个皮！要动手，躲势[1]就动手，老子也忍不住了！"

左唯一和李承恩躲在高头小房里，憋着气，又怕事情闹大，"岂岂确确"在商量计策。

然后李承恩一个人走出来站在坎子上说："今天提早放学，张序子一个人留下！"

"日你妈，李承恩！"曾宪文说，"你讲卵话！"

张序子和大家一齐背着书包走了。

张序子一辈子第一次也是最后一次挨打屁股。

大部分同学都散了。曾宪文、王学轩、吴道美、王本立、滕代浩、唐运隆、余茂盛、田应生和张序子一齐走到赤塘坪。

"冇要紧，转屋里你爹问起，就讲和人打架！"王学轩讲。

田应生愁眉苦脸："明天呢？"

"明天？"王学轩说，"明天还上那个卵学？不上了！那种学，有哪样好上？"

"你讲哪个？"序子问。

"我讲你！"王学轩讲，"你上了，两个人害死你！"

---

1 大家。

"我不上学有哪里好去？"序子问。

"你扯谎嘛！肚子痛，学堂放假呀！慢慢子拖嘛！"吴道美说，"我讲是这么讲，其实也不是个办法。"

曾宪文说："反正我是不去实验小学了，不去了。我回文昌阁模范小学算了！我叫我躲大[1]和高校长讲一下，我把实情报送我躲大！"

"拖有长的！"序子迟疑之极。

曾宪文安慰序子："这两天，我会来看你，我来邀你上学，然后带你出去走玩！一天帮你出一个计策。"转身问王学轩：`"你呢？还上不上？"

"我当然上。我要不上那还得了！我爹怕不擂死我！我忍辱偷生算了……"

序子回到家里，第一眼就遇见爸爸。

"怎么样？鼻青脸肿，学堂挨打啦？"

"赤塘坪碰到野伢崽。"序子说。

"胜败如何？"

"比较激烈，我在他右手来了一口，跑了。"

"他们几个人？"

"两个人。"

"唔！我看看，胳肢窝这里，手膀子这里，怎么搞到腰杆这里？都青了。"

"砚台砸的！"

---

1 小哥。

"怎么砚台？"

"他们也背书包。是文昌阁模范小学的。"

"为哪样打起来？"

"他骂我们的左唯一先生。"

"唔！保护先生的名誉，好，值价！"爸爸从房里玻璃罐里取出两坨鸡蛋糕，"哪！奖品！以后碰到这类事情，特别要注意保护脑壳。打架有本事光用手，不能拿家伙，你应该先和他打招呼，个对个。哪能两个打一个？太不值价了！还拿砚台……"

孥孥子厚在旁边看到序子身上的伤，很佩服。序子分了半边鸡蛋糕送他吃。

第二天大清早曾宪文来邀序子上学。

"咦？你不是道门口曾粉客屋里的伢崽吗？怎么绕路到我们文星街来邀序子上学？"妈见了奇怪。

"左先生有事要我到洪公井找田景友，顺便过来的。"曾宪文讲。

"喔！"妈先走了。

出了大门，序子说："你眼睛不眨就扯个大谎！"

曾宪文说："人一辈子过日子，一半是扯谎。"

"哪个报送你的？"序子不懂。

"胃先生，胃先生有一天顺口讲的，我觉得有意思，动不动就演给人听。"曾宪文很得意，忽然想到一件事，"喂！我问你，昨天左唯一打你的时候，做哪样你不骂他一句娘？你怎么一声都不哼？"

"我哪里有空？我咬住他的手板开不得口。"序子说。

"是，是，是！我把这个动作忘记了，那两个狗日还挨了大家好多砚台。那比骂娘实在多了，比骂一百句娘都好！——我们走北门，出东门到边街去看雕菩萨吧！"

序子说："该叫一声滕代浩，菩萨他都认得，叫得出名字。他还会煸古，煸好多古。"

到边街看完一家又一家。

"我总觉得，菩萨拿钱买好像不太合适，该想个别的办法。"话没讲完，让做菩萨的伙计听见了，"你两个角色背着书包逃学，还到这里放屁熏菩萨，留下名字，等下老子报送你先生去！"

两个人马上跑了。

"跑快点，莫让他们记住脸！"

曾宪文非常认真领着序子往南门跑："你有钱吗？"

"有一百文！"序子答。

"一百文？怎么只有一百文呢？"曾宪文感叹。

"我每天上学，爹把一百文放到桌子上让我拿。"

"我爹从来不送我一文钱上学。我屋的钱柜都上了锁，我爹拿着钥匙。你看，顾了陪你逃学，中饭盒都没带。我怎么现在才想到肚子饿的问题，才想到逃学要花本钱的问题！一百文只买得到五个泡麻丸，牛肉面买一碗两个人只能分到吃。我想我们要找个地方歇一歇，走多了容易饿，还有，碰到熟人有点危险！"曾宪文说。

"到三王庙旁边侯哑子家婆屋看侯哑子画风筝。"序子说。

"去不得，去不得，去哪里都行就是去不得侯哑子那里。他和我有仇，我割过他放风筝的线，这辈子算完了！"曾宪文说。说着说着到了大桥头。

"上不上大桥？"序子问。

"上吧！"

大桥上鸡零狗碎地卖点不成东西的东西。老鼠药呀！草鞋呀！苗粑粑呀！苗鞋样花、围裙花呀！硫黄块块、明矾、青矾、绿矾呀！生铁块块呀，大小铁钉子呀！三两双牛皮钉鞋呀！针呀线呀！上大桥坎子边打豆腐那家关了门，曾宪文晓得，他婆娘跟一个撑船高村人跑了……

下了大桥往大街上走的时候，孙家那位大爷正面走来，幸好人多，他眼睛又瞎，序子在针线摊子边一背背就过去了。"呸！呸！"序子拍拍胸脯，吐了一把口水。

两个人往大街走去，右首边是奇峰寺，没有理会，一直往前走，走，走，走，到了小校场。

小校场一望无涯，老远看人像颗绿豆。序子晓得更远的是蚕业学堂，再远就是埋太婆的张家祖坟那边了。左首老远是大营房，今天看起来"空山不见人，更无人语响"，四个蓝字写在墙上："我武惟扬"。

"有意思吗？"曾宪文问。

"不太有意思。"序子答。

两个站没个站相，坐没个坐相。

"一个人都没有！"序子说。

"有人你又怕！"曾宪文说，"看太阳影子在裤裆子底下了，该转东门吃面去了！"两个人又往回走，"我想呀！我两个背着书包东走西走，好像是背了块逃学的招牌，让人一看就认出来了。这不很得法。"

"听大人讲，他们以前逃学，书包都寄在土地堂。"序子说。

"你讲是你们文星街靠北门那间？眼前由哪个驻防？"

"罗师爷。"

"不会是羝怀子吧！羝怀子这人不是坏，不是操守品行问题，是他把握不住自家。从'朝神'讲，他不是文朝，也不是武朝，算是一种善朝。罗师爷百分之百是个文朝——托他办事比羝怀子放心。"曾宪文说。

"他像个城里的隐士。"序子说。

曾宪文很有主意地说："这样吧！明天长宁哨有'场'，路也不远，我们出门之前都把书包里头的书捡出来收好，只放几本简单东西在书包里，出门经土地堂就交给罗师爷，试试他的信用。

"不过两个人赶场，一百文怕不够，你能不能想办法。比如讲，弄它个三百文行不行？"

"我一天只有一百文的。"序子说。

"你不光是拿桌子上你爹规定的一百文。你晓不晓得你爹放钱的地方？你往那边多拿两百文，不就变作三百文了嘛！"曾宪文开导序子。

序子说："这不行的。不问过大人，随便拿家里的钱就叫作'偷钱'。"

"哎呀！哎呀！这怎么叫作'偷'呢？自己屋里人的钱，又不是别家人的钱。拿别人家的钱才叫作'偷'，拿自己家里人的钱叫作'取'，都是一家人，取来用用嘛！"

"嗯！"序子摇摆不定。已经对家里扯了谎，现在逃学，还要"取"家里的钱……

曾宪文看到眼前这个局面，"到'高轩过'吃面去吧！明天长宁哨的'场'赶不成了，算了，你看怪不怪？我一身本事，到你面前，所有的主意都'霉'了。"

叫了一碗炖牛肉面，分作两碗吃。吃完面，曾宪文说："还是面好，又好吃又经饱。——现在我们上北门，过跳岩，到金家园去看看。你去过金家园吗？"

"没去过。金家园有哪样好看？"序子问。

"普普通通，栽冬瓜、南瓜、黄瓜、萝卜，挑水，浇粪，没有哪样好看！"曾宪文懒洋洋地讲。

"那你带我去做哪样？"

"你想，闹热地方有熟人，又走不得，又还有半天才到放学时候，乱走乱走，碰到个卵人，全都垮讪了！你让我巧妇难为无米之炊。哎！不上金家园，上诸葛亮[1]！原先我怎么有想到诸葛亮？碰到熟人也不怕，我们可以讲风景好，来自习。我们可以假装看书……"曾宪文说完就走，序子跟着。

过了大桥，右首一拐弯，没走好久就到了。上左首边石头坎子，爬两坎，回头看看；又爬两坎，又回头看看，越爬越高，回头看这一道河，这一排排长在脚底下的树顶，这太阳天，绿得好酿人！一点闹热声音都没有了，没有了，像在阎王殿的望乡台上回望人间。

"喂，喂！看你两个角色，是逃学的吧？"一个穿灰色短袍、梳髻又长着一小撮胡子微微笑的中年人从庙里下山来，对曾宪文、序子两人讲话。

1　武侯祠。

"你卵眼睛还看得挺准,是逃学,怎么样?"曾宪文有点耍赖,"看你这个角色像个道士,讲!是不是道士?"

那人见曾宪文恶声恶气,不下山了,坐在一坨岩头上微笑着,"是道士,是道士!"

"你几时来诸葛亮的?我怎么没见过你?"

"我来诸葛亮,你还有生出来,怎么能见过我呢?——哦!"道士指着曾宪文,"你姓曾!你爹是道门口粉客是不是?"这一指,曾宪文完全垮了……

"来,来,来!你两个跟我到庙里来。"

进了屋,道士在水缸舀了两碗水送两个人喝。

"你不认得我,我认得你,看你样子、脾气,跟你爹一模子扣的,连嗓子都像。我叫印庆福,讲一声你爹一定记得。我们是同班……"道士讲,两个人听。曾宪文觉得眼前站了个比左唯一还勾魂的人物,……我完了!我"阳关大道你不走,恶水险山路上行",我朱雀城哪里不好闯?带序子这卵人爬到这高头来?我是仇人相见分外眼红,我是白刀子进红刀子出!要是让我爹晓得了,我长九条腿也跑不脱……

印庆福道士问:"你两个做哪样逃学?"

序子说:"左唯一是个'忘魂人'[1],一天到晚打人骂人,还骂人的爹妈野话!"

"我看他造孽,不能见死不救,我陪他!"曾宪文说。

印道士讲:"到处都在讲左唯一不是个东西,我早就闻名了,

1　不讲理的大恶人。

他会有报应，没想到你两个遭了他毒手！不要怕！要逃学就逃到我这里来，我给你们上课！给你们保驾！只是一点，我不讲出去！你不讲碰见我，我也不讲我碰见你，鬼都有碰见，哪个都不碰见哪个！不就行了吗？"

曾宪文听见道士那几句话，像是从阴司返回阳间，"啊！印家满满，我一辈子都有忘记你……"

"嗳！不要叫'满满'，这是凡尘的叫法；要叫我'印道士'，或者是'印师父'。我现在下山有事，你们喜欢留好久就留好久——"印道士讲完走了。

曾宪文朝天伸了个懒腰——"嗳！咱英雄看风景来也！呵！呵——"

这武侯祠也算座庙，又算个观。不大，两层楼，有八角走廊，印师父住在后头小经堂里。楼上锁到的是他书房。

山底下，山周围，花都开过了。老远的蓝山，一层比一层浅，接在天和云里头。还有三两声"鬼贵阳"叫。春天没了。万寿宫外头有几个人在修补龙船。几个小混蛋在"滚钱"，仔细听，听得到嚷。

太阳走到大桥那头去了，这边看过去剩下一大块有三个亮洞的紫色影子；也好看，在水面晃来晃去。

口干，两个又到后头水缸舀了水喝。

喝完水，曾宪文问序子："长宁哨赶场，你到底去不去？"

"我讲我去！"

"那明天在罗师爷公馆门口会合。现在各走各路，你先下山。"

曾宪文从树缝里见张序子走到底了，才一个人懒洋洋地放步子往下落。想到自己这么一大坨人，肩膀上挂着一口逃学的空书包，眼前一片太阳快要落山的景致，不免悲从中来，浮出古人的诗意——

"……人生自古谁无死，留取丹心照汗青……"

序子绕北门土地堂看了一下，罗师爷不在。地下铺了些稻草，神龛上清清爽爽，没有哪样不放心的，便直接回到家里。

爸爸在书房画通草画，"唔？回来啦！有没有碰到昨天打架那两个角色？"

"碰到！"序子进房放下书包，又到堂屋方桌子边凑着那口大茶壶喝了两口糊米茶。看到子厚从院坝进来，便拉他到后屋大伯娘院坝问他："你怎么今天冇跟妈到学堂？"

"妈讲要到县政府开会，冇好带我。"

"子光呢？"

"乡里那个朱姨抱着，怕是在街上走玩。"

"我从街上转来冇见到，不在街上。"

"在街上！"子厚说。

"唔！在就在；今天有哪个客来屋？"

"没有客来屋。有个讨饭的来，婆送了碗饭给他。"

"二天有人来，你要多看几眼，听他讲哪样，好报送我。"序子关照子厚。

"嗯！"子厚答应。

吃晚饭大家都回来，问朱姨，果然在街上看人"旋糖"。

四满这盘没喝醉回来，算是难得，大家都好笑。四婶娘把她妹崽子端交送朱姨管一管，跟婆和妈妈一齐在厨房忙。一下子四满和爸爸摆好圆桌，菜来齐了，大家坐下来吃饭。朱姨坐在桌子外头椅子一边自己吃一口，一边左一口右一口喂子光和子端。

序子的饭量今天特别之足，一口气添了三碗。以前被人称作"菜客"；就是讲，他忘记了旁边有人只顾自己大筷子夹菜。今天子厚注意到这一点，吃好几口饭才夹一小筷子菜，跟以前很不一样。

吃完饭，各人回屋，序子端了一本《江湖奇侠传》看。爸爸觉得奇怪，"你还在看《江湖奇侠传》？是不是准备啃熟它？——咦？这几天不见你带功课转来做？"

"左先生的妈死了！"序子很快扯了个谎。

"左先生死了妈，跟你们做功课有哪样关系？"爸爸问。

"有关系才不让我们做功课。没有关系就让我们做了！"序子回答得很从容。

"妈都死了，他哪里还顾得上让学生做功课？这也是人之常情。"妈接着序子的话说。

等了一会，爸说："从教育角度上看，我还真有点想不通！"

"嘿！你还真有点好笑！"妈一边织头绳衣[1]，一边说，"我还怪他妈死了怎么不赶紧回麻阳？"

"……这倒是啊！这边难过得忘记让学生做功课；那边妈死了又不回去料理后事！"爸爸纳闷，"或者是向玉公请过假不让回去？他到底还是个被监督人员……"

"不清楚！我不愿多想！"妈说。

---

1 打毛线衣。

一宵无话，第二天吃早饭后，序子进房拿书包的时候，闪到刻着"有香有色"的柜子旁边，打开两扇玻璃门，从五沓铜圆上头取了两个一百文的铜圆，慢吞吞取了桌上的一百文。一百文放左边的裤袋，一百文放右边裤袋，一百文放上衣口袋。免得三个铜圆放在一起半路上吵出响声来。这是昨晚上睡在床上计谋好的。现在是调匀呼吸，背上书包，自自然然迈出房门。

妈见序子要走，赶忙说："狗狗！你不想顺路跟我走一段？"

序子吓了一跳，"——嗬！我赶急上北门老菜场邀唐运隆！"说完撒腿直奔北门土地堂。

曾宪文老早躲在土地堂正和罗师爷说话。这土地堂里黑暗之极，不是初一十五装香烧纸，少有人往里头看一眼的。寄存书包的问题早已谈妥。这么气壮山河的大事，答应得如此淡然从容，太"搜孤救孤"了！虽然讲，往日对罗师爷没有冒犯失礼之处，这就是最让人难为情的地方了，没想过在他身上居然还刮得出价值和意义。

临走的时候，罗师爷送到门口说了一句："子不及见子由，而颜回藐之。"

两个人走到考棚门口，曾宪文问序子那句话是什么意思，序子说："不会有什么意思的。他喜欢信口乱说。我听我爸讲过，滕先生以前也是佩服他，记下他的话，以为是文学奇景，照他讲的句子去查书，查《论语》，查《孟子》，查朱熹，查《庄子》，前腔不搭后语，才晓得是讲梦话。罗师爷过去是读过好多书的，人一'朝'，读过的书页数一乱，书就不像书了。"

"唉！造孽！世界上好多好人好得这么'细'；粗心人也都照顾不过来。——你讲讲看，那天你怎么敢咬左唯一那一口？"曾宪文说。

"我不咬左唯一咬哪个？他打我，我薅他的宝剑，他叫李承恩按住我，要剥我裤子。王国珍、石玉秀两个妹崽坐在旁边看老子挨打屁股，这还了得？老子就狠狠地来他一口！"序子边走边打手势。

"老实话，那天我真佩服你！你简直是孙中山号逸仙！简直是黄兴字克强！我就后悔前几天挨打屁股不像你，我手劲大又躯坨，一定打得左唯一李承恩跟脚旋天，我就是怕，我前怕爹后怕左唯一，怕天地君亲师！——你想，左唯一那手指娘好了没有？"曾宪文问。

"一时好不了这么快的！都咬进脆骨了，我满嘴巴都是血，这一盘，怕是比他那个牙齿疼要费点时间！我最希望我长毒牙。"序子说。

"你看，他会不会去找你爹你妈，报你咬他的手指娘，要你爹妈赔钱养伤？"曾宪文问。

"要是这样，我就完台了！一定完台了！你晓有晓得这两天我扯了多少谎，有想到我怎么这么会扯谎？我随口就来个谎，有想到我怎么这么会扯谎。我以前做哪样就这么子蠢？不敢扯谎。不扯谎的人把半个世界都让送别人！扯谎比作诗容易多了。作诗讲空话，扯谎办实事。——我还要再想下去，讲定长大写一本书……昨天夜间，我爹看出点板眼，我吓了一大跳。他问我，这两天不见我带功课回来做？你猜我怎么回他？"

曾宪文摇头。

"我讲左唯一妈死了！他光顾到愁，没有空安排功课我们做。"
"他信吗？"
"我爹我妈都信，还把话吵到别处去了。"

"哈！有一天会找你算账的！"

"哈！那一天我长大了！"

长宁哨才几里地，讲几句话就到了。

"场"不算大，人倒是挤。不挤不叫"场"。

"场"这个东西像洋人的"派对"，隔几天，来这么一下，洋人的"派对"大多在晚上点着蜡烛电灯搞；"赶场"在大太阳底下光明正大地搞。男女也弄名堂。在"场"的边沿十七八岁的男伢崽站成一堆，十七八岁的妹崽家站成一堆，互相开玩笑，唱情歌，唱对了的另外单独约时间会面。洋人的"派对"借音乐葡萄酒力量增加勇气，搂搂抱抱，躲在阴影里"打啵"，弄错了别人老婆就丢手套在面前，约时间比剑或开枪，倒一个算一个，甚至打黑枪追杀。听起来好像不怎么爽朗流利。"赶场"上千年的规矩，不管科学文明如何之开发，传统的程式到今天倒是从来不变。外头旅游的客人千万不要异想天开插一手，千万千万！个别人的冒犯很可能会被"旋"掉脑袋或"鸡公"，集体的冒失鬼也很可能集体地被旋掉人体上的一些部分。这是一种接待外来客人的习俗，不可等闲视之。不信的人就去试试看！

当然，赶场终究是赶场。各种相亲的方式都是借题发挥，是"偏题"而非"主题"。

主题是大家一起走玩，凑成隔不几天来一次的欢乐。牛、马、猪、羊、鸡、鸭、鹅、猫、狗、鱼、鳖、虾、蟹、青菜、萝卜、大蒜、辣子、青葱、金、银、铜、铁、锡、打卦、算命、拔牙、刮痧、拔火罐、"挦"牙虫、老鼠药、灭蚤灵、跌打损伤丹膏丸散；油、盐、柴、炭、陶、瓷、洗脚洗脸木盆、粪桶、斗篷、蓑衣、鱼罾、钓竿、蜡烛、香火、纸钱、草鞋、布鞋、牵牛绳、骑马布、衣、绣花纸样、裙、花带、苗帕……能买就买，不买看看问问也行，来往交谊，形成热闹。

那边有炖牛肉摊子，粉面摊子，米豆腐摊子，汤圆摊子，油杂糕摊子，还有狗肉摊子。

最王八蛋是狗肉摊子。

活生生的忠实朋友你把它炖了，吃了，迟早落入十八层地狱……

你想，曾宪文和张序子看见谁了？

胃先生。

就在狗肉摊子跟算命摊子中间夹着坐在地上的胃先生。胃先生坐在两块老砖上，面前摆了块布，右首边两把烟叶，中间单独一张烟叶，亮在那里让人说好的。

太挤了，夹在摊子缝里没有人看得见。

胃先生其实可以另外选一块好地方让人买烟叶的。胃先生说："不忙！不忙！要是大家都来买，卖光了，我就没有卖的了。"

又说："喔！你们是逃学啊！逃学不要紧，逃学不犯死罪，打两耳巴子，打几鞭子就冇事了……"

"胃先生，你吃中饭了吗？"曾宪文问。

"冇曾！我等下子自己会吃的。我冇钱请你们吃中饭，也冇打算吃你两个的逃学饭……赶场，你们讲讲看，是想赶场才逃学，还是有事逃学才赶场？不怕，讲给我听听。"胃先生问。

"有事。"序子说。

"哪样事？"胃先生问。

胃先生卖烟叶

胃先生其实可以另外选一块好地方让人买烟叶的。胃先生说：「不忙！不忙！要是大家都来买，卖光了，我就没有卖的了。」

"我咬了左先生一口。"序子说。

曾宪文抢着讲："那狗日的左唯一冇讲道理要打序子屁股，打不到，找李承恩帮忙，擒不住序子，序子蹦起来在左唯一拿竹宝剑的手指娘上来了一口，左唯一受了重伤大败。序子受冤枉无处申冤，只好逃学。我陪他。"

"喔！喔！"胃先生听了这话很是感动，弯腰细细地包起烟叶放进小提包，起身对两个逃学学生讲："走！找个地方我们大家好好论一论！"

胃先生走前，学生走后。

到一个羊肉摊子，三个人坐在长板凳上，胃先生提包取出两块冷苕要吃，曾宪文叫三碗羊肉面，转身大骂："日你妈胃先生，看你卵样子也不想想，你做先生的在旁边吃苕，我们学生在你面前吃面！我们吃得下去吗？你冇钱我们有嘛！怕个卵！你一辈子我们能孝敬你几餐？"

胃先生完全冇想到曾宪文骂他娘，胃先生笑了。

"好好！你看，我把苕收起来，吃你们孝敬的面。莫气了，你看你看，我把苕收起来了。"胃先生笑眯眯地跟两个学生吃起羊肉面来，"嗯！这面麻个皮还真好吃！味道鲜浓之至——喂！我问你，你屋是榨粉的，哪里这么多钱赶场？"

"我没有钱，是他偷屋里的！"曾宪文讲。

序子急了，"不是'偷'，是'取'！"

"我懂了！我懂了！'取之有道，取之有道'！唉！你们伢崽家总是拿扯谎来排解委屈。有什么办法？天下是大人的，有不有理都是大人的理。做伢崽家不扯谎，你怎么过日子？何况儿童扯谎可以荡漾智慧！"胃先生一边喝汤一边感叹。

"我不是天天扯谎！"序子说。

"天天扯谎，也要有人信嘛！"胃先生说。

吃完面，胃先生摸出那两块苕说："自家不吃，带转屋里也馊了。"叫来一只狗，"呜噜！给你过年！"丢给它吃了。

"我看我该转城里了，你俩还走玩不走玩？"一步一步要走。

"我们和先生一起！"两人齐声说。

"好嘛！一路走有个伴！"

一老二小就往回走了。

"先生，做哪样你教书教得好好的，后来不来了！是不是学堂把你开除了？"曾宪文问。

胃先生问："哪个讲的？哪个敢开除本帅？是老子自家不做的！"

"你卖烟叶子好造孽！"序子说，"白泡了一肚子学问！你自家又不抽烟，卖这几片烟叶子怎么混得饭？"

"你个鬼崽崽就不懂了！我这烟叶子名堂很大，是土耳其来的。土耳其，你懂不懂？是个国家，就是凯末尔当大总统那个国家。土耳其的烟叶世界有名，我好朋友何峻常在公使馆做文书官，我托他带回二两多烟籽，就这些卵颗颗仔，费了我好多年手脚，识货的就讲好得很，醇香到不要吞鸦屁烟泡子的程度，可惜烟叶子长得总是不抻抖，怕是水土问题。好不好我只看人抽这烟的用神、表情。我自己不是个烟客，别人抽起来我闻到硬是比我们本地烟要香馥十倍百倍不止。我怕这土耳其烟叶在我手上送终，千里万里来得不容易。交送勾箕坡种烟的人去试，他们半信半疑不当一回事，后来又讲烟味不正。那就没有救药了。

"我每回赶场都在找一个识货的，等呀，等！等到现在。唉！真的辜负了！"

胃先生讲完还想讲，比讲他读书的学问还起劲。

曾宪文说："你和我俩讲都是白讲，你和你自家讲也白讲，你该找个当大官的后台，找个开大铺子的江西老板，让他们给你撑腰开一百亩烟田，搞一间五个门面的大烟铺，找几个人在门口打锣吹号，就卖这种烟！"

"你是想我铲你几个耳巴子是不是？走路不好好走，尽煽些冇名堂的话！"胃先生不高兴了，不高兴就一言不发。

看到城楼子，胃先生不管他们，自己进城去了。

序子埋怨曾宪文："你应该顺着胃先生讲两句好话就好！"

曾宪文说："我一直都是在顺着他，讨他的好！"